Héritiers et ennemis

—

Un délicieux supplice

KAREN TEMPLETON

Héritiers et ennemis

Traduction française de
GABY GRENAT

PASSIONS

HARLEQUIN

Collection : PASSIONS

Titre original :
THE RANCHER'S EXPECTANT CHRISTMAS

Ce roman a déjà été publié en 2017

HARPERCOLLINS FRANCE
83-85, boulevard Vincent-Auriol, 75646 PARIS CEDEX 13
Service Lectrices — Tél. : 01 45 82 47 47 - www.harlequin.fr
ISBN 978-2-2804-7708-6 — ISSN 1950-2761

Composé et édité par HarperCollins France.
Imprimé en novembre 2022 par CPI Black Print (Barcelone)
en utilisant 100% d'électricité renouvelable.
Dépôt légal : décembre 2022.

FSC www.fsc.org MIXTE Papier issu de sources responsables FSC® C159065

Pour limiter l'empreinte environnementale de ses livres, HarperCollins France s'engage à n'utiliser que du papier fabriqué à partir de bois provenant de forêts gérées durablement et de manière responsable.

- 1 -

Le coup de pied magistral que le bébé venait de lui envoyer dans le ventre tira brusquement Deanna Blake du profond sommeil dans lequel elle était plongée, l'arrachant en même temps à son rêve agité. L'aurore commençait seulement à poindre. À quoi bon se lever déjà ? Avec un soupir de bien-être, elle se renfonça sous la couette, blottie en chien de fusil et les deux mains autour de son ventre.

Soudain, un bruit incongru — un éternuement — la fit se redresser, le cœur battant la chamade, juste à temps pour apercevoir le petit garçon qui s'enfuyait en tirant la porte derrière lui.

Pour la première fois depuis des semaines, elle se surprit à sourire. À présent tout à fait éveillée, elle se rassit dans son lit et passa les doigts dans ses cheveux courts, ébouriffés en épis autour de sa tête. Du regard, elle parcourut la pièce qui avait été sa chambre autrefois et que le faible soleil de novembre éclairait un peu mieux à chaque instant. Petit à petit, les ombres de la nuit profonde régnant à la campagne disparaissaient progressivement. La veille, elle avait traversé le pays en avion, puis fait les trois heures de voiture nécessaires pour gagner le ranch depuis Albuquerque. De ce fait, à son arrivée, elle avait été trop épuisée par ce long trajet pour faire autre chose que se jeter dans son lit sans même allumer la lampe de chevet. C'était seulement maintenant, en découvrant le vieux poster encore punaisé au mur, qu'elle se demandait ce qui était le plus bizarre :

être restée si longtemps sans dormir dans cette chambre ou le fait que cette pièce soit exactement telle qu'elle l'avait laissée dix ans plus tôt ? Mais à vrai dire, pourquoi son père y aurait-il changé quoi que ce soit ?

Un violent pincement au cœur mêlant chagrin et culpabilité l'obligea à fermer les yeux, mais un nouveau coup de pied du futur bébé la tira du lit pour la faire se précipiter vers la salle de bains attenante. Là, Deanna évita soigneusement de se regarder dans le miroir au-dessus du lavabo ébréché. Ces derniers jours, entre la fatigue liée à sa grossesse et la série de nuits sans sommeil qu'elle venait de traverser, son teint d'ordinaire éclatant de fraîcheur était devenu verdâtre. Autrement dit, mieux valait éviter de rencontrer son reflet dans la glace, surtout de bon matin.

Après s'être brossé les dents et donné un coup de peigne, elle enfila le legging à taille élastique et le pull-over extra large qui étaient devenus sa tenue quotidienne, puis elle prit son courage à deux mains, inspira à pleins poumons et se décida à sortir de sa chambre. À peine fut-elle dans le couloir qu'un rire d'enfant et la réconfortante odeur du café auquel n'avait pas droit l'accueillirent aussitôt.

Exactement comme si rien ne s'était passé.

Empreinte d'un mélange de tristesse et d'appréhension, Deanna s'avança sur le carrelage en terre cuite jusqu'à la cuisine, espérant que Gus, le vieux gardien, serait dans la cour à surveiller le petit garçon. C'était Gus, déjà, qui s'était occupé d'elle quand elle était enfant, en même temps que les quatre fils de Sam Talbot, le contremaître. Grâce à cet arrangement, alors qu'elle était une fille unique vivant dans un coin isolé du Nouveau-Mexique, elle avait grandi avec l'impression d'avoir quatre frères aînés, ce qui était à la fois une chance et une malédiction, suivant les moments de complicité ou de taquinerie qu'elle partageait avec eux. Pour l'instant toutefois, elle espérait encore plus vivement que le père du garçonnet qu'elle avait entrevu serait retenu à l'extérieur par l'une des innombrables corvées nécessaires au fonctionnement d'un ranch.

Durant un instant, elle hésita devant la porte-fenêtre qui donnait sur la cour centrale de l'hacienda construite dans le plus pur style traditionnel. La fine couche de neige qui recouvrait le dallage inégal étincelait sous le soleil matinal. Mis à part les éclats de rire qui lui parvenaient de dehors, la maison était aussi calme que dans son souvenir. À ses oreilles de citadine qui avait encore dans la tête le bruit incessant du trafic des voitures et de l'agitation de Washington D.C., cette quiétude paraissait étrange, presque irréelle. Un sentiment qu'elle ne réussit pas à identifier la traversa. Ce n'était pas le regret d'avoir quitté sa vie habituelle, non, du moins, elle ne le pensait pas. La main posée sur son ventre, où le bébé venait encore de remuer, elle s'efforça de l'analyser.

Était-ce de l'incertitude ? Peut-être…

Comme elle pénétrait dans la grande cuisine, une foule de souvenirs de son enfance lui remonta à la mémoire. Mis à part le gros chat gris installé sur le rebord de la fenêtre, la pièce était vide. Le félin fixa sur elle un regard doré chargé de méfiance : cette étrangère était-elle digne de partager son domaine ? D'instinct, Deanna se mit à marcher sur la pointe des pieds pour ne pas le déranger.

Un feu crépitait joyeusement dans le poêle installé au bout de la pièce, dans la partie qui servait de salle à manger au quotidien. Là, trônait comme autrefois la grande table en bois pouvant sans difficulté accommoder une douzaine de convives. Bien que le ranch de La Vista Encantada ait depuis longtemps bénéficié du chauffage au gaz naturel, Gus continuait d'allumer le poêle tous les matins, de début octobre jusqu'à mi-mai. Les placards où l'on rangeait la vaisselle étaient toujours les mêmes, le carrelage de terre cuite aussi, même s'il paraissait un peu plus rayé qu'autrefois. Tout à coup, Deanna se sentit retombée en enfance, comme à l'époque où, chaque matin, elle avalait en hâte un des burritos que Gus préparait pour son petit déjeuner avant de courir attraper le bus qui la conduirait à l'école.

— Dee ?

Elle se retourna… et se retrouva aussitôt prisonnière du regard vert qui lui avait été si cher à un certain moment de sa vie. Assez cher en tout cas pour avoir incité son père à l'expédier à l'autre bout du pays vivre avec sa tante maternelle alors qu'elle n'avait que quinze ans. Dieu, qu'elle en avait voulu à Granville de s'imaginer une romance entre Josh Talbot et elle ! Il ne s'était rien passé entre eux, strictement rien — tout simplement parce que Josh n'était pas « comme ça », même si à l'époque, elle ne savait pas très bien ce que ce « comme ça » signifiait.

En tout cas, la situation dans laquelle elle se trouvait actuellement allait paraître le comble de l'ironie à son ami d'enfance…

— Salut ! répondit-elle tandis que Josh déposait une brassée de bûches dans le seau à côté du poêle.

Derrière lui, à moitié cachée par ses longues jambes, sa réplique miniature la dévisageait.

Depuis son départ une dizaine d'années plus tôt, c'est tout juste si elle avait aperçu Josh au cours d'une de ses visites éclair au ranch. Le solide cow-boy qui se tenait devant elle aujourd'hui et dont le regard naviguait entre son ventre rond et ses cheveux noirs hérissés n'avait que peu à voir avec le garçon grand et maigre qu'elle retrouvait autrefois en cachette. C'est ce manège qui avait poussé son père à des conclusions trop hâtives. Pourtant, à l'époque, adolescente timide et solitaire, encore accablée par la mort de sa mère, ce qu'elle recherchait auprès de Josh, c'était seulement un apaisement, un refuge. Et lui, généreusement, lui offrait ces moments de répit, alors que rien ne l'obligeait à le faire.

— Je… Je ne m'attendais pas à… Où est Gus ?

— Parti faire des courses en ville avec ma mère. En prévision de… demain.

— Ah…

— Désolé…, ajouta Josh sans lever la voix, mais sur un ton de : « Comment en es-tu arrivée là ? »

Deanna se redressa.

Dire qu'elle avait cru que son cœur ne pouvait pas être davantage blessé qu'il ne l'était déjà… Encore une fois, le sort la faisait se retrouver exactement dans la situation qu'elle avait voulu éviter en ne revenant pas au ranch plus tôt : elle subissait le regard déçu de ses familiers d'autrefois, et ce sentiment de honte qui lui collait à la peau comme un vêtement mouillé. Certes, Josh n'était pas son père, mais tout de même…

— Tu sais, c'est toujours la même histoire, commenta-t-elle avant de plonger dans un silence inconfortable.

Comment expliquer sa situation alors qu'il y avait un enfant dans la pièce ?

Les lèvres serrées, Josh se contenta de hocher la tête, mais son expression fit à Deanna l'effet d'un coup de couteau.

Non seulement Josh avait été son meilleur ami, mais il était aussi le seul des quatre fils Talbot à avoir manifesté un intérêt réel pour le travail au ranch et, plus tard, pour l'élevage des chevaux. Pourtant, lorsque ses problèmes de santé avaient obligé Sam Talbot à prendre une retraite anticipée quelques années plus tôt, Deanna avait été surprise que son père confie au fils de son contremaître, qu'il soupçonnait d'avoir flirté avec sa fille unique, les responsabilités jusque-là assumées par Sam. Mais très vite, elle avait compris que Granville et Josh étaient devenus très proches l'un de l'autre en dépit de la fâcherie qui avait jeté un froid sur leurs relations durant son adolescence. En fait, son père considérait l'ami d'enfance de Deanna comme son neveu préféré, pour ne pas dire comme le fils qu'il n'avait jamais eu.

Et il était évident que ce sentiment trouvait son écho chez le jeune homme.

Deanna ravala ses larmes et se racla la gorge avant de sourire au petit garçon qui continuait à la dévisager derrière les jambes de son père. Elle était au courant de l'existence de cet enfant et savait également que Josh l'élevait seul, pensée qui l'incita à poser les mains sur son ventre, comme pour promettre au bébé qui s'y trouvait qu'elle assurerait son rôle de mère sans faillir.

— Salut, jeune homme ! dit-elle en se penchant vers lui. Je suis Deanna, la fille de M. Granville Blake. Tu peux m'appeler Dee si tu préfères. Et toi, comment t'appelles-tu ?

Le petit se recroquevilla derrière Josh et marmonna quelque chose d'inintelligible. Josh se retourna pour soulever son fils dans ses bras.

— Je suis sûr que Deanna n'a pas entendu. Tu veux bien répéter ?

— Austin, répéta le bambin, avec un adorable sourire.

Il avait les mêmes yeux verts que son père, ainsi que ses cheveux noirs.

— Je suis contente de faire ta connaissance, Austin.

— Pourquoi tu as un gros ventre ? demanda l'enfant en montrant du doigt l'abdomen proéminent de Deanna.

Josh s'empourpra de confusion.

Deanna se mit à rire. *Il y a ici au moins une personne honnête !* pensa-t-elle en se tournant vers son complice d'antan.

— Ne t'inquiète pas, Josh, j'ai l'habitude ! Ce n'est pas la première fois qu'un enfant me pose cette question.

Puis, reportant son attention sur Austin, elle s'inclina autant que le lui permettait son tour de taille.

— C'est parce qu'un bébé est en train de grandir là-dedans.

Le gamin fronça les sourcils.

— Comme les petits poulains ?

— Exactement.

— Ah, je comprends. C'est un garçon ou une fille ?

— Une fille.

— Comment elle s'appelle ?

— Je ne sais pas encore.

Austin lui adressa un regard teinté de reproche, puis haussa les épaules avant de se dégager des bras de son père pour se diriger vers le chat. Ce dernier sauta tout de suite à terre et se roula aux pieds du petit en lui présentant son ventre pour quémander des caresses.

— Désolé pour la curiosité d'Austin, déclara Josh.

Deanna se mit à rire.

— Tant qu'il ne me demande pas comment le bébé était entré là-dedans, ça va…, plaisanta-t-elle.

— Ce sera sans doute pour le prochain épisode, répliqua Josh, un peu plus détendu.

En le regardant, Deanna avait l'impression de retrouver le garçon qui lui avait évité de sombrer dans la tristesse, des années plus tôt. Celui dont elle aurait pu être amoureuse si elle avait eu la tête à ça.

— Austin est adorable. Je trouve qu'il te ressemble beaucoup.

— C'est ce que tout le monde dit.

Il s'interrompit un instant avant de demander d'une voix hésitante :

— Tu… Tu es venue seule ? Le père du bébé ne t'a pas accompagnée ?

— Non. Nous ne sommes plus ensemble.

— Ah…

Josh ne parut qu'à demi surpris — il avait sans doute déjà deviné.

Deanna retint une grimace lorsque le bébé lui administra un nouveau coup de pied.

— J'ignorais que mon père était malade. Si j'avais été au courant, rien n'aurait pu m'empêcher de venir, mais il avait fait jurer à Gus de ne pas me prévenir.

Des larmes brûlaient les yeux de Deanna, qu'elle essuya d'un revers de main avant de poursuivre.

— J'arrive trop tard ! Je ne peux même pas lui dire à quel point je suis en colère, blessée.

— Si tu avais pris la peine de lui rendre visite au cours des derniers six mois…

Deanna se rebiffa.

— Et pourquoi l'aurais-je fait alors qu'il avait clairement fait savoir qu'il ne voulait pas me voir ?

Découragée, elle haussa les épaules. À quoi bon essayer de justifier quelque chose qu'elle-même ne comprenait pas ?

Un silence pesant s'installa entre eux, jusqu'à ce que Josh y mette fin.

— De toute façon, tout est allé très vite.

— C'est ce que m'a dit Gus.

Deanna jeta un coup d'œil sur Austin, qui s'était allongé près du chat et paraissait lui raconter une histoire.

— Je pense que ton père ne voulait pas t'inquiéter, expliqua Josh.

— Et moi, je trouve qu'il s'est conduit en égoïste ! Sa maladie était tout de même quelque chose d'important, non ? Il n'aurait pas dû me la cacher.

Une nouvelle fois, le regard de Josh se posa sur le ventre de Deanna.

— J'imagine qu'il n'était pas au courant de sa future petite-fille ?

— Je n'avais pas l'intention de garder ma grossesse éternellement secrète ! explosa Deanna. Mais je savais que les circonstances entourant mon état ne lui plairaient pas forcément, du moins, tant qu'il n'aurait pas vu le bébé. J'avais un plan, malheureusement, le destin en a décidé autrement...

Josh lui adressa un regard dénué d'aménité, puis se dirigea vers le réfrigérateur.

— Qu'est-ce que je te prépare pour ton petit déjeuner ?

Deanna plissa le front.

— Tu n'as pas besoin de te...

— À quand remonte ton dernier repas ? la coupa Josh.

— Heu... Hier, à midi. Un bol de céréales sera parfait, ne te dérange pas pour moi.

— Rassure-toi, je n'en ai pas la moindre intention, mais Gus a laissé de la pâte pour faire des pancakes et je sais préparer des œufs brouillés.

— Je veux bien des œufs, si tu es sûr que...

Un nouveau regard aiguisé la fit taire. Elle comprit que pour Josh, c'était une façon de lui signifier qu'ils devaient s'organiser pour se supporter pendant les quelques jours qui allaient suivre et qu'après la vie reprendrait son cours normal.

Plus ou moins...

En imaginant les répercussions que la mort du maître de maison allait avoir non seulement sur elle, mais sur tous ceux qui travaillaient au ranch, une nouvelle vague de chagrin submergea Deanna. C'était étrange, mais elle ne s'était jamais demandé ce qui arriverait à La Vista Encantada après le décès de son père, sans doute parce que cela lui paraissait si éloigné dans le futur. Bien qu'il eût été nettement plus âgé que sa mère, Deanna l'avait plus ou moins considéré comme immortel, d'autant plus facilement que jamais il n'avait discuté avec elle des dispositions qu'il comptait prendre concernant la propriété.

Soudain, un bruit de voix la tira de ses pensées.

— Gramma ! s'écria Austin qui abandonna le chat pour se précipiter vers la femme qui si souvent avait comblé le vide laissé dans le cœur de Deanna par la mort de sa mère.

La nouvelle venue déposa sur la table plusieurs sacs de commissions en papier bien remplis avant de soulever son petit-fils dans ses bras. Gus pénétra à son tour dans la cuisine, plusieurs paquets serrés contre son estomac volumineux.

Tout à coup, comme elle reposait Austin par terre, Billie Talbot découvrit la présence de Deanna.

— Oh ! Deanna, ma chérie !

Une minute plus tard, Deanna était blottie dans les bras de Billie, la joue calée contre son poncho de laine rugueuse.

— J'ai tellement de peine, ma petite fille, tellement !

Deanna était incapable de parler.

— Ton père était un homme si bon ! Il va manquer à tout le monde en ville…

Elle se recula et considéra Deanna.

— Dis-moi… Tu en es au septième mois ?

— Oui, à peu près.

Billie étant sage-femme, elle n'avait eu aucun mal à évaluer l'avancement de la grossesse de Deanna.

— C'est tellement bon de te revoir, soupira Billie. Je souhaiterais seulement que ce soit en d'autres circonstances.

— Moi aussi…

— Tu sais, j'adore la couleur de tes cheveux. Ce brun te va très bien. Et ce piercing au nez te donne une allure tout à fait dans le vent, même si j'imagine sans peine ce qu'en aurait pensé ton père. Écoute, si tu as besoin de quoi que ce soit pendant ton séjour ici, tu n'as qu'à me le dire, je me mets à ta disposition avec le plus grand bonheur.

— Merci, Billie. Je sais que je peux compter sur toi.

Billie se tourna vers Josh.

— Si tu me laissais emmener Austin à la maison ? Avec tous les préparatifs, vous n'avez sûrement pas besoin d'un gamin de quatre ans dans les jambes !

Josh baissa le regard sur son fils.

— Tu veux aller avec Gramma ?

— Oui ! s'écria le petit.

Malgré la tristesse qui lui mordait le cœur, Deanna ne put retenir un sourire en le voyant sauter de joie.

En dépit des derniers événements qui étaient survenus dans son existence, elle adorait la vie qu'elle menait à Washington, une vie remplie d'art, de danse et de musique, une musique bien différente de celle de Whispering Pines, où l'on se contentait d'une guitare et d'une pauvre batterie. Quelles qu'aient été les relations avec son père, elle lui était reconnaissante de lui avoir offert des opportunités qu'elle n'aurait jamais eues si elle était restée au ranch. Et pourtant, tandis qu'elle regardait Josh discuter avec sa mère et son fils, tout l'amour et la sécurité qu'elle avait toujours associés à cette cuisine, à cette maison et à cette petite ville loin de tout, l'envahirent. Il lui fallait bien admettre que, en définitive, revenir au ranch n'était pas si terrible que ça.

Du moins pour un court séjour.

Josh n'avait aucune raison de reconduire sa mère jusqu'à sa voiture, pourtant, c'est ce qu'il fit. Le fait de revoir Deanna, enceinte comme elle l'était, avec ses cheveux noirs ébouriffés autour de sa tête et son diamant dans le nez, l'avait secoué bien plus qu'il ne voulait l'admettre.

Tout en installant Austin sur l'un des trois sièges bébé qu'elle avait en permanence à l'arrière de sa voiture, Billie Talbot songea que, au train où la famille s'agrandissait, il lui faudrait bientôt envisager une autre solution pour transporter ses petits-enfants.

— Gus m'a dit qu'il y avait une douzaine de plats cuisinés dans le réfrigérateur de la buanderie, expliqua-t-elle. Il me semble que nous avons tout ce qu'il faut pour demain. Qu'est-ce que tu en penses, Josh ?

— Aucune idée…

Billie n'insista pas.

— Et au sujet de Deanna, tu sais quelque chose ?

— Non, répondit-il. Elle vient à peine d'arriver. Et en plus, ça ne me regarde pas. Ni personne, d'ailleurs.

Il s'interrompit un instant, puis ajouta :

— Elle m'a dit qu'elle n'était plus avec le père du bébé. Mais encore une fois, cela ne nous concerne pas.

— Mmm…

Billie contemplait les montagnes Sangre de Christo, avec leurs pics enneigés scintillant sous le soleil matinal. Ils annonçaient l'hiver qui se faisait déjà sentir sur leur visage.

— Je reconnais que je vous ai souvent agacés en me mêlant de vos affaires, admit Billie avec honnêteté. Surtout envers Levi et Colin.

Tous deux étaient partis loin du nid familial dès qu'ils l'avaient pu même si Levi, le jumeau de Josh, était tout de même revenu tout récemment.

— Pourtant, reprit Billie, en voyant le chagrin de cette pauvre petite, je me dis que, finalement, ton père et moi n'avons pas fait un si mauvais travail. Quand je pense qu'elle n'a même pas pu dire adieu à Granville !

Elle tapota l'épaule de son fils.

— J'imagine qu'il n'était pas au courant du bébé ?

— Il semble que non.

Billie secoua la tête.

— Franchement, je n'y comprends rien. Comment l'être le plus généreux que la terre ait jamais porté a-t-il pu rompre le contact avec sa fille unique ?

Josh croisa les bras, se baissa pour adresser un coucou à Austin qui, bien attaché dans son siège, entrechoquait deux voiturettes en riant. Il s'était posé cette question bien des fois. Bien sûr, même très jeune, Deanna avait manifesté son peu d'intérêt pour la petite ville, un peu comme si Whispering Pines était trop étriquée pour contenir tout ce que Deanna

Blake était ou aspirait à devenir. Ce malaise n'avait fait que s'accroître au fur et à mesure qu'elle grandissait, du moins c'était ce dont il avait eu l'impression devant la fréquence des critiques de l'adolescente.

Dans ces conditions, il avait vite compris que jamais il ne pourrait suffire à telle ambition et dans le fond, ce n'était pas plus mal, car cela lui avait évité de dire ou de faire quoi que ce soit qu'il aurait pu regretter par la suite. Tout cela s'était conclu le jour des quinze ans de Deanna lorsque, débordant d'excitation joyeuse, elle lui avait annoncé qu'elle partait vivre à Washington. Même s'il avait eu du mal à dissimuler sa peine, il n'en avait pas été vraiment surpris ; à ses yeux, il était clair que jamais elle ne reviendrait au ranch, du moins pour y rester.

Pourtant, même dans ces conditions, le fait que son père ait pratiquement rompu avec elle lui paraissait incompréhensible. Mais bon, il devait bien admettre que de son côté la mère d'Austin n'avait pas eu de scrupule à abandonner son fils… Dans le fond, cela faisait peut-être tout simplement partie de ces choses qu'il fallait accepter sans réussir à les expliquer.

Comme Billie continuait à le scruter, en attente d'une réponse, il haussa les épaules.

— Je crois que nous ne saurons jamais, un point c'est tout.

— Oui, sûrement.

Billie se retourna pour embrasser du regard la vieille maison, les granges, les pâtures et les chalets construits pour accueillir les vacanciers en quête de calme et de grand air. Tout cela appartenait déjà à la famille Blake à l'époque où le Nouveau-Mexique n'était pas encore un État.

— J'imagine que Deanna va hériter de tout cela.

Josh aurait menti s'il avait dit que ces mots le laissaient indifférent. Bien sûr, selon la loi, La Vista Encantada appartenait désormais à Deanna et elle aurait le droit d'en disposer comme bon lui semblerait… Mais lui, Josh, n'avait jamais vécu ailleurs, et ne l'avait jamais souhaité. Ce ranch était donc beaucoup plus sa maison que celle de Deanna, qui l'avait quittée sans l'ombre d'un regret.

— Nous découvrirons tout cela demain, conclut-il en s'efforçant de parler sur un ton neutre. Après l'hommage qui sera rendu à Granville, comme l'avocat l'a dit.

Granville Blake avait souhaité qu'aucune cérémonie ne marque sa disparition. Là où il se trouvait désormais, il était probablement furieux de voir que, sur ce point tout au moins, sa volonté ne serait pas respectée, mais comment laisser partir un homme de sa valeur sans la moindre manifestation ? Étant donné tout ce qu'il avait fait pour les uns ou les autres, il aurait été honteux de faire comme si rien ne s'était passé. Pour la première fois de sa vie, Granville Blake ne serait pas obéi.

— Bon, il vaut mieux que je rentre chez moi, conclut Billie. J'ai une ou deux visites à effectuer, mais aucune naissance n'est prévue prochainement. Gus sait que je viendrai demain matin de bonne heure pour préparer la réception et je ramènerai Austin à ce moment-là.

— Ce n'est pas la peine de le garder pour la nuit, tu sais, protesta aussitôt Josh.

— Je sais, mais il me semble que Deanna va avoir besoin d'un ami disponible auprès d'elle. Et, bien sûr, ce n'est pas à Gus que je pense.

Josh laissa échapper un soupir.

— C'était il y a si longtemps, Mom !

— Et alors ? Ça ne va pas te tuer d'être gentil avec cette pauvre petite !

Tout en se disant qu'il n'en était pas si sûr, Josh remonta l'allée, fit un dernier signe à Austin pendant que sa mère manœuvrait, emmenant le bouclier protecteur que le petit représentait entre Deanna et lui.

Comme il retournait dans la cuisine où Deanna était

attablée devant le petit déjeuner que Gus lui avait préparé en un tournemain pendant que lui-même accompagnait sa mère, la confidence que Granville lui avait faite deux jours avant sa mort lui revint en mémoire.

Cet homme réservé préservait son intimité si férocement qu'il refusait de parler de son état de santé, pourtant, il lui avait avoué qu'il soupçonnait Deanna de se trouver dans une situation difficile, mais qu'elle n'avait pas voulu lui confier ses soucis. Josh avait mis ces suppositions sur le compte de la maladie, ou plus exactement sur la culpabilité et le regret que Granville devait éprouver à ne pas en avoir informé sa fille. En fait, Granville et Deanna étaient une illustration parfaite du proverbe : tel père, telle fille…

Et pourtant, l'intuition du vieil homme s'était avérée on en peut plus exacte. Malheureusement, la situation dans laquelle se trouvait Deanna ressuscitait chez Josh toutes sortes de sentiments protecteurs qu'il aurait préféré laisser enfouis. Chaque fois qu'elle levait vers lui ses grands yeux sombres, il avait à nouveau seize ans, et il était prêt à partager avec elle une de ces interminables conversations au cours desquelles ils se racontaient leurs rêves, leurs espoirs et leurs peurs, sans crainte d'être moqués ni jugés.

— Si quelqu'un a besoin de moi, lança-t-il, vous me trouverez dans la grange.

Sur ces mots, il quitta la cuisine avant que ces pensées dérangeantes ne lui fassent perdre le peu de bon sens qui lui restait.

- 2 -

Deanna avait l'impression que sa grossesse la rendait d'humeur nostalgique… Du moins, c'était ce qu'il lui semblait comme elle déambulait dehors après son petit déjeuner, soigneusement emmitouflée pour se protéger de l'air vif, mêlé aux parfums de son enfance : la fumée du poêle, l'odeur des écuries, le parfum des pins qui s'élevait par-dessus les effluves de la terre retournée par les sabots des chevaux. La clarté de la lumière à cette altitude était toujours une surprise ; le ciel sans nuages paraissait vous caresser, vous libérer de toute pesanteur, même quand vous transportiez une quinzaine de kilos supplémentaires pas très bien répartis sur votre corps.

Un chien aux allures de berger australien qu'elle ne connaissait pas trotta vers elle.

— Que tu es beau ! lui chuchota Deanna.

Il n'en fallut pas davantage pour que l'animal vienne se frotter à ses jambes en distribuant force coups de langue avant de s'éloigner, l'air de dire : « Désolé, je n'ai pas le temps de lambiner, le travail m'attend ! »

À part ce chien, Deanna ne remarqua que bien peu de changements autour d'elle : la grange d'origine était toujours là, proche de la maison, dans toute sa dignité de vieille dame un peu abîmée par les ans certes, mais bien droite et respectable même si elle n'abritait plus de bétail depuis longtemps. Un sourire naquit sur les lèvres de Deanna au souvenir des bals que son père y organisait chaque année pour la fête nationale du 4-Juillet. Tout le village venait y danser après avoir partagé la grillade qui précédait. Il y avait aussi les feux d'artifice près de l'étang… Enfant, elle avait adoré tout ce remue-ménage, tout au moins jusqu'à ses quatorze ans, année où sa mère était morte d'une tumeur au cerveau, la laissant désemparée, persuadée que jamais elle ne réussirait à survivre à cette perte, encore moins à devenir la gracieuse hôtesse que sa mère avait été pour chacun. Elle ne se sentait pas taillée pour ce rôle, hélas !

Bien que la plupart des clôtures de la propriété aient été depuis longtemps refaites en fil métallique, les pâtures situées près de la maison étaient encore bordées de la traditionnelle barrière en bois blanc. Voilà qui avait été un fléau pour Deanna durant toute son enfance, car son père exigeait qu'elle aide à la repeindre chaque fois que le besoin se manifestait. À ses yeux de gamine, elle avait eu l'impression que cette corvée revenait tous les trois jours…

Comme elle effleurait la barre du dessus de ses doigts glacés en souriant, une jument prête à mettre bas hennit doucement avant de se séparer de ses compagnes pour s'avancer vers elle d'un trot lourd, comme si elle la reconnaissait. L'étoile blanche qu'elle portait sur le front de sa robe d'ébène rappela un souvenir à Deanna.

— Tu es la fille de Starlight, c'est ça ? demanda-t-elle à la jument qui tendait le nez en quête de caresses. Et je vois que tu as le même caractère doux que ta mère, ajouta-t-elle en flattant l'encolure de la pouliche.

Après tout, vivre au ranch n'avait pas été aussi horrible que cela… Ennuyeux, certes ; étouffant, parfois, mais malgré son acclimatation rapide à la vie dans une grande ville de l'Est, Deanna avait à plusieurs reprises éprouvé le sentiment de ne pas être à sa place, d'être déracinée… Même si elle avait refusé de l'admettre. Les longues chevauchées dans la nature lui avaient manqué, ainsi que l'immense ciel bleu au-dessus de sa tête et le silence cotonneux des nuits enneigées empreintes de magie. Cette façon qu'avaient les montagnes de veiller sur les plaines en contrebas, avec toute la vie qu'elles abritaient, et cette manière qu'avait chacun de faire attention aux autres.

Josh…

Au moment où ce moment de mélancolie commençait à devenir douloureux, elle aperçut justement Josh au loin, en train de faire travailler un jeune cheval alezan.

Nostalgie, mal du pays, humiliation, regrets…

Avec un frisson, Deanna resserra le grand châle qu'elle avait jeté sur ses épaules avant de sortir.

Elle ne savait plus où était son foyer, ici ou là-bas ? Ce n'était certainement pas ici, car *ici*, c'était sa vie passée, abandonnée depuis bien longtemps. Mais sa vie *là-bas*, à Washington, s'était écroulée comme un château de cartes… Alors, que lui restait-il ? Mieux valait envisager quelque chose de nouveau, et vite, avant que le petit être humain qui grandissait en elle n'ait fait son apparition. Comment pourrait-elle ramener son bébé à la maison alors qu'elle ignorait où se trouvait cette maison ?

La main toujours posée sur la robe douce de la jument, Deanna regarda les autres chevaux qui broutaient l'herbe encore couverte de givre. Leurs poils brillaient sous le soleil et des halos d'haleine chaude s'échappaient de leurs naseaux. C'est alors qu'elle remarqua que Josh venait dans sa direction. En arrivant près d'elle, il sortit de sa poche une carotte qu'il donna à la pouliche.

— Je vois que vous avez déjà fait connaissance, dit-il.

Deanna retira sa main et s'enroula plus étroitement dans son châle.

— C'est la fille de Starlight, n'est-ce pas ?

— Oui.

— Comment l'avez-vous appelée ?

— Starfire. C'est une des meilleures juments de triage que j'aie jamais eu l'occasion de monter. Ses poulains vaudront de l'or. Celui qu'elle attend est déjà retenu.

— Quand est prévue la naissance ?

— Fin janvier.

À son tour, il caressa le museau de la pouliche qui hocha la tête, faisant tomber le stetson de Josh.

— Hé, la belle ! Un peu de respect, s'il te plaît ! s'écria-t-il en riant.

Il remit son chapeau après l'avoir secoué pour en chasser la poussière.

— C'est incroyable comme elle ressemble à sa mère ! s'exclama Deanna. Même étoile sur le front, et même caractère malicieux.

— Tu as vu Starlight ?

— Elle est encore ici ? s'étonna la jeune femme.

— Bien sûr. Et elle y restera jusqu'au jour de sa mort. Pourquoi pensais-tu que nous ne l'avions plus ?

— En partant, j'avais demandé à papa de la vendre, puisque je ne serais plus là pour la monter.

Josh s'appuya contre la barrière. Comme il croisait les bras sur sa poitrine, un petit nuage de poussière s'échappa de sa vieille veste de travail.

— Il venait la voir tous les jours. Parfois, deux fois par jour.

— C'est vrai ?

— Oui. Il lui parlait, lui racontait tout ce que tu faisais. Un jour, je l'ai même surpris en train de lui montrer une photo de toi sur son téléphone.

— Tu blagues !

— Pas du tout. Tu imagines comme il était gêné quand il s'est rendu compte que je l'avais vu !

Josh souriait maintenant, même si ses yeux demeurèrent sombres.

— Ton père était un peu fou, tu le sais, n'est-ce pas ?

Ces mots étaient dits avec tant de gentillesse que la gorge de Deanna se serra.

— Dee, je sais pourquoi il t'a fait quitter le ranch. Ou tout au moins, je le devine.

Il regarda au loin un instant avant de reprendre.

— Ensuite, il ne parlait pas souvent de toi, mais quand il le faisait, ça crevait les yeux de voir à quel point il t'aimait. Et à quel point tu lui manquais.

— Écoute, Josh, je préférerais que nous ne discutions pas de tout cela maintenant…

— Excuse-moi, Dee. Je ne suis pas très bon pour tout ça…, avoua Josh en rougissant.

— C'est quoi, « tout ça » ?

— Je veux parler des conventions sociales, savoir quand je dois me taire… Dès que quelque chose me vient à l'esprit, je le dis à haute voix sans réfléchir.

— Oui, je me souviens, reconnut Deanna. Je crois que c'est pour cette raison que nous étions amis.

— Parce que je suis incapable de tenir ma langue ?

— Oui.

Son regard croisa enfin celui de Josh tandis que son cœur se mettait à battre dans sa poitrine encore plus fort que les coups de pied que donnait le bébé dans son ventre.

— Je savais que tu me dirais toujours ce que tu pensais, que jamais tu ne me traiterais comme la fille du patron.

Une gêne passagère assombrit le visage de Josh.

— Détrompe-toi, Dee. Je t'ai toujours traitée comme la fille du patron.

Ce fut au tour de Deanna de rougir. Parce qu'elle comprenait parfaitement à quoi il faisait allusion tout en se disant qu'il n'y avait peut-être aucun sous-entendu là-dedans et que c'était elle qui avait trop d'imagination.

Ce qui faisait un nouveau sujet de conversation à éviter… Si les choses continuaient à ce train, il ne leur resterait plus rien à se dire, à part parler du temps qu'il faisait et, franchement, ce ne serait ni passionnant ni agréable.

— Tu sais, je ne comptais pas t'abandonner tout à l'heure, au moment de ton petit déjeuner, continua Josh.

— Ne t'en fais pas, Gus a tout de suite pris la relève. À sa manière, bien entendu ! C'est-à-dire qu'il m'a accusée de m'affamer et a menacé de me faire mettre sous perfusion.

— Et ça t'étonne ? Il en est resté à la mode d'autrefois où l'on conseillait à la future mère de manger pour deux.

— Exactement. J'espère l'avoir rassuré en lui disant que je suivais à la lettre les recommandations de mon médecin, mais je ne suis pas certaine qu'il m'ait crue.

Josh considéra un instant le tour de taille de Deanna, puis pivota sur lui-même pour appuyer ses bras sur la clôture.

— Tu comptes rester ici combien de temps ?

— Je ne sais pas trop, une semaine ou deux, sans doute. Il y a sûrement pas mal de choses à discuter, à organiser... On verra. Je dois juste être de retour à Washington avant Thanksgiving.

— Pourquoi ?

— Entre autres, à cause du concert Malher au National Symphony. Il y a des mois que j'attends cet événement. Mais en plus, j'ai une expo dans ma galerie, enfin... pas MA galerie, mais celle où je travaille. Il s'agit d'un jeune peintre japonais que j'ai découvert moi-même à la suite d'un bizarre concours de circonstances. Ce sera sa première exposition aux États-Unis et nous sommes tous très excités par ce projet.

Josh avait levé la tête vers le ciel.

— Tu lis quelque chose dans les nuages ? lança Deanna à moitié pour plaisanter.

— Oui. Ils annoncent la neige pour un peu plus tard.

Puis, il abaissa son regard sur Deanna.

— Tu aimes ce que tu fais ? lui demanda-t-il.

— J'adore mon travail ! Et en plus, le fait de gagner ma vie dans la branche pour laquelle mon père m'a payé des études si chères est très important pour moi.

Deanna s'appuya des deux bras sur la barre la plus haute de la clôture et étira son dos douloureux.

Josh la regarda faire puis reprit la conversation.

— Ça doit de faire bizarre de te retrouver ici, non ?

— Tu n'imagines pas ! J'ai l'impression de faire un rêve dans lequel je suis redevenue gamine. Les choses ont si peu changé…

— Tu t'attendais à beaucoup de nouveautés ?

— Franchement, je ne sais pas ce que j'attendais.

— En tout cas, toi, tu ne ressembles pas à ce que j'attendais, déclara Josh en considérant les mèches ébouriffées de son amie. Qu'est-ce qui t'a pris de te faire couper les cheveux pour te coiffer comme ça ?

— Disons que… Que j'ai voulu paraître davantage « dans le coup ». Tu comprends, nos clients achètent plus volontiers des œuvres d'art contemporaines si la personne qui les vend a un look d'avant-garde. Alors, adieu les longs cheveux soigneusement lissés, et bonjour…

— … le style hérisson !

— Oui. Mais rassure-toi, ce n'est pas cette photo que ton père montrait à Starlight.

— Tu ne lui en as pas envoyé une de ton nouveau style ?

— Jamais de la vie ! s'amusa-t-elle.

Josh avait maintenant l'air de prendre plaisir à leur conversation.

— Pour moi, tout cela ressemble à de la mise en scène. En fait, c'est un peu comme si tu portais un déguisement.

— Mais pas du tout ! J'ai seulement adopté le code vestimentaire de mon emploi, comme tout le monde. Franchement, tu t'imagines faire un rodéo en costume trois-pièces ? Les gens ne te prendraient pas au sérieux.

— OK, message reçu.

Le souffle de Starfire réchauffait le visage de Deanna qui avait recommencé à caresser le front de la pouliche.

— Gus m'a dit que papa avait eu besoin de soins palliatifs.

— Oui, mais seulement à la toute fin. C'est Gus qui s'occupait de lui le plus souvent, nous ne faisions que le remplacer de temps à autre. Ou plus exactement, aux moments où Gus voulait bien nous céder sa place, parce que d'après lui nous ne faisions jamais rien de bien.

Les mâchoires serrées, Deanna jeta un regard triste vers la grande maison.

— Il savait bien pourtant que je serais venue tout de suite s'il me l'avait demandé. Ou s'il avait permis à Gus de le faire.

Elle hocha la tête.

— J'imagine le cas de conscience que cela a dû être pour ce pauvre homme, pris entre sa loyauté envers mon père et son envie de m'informer malgré l'interdiction de ce dernier.

— Sauf que tu n'étais pas en état de prendre soin d'un malade.

— Déjà, Gus et moi aurions pu nous organiser pour nous relayer, et en plus, mon père ne savait pas que j'étais enceinte.

La bonne humeur qu'elle manifestait quelques instants plus tôt avait disparu.

— Si nous laissions tomber cette conversation idiote ?

Mais elle se rendit compte que sa remarque avait froissé Josh.

— Idiote ? répliqua-t-il. Désolé, je ne suis pas d'accord. Elle ne l'est pas plus que toute discussion qui s'approche un peu trop de la réalité, tu ne crois pas ?

Deanna pinça les lèvres.

— Tu n'as tout de même pas envie de te bagarrer avec une femme enceinte ?

— Et pourquoi pas ? Je n'ai rien à perdre là-dedans. La relation que tu entretenais avec ton père ne me regarde pas, mais garder ton état secret comme tu l'as fait me paraît complètement stupide, d'autant plus que Granville se doutait que tu lui cachais quelque chose, même s'il ignorait quoi.

Il s'interrompit un instant avant d'ajouter sur un ton sec :

— Et cela, par contre, ça me regardait parce que je travaillais pour lui.

Deanna demeura quelques secondes sans repartie.

— C'est ridicule, déclara-t-elle enfin.

— Le souci que je me faisais pour ton père ?

— Non. Le fait de croire qu'il savait quelque chose.

— Mais c'est lui qui me l'a dit ! Je n'invente rien, il s'inquiétait pour toi.

Deanna commençait à se sentir plus qu'agacée par le tour de la discussion.

— Alors pourquoi est-ce qu'il n'a pas pris de mes nouvelles s'il se faisait tant de souci ? Pourquoi est-ce qu'il ne m'a tout simplement pas demandé ce qui se passait ?

— Je ne sais pas. Peut-être parce qu'il était persuadé que tu ne lui dirais rien ? Parce que vous étiez incapables de communiquer tous les deux ?

Il s'écarta brusquement de la clôture.

— Tu as raison, Dee. Cette conversation est idiote. J'en ai ras le bol de tes cachotteries !

— Josh, je t'en prie, ne réagis pas comme ça.

— Et pourquoi pas ? Parce que j'ai toujours été le type sur qui tu pouvais compter ? Si tu ne veux pas parler, parfait, je ne peux pas t'y obliger, mais tu ne vas pas me faire taire pour autant ! Tiens-le-toi pour dit.

Sur ces mots, il pivota sur lui-même et s'éloigna d'un air froissé, ses bottes martelant le sol de leur talon ferré.

Deanna laissa échapper un soupir découragé.

Les deux semaines à venir risquaient d'être les plus longues de sa vie…

Une petite fille bien calée sur la hanche, Levi, le frère jumeau de Josh, s'avança à côté de ce dernier dans la grande salle à manger où l'imposante table cirée contrastait avec les murs chaulés et le plafond aux poutres apparentes. Si un beau jour les quatre pieds de la table prenaient racine dans les interstices du dallage, Josh n'en serait pas autrement étonné tant elle paraissait inamovible.

Il se rappelait toutes les fois où lui et Deanna, quand ils étaient enfants, s'étaient cachés dessous pour y regarder tranquillement les dessins que faisaient les rayures du carrelage.

— Tu tiens le coup ? demanda Levi à son frère avant d'attraper un petit-four qu'il engloutit en une seule bouchée.

— Oui, bien sûr, marmonna Josh qui fronça les sourcils en contemplant Deanna, sur le canapé en cuir du grand salon qui communiquait avec la salle à manger par une large porte cintrée.

Assise à côté d'elle, Billie la soutenait pendant qu'elle recevait les condoléances.

Levi suivit le regard de son frère, mais s'abstint de tout commentaire. Tout au moins, pour l'instant.

— La messe était belle, finit-il par dire. Je pense que Granville aurait apprécié.

— Mis à part le fait qu'il ne voulait aucune cérémonie…, grogna Josh.

— Bah… Les choses ne se passent pas toujours comme nous le souhaiterions.

Levi proposa un cracker à la petite fille.

— Arrête de fixer Deanna comme ça ! lança-t-il soudain. Tout le monde va se demander ce qui se passe entre vous.

Josh lui jeta un regard furieux.

— Allons, reprit Levi, ne te fâche pas. Je me rappelle tout le temps que tu passais avec elle autrefois. Bien plus qu'avec aucun de nous trois. Tu la protégeais en permanence… Et j'imagine que cela n'a pas changé, non ?

— *Tout* a changé, Leev ! Franchement, tu crois être encore celui que tu étais quand tu avais dix-sept ans ?

— Non, Dieu merci. Mais je suis toujours amoureux de la même femme, ajouta-t-il en jetant un regard vers Val, qu'il avait épousée quelque temps auparavant.

Elle lui répondit par un petit signe de la main et un grand sourire.

Levi plongea les yeux dans ceux de son jumeau.

— Maintenant, nous nous entendons merveilleusement bien, mais vivre ensemble au sortir de l'adolescence aurait été un désastre.

— Ce que tu racontes n'a strictement rien à voir avec la situation présente.

Levi considéra son frère en hochant la tête.

— Est-ce que tu te rends compte à quel point tu as l'air agacé ?

La taquinerie ne faisait que dire la vérité, et derrière elle se cachait une réelle préoccupation pour son frère. Levi n'était plus le gamin insupportable ni l'adolescent rebelle qu'il avait été autrefois. Après six années passées dans l'armée et son mariage avec une jeune femme déjà mère de deux petites filles, il surprenait tout le monde par son sens des responsabilités et sa sérénité. Ce qui prouvait à quel point les gens peuvent changer, et parfois pour le mieux.

— Je n'aime pas les problèmes qui restent en suspens, Leev. C'est tout.

— Parce que Deanna est un problème en suspens ?

— Pas pour moi, bien sûr. Mais pour elle…

— Josh, tu ne veux pas le reconnaître, mais tu en pinces toujours pour elle et ça te donne l'air idiot.

Comme Josh s'apprêtait à répliquer vertement, Levi lui coupa la parole.

— Inutile de monter sur tes grands chevaux, Josh. Je

sais parfaitement ce que tu penses, nous ne sommes pas jumeaux pour rien.

— N'exagère pas, je t'en prie !

— Tu crois qu'on peut passer autant de temps ensemble dans le même ventre et partager la même chambre pendant tant d'années sans qu'il en reste quelque chose ? Allez… Ça marche dans les deux sens. Si je sais ce que tu penses, tu sais très bien toi aussi ce que j'ai dans la tête.

Il jeta à nouveau un coup d'œil en direction de sa femme.

— Tu t'es bien mêlé de mes affaires quand il était question de Val, après tout. À mon tour de te rendre la politesse, frangin.

— Je jure de ne plus jamais dire quoi que ce soit à qui que ce soit de la famille, grommela Josh.

Levi cala la petite fille plus confortablement sur sa hanche.

— Comme si tu allais tenir parole !

Son regard se porta sur leur père, en grande conversation avec Gus, à l'autre bout de la pièce.

— Tu sais où est le problème ? C'est d'être les enfants de gens qui cherchent des solutions à tout : on a hérité de ce gène. Parce qu'en fait, on ne peut pas tout arranger, c'est absolument impossible. L'astuce, c'est de choisir les batailles qu'on veut mener et celles qu'on va laisser de côté. Et parfois…, poursuivit-il.

— Parfois ?

— Parfois, il suffit d'être là pour gagner.

— Gagner quoi ?

— La bataille en question, conclut-il en rejoignant sa femme et la plus âgée des petites.

Ces derniers mots ne firent rien pour rasséréner Josh, d'autant plus que la bataille se trouvait dans la tête de Dee, où elle resterait, sans aucun doute. Rien de tout cela n'avait de sens, ni l'irritation qu'il ressentait ni la réticence de Deanna à se confier.

Pourquoi les femmes étaient-elles si étranges ? En tout cas, celles qu'il avait fréquentées : ou bien elles disaient tout ce qui leur passait par la tête, ou bien, au contraire, elles se taisaient avec autant d'obstination que si elles gardaient un secret d'État. Le problème, c'était que dans ce cas elles étaient persuadées que par un tour de magie vous alliez deviner ce dont elles avaient envie ou ce qui les tracassait, et qu'en prime vous saviez ce qu'il convenait de faire pour résoudre leur souci. La conclusion était que si vous n'étiez pas capable de lire dans leur esprit, elles en déduisaient que vous ne vous intéressiez pas à elles, et que même dans le cas où elles se confiaient, il était toujours difficile de déchiffrer le message, car il contenait systématiquement des non-dits. Et Josh détestait les non-dits.

Il but une gorgée de bière. Pourquoi diable essayait-il de deviner ce que Deanna avait dans la tête ? Deanna Blake était la seule femme, à l'exception de sa mère sans doute, qui lui avait toujours parlé à cœur ouvert. Il avait toujours su exactement où ils en étaient l'un par rapport à l'autre. Voilà pourquoi le fait qu'elle garde ses secrets pour elle le contrariait autant.

Soudain, leurs regards se croisèrent et un soupir lui échappa. Une pause venait de se faire dans la file des personnes qui lui présentaient leurs condoléances et elle se tenait très droite, très digne. Pourtant, elle lui parut toute petite lorsque, tant bien que mal, elle s'arrangea pour lui adresser un sourire courageux. La gorge de Josh se serra. Comme ce pauvre sourire était loin de celui d'antan, qui illuminait tout son visage et mettait la joie au cœur de Josh en même temps ! À cette époque, elle s'emportait facilement, mais riait dix fois plus souvent.

Si elle s'obstinait à garder le silence sur les circonstances qui l'avaient amenée à la situation difficile qui était la sienne, c'était sans doute pour se protéger de la honte qu'elle ressentirait à en parler à quelqu'un. Il s'agissait d'un mécanisme de défense assez compréhensible, mais qui n'arrangeait rien, hélas.

Il finit sa bière et passa rejoindre Deanna dans la pièce voisine. Il s'assit à côté d'elle sur le canapé, se demandant comment il pourrait régler ses problèmes alors qu'il n'en était pas plus capable qu'autrefois. Pourtant, comme autrefois aussi, il était persuadé que chacun comprenait ce que l'autre était en train de vivre.

C'était déjà ça.

Deanna était si épuisée, physiquement et émotionnellement, qu'elle en était engourdie. Au départ, elle s'était juré de ne pas pleurer, mais elle s'était très vite trouvée dans l'incapacité de respecter cette décision. Comment aurait-elle pu rester impassible aux obsèques de son père ? Elle avait tôt fait de découvrir que c'était impossible.

Et la présence de Josh à côté d'elle ne l'aidait guère. Pourtant, lui demander de s'éloigner serait aussi méchant qu'injuste. En fait, elle ne savait plus ce qu'elle voulait. Elle avait ardemment souhaité qu'il la rejoigne, et maintenant elle désirait tout aussi ardemment qu'il reparte. Comment s'y retrouver dans ces contradictions ? Et les hormones de la grossesse n'aidaient pas à clarifier les idées. Si seulement elle pouvait dormir… se plonger dans un long sommeil où elle oublierait tout !

Josh était à côté d'elle, comme autrefois.

— Tu n'es pas trop fatiguée ?

— Non, ça va. À peu près.

Elle massa son ventre un instant, soulagée que le bébé se tienne tranquille. Il devait faire la sieste ; ce qui lui fournissait un répit bienvenu.

Mais elle était troublée par la présence de Josh. Josh dont

le parfum à lui seul faisait remonter en elle une foule de souvenirs qu'elle aurait préféré ne pas évoquer en ce moment — ni à aucun autre, à vrai dire. Ce parfum de cuir, de sève de pin et de grand air la plongeait dans un état second, tout à fait hors de propos.

— Tu veux que j'aille te chercher quelque chose à manger ?

— Non, merci. Ta mère a veillé à ce que je me nourrisse tout à l'heure.

— Voilà qui ne m'étonne pas de sa part !

Ne sachant trop que dire, Josh se frotta les mains contre son jean. Deanna remarqua alors qu'il avait mis un « beau » jean, pas un de ceux qu'il utilisait quand il travaillait au ranch. Il avait complété sa tenue par une chemise en velours noir finement rayé aux boutons en argent et un blouson en cuir fauve. À cette heure de la journée, une ombre de barbe commençait à apparaître sur ses joues, ce qui lui donnait un air encore plus sexy que d'habitude. Hélas…

— Steve ne devrait pas tarder à arriver pour lire le testament, dit-il.

— C'est ce qui est prévu.

Un dernier couple de visiteurs s'approcha de Deanna pour lui présenter ses condoléances. Leur sincérité la toucha, mais elle poussa un soupir de soulagement en les voyant franchir la porte. Tout lui paraissait irréel, familier et étrange en même temps, un peu comme si elle jouait dans une pièce de théâtre où elle n'aurait pas suffisamment répété son rôle. Maintenant, il lui semblait que les lumières venaient de s'éteindre et qu'elle se retrouvait seule avec Josh sur la scène. La bonne nouvelle, c'est qu'elle pouvait enfin se laisser aller.

La mauvaise, c'est qu'elle ne savait toujours pas où se trouvait la réalité. Mais en regardant le profil de Josh, ses lèvres crispées, le pli amer de sa bouche, elle comprit qu'elle n'était pas la seule personne pour qui le monde venait de basculer, voire de s'écrouler. Josh avait consacré sa vie entière au ranch, ce qui signifiait que la suite des événements allait l'affecter bien plus qu'elle-même.

Depuis la cuisine, le bruit des voix de Sam et Billie Talbot leur parvenait. Le petit Austin les quitta pour rejoindre son père et se hisser sur ses genoux. Josh le serra contre lui comme si rien, jamais, ne devait venir s'immiscer entre eux deux. Devant cette manifestation de profonde tendresse, Deanna éprouva une envie irrépressible de savoir ce qui s'était passé entre Josh et la mère d'Austin. Tout en sachant qu'elle n'aurait pas dû, elle posa sa main sur la cuisse de Josh, comme pour le réconforter d'une angoisse secrète.

— Tout ira bien, Josh…

Il se tourna vers elle, l'air surpris.

— C'est à moi que tu dis ça ? Ou à toi ?

Deanna n'eut pas le loisir de répondre, car l'avocat, Steve Riggs, fit son apparition à ce moment-là.

— Désolé, déclara-t-il, essoufflé. Je n'ai pas réussi à arriver à temps pour la messe, car j'ai été retenu à Santa Fe pour une audience urgente. Deanna, pardonne-moi ce retard, j'aurais vraiment souhaité être présent ; ton père était un homme très bon, il va nous manquer à tous.

— Merci, Steve, répondit Deanna, touchée par cette sincère manifestation de sympathie.

— Et maintenant, je suis à votre disposition pour faire la lecture du testament dès que vous le souhaiterez.

En voyant que Deanna avait du mal à se lever du canapé, il s'avança pour l'aider, mais Josh l'avait devancé, posant Austin à terre pour soutenir son amie d'une main ferme.

Lorsqu'elle fut debout, l'avocat découvrit l'état de sa cliente et ne put cacher sa surprise.

— Mon Dieu, Deanna ! La naissance est prévue pour bientôt ?

— D'ici cinq ou six semaines.

— Bon…

Après avoir enfourché ses lunettes sur le nez, Steve Riggs reprit son ton professionnel.

— Dès que vous aurez rassemblé les membres de la famille, nous pourrons passer dans le bureau de Granville, si cela te convient, Deanna.

— Tout à fait.

La lecture ne dura pas longtemps : Granville léguait quelques petites sommes d'argent à différentes personnes de Whispering Pines qui en seraient rapidement prévenues ; Gus devait toucher une pension, plus le cheval de son patron et le droit de vivre dans l'un des chalets aussi longtemps qu'il le souhaiterait. Étant donné que les Talbot avaient déjà reçu une maison en ville lorsque Sam avait pris sa retraite, Granville ne leur léguait qu'un tableau de Thomas Moran que Sam avait toujours admiré et dont Deanna savait que c'était une œuvre de grande valeur. À cela s'ajoutaient divers dons à des associations caritatives que Granville avait régulièrement soutenues.

— Je vais maintenant vous lire la dernière partie du testament, annonça Steve après s'être éclairci la voix. « Je lègue mon ranch, La Vista Encantada, qui comprend la maison d'habitation, les pâturages, tous les bâtiments et le bétail qui s'y trouvera au moment de ma mort, en parties égales à ma fille Deanna Marie Blake et à mon employé, Joshua Michael Talbot.

Un silence stupéfait succéda à ces paroles. Puis, une exclamation de surprise s'échappa en même temps de la bouche des deux personnes concernées.

— Quoi ?

— Félicitations, les jeunes, conclut l'avocat en leur tendant le document pour qu'ils puissent le lire de leurs propres yeux. Vous voici à la tête d'une des plus belles propriétés du Nouveau-Mexique.

- 3 -

— Mais je ne veux pas du ranch ! déclara Deanna une fois qu'elle se retrouva seule avec Josh après le départ de tout le monde.

Elle se renfonça dans le grand sofa du bureau, aussi épuisée physiquement que nerveusement.

— Je ne l'ai jamais voulu et papa le savait très bien.

Adossé au secrétaire de Granville, Josh croisa les bras. Au début, il avait pensé que la contrariété de Deanna était liée au fait qu'il héritait de la moitié du ranch.

— Tu le lui avais dit ?

— Oui.

Deanna se frottait les tempes dans l'espoir de dissiper la migraine qui lui martelait la tête.

— Ou tout au moins, je pense bien le lui avoir dit De toute façon, je n'ai jamais fait mystère du fait que je détestais être coincée ici, et ça, tout le monde le savait. Dans ces conditions, pourquoi est-ce que j'aurais souhaité hériter de cette propriété ?

— Réfléchis cinq minutes, Dee. Que voulais-tu qu'il fasse ? Tu es sa fille, c'est évident qu'il allait te le léguer. Ce qui me surprend, par contre, c'est qu'il ait décidé de m'en donner la moitié.

En écoutant la lecture faite par l'avocat, Josh avait été profondément stupéfait, et à vrai dire il lui faudrait un certain temps pour se remettre de pareille surprise.

Dee leva les yeux vers lui, puis laissa échapper un nouveau soupir.

— Tu dois me comprendre, Josh, je ne me sens plus chez moi, ici.

— Oui, j'ai remarqué, rétorqua ce dernier. Par contre, moi, je n'ai jamais vécu ailleurs. Et en ce qui concerne l'élevage… C'est vrai que je n'étais qu'un employé, mais ton père m'a permis de mener l'affaire à mon idée ; il me faisait une confiance totale et me laissait prendre toutes les décisions.

— Je sais, Josh. Je sais à quel point il se reposait sur toi et ne crois pas que je pense que tu ne mérites pas la part qu'il t'a allouée. Mais…

— Écoute, je comprends très bien que tu n'aies pas envie de rester ici pour m'aider à gérer La Vista. Mais si tu me fais confiance toi aussi, je peux m'occuper des affaires du ranch et nous partagerons les bénéfices. Les chalets peuvent rapporter beaucoup d'argent grâce aux chasseurs qui viennent pour la saison de l'orignal et aux familles qui souhaitent profiter de vacances en pleine nature. Steve veillera à tes intérêts pour que tu sois certaine que tout se passe dans la plus stricte honnêteté.

— Non, ce n'est pas le problème…, répliqua Deanna en s'enfonçant encore plus dans les coussins. Bien sûr, je n'ai pas tellement réfléchi à la question parce que je n'imaginais pas que cela se produirait si vite, mais… puisque papa m'a laissé la moitié du ranch… Oh là là, Josh, je n'arrive même pas à les prononcer, ces mots !

Le sang de Josh s'était glacé dans ses veines.

— Tu veux vendre ?

— Disons plutôt que j'ai *besoin* de le vendre.

— Ma parole ! Tu parles comme si tu avais des dettes de jeu.

Cette remarque fit sourire Deanna.

— Non. Par contre, j'ai un enfant qui va bientôt naître.

Avec tout ce que cela implique de frais pour l'élever correctement, sans parler des études qu'il me faudra payer et qui coûtent une fortune, comme tu le sais aussi bien que moi. Cela me rassurerait beaucoup d'être sûre de ne pas avoir de souci à me faire pour l'avenir. C'est vrai que le ranch marche bien en ce moment mais, étant donné la conjoncture économique, il n'y a aucune garantie pour que cela continue. Si nous le vendons…

Josh soupira. Évidemment. Un tiens vaut mieux que deux tu l'auras, dit le proverbe. Comment discuter là-dessus ? De nombreux ranchs faisaient faillite dans la région sans que la gestion de leur propriétaire ne puisse être mise en cause. Personne ne pouvait garantir que cela n'arriverait pas à La Vista Encantada. Granville avait fait estimer le domaine quelques années auparavant et avait informé Josh du résultat de cette évaluation… et le montant déclaré lui avait donné le vertige.

Pour lui, toutefois, ce n'était pas l'argent qui était en question, mais le ranch lui-même, ce ranch qui était son foyer depuis toujours.

— Ta fille a bien un père, Deanna. Même si vous n'êtes plus ensemble…

— Inutile d'en parler, il est complètement sorti de ma vie, déclara Deanna en se mettant péniblement debout. Pour des raisons que je préfère ne pas développer maintenant.

Josh sentait la colère monter.

— Ni maintenant ni jamais, n'est-ce pas ?

Deanna le dévisagea, visiblement irritée.

— Ma situation ne te regarde pas. Point final.

— Dee… Tu veux vendre le seul lieu au monde où je suis chez moi. Une propriété dont jamais, même dans mes rêves les plus fous, je n'avais imaginé qu'elle m'appartiendrait un jour. Et maintenant que je suis à deux doigts de voir ce rêve réalisé, tu veux me l'arracher. Comment peux-tu penser que je ne me sente pas concerné ?

Dee pivota sur elle-même pour se tourner vers la fenêtre.

— Tu peux racheter la moitié qui me revient.

— Tu plaisantes ? Tu crois que je dispose d'une somme pareille ? Jamais je n'obtiendrai un prêt suffisant pour racheter ta part.

— Je comprends, mais si nous vendons et partageons le gain, tu pourras acquérir un domaine à ton nom. Moins grand que La Vista, bien sûr, mais…

— Ce ne serait pas La Vista !

— … Tu n'as pas besoin d'autant d'hectares pour commencer ton propre élevage. Tu jouis d'une excellente réputation : tout le monde sait que c'est toi qui t'occupes des étalons et des pouliches à La Vista, les gens te feront confiance. Et en plus, ce ranch-là serait réellement à toi et à Austin. Et qui sait si un jour tu ne pourras pas racheter La Vista ? Souvent, les gens achètent des ranchs alors qu'ils ne sont pas du métier et ils perdent leur enthousiasme une fois que le romantisme de la situation cède la place au travail sur le terrain. D'ailleurs, tu pourras garder tous les chevaux que tu voudras, je ne parle que de vendre la propriété.

— Il n'y a rien à vendre dans le coin.

— Et alors ? Cherche plus loin !

Josh était à deux doigts de répliquer « Je n'en ai pas la moindre envie ! », mais il se rendait compte que faire cela reviendrait à se comporter en gamin capricieux, exactement comme lorsque Austin refusait d'aller au lit ou de manger sa soupe.

Et pourtant…

Il fit un gros effort pour garder son calme, sensible à la supplique qu'il lisait dans le regard de Deanna. Sans doute lisait-elle la même chose dans son regard à lui ?

— Écoute, j'entends ce que tu viens de dire, mais ce n'est

pas seulement une question de lieu, il y a toute l'histoire de ma famille derrière… Évidemment, nous n'avons peut-être pas la même conception de la famille, toi et moi.

Deanna sursauta si violemment que Josh se reprit aussitôt.

— Pardon, Dee, je ne voulais pas…

— Non, tu as raison, l'interrompit-elle. Bien sûr, j'aimais Dad, mais c'est vrai que nous n'avions pas du tout la même relation que celle que toi ou tes frères avez avec vos parents. Mon oncle et ma tante à Washington se sont occupés de moi, et ma cousine Emily est une très bonne amie, mais tout cela ne remplace pas le reste.

— Je suis désolé !

Deanna posa une main sur son ventre.

— Je me suis juré de faire mieux avec cette petite personne ! déclara-t-elle avec un sourire triste. On peut toujours rêver, n'est-ce pas ?

Josh baissa les yeux et fourra les poings au fond de ses poches dans l'espoir de dissimuler la vague de pitié qui montait en lui. En ce qui concernait l'éducation d'Austin, il avait la chance de pouvoir prendre exemple sur la relation que ses parents avaient su créer avec leurs quatre fils. Ce qui ne l'empêchait pas tout de même de craindre de commettre des erreurs…

Seigneur, que la vie était compliquée ! Néanmoins, l'important n'était parfois pas tant de réussir ce qu'on souhaitait que ce qui serait le mieux pour tout le monde. Par exemple, à quoi bon chercher à fixer Deanna en un lieu qui ne lui avait jamais plu tout simplement parce que lui-même avait d'autres idées sur la question ?

— Bon, d'accord, déclara-t-il.

— D'accord sur quoi ?

— Si tu veux vendre, nous vendrons, laissa-t-il échapper avec résignation.

À ces mots, Deanna parut se détendre.

— Pourtant, reprit-il sans oser la regarder en face tant cette décision lui déchirait le cœur, je pense que ce serait une bêtise de mettre La Vista Encantada sur le marché avant d'y avoir fait les quelques petits travaux qui l'embelliront. Sans cela, nous n'aurons que des offres peu intéressantes et je suis sûr que ce n'est pas ce que tu souhaites.

Comme Deanna arborait un air surpris et plutôt content, il continua à exposer ses idées.

— Ça vaut la peine de prendre du temps et de se donner un peu de mal pour obtenir un meilleur prix. Et aussi… J'aimerais organiser un dernier Noël au ranch, si tu es d'accord.

Granville avait en effet l'habitude d'organiser une grande veillée au cours de laquelle il se déguisait en Père Noël pour le plus grand bonheur des enfants.

Deanna réfléchissait. Effectivement, ce serait dommage de priver tout le monde de cette tradition alors qu'on était si près des fêtes de fin d'année. Elle hocha la tête en signe d'approbation puis fronça les sourcils, un peu inquiète.

— C'est une bonne idée, mais qui va supporter les frais de cette réception ?

— Écoute, nous ne sommes pas obligés de faire quelque chose de somptueux, seulement d'honorer une coutume qui tient au cœur de tout le monde. Comme c'est là saison morte, je pourrai effectuer moi-même la plupart des préparatifs.

Malgré cette réponse réconfortante, Deanna resta soucieuse et passa les mains sous son ventre, comme pour en alléger le poids par ce geste.

— Tu comprends que je ne vais pas séjourner longtemps ici ?

— Oui, je sais. C'est pour cela que, si tu me fais confiance pour la rénovation, nous pourrions organiser cette fête juste avant de nous lancer dans les travaux. Ensuite, je pense que la vente se fera rapidement, car ton père recevait régulièrement des propositions d'achat.

— Oui, c'est vrai, approuva Deanna. Voilà au moins une chose à propos de laquelle il me tenait au courant.

Elle laissa passer un moment avant de demander à nouveau :

— Tu es sûr d'être d'accord pour que nous vendions ?

Josh fit un effort pour oublier l'étau qui lui étranglait la gorge.

— D'accord ? Non, pas du tout, mais le plus important est que tu prennes bien soin de cette petite fille, ajouta-t-il avec un regard sur le ventre de Deanna. C'est mieux que de se laisser aller à la nostalgie ou aux regrets. En plus, j'estime ne pas avoir le droit de regretter de perdre quelque chose qui ne m'a jamais appartenu.

Des larmes brillaient dans les yeux de Deanna.

— Je suis sincèrement désolée, Josh…

— C'est inutile, je te promets.

Au bout d'un moment, elle s'avança vers Josh et l'entoura de ses bras.

— Merci, Josh. Merci mille fois.

Cela fait, elle retourna vers le bureau dont elle ouvrit les tiroirs à la recherche de papier et d'un stylo. Ensuite, elle s'installa sur la chaise pivotante qui avait été celle de son père et commença à dresser différentes listes.

Pendant ce temps, triste à mourir, Josh sentait s'échapper un rêve dont il ne savait même pas qu'il l'avait fait.

Pour mettre fin à ce qui lui était un supplice, il quitta la pièce, attrapa son blouson dans l'entrée et partit se réfugier dans les écuries. Une fois à l'intérieur, il offrit un exutoire à son chagrin en donnant un grand coup de poing dans la cloison en bois. Surprise, Starfire sursauta et le fixa d'un air de reproche, comme pour lui dire : « Mais enfin, qu'est-ce qui te prend ? Tu es plus calme que ça d'habitude ! »

Josh releva la tête brusquement.

Peut-être un jour découvrirait-il le remède qui l'immuniserait contre le regard d'une certaine jeune femme brune aux cheveux trop courts et au diamant placé sur l'aile du nez ?

Ce qui était sûr, c'est que ce moment n'était pas encore arrivé.

Une nouvelle fois, il frappa du poing contre la cloison, puis il appuya son front contre le bois et s'efforça de calmer sa respiration.

— Non ! Oncle Granville a fait quoi ?

Deanna se recula un peu de l'écran sur lequel elle était en contact par Skype avec sa cousine Emily, dont le visage et les yeux clairs exprimaient l'ébahissement le plus total.

— Tu as bien entendu, Emily. Il a légué La Vista Encantada à Josh et à moi à parts égales.

D'un geste gracieux de la tête, Emily rejeta en arrière ses magnifiques cheveux blonds.

— Mais… Qu'est-ce que tu vas faire ? Tu ne vas tout de même pas aller t'installer là-bas ?

— Certainement pas !

Tout en faisant cette réponse dénuée d'ambiguïté, Deanna s'aperçut qu'elle n'était pas aussi satisfaite de l'approbation de Josh qu'elle s'y était attendue. Encore une fois, cette étrange réaction devait être liée à sa grossesse, qui l'épuisait au point d'effacer toute notion de plaisir. Elle adorait sa fille, mais Dieu sait si elle serait soulagée le jour où, enfin, elles ne partageraient plus le même corps !

— Nous allons mettre le ranch en vente et nous partager l'argent qu'il rapportera. À vrai dire, c'est Josh qui s'en occupera parce que je rentre dans quelques jours comme prévu.

Le visage d'Emily se contracta légèrement.

— Josh est d'accord avec cette solution ? Je veux dire, à propos de la vente ?

— Disons qu'il a reconnu que c'était ce que nous pouvions faire de mieux étant donné les circonstances.

— Ah… Et comment va-t-il ?

— Bien.

Sans trop savoir pour quelle raison, Deanna décida de ne pas se lancer dans l'exposé de sa situation de père célibataire.

— Je me souviens bien de lui, tu sais, reprit Emily.

Et comment… Pour la première fois, la petite jeune fille des villes avait senti son cœur s'emballer et son sang battre à ses tempes devant le bel adolescent qui montait si bien à cheval.

— Il a changé tout de même, s'amusa Deanna.

— Ça ne m'étonne pas. Cela fait au moins onze ans que je ne l'ai pas vu.

— Oui, c'est bien ça.

Emily et ses parents n'étaient venus qu'une seule fois au ranch après la mort de la mère de Deanna, l'été de ses quinze ans. Tante Margaret avait toujours trouvé sa sœur complètement folle d'avoir épousé un cow-boy. D'après ce que lui avaient raconté ses grands-parents, Deanna savait qu'ils avaient emmené leurs deux filles faire du ski pendant des vacances d'hiver. Durant un bal, Katherine, leur aînée, alors âgée de vingt et un ans, avait rencontré un éleveur plus vieux qu'elle dont elle était tombée si follement amoureuse qu'elle avait choisi d'aller vivre au milieu de nulle part pour rester avec lui, au grand dam de ses proches. Autrement dit, il n'y avait rien d'étonnant à ce que les visites de tante Margaret au ranch aient été quasi inexistantes.

Toujours était-il qu'à l'occasion de son bref séjour à La Vista Encantada, Emily, du haut de ses treize ans, avait été séduite par Josh, qui en avait alors lui-même seize, au point de le suivre partout comme un petit chien. Au lieu de l'envoyer promener, Josh s'était montré avec elle d'une patience d'ange, ce qui avait fait fondre le cœur de Deanna et rendu à moitié folle d'inquiétude tante Margaret, paniquée à l'idée que sa fille puisse suivre le même destin que sa sœur. Et au final, peut-être parce qu'elle-même n'appréciait pas du tout la vie à la campagne et que la mélancolie manifestée par sa mère était encore toute fraîche à son esprit, Deanna avait réagi exactement comme sa tante.

Ce souvenir lui permettait de mieux comprendre encore le soulagement que tante Margaret devait éprouver en sachant Emily fiancée au fils d'un sénateur. Voilà qui l'orientait à coup sûr vers le genre d'existence qui aurait dû être celle de sa malheureuse sœur.

— Bon, je suis contente de t'avoir parlé, conclut-elle. De toute façon, je serai de retour à Washington dans une semaine. Je prendrai un taxi en arrivant et…

— Pas question ! Je viendrai te chercher, et pas de discussion !

Deanna se mit à sourire. Elle aimait beaucoup sa cousine. Même si cette dernière était… Emily, c'est-à-dire cette jeune beauté, parfaitement à l'aise en société et incapable de commettre la moindre bévue. À vrai dire, Emily avait le mérite de savoir s'adapter à Deanna, ce qui leur permettait une véritable communication.

— Comme tu voudras. En tout cas, merci beaucoup. Il faut que j'arrête maintenant, mais je te dis à très bientôt.

Gus venait en effet de pénétrer dans le bureau.

— Deanna, la designer de Santa Fe est arrivée…

Au moment où il faisait cette annonce, Gus ne chercha pas à dissimuler une grimace de dégoût. À ses yeux, architectes d'intérieur, décorateurs et autres membres de cette engeance n'existaient que pour les nouveaux venus qui voulaient à tout prix donner un air rustique à leurs riches demeures. Pour lui, La Vista Encantada était parfaite telle qu'elle était, et Josh et Deanna avaient perdu la tête en décidant d'arranger une maison qui n'avait nul besoin de l'être.

Mais bien sûr, par-dessus tout, ce qui le contrariait, c'était de penser que le ranch allait être vendu. Après leur annonce, Gus était resté vingt-quatre heures sans adresser la parole ni à l'une ni à l'autre. Bien que Deanna eût essayé de prétendre être à l'origine de ce choix, Josh avait insisté pour affirmer qu'ils l'avaient pris en commun. Pourtant, à plusieurs reprises au cours des deux jours précédents, elle avait surpris Josh, le regard fixé sur les montagnes, les paddocks ou les granges, avec une expression si triste que son cœur avait été à deux doigts de se fendre. Franchement, si ce bébé n'était pas en route, et si elle n'était pas la seule personne au monde pour subvenir à ses besoins, elle aurait sans doute reconsidéré la situation.

Hélas, il n'y avait qu'elle pour défendre les intérêts de sa fille. Le moment était venu de faire preuve de raison, d'être pratique, logique comme devait l'être une personne adulte. Elle avait trop longtemps laissé son cœur diriger sa vie. Après tout, Josh n'était plus un enfant, il se débrouillerait. Peut-être même trouverait-il à acheter un ranch encore plus rentable que La Vista.

Au cas où cela existerait…

— J'arrive, Gus. Est-ce que tu lui as offert un café ?

— Oui, bien sûr. Veux-tu que j'appelle Josh ?

— S'il te plaît. Nous avons besoin d'être tous les deux pour prendre les décisions.

Comme elle regardait le vieil homme se hâter hors de la pièce, Deanna sentit une vague d'affection déferler sur elle. Gus avait fait sa part, et largement, pour l'élever, après la mort de sa mère. Puis une idée beaucoup moins agréable lui vint à l'esprit. Sans doute ne le reverrait-elle plus jamais, une fois qu'elle aurait quitté le ranch…

Lorsque Josh la rejoignit dans le grand salon, les épaules couvertes de neige, elle comprit tout à coup que lui non plus, elle ne le reverrait pas. Logiquement, cela n'aurait pas dû la déranger, car elle l'avait rencontré bien peu souvent au cours des dernières années et, pour tout avouer, elle n'avait même pas tellement pensé à lui. Pourtant, depuis son arrivée au ranch, beaucoup de choses avaient changé.

Elle laissa échapper un soupir. Encore un tour joué par ses hormones… Inutile de s'appesantir là-dessus. D'accord, son séjour remuait beaucoup de souvenirs, mais qu'y avait-il d'anormal à cela ? Malgré tout, elle était sans doute plus vulnérable qu'elle ne voulait se l'avouer et la mort de son père n'était pas la seule cause de ce bouleversement, même si cela aurait suffi à le justifier. Non, ce qui aggravait son trouble, c'est que Josh était sur le point de sacrifier pour elle ce à quoi il tenait le plus au monde.

— Dee ? Ça va ?

— Oui, bien sûr, répondit-elle en massant son dos douloureux.

La sonnette de l'entrée retentit à cet instant et Josh alla ouvrir à l'agent immobilier. Il l'accueillit poliment et réussit à rester maître de lui lorsque le regard professionnel de ce dernier fit le tour de la grande pièce. Pourtant, il avait tout du lion en train d'évaluer la meilleure manière de s'y prendre pour attraper la proie qu'il venait de repérer.

La décoratrice-designer, beauté brune vêtue d'un tailleur-pantalon turquoise, paraissait beaucoup plus chaleureuse que son collègue.

Deanna la trouva immédiatement sympathique.

— Mon Dieu…, s'exclama la jeune femme en découvrant l'état de Deanna. Le bébé ne va pas tarder à arriver, n'est-ce pas ?

— En effet, la naissance est prévue pour bientôt, mais je serai de retour chez moi à ce moment-là.

Ce style de conversation ne faisait pas l'affaire de l'agent immobilier qui se hâta d'intervenir.

— Sans vouloir vous brusquer, mesdames, je préférerais

que nous nous mettions tout de suite au travail, car j'ai un rendez-vous à Taos en début d'après-midi.

Son sourire étincelant se fixa sur Josh qui se tenait un peu à l'écart de leur petit groupe, le front barré d'un pli contrarié. Il lui fallut un moment pour réussir à sourire lui aussi, mais là encore, ce n'était qu'une manifestation de politesse. S'il avait pu envoyer le bonhomme à tous les diables, il l'aurait fait avec le plus grand plaisir.

— Allons-y, proposa-t-il d'une voix grave. Si vous voulez bien me suivre ?

Une heure plus tard, la tête farcie de mots tels que « valorisation », « charme de l'authentique », et bien d'autres du même genre, Josh s'écroula sur le canapé du bureau. Mis à part le jour où il avait vu Jordan, la mère d'Austin, quitter le ranch dans son pick-up sans même se retourner, jamais il n'avait été d'humeur aussi sombre.

Tandis qu'il était plongé dans cette morne méditation, les voix de Deanna et de Tessa, la décoratrice, lui parvenaient depuis le couloir. Toutes deux semblaient converser sur un ton amical et Josh devait reconnaître que Tessa s'était contentée de faire quelques suggestions astucieuses et simples au lieu de proposer de moderniser à tour de bras tout ce qu'elle avait vu comme il l'avait redouté avant de la rencontrer.

Quant à l'agent immobilier, très imbu de lui-même, il avait avancé une estimation de la propriété encore plus élevée que ce que Josh avait imaginé possible. Finalement, Josh se dit amèrement que c'était plus facile de vendre des maisons que de dresser des chevaux. Au moins, elles ne se mettaient pas à ruer quand elles n'étaient pas d'accord avec vous !

Au bout d'un moment, il entendit la porte d'entrée se refermer sur les visiteurs. Deanna vint le rejoindre et s'assit près de lui.

— Je trouve que ça ne s'est pas trop mal passé. Et toi, qu'est-ce que tu en penses ?

Josh se contenta d'émettre un grognement.

— Écoute, ils n'ont pas suggéré beaucoup de changements, cela me semble très positif, renchérit Deanna.

— Étant donné que nous allons vendre, je ne vois pas quelle importance ces modifications peuvent avoir pour nous.

— C'est vrai... Mais, pourquoi est-ce que tu me regardes comme ça ?

— Tu n'éprouves vraiment aucun attachement pour La Vista Encantada ?

Deanna laissa s'écouler un long moment avant de répondre.

— Non. Franchement, non. Et même si j'en avais, ma situation ne me permettrait pas de m'embourber dans le passé au point de m'empêcher de prendre les décisions concernant mon avenir.

Elle se tut un instant, posa la main sur son ventre.

— Et encore moins celui de ma fille.

— Mais enfin, son père existe, non ?

— C'est un homme marié, déclara Deanna d'une voix assourdie.

Josh laissa échapper une exclamation de surprise.

— Je ne le savais pas au début, il me l'avait caché, expliqua Deanna. C'est un diplomate français, plus âgé que moi. Je lui ai vendu un tableau, il m'a invitée à sortir avec lui, nous étions bien ensemble. À un moment donné, il m'a même parlé de mariage. En fait, c'est moi qui ai abordé la question, mais il n'a pas eu le courage de m'arrêter. Tout se passait bien entre nous, jusqu'au jour où mon diaphragme n'a pas joué son rôle.

— Tu ne vas tout de même pas dire que tout est de ta faute !

Deanna regarda Josh d'un air désolé.

— Il ne m'a pas forcée, Josh.

— Non, mais il t'a menti. Ça revient au même. Et étant donné ma propre situation, tu fais fausse route si tu crois que je cherche à te juger !

Deanna ébaucha un sourire.

— Tu veux parler d'Austin ?

— Oui. Jordan et moi prenions des précautions, ou tout au moins, c'était ce que nous pensions. Nous n'avions absolument pas prévu d'avoir un enfant, mais quand elle m'a dit qu'elle était enceinte…

— Bref, elle a profité de ton honnêteté.

— Que voulais-tu que je fasse d'autre ?

— Te connaissant, rien, bien sûr. J'ai toujours su que ton bon cœur te perdrait ! Tu t'es comporté en grand seigneur.

Josh s'éclaircit la gorge.

— Je ne sais pas. C'était une bêtise dès le départ de nous mettre ensemble, mais au moins j'ai reconnu mon fils et j'ai assumé mes responsabilités. Par contre, ton bonhomme, tout diplomate qu'il est, n'en a pas fait autant !

— Oh ! pire que ça…

Rien qu'à entendre le ton sur lequel Deanna avait parlé, Josh avait deviné.

— Tu veux dire qu'il t'a demandé de te débarrasser du bébé ?

— Il ne me l'a pas demandé, il l'a exigé !

— Avant ou après t'avoir dit qu'il était marié ?

— Après. Mais avant de m'avouer qu'il avait déjà trois enfants.

Ils se turent un instant tous les deux, puis Deanna reprit.

— De toute manière, j'ai beau regretter de m'être laissé embarquer dans ce qui me semblait à l'époque un vrai conte de fées en refusant de tenir compte des signaux d'alerte qui émaillaient notre relation, la vérité est que personne ne m'a jamais forcée à quoi que ce soit. J'ai toujours décidé de mes choix en pleine liberté. Ce qui fait que maintenant j'en assume les conséquences. Bref, exactement comme tu l'as fait toi aussi.

Josh laissa échapper un soupir.

— Aïe ! s'écria Deanna brusquement.

— Qu'est-ce qui t'arrive ?

— Rien. J'ai mal dans le dos, c'est tout, mais ça va passer.

En voyant Josh sortir son téléphone de sa poche, elle fronça les sourcils.

— Qu'est-ce que tu fais ?

— J'appelle ma mère. Je l'ai suffisamment entendue parler de son métier pour savoir qu'un mal de dos peut être le signe d'un début d'accouchement.

— Dans ce cas, ça fait au moins deux semaines que j'ai commencé à accoucher !

Josh ne prêta pas attention à la réflexion de Deanna et appuya sur la touche « haut-parleur » de son téléphone, après avoir composé le numéro de sa mère.

— Salut, Mom ! Deanna dit qu'elle a mal au dos, qu'est-ce que tu en penses ?

— Très mal ? demanda Billie.

— Suffisamment pour que je la voie faire des grimaces de douleur.

— Billie, interrompit Deanna d'une voix forte, Josh exagère, je ne suis pas en train d'accoucher !

— Je suis sûre que tu as raison, Dee, répondit la mère de Josh, mais comme je suis en route pour rentrer, je peux sans problème faire un crochet par La Vista. Sauf si ça te contrarie, bien sûr.

Après avoir rangé son stéthoscope dans son sac, Billie considéra Deanna.

— Le travail n'a pas commencé, mais le col est effacé à cinquante pour cent et dilaté de deux centimètres. En plus, le bébé est placé très bas, pratiquement déjà engagé, c'est pour cela sans doute que tu as mal au dos.

Deanna parut contrariée.

— Je pensais que, pour une première naissance, cela n'arrivait que beaucoup plus tard.

— En effet. Autrement dit, ou bien tu t'es trompée sur la date prévue pour l'accouchement…

— Impossible ! J'ai subi deux échographies.

— Ou bien cette petite a déjà un caractère bien trempé ! Et dans ce cas, tu peux te préparer à avoir du fil à retordre pour l'élever. Quoi qu'il en soit, et je sais que tu ne vas pas aimer ce que je vais te dire, il vaudrait mieux que tu renonces à prendre l'avion dans les jours qui viennent.

Une expression horrifiée apparut sur le visage de Deanna.

— Non, c'est impossible, Billie. Je ne peux pas rester ici.

— Tu n'as peut-être pas le choix, ma chérie.

Deanna se leva péniblement.

— Non, non et non. Pas question de ça ! J'ai une exposition à mettre au point et je n'ai pas fini de préparer le coin du bébé.

Mais une seconde plus tard Deanna se laissa aller sur son lit, vaincue.

— Tu es sûre de ce que tu dis, Billie ?

Billie s'assit près de Deanna et passa un bras affectueux autour de ses épaules.

— Je comprends, ma chérie… Tu avais déjà bien assez à gérer sans cette contrariété supplémentaire. C'est impossible d'être certain que le travail se déclencherait pendant le vol, mais je ne veux pas te faire courir ce risque. Et si jamais la naissance a lieu plus tôt que prévu, tu seras de retour chez toi pour Noël, peut-être même pour Thanksgiving, qui sait ?

Deanna sentit le sang se retirer de son visage. Thanksgiving était à moins de trois semaines. La réalité lui sauta aux yeux.

Était-ce possible ? Dans moins d'un mois, elle tiendrait son bébé dans ses bras ?

Pas *un* bébé, mais *sa* fille.

Billie lui frotta doucement l'épaule.

— C'est à toi de choisir, Dee. Je ne suis pas en train de te dire que tu ne peux pas prendre l'avion, juste que je te le déconseille. Et si tu décides de rester ici, tu sais qu'il y aura des gens pour s'occuper de toi.

Deanna hocha la tête.

Était-ce vraiment un avantage ? Elle n'en était pas vraiment persuadée.

- 4 -

À l'autre bout du fil, un long soupir contrarié se fit entendre.

— Vous êtes vraiment sûre de ne pas pouvoir prendre l'avion ?

Il n'y avait aucune trace de sympathie dans cette question, mais Deanna n'en fut pas surprise : sa patronne Alita était plus généreuse question salaire que question sentiments. Depuis le début, elle accordait à Deanna un bon pourcentage sur les ventes que cette dernière concluait — et qui étaient assez nombreuses grâce à son talent pour mettre les acheteurs potentiels en relation avec le genre d'œuvre qu ils recherchaient, et cela, même si eux-mêmes ne savaient pas exactement ce qu'ils souhaitaient en entrant dans la galerie.

— C'est l'avis unanime de la sage-femme et des médecins que j'ai consultés à la clinique de Whispering Pines. Si vous voulez, je peux vous envoyer mes notes par mail.

— Non, c'est inutile. Par contre, si vous n'êtes pas de retour début décembre, je serai obligée de vous remplacer.

— Mais vous ne pouvez pas me licencier parce que je suis enceinte, Alita ! protesta Deanna.

— Nous verrons cela plus tard…

Sur ce, sa patronne raccrocha.

Deanna poussa un profond soupir, le moral à zéro.

Et maintenant, il lui fallait appeler sa cousine Emily.

— Oh non ! s'écria cette dernière. Tu sais bien que la semaine prochaine nous devions aller au salon du mariage avec mes demoiselles d'honneur !

Bien sûr, Deanna s'en souvenait très bien, mais ça, ce serait quelque chose qu'elle ne regretterait pas. Les demoiselles d'honneur en question choisies par Emily pour son cortège n'étaient pas aussi aimables que ce que cette dernière souhaitait le croire, et Deanna appréhendait la réaction de ces irréprochables jeunes filles de bonne famille face à elle, lourdement enceinte et célibataire.

— Je suis sûre que tu te débrouilleras très bien sans moi.

— Mais… Si tu restes à La Vista, ça veut dire que je ne serai pas avec toi au moment de la naissance ! Zut et zut, Deanna ! Franchement, ça me fait de la peine. Je tenais à être la première à souhaiter la bienvenue à ton bébé et à le couvrir de cadeaux dès le premier jour.

Deanna se mit à rire. Si parfois Emily se montrait assez égocentrique, il fallait bien reconnaître qu'elle se rachetait par sa générosité et son enthousiasme. Comment oublier qu'elle avait pris sa défense après la trahison de Philippe et l'avait invitée à s'installer chez elle à Georgetown ? Emily, si docile d'habitude, avait osé tenir tête à sa mère qui n'avait pas apprécié du tout la grossesse inopinée de sa nièce.

Même lorsque tante Margaret l'avait menacée de limiter les dépenses du mariage, Emily n'avait pas flanché et avait continué à soutenir sa cousine.

— Ne t'en fais pas, avait-elle confié à Deanna, ma mère craquera avant moi, j'en suis sûre. Elle ne supporterait pas une cérémonie juste à la mairie, sans cortège et sans tralala.

C'est bien ce qui s'était passé en effet, Margaret estimant sans doute qu'accepter une nièce enceinte dans les festivités était moins grave aux yeux de la société que de marier sa fille en toute simplicité.

— Dee ? Tu es toujours là ?

— Oui. Je veux juste te dire que tu es adorable.

— Moi aussi, je t'aime ! À bientôt.

La communication terminée, Deanna s'allongea sur son lit, totalement épuisée.

D'en bas provenaient la voix grave de Gus et le rire d'Austin, ce qui rendait moins étouffant le silence régnant dans la pièce. Deanna sourit, momentanément heureuse. Austin allait à l'école maternelle trois jours par semaine seulement, ce qui obligeait Josh à improviser une garderie le reste du temps. Gus avait pris la relève, ravi d'emmener le petit garçon avec lui partout où le travail du ranch l'appelait. C'était d'ailleurs ce qui se passait le plus souvent avec les enfants vivant sur une propriété telle que La Vista : beaucoup étaient scolarisés chez eux et apprenaient sur place au contact de leur entourage tout ce dont ils auraient besoin pour gérer un domaine.

Heureusement, cela n'avait pas été le cas pour Deanna, sa mère ayant insisté pour qu'elle aille à l'école de Whispering Pines.

Grâces lui en soient rendues, car sans cela, jamais elle n'aurait pu partir pour Washington.

— Dee !

En voyant apparaître Deanna, Austin avait bondi de sa chaise où il était supposé manger son déjeuner pour se précipiter dans les bras de la jeune femme. C'était étrange de constater comme des liens inattendus pouvaient se nouer en un rien de temps… Tout heureuse de sa réaction, elle le souleva dans ses bras pour l'embrasser, ce qui déclencha un grognement inquiet de la part de Gus.

— Tu crois vraiment que tu as le droit de faire ça ?

— Billie ne me l'a pas défendu.

Deanna embrassa Austin dans les cheveux, avide de respirer son odeur de petit garçon qui se mêlait à celle des bûches brûlant dans le gros poêle.

— Super de te trouver ici, mon poussin !

En voyant Austin lui sourire de toutes ses dents de lait, Deanna sentit son cœur se gonfler de bonheur.

— Tu es content, toi aussi ?

— Oh oui ! Papa a dû aller faire une course, alors je reste avec Gus et toi.

Deanna regarda du côté de Gus.

— Je peux savoir de quel genre de course il s'agit ?

— Il est allé rencontrer un éventuel acheteur de La Vista. En attendant son retour, est-ce que tu veux un thé ?

— Non, merci.

Puis, s'adressant à Austin :

— Qu'est-ce que tu dirais de faire un peu de cuisine avec moi ?

— Un gâteau ?

— Je ne sais pas. Tout dépend de ce que je trouverai dans les placards.

Elle regarda Gus.

— Je ne vais pas te déranger si je reste dans ta cuisine ?

— Tu plaisantes ? Je suis prêt à laisser la direction des fourneaux à qui voudra la prendre.

Pour la première fois, Deanna remarqua à quel point Gus paraissait las. Les poches sous ses yeux n'étaient pas seulement dues à l'âge, mais aussi à la fatigue. Elle serra le petit garçon contre elle et il appuya sa tête contre son épaule, complètement confiant et abandonné.

À nouveau, elle se tourna vers Gus.

— Tu as des soucis de santé, Gus ?

Le vieil employé parut vexé de cette question.

— Pas du tout ! Qu'est-ce que tu vas imaginer ? C'est juste que je ne suis plus tout jeune, et les gens m'épuisent, maintenant.

Aussitôt, il frictionna affectueusement le crâne d'Austin.

— Pas toi, petit, mais beaucoup d'autres.

Deanna sentait l'émotion la gagner.

— Je ne comprends toujours pas pourquoi papa a refusé de prendre du personnel soignant à plein temps pour s'occuper de lui. Il avait largement les moyens de le faire.

— Tu sais à quel point il aimait se débrouiller seul. Il ne voulait pas non plus diminuer les parts d'héritage qu'il avait prévues. En tout cas, c'est ce qu'il m'a dit. Et de toute façon, je n'aurais pas supporté que des étrangers viennent envahir mon espace. Mais j'avais oublié que je n'ai plus soixante-dix ans…

Du regard, il fit le tour de la cuisine. Deanna posa Austin sur le sol.

— Si tu allais retrouver Smoky un moment ? Je crois qu'il est sur mon lit.

— D'ac, répondit le petit, tout content à l'idée de rejoindre son copain chat.

Une fois seule avec lui, Deanna questionna Gus.

— Tu vas quitter le ranch, n'est-ce pas ?

Un sourire apparut sur le visage du vieil homme.

— Je vais rendre visite à ma nièce et son mari qui habitent à Las Cruces. Cela fait des années qu'ils me demandent de venir m'installer chez eux. J'ai encore beaucoup de cousins qui vivent là-bas avec leurs enfants et leurs petits-enfants…

Il fourragea dans ses cheveux blancs.

— Et en plus, il n'y a pas de neige l'hiver. Après les soixante ans que j'ai passés à La Vista, ça sera un changement agréable. Je leur ai dit que je viendrais faire un essai, pour voir comment ça marche.

— Tu nous manqueras ici.

Gus haussa les épaules.

— Je sais bien que le testament de ton père m'autorise à vivre dans l'un des chalets, mais tu comprends, rien ne sera plus pareil quand un étranger sera propriétaire de La Vista.

— Oui, murmura Deanna. Je comprends parfaitement.

Sur ces entrefaites, Austin revint dans la cuisine, son petit visage visiblement contrarié.

— Smoky s'est caché sous ton lit et il refuse de se laisser attraper !

Gus éclata de rire.

— Tant pis ! Viens avec moi regarder ce que nous trouvons comme provisions. Deanna a raison : avec le temps qu'il fait dehors, c'est le moment de faire un gros gâteau.

— Tu veux dire que Deanna est coincée au ranch jusqu'à la naissance ?

Josh quitta un instant la route des yeux pour jeter un regard à son frère aîné Zach, qui l'accompagnait pour s'assurer de la bonne santé du dernier cheval qu'il venait d'acquérir. C'était l'un des avantages d'avoir un vétérinaire dans la famille. Évidemment, le revers de la médaille était que celui-ci était au courant du moindre fait de sa vie privée. Et ils avaient encore presque une demi-heure de trajet à effectuer…

— Comment est-ce qu'elle prend ça ?

Josh ignora le halètement de Thor tout près de son oreille. Le gros chien faisait autant de bruit qu'un véritable dragon.

— À ton avis ?

Zach se souvenait certainement de la jubilation affichée par Deanna quand elle avait quitté Whispering Pines, une ville si petite qu'on n'y trouvait même pas un cinéma.

— Elle n'a pas eu le choix, poursuivit Josh.

— Est-ce qu'elle a ce qu'il faut pour le bébé ? Un berceau, des vêtements ?

— Dis donc, depuis quand es-tu devenu mère poule ?

— Le jour où j'ai compris que c'était *moi*, la mère poule.

Zach avait parlé d'une voix égale, mais Josh se mordit les lèvres. La femme de Zach était morte dans un accident de voiture alors que leurs deux fils étaient encore tout petits.

Certes, Zach était maintenant fiancé et heureux, mais pendant une longue période, en dépit de l'aide apportée par les grands-parents, il avait dû assumer seul la charge de deux bébés, dont l'un avait à peine un an. Toujours est-il que Josh se sentait tout bête de ne pas avoir envisagé les conséquences pratiques du séjour prolongé de Deanna.

— Je dois avoir le berceau d'Austin quelque part, mais j'ai donné tous ses vêtements.

Zach se mit à rire.

— Mon vieux, pas de regrets à avoir ! Elle va avoir une fille, donc, il lui faut du rose et des volants.

Josh haussa les épaules.

— Je ne suis pas sûr que la petite s'en soucie. Ni même Dee.

Aussi loin qu'il s'en souvienne, Deanna n'avait jamais été le genre de fille à aimer les dentelles et les frous-frous, et à voir la nouvelle coiffure qu'elle arborait, elle n'avait pas changé. C'était au moins un point sur lequel la vie urbaine ne l'avait pas transformée.

— N'en sois pas si sûr que ça ! rétorqua Zach. On peut toujours demander à Val si elle a gardé la layette de Risa.

Oui, Val serait tout à fait heureuse de contribuer au bien-être de l'enfant à venir, mais tout de même, Josh éprouvait un certain malaise à cette idée. Utiliser un berceau qui avait déjà servi, passe encore, mais n'avoir que de la layette usagée à offrir à un bébé tout neuf, voilà qui n'était pas correct.

— Tu ne crois pas que nous pourrions organiser une petite fête où chacun apporterait quelque chose pour sa fille ? proposa-t-il.

— Pourquoi pas ?

— Elle pourrait emmener tout ça avec elle en repartant.

Parce que, bien sûr, elle repartirait, puisque sa vie se déroulait là-bas depuis plus de dix ans. Quel que soit le lien qui les avait rapprochés autrefois, ce n'était qu'une histoire de gosses, point final. Et ce qu'il éprouvait maintenant pour Dee, c'était de la sympathie parce qu'il savait exactement ce qu'on ressent quand on se retrouve abandonné, seul pour assumer toutes les responsabilités vis-à-vis de la personne qu'on a pourtant été deux à créer.

— C'est une bonne idée, approuva Zach en ouvrant la porte du pick-up.

Ses deux petits garçons s'élancèrent vers lui tandis que Landon, l'adolescent de onze ans qui allait bientôt devenir son beau-fils, restait sous le porche, les mains dans les poches, visiblement fier de jouer les grands frères.

Une demi-heure plus tard, Josh était de retour au ranch, pressé de soulager Gus de son rôle de baby-sitter pour regagner le chalet qu'il occupait avec son fils. Mais à peine arrivait-il dans les parages de la cuisine que des effluves lui parvinrent aux narines, accompagnées d'une chanson dont il avait peine à reconnaître les paroles tant les rires de Deanna et Austin les recouvraient.

Les deux complices faisaient tellement de bruit qu'ils ne remarquèrent même pas que Josh venait d'apparaître. Il s'appuya contre la porte, les bras croisés, et considéra la casserole qui mijotait doucement sur le poêle, le pain rond qui refroidissait sur une grille près du four et le gâteau au chocolat recouvert d'un glaçage qui étincelait comme du satin sous l'éclairage de la pièce.

Au milieu de la cuisine, une femme enceinte jusqu'aux dents et un petit garçon à l'allure délurée chantaient à tue-tête pour un pauvre chat allongé devant le poêle. Mais après tout, si cette sérénade ne lui convenait pas, rien ne l'empêchait de partir ! Peut-être ce matou était-il un tantinet masochiste, qui sait ?

Une foule de sentiments embrouillés envahit Josh, dont certains qu'il aurait été bien en peine de nommer et d'autres qu'il ne voulait surtout pas identifier. Lorsque la musique qui provenait du téléphone de Deanna s'arrêta au bout d'un moment, il ne put se retenir d'applaudir avec entrain. Austin, les yeux brillants, courut vers lui en criant :

— Papa, avec Dee, on a fait le dîner ! Et j'ai touillé la pâte du gâteau tout seul !

— Bravo ! répondit Josh en embrassant son fils avant de se tourner vers Deanna dont les yeux brillaient sous sa bizarre coiffure de punk autant que ceux du petit garçon.

— Où est Gus ? s'enquit Josh.

— Je l'ai chassé de la cuisine ! avoua Deanna. Pour son bien, rassure-toi : il était fatigué. Ces derniers mois ont été durs à vivre pour lui, il mérite de se reposer. Au fait, est-ce qu'il t'a fait part de son intention de se retirer à Las Cruces ?

— Il m'en a parlé ce matin avant mon départ. À vrai dire, je n'en ai pas été surpris.

— Parce que nous vendons La Vista ?

— J'imagine que cela a pesé dans sa décision.

— Je… Je suis désolée.

— Écoute, Dee, les choses sont ce qu'elles sont, un point c'est tout, même si c'est difficile d'imaginer cet endroit sans Gus. Et encore plus de…

— De penser que tu vas le quitter toi aussi, c'est ça ?

Dieu sait que Josh n'avait pas la moindre envie de culpabiliser Deanna pour sa décision, mais il n'avait pas davantage le désir de lui mentir.

— Je ne suis pas sûr d'être fait pour le changement…

— Allons, ne te sous-estime pas !

Elle jeta un coup d'œil sur Austin qui, à quatre pattes sur le carrelage, faisait rouler une petite voiture.

— Il me semble que tu t'es bien adapté à cette surprise-là.

Plus ou moins…, pensa Josh.

Après s'être longuement étiré et avoir exhibé un immense bâillement, Smoky venait de décider qu'il en avait assez de cette bruyante compagnie. Il alla voir Josh, se frotta contre ses mollets et sortit tranquillement de la cuisine.

Deanna s'était rapprochée du poêle où elle commença à soulever des couvercles et à remuer diverses préparations.

— Je croyais que tu devais te ménager ? fit remarquer Josh. En tout cas, c'est ce que ma mère m'a dit. Alors, pourquoi t'agites-tu comme ça ?

— Le bébé a dû changer de position, parce que je n'ai presque plus mal au dos. Et de toute façon, cuisiner constitue pour moi une excellente thérapie. Ça m'aide à mettre mes idées en ordre.

Elle trempa une cuillère en bois dans l'une des marmites et la tendit à Josh pour qu'il goûte la préparation.

Il se rapprocha et saisit le poignet de la cuisinière improvisée pour stabiliser l'ustensile tout en s'efforçant de ne pas tenir compte de la poussée d'adrénaline qu'il ressentit au moment où leurs doigts se rencontrèrent.

Sans savoir exactement de quels légumes ou viandes était composé le plat qu'il venait de découvrir, ses papilles se réjouirent du mélange d'épices concocté par Deanna.

— Miam ! Qu'est-ce que c'est ?

— Disons que c'est un genre de ratatouille bricolé avec ce que j'ai trouvé dans le réfrigérateur. Qu'est-ce que tu en penses ?

— C'est super bon, félicitations !

Le sourire que Dee lui adressa le réchauffa encore davantage que les épices qui commençaient à embraser son estomac.

— Je me demande si ça n'est pas un peu trop fort pour Austin…

— Ne t'inquiète pas, j'ai préparé une version plus douce pour le jeune homme. Déjà goûtée et approuvée par le principal intéressé, pas vrai, mon poussin ?

— Oui, c'est très très bon ! confirma Austin.

— Tu veux dire que tu as réussi à lui faire avaler des légumes ? C'est de la magie pure et simple !

La musique diffusée maintenant était un vieux chant de Noël dont il essaya vainement de retrouver le titre.

Deanna haussa les épaules.

— Peut-être, qui sait ?

Un sourire très doux sur les lèvres, elle regarda Austin sortir de la cuisine pour jouer avec le chien.

— Tu vois, j'ai compris que j'avais le choix entre deux solutions : ou bien je passais mon temps à me morfondre parce que rien ne se déroule comme je l'avais prévu, ou bien je réagissais et, pour commencer, je préparais un bon dîner en compagnie du plus adorable petit garçon que j'aie jamais fréquenté.

À présent, son visage rayonnait.

— Et en plus, je vais me lancer dans une décoration de Noël telle que cette maison n'en a jamais vu.

— Heu… Ce n'est pas un peu tôt ? fit remarquer Josh. Nous sommes encore à deux semaines de Thanksgiving.

— Je vais d'abord laisser passer Halloween, mais après ça, je me lance. Il faut aussi préparer la fête de fin d'année. Alors, étant donné que je ne vais pas être de moins en moins enceinte, autant attaquer tout de suite.

Josh la regardait remplir les assiettes.

— Donc, au bout du compte, la situation te convient ?

Dee lui jeta un coup d'œil indéchiffrable. Puis elle appela Austin, qui fila se laver les mains dans l'évier pendant qu'elle lui servait un grand verre de lait. Enfin, elle fit signe à Josh de s'installer à table.

— Je fais en sorte qu'elle me convienne, précisa-t-elle en s'asseyant à son tour. Tu as bien raison de penser que tout le monde souhaite cette fête et croit en même temps que pour moi elle n'a pas grande importance, étant donné que je suis si rarement venue au ranch, mais…

Elle baissa les yeux tandis qu'une légère rougeur lui montait aux joues.

— … Mais ça n'a jamais été à cause des gens qui vivent ici. Absolument jamais !

— Dans ce cas, poursuivit Josh en fronçant des sourcils en direction d'Austin qui s'agitait sur sa chaise un peu trop à son goût, faisons les choses en grand. Pourquoi ne pas louer un orchestre ? Et organiser un feu d'artifice ? Après tout, c'est la fin d'une époque.

— Un feu d'artifice ! hurla Austin, de retour dans la pièce et que cette proposition enchantait.

— Voilà qui me paraît une excellente idée, approuva Deanna. Ce serait une très bonne manière d'honorer la mémoire de mon père… Oh ! Austin !

Une flaque de lait venait de s'étaler sur la table avant de dégouliner sur le pantalon de Josh.

— Pardon, papa ! s'exclama Austin, mortifié par sa maladresse.

Le chien se précipita pour laper la mare sur le sol, et qui était, à son goût, loin d'être suffisante pour satisfaire sa gourmandise.

— Ce n'est pas grave, Austin, déclara Josh. Quand j'avais ton âge, ce genre de malheur m'arrivait souvent. Au moins une fois par jour !

Il essuyait son pantalon avec sa serviette tandis que Deanna s'était levée pour chercher une éponge et réparer les dégâts.

— C'est vrai que tu renversais ton verre une fois par jour ? demanda-t-elle, malicieuse.

— Oui. Tout au moins, jusqu'à ce que ma mère trouve une de ces tasses avec un couvercle troué où l'on passe une paille pour aspirer le liquide.

Comme Deanna se penchait pour nettoyer le lait par terre, Thor, le museau dégoulinant, se mit à vouloir l'embrasser à grands coups de langue. Josh le retint par le collier pendant que Deanna éclatait de rire et qu'Austin, se sentant complètement pardonné, se précipitait dans ses bras. Josh la regarda enlacer le petit garçon et le bercer doucement contre elle. Ce spectacle le bouleversa.

— J'ai besoin de changer de pantalon, dit-il brusquement en tendant les mains à Deanna pour l'aider à se relever.

Le ventre de Deanna frôla le sien alors que son rire résonnait encore à ses oreilles et que la vision d'Austin cajolé par celle qui avait été son amour de jeunesse achevait de lui faire perdre la tête.

— Vas-y, proposa-t-elle, je m'occuperai d'Austin.

— Non, il vaut mieux que nous rentrions tous les deux.

— C'est parce que j'ai renversé mon lait ? demanda Austin d'une petite voix.

— Mais non…

— Alors, pourquoi veux-tu t'en aller si vite ? insista Deanna.

Certes, ce départ précipité aurait mérité une explication, mais comment lui avouer qu'il s'enfuyait à cause d'Austin ? Ou plus exactement, à cause du spectacle d'Austin si tendrement bercé par elle ? Tant de douceur pour son fils de la part de Deanna lui mettait le cœur à l'envers et ce trouble ne faisait que s'ajouter à celui qu'il éprouvait déjà chaque fois qu'il la regardait, plus séduisante que jamais malgré ou à cause de cette beauté particulière des femmes enceintes.

— Une fois que je me serai changé, ce sera presque l'heure de mettre Austin au lit. Revenir ne présente pas tellement d'intérêt si c'est pour partir dix minutes plus tard.

Le regard qu'elle lui adressa montra qu'elle n'était pas dupe de cette mauvaise excuse. Oui, Josh était un piètre menteur, elle le savait depuis toujours.

Mais au lieu de répliquer, elle commença à transvaser une grande partie du repas dans diverses boîtes en plastique.

— Dee ! Garde ça pour toi !

— Tu plaisantes ? Comment veux-tu que je réussisse à manger tout ça ? Ce serait dommage de le gaspiller.

— Tu as raison, ce serait du gâchis.

Quelques minutes plus tard, Josh se retrouva donc prêt à partir, chargé d'un sac plein de nourriture et de la plus grosse partie du gâteau. Deanna l'accompagna jusqu'à la porte qui, à peine ouverte, laissa passer un courant d'air glacial.

— Je... Je voulais juste faire quelque chose qui te fasse plaisir, Josh, à toi et à Austin. Mais surtout pour toi, parce qu'il y a si longtemps que j'aurais dû te remercier.

— Me remercier ? Mais de quoi ?

— De plein de choses, notamment d'avoir été mon ami quand nous étions gamins. Tu n'étais pas obligé d'être si gentil avec moi.

Elle plongea son regard noisette dans les yeux de Josh.

— Qu'est-ce que j'ai fait tout à l'heure qui t'a donné envie de fuir ?

— Rien, Dee, répondit Josh d'une voix douce. Rien du tout.

— Tu es sûr ?

— Complètement.

Sur ces mots, il mit son chapeau et plongea dans la nuit froide, désolé de ne pas pouvoir offrir de réponse à la question de Deanna. Que ses craintes soient fondées ou pas, il ne supportait pas l'idée que quelqu'un d'autre que lui soit amené à souffrir de son départ.

Plus tard, une fois apaisé et après avoir mangé un bon morceau de gâteau avec Austin qu'il félicita pour ses talents de pâtissier, la promesse qu'il avait faite à Zach d'organiser une fête en l'honneur de la future naissance lui revint à l'esprit.

Debout devant la fenêtre de son chalet, il contempla avec nostalgie la maison principale où Deanna devait se préparer à se coucher. Puis il laissa échapper un long soupir. Peut-être un jour sa vie deviendrait facile. En tout cas, plus facile qu'en ce moment…

À vrai dire, il n'y comptait guère.

- 5 -

Au cours de la semaine précédant Thanksgiving, l'hiver fit des apparitions de plus en plus longues et fréquentes. La campagne enneigée avait pris des allures de paysage de conte de fées, étincelante sous le soleil. La station de ski avait ouvert plus tôt que d'habitude, pour le plus grand bonheur des habitants de Whispering Pines, car cela signifiait aussi que davantage de touristes viendraient en vacances et que davantage d'argent rentrerait dans les bourses des autochtones.

C'était la première fois que Deanna avait l'occasion de se familiariser à nouveau avec la petite ville où elle avait grandi, avec ses boutiques, ses places, ses quartiers où bientôt brilleraient partout les décorations de Noël.

Une idée subite la traversa : à ce moment-là, son bébé serait né. Peut-être que d'ici là, sa relation avec Josh se serait apaisée… Elle n'en savait strictement rien et cette incertitude, ajoutée au départ de Gus quelques jours auparavant, la plongeait dans une grande tristesse — ainsi qu'une grande solitude, elle devait bien se l'avouer.

Elle épousseta les flocons sur ses épaules avant de pénétrer chez Annie, le seul restaurant de la ville qui servait davantage de locaux que de touristes. On y mangeait le meilleur *chile* du Nouveau-Mexique, celui qui, avec ses poivrons rouges et verts, était connu sous le nom de « Christmas ».

Pas plus tôt entrée dans l'établissement, Deanna eut l'impression d'avoir remonté le temps ; le décor n'avait pas changé d'un iota depuis qu'elle y venait avec Josh quand ils étaient ados, pas plus que le menu, d'ailleurs, avec ses hamburgers, ses frites et ses milk-shakes épais comme du ciment. Les odeurs étaient également les mêmes, épicées et un peu lourdes, mais cela lui parut parfait. Elle s'installa à côté d'une fenêtre et retira le châle dans lequel elle s'était enveloppée.

Le visage de la serveuse qui s'avança vers elle ne lui était pas inconnu, et apparemment la réciproque était vraie, car la jeune femme blonde lui adressa un sourire chaleureux en déposant un verre d'eau devant elle en même temps que la carte du menu.

— Je m'appelle Val, dit cette dernière en retirant son carnet de commandes de la poche de son jean. Je suis la femme de Levi, vous vous souvenez ?

— Oui, bien sûr, mais je n'avais pas compris que vous travaillez ici.

— Je viens seulement à l'heure de pointe du déjeuner, bien que ce soit étrangement calme aujourd'hui. Vous voulez prendre votre temps pour consulter le menu ?

— En fait, non, répondit Deanna en le lui rendant. J'aimerais un cheeseburger aux poivrons verts, une double ration de frites et un milk-shake au chocolat.

— Ce sera tout ? demanda Val sur un ton malicieux.

— Je sais bien que je n'arriverai pas à manger tout ça, mais c'est pour le plaisir de retrouver de bons souvenirs.

Val se mit à rire.

— Je comprends. Josh nous a dit que vous étiez coincée ici, je suis désolée pour vous. Ainsi que pour la mort de votre père.

Val savait sans doute de quoi elle parlait, car son premier mari, Thomas, était décédé en Afghanistan, la laissant veuve avec deux petites filles. Pareille catastrophe aidait à remettre les choses en perspective.

— Je ne connaissais pas Thomas, déclara Deanna, mais

je sais que Levi est un homme adorable, même s'il est un peu fantasque par moments.

Un sourire éclaira le visage gracieux de la jeune femme.

— Vous avez raison sur les deux points. Mes filles et moi apprécions notre bonheur de vivre avec lui.

— Eh bien, il était temps que tu viennes enfin faire un tour chez nous ! clama Annie en traversant la salle pour embrasser Deanna sur les deux joues.

Son chignon, aussi mal ajusté qu'autrefois, parut plus gris à Deanna que dans son souvenir.

— Je commençais à me demander si tu te trouvais trop bien pour nous ! poursuivit Annie pour la taquiner.

— Pas de risque, Annie. Simplement, j'ai été incroyablement occupée par les préparatifs de la vente. Ils nous mobilisent beaucoup plus que nous ne le pensions, Josh et moi.

La désapprobation qui s'afficha sur le visage des deux femmes ne dura que le temps d'un éclair, mais Deanna la remarqua parfaitement. C'était idiot de sa part d'avoir abordé un sujet aussi délicat, pourtant, elles pouvaient bien comprendre que sans son père La Vista Encantada n'était plus qu'un ranch, un lieu banal et inanimé. En même temps, Deanna savait que c'était la tradition qui soudait les gens dans les petites communautés rurales comme Whispering Pines et que ce que certains appelaient « progrès » n'était qu'une menace pour les autres.

Comme si elle avait lu dans les pensées de Deanna, Annie lui prit la main tandis que Val s'éloignait pour s'occuper de nouveaux clients.

— Le changement n'est pas chose facile, dit-elle doucement. Je sais que Josh et toi faites pour le mieux. C'est tellement bon de te revoir, Dee ! Tu nous as manqué.

Comment pouvait-elle leur avoir manqué alors qu'elle n'avait jamais réussi à se sentir réellement membre de la communauté ? se demanda Deanna. D'ailleurs, c'était étrange qu'elle n'ait jamais éprouvé d'attachement pour un lieu que son père avait aimé si profondément. Quelle était la cause de l'agacement qu'elle ressentait envers cet endroit, ce sentiment qui avait pourri son adolescence et qu'elle n'arrivait toujours pas à nommer ?

Son regard glissa vers la fenêtre. Dans le square qu'elle apercevait, une demi-douzaine de jeunes enfants jouait de bon cœur sous la surveillance de leurs nounous. Elle soupira. Sa vie à Washington avait-elle été aussi amusante que ce qu'elle avait escompté ? Certainement pas. Elle s'était précipitée dans une existence apparemment pleine de promesses, mais qui n'en avait tenu aucune. Au point qu'elle se retrouvait aujourd'hui les mains vides… et enceinte.

La salle se vidait peu à peu de ses clients lorsque Val apporta sa commande à Deanna. Après l'avoir déposée sur la table, comme elle paraissait rechigner à se retirer, Deanna s'inquiéta.

— Quelque chose ne va pas ?

— Non, pas du tout. C'est juste que… Je me demandais si vous aviez envie de compagnie, mais j'hésitais à vous le proposer par crainte de vous importuner.

— Oh ! mais cela me ferait très plaisir ! s'exclama Deanna. Et je ne dis pas cela seulement pour me montrer polie, ajouta-t-elle en souriant.

— C'est vrai ?

— Tout à fait.

Val s'assit face à Deanna, qui plongea son regard dans les yeux clairs de son interlocutrice.

— Ce qui est amusant, c'est que j'ai longtemps cru que j'avais le goût de la solitude. Sans doute parce que j'étais fille unique…

— Moi aussi, je suis fille unique, répondit Val.

Puis, jetant un coup d'œil sur l'assiette de Deanna.

— Mais je vous en prie, mangez tant que c'est chaud !

Deanna mordit de bon cœur dans son burger, ravie de retrouver sur sa langue la saveur exquise du poivron grillé.

— Depuis, reprit Deanna entre deux bouchées, j'ai appris qu'il y a une grande différence entre avoir besoin de moments de solitude et se sentir coupée du monde.

— Vous parlez d'autrefois ou de maintenant ? demanda Val.

Aïe… Deanna serra les lèvres. Pourquoi diable avait-elle amené la conversation sur ce sujet brûlant ? Bien que Val ait posé la question d'une voix très douce, Deanna n'avait pas pour autant envie de se plonger dans cette introspection — et encore moins de raconter sa vie à une inconnue.

Elle piqua rageusement une frite qu'elle trempa dans le ketchup.

— Je suis désolée…, murmura-t-elle.

— Mais pourquoi ? demanda Val.

Incapable de parler, et encore plus de manger, Deanna secoua la tête sans articuler le moindre mot.

— Allons, reprit Val en posant sa main sur le poignet de Deanna. Vous êtes sur le point d'accoucher, votre père vient de mourir, vous vous trouvez coincée dans un endroit où vous n'avez pas envie de rester et vous ne savez sans doute pas de quoi votre avenir sera fait. À mon avis, ça vous ferait du bien de parler à quelqu'un.

Elle se pencha vers Deanna, la fixant de son regard clair et doux.

— Et pour l'instant, ce quelqu'un, c'est moi.

— Mais…

— Pourquoi croyez-vous que je me suis approchée de vous ?

Deanna luttait contre les larmes.

— Parce que vous êtes curieuse ? lança-t-elle, déjà convaincue que ce n'était pas du tout le cas.

La jeune femme blonde se mit à rire.

— Je mentirais si je disais que je ne le suis pas, mais

c'est plutôt parce que je suis passée par là où vous êtes en ce moment. La situation n'était pas exactement la même, mais moi aussi, à un moment donné, j'ai eu l'impression que mon univers venait de basculer. Moi aussi, comme vous, j'étais assez solitaire pendant mon enfance — et je le suis encore, d'ailleurs —, mais je sais ce que c'est que d'éprouver le besoin de parler avant de sentir sa tête exploser. Pour moi, c'est Annie qui a été ma confidente. Sans elle, j'ignore comment j'aurais supporté mon adolescence, tout au moins jusqu'à ce que je rencontre Thomas. Et bien entendu, c'est Levi qui subit maintenant mes débordements émotionnels, même si heureusement, il n'a pas l'air d'en être trop affecté. En fait, je crois que c'est une qualité qu'ont en commun tous les Talbot : ils savent écouter, et ce, avec attention et sympathie.

Deanna essaya de boire un peu de son milk-shake, mais il avait besoin de fondre encore un peu. Elle le reposa sur la table avant de répondre.

— C'est vrai. Je me rappelle que je n'ai pas épargné ce pauvre Josh quand nous étions gosses.

— Oui, Levi me l'a raconté. Et maintenant ?

— Maintenant, nous voici arrivées au véritable sujet de notre conversation, répliqua Deanna avec un petit rire.

— Oui. Levi s'inquiète au sujet de Josh ; ça doit être parce qu'ils sont jumeaux.

— Non, tous les Talbot sont comme ça ; ils se soucient les uns des autres, rectifia Deanna en laissant échapper un gros soupir. Je sais que Josh n'a pas envie de vendre La Vista, et je le comprends parfaitement, ce qui fait que cette culpabilité s'ajoute à toutes celles que j'ai déjà sur le cœur.

Val alla se chercher une tasse de café et revint s'asseoir face à Deanna.

— En fait, Josh s'est montré très discret, il n'en a pas tellement parlé à Levi, mais nous n'avons aucun mal à imaginer ce qu'il peut éprouver. Pourtant, je suis partagée entre deux opinions sur le sujet : d'un côté, je trouve normal qu'il soit très attaché à La Vista étant donné qu'il n'a jamais vécu ailleurs. Mais en même temps...

Elle prit une gorgée de café, puis regarda un moment par la fenêtre en tenant la tasse entre ses mains avant de se tourner à nouveau vers Deanna.

— En même temps, je me dis que ce serait sans doute une bonne chose pour lui de prendre un nouveau départ dans une propriété où il organiserait tout à son idée depuis le début, où il se ferait un nom à lui plutôt que de continuer à vivre dans l'ombre de votre père.

Une certaine inquiétude passa dans le regard clair de la jeune femme.

— Ceci doit rester entre nous, Deanna, car cet avis est loin de faire l'unanimité dans la famille.

— Autrement dit, l'opinion générale est que je suis celle qui cause les problèmes parce que je veux vendre.

— Je n'ai pas dit ça !

— Ce n'était pas la peine de le dire, je le sais. Mais mettez-vous un peu à ma place... Je ne peux pas rester cramponnée à un endroit où je ne vais pas vivre. Même si mon existence est très incertaine en ce moment, je sais que je peux la reconstruire.

Une fois de plus, son regard se porta sur le square et sur les enfants qui y jouaient en riant avec insouciance.

— Je regrette presque que papa n'ait pas tout laissé à Josh.

— Non, répliqua Val avec tant de vivacité que Deanna en fut surprise. Votre premier devoir est envers ce bébé qui va naître. Si la vente du ranch vous permet d'assurer son avenir, rien d'autre ne compte. C'est difficile d'être seule pour élever un enfant, je suis bien placée pour le savoir.

Deanna était stupéfaite.

— Vous voulez dire que... vous n'êtes pas de leur côté ?

Val esquissa un sourire timide.

— Je suis pour la solution qui arrangera au mieux les personnes concernées, et en particulier ce bébé qui va naître. Josh se débrouillera, je le sais capable de surmonter sa déception. Au fait, il paraît que les travaux que vous avez entrepris à La Vista vous entraînent plus loin que vous ne l'aviez prévu ?

Encore toute surprise d'avoir rencontré une alliée, Deanna hocha la tête. La décoratrice avait parlé de quelques petits rafraîchissements, d'un coup de peinture par ci, d'un peu de plâtre par là, et hop !

Hop !

Hop ? En réalité, il avait fallu faire un grand saut dans les réparations.

— Il faut refaire toute la tuyauterie ; elle était en plomb.

— Aïe… Mais au moins, plus vous aurez fait de travaux, plus le prix de vente sera élevé.

— En théorie tout au moins.

— Josh saura faire au mieux, je n'en doute pas.

Josh… Tout commandait à Deanna de ne pas se laisser emporter dans la direction où son esprit l'attirait, mais parler de Josh et de la maison l'amenait évidemment à se souvenir de la réaction étrange de ce dernier lors du dîner qu'elle avait préparé avec tant de soin et qui s'était terminé en véritable fiasco. Josh s'était comporté comme si tout à coup un danger rôdait dans l'ombre, prêt à lui fondre dessus. Pouvait-elle en parler à Val ? Deanna n'en était pas complètement sûre, mais la jeune femme qui se tenait en face d'elle, disposée à accueillir ses confidences, lui inspirait confiance. À qui d'autre d'ailleurs aurait-elle pu ouvrir son cœur ? Pour des raisons évidentes, Josh ne pouvait pas jouer ce rôle, tout au moins sur ce sujet. Quant à Emily, elle était bien trop préoccupée par son prochain mariage pour pouvoir lui prêter une oreille attentive.

Deanna décida donc de profiter de la bienveillance et de la disponibilité de Val.

— Savez-vous ce qui s'est passé entre Josh et la mère d'Austin ?

Surprise par cette question, Val arqua les sourcils.

— Il ne vous l'a pas raconté ?

— Non, ce qui est assez étonnant, étant donné qu'il préfère toujours les situations claires.

Val émit un petit rire.

— Quand cela l'arrange ! Comme la plupart des hommes, d'ailleurs. Malheureusement, je ne suis pas au courant de tout. Je sais seulement ce que Levi m'a raconté et Josh ne lui a peut-être pas tout dit, de même que Levi ne m'a peut-être pas tout rapporté des confidences qu'il a reçues. Mais apparemment, il y a un problème entre vous deux, en plus de la vente de la maison.

Deanna décrivit alors à Val le départ brusque, tout à fait imprévu, décidé par Josh le soir où ils dînaient ensemble et ajouta que, depuis ce soir-là, chaque fois qu'elle avait proposé de s'occuper d'Austin, Josh avait refusé, poliment, mais fermement.

Val hocha la tête.

— Oui… Je vois. Encore une fois, cela me renvoie à ma propre histoire.

— Je vous écoute, déclara Deanna, très attentive.

— Quand je suis revenue à Whispering Pines, seule avec mes filles, et que Levi a commencé à venir nous rendre souvent visite, ma petite Josie s'est tout de suite attachée à lui. À l'époque, je ne savais pas qu'il ne faisait qu'honorer la promesse qu'il avait faite à Thomas de veiller sur nous au cas où il lui arriverait quelque chose. À ce moment-là, il n'y avait rien entre nous et je ne voulais surtout pas que ma petite fille, qui avait déjà eu le chagrin de perdre son père, s'attache à quelqu'un qui ne faisait pas partie de notre vie.

Pendant pas mal de temps, j'ai cherché à repousser Levi afin de la protéger.

— Vous pensez que c'est ce que Josh est en train de faire vis-à-vis d'Austin ?

— Je ne peux pas vous le garantir, mais à mon avis, ce serait bien compréhensible.

En effet… Et d'autant plus que l'idée lui avait déjà traversé l'esprit, au cours de ces heures nocturnes durant lesquelles le bébé lui donnait tellement de coups de pied qu'elle ne pouvait pas dormir.

Deanna passa la main sur son front, comme pour remettre de l'ordre dans ses pensées.

— Pourtant, Gus m'a dit qu'Austin était tout petit quand sa mère est partie. Il n'a certainement gardé aucun souvenir d'elle.

— C'est vrai, mais Josh, lui, se souvient parfaitement.

Cette phrase résonna douloureusement dans la tête de Deanna. Oui, Josh se souvenait !

— Alors finalement, ce n'est pas tellement Austin qu'il protège ?

Au lieu de répondre, Val se leva, sa tasse à la main.

Deanna comprit que c'était à elle maintenant de réagir.

— Val, quel est le plat préféré de Josh ?

— Vous avez l'intention de lui rendre visite ?

— Oui. Tout vaut mieux que ce malaise persistant entre nous.

— Super. Je vois que vous avez capté le message. Au point de vue menu, il aime comme vous le burger aux poivrons, mais il le demande accompagné d'oignons frits. Et pour le dessert, il adore mon gâteau à la pêche.

— Parfait. Mettez-moi tout ça dans une boîte avec deux parts de gâteau. Austin doit bien aimer ça, lui aussi.

Au bout de quelques instants, Val revint vers Deanna, le paquet à la main.

— Tout de même, c'est incroyable que nous ayons toutes les deux grandi ici sans jamais avoir fait connaissance.

— Vous ne veniez pas au ranch pour la fête de fin d'année ?

— Non, pas avant d'avoir rencontré Thomas. Et vous étiez déjà partie.

— Dommage..., soupira Deanna. J'aurais bien eu besoin d'une amie comme vous à ce moment-là.

— Et moi donc ! approuva Val. En tout cas, je suis là, maintenant.

— Je saurai m'en souvenir. Merci pour tout, Val. Au fait, comment avez-vous réglé le problème entre votre fille et Levi ?

Un sourire éclaira le visage de la jeune femme.

— Je l'ai épousé, tout simplement !

Quand Josh ouvrit la porte, il se raidit de surprise en découvrant une Deanna rayonnante, un paquet à la main, le châle parsemé de neige et les joues rosies de froid. Thor, alléché par l'odeur qui provenait du sac en papier, se précipita vers elle, moustaches en avant et queue frétillante, comme si elle lui apportait le cadeau du siècle. Ses besoins n'étaient pas compliqués !

— Mais... Il est 15 h 30 !

Ce fut tout ce que Josh trouva à dire.

— Oui, et c'est exactement l'heure à laquelle nous allions chez Annie déguster ce genre de repas à la sortie du lycée.

Effectivement, c'est bien ce qu'ils faisaient quand c'était Gus et non Granville lui-même qui venait récupérer Deanna après l'école. Les souvenirs revenaient en foule à la mémoire de Josh... et en particulier ceux des jours où Levi déclarait qu'il avait plein de choses à faire en ville et les laissait en tête à tête devant leur burger dégoulinant de délicieux fromage fondu. À cet âge-là, Deanna le dévorait en moins de deux, comme n'importe quel gosse de la campagne.

À l'époque, quand il pensait à elle, c'était comme à une petite sœur.

La bonne odeur tiède qui s'échappait du sac le fit saliver. Comme à cela se surajoutait le parfum de Deanna elle-même, ses hormones se réveillèrent brusquement. Hélas, il se remémora la façon dont il l'avait traitée l'autre soir et ferma les yeux, terriblement gêné.

Dans la pièce voisine, Austin jouait avec les petits animaux en plastique de sa ferme et imitait leurs cris avec beaucoup de talent.

Elle lui tendit le paquet.

— Deanna, tu n'aurais pas dû faire ça !

— Et pourquoi ? Parce tu es un idiot de première classe ?

— Est-ce que je dois vraiment répondre à cette question ?

— Non. Mais par contre, laisse-moi entrer avant que je sois complètement gelée.

Elle leva le nez vers lui en retirant son châle.

— Je te promets de ne pas parler à Austin et encore moins de le toucher.

— Enfin, Dee…

— Je suis sérieuse. Je comprends pourquoi tu redoutes que nous nous attachions l'un à l'autre. Ce ne serait pas honnête envers lui puisque je ne dois pas rester ici et je ne peux pas t'en vouloir de chercher à le protéger.

Une nouvelle fois, la réalité frappa Josh de plein fouet. Une fois La Vista vendue, Deanna n'aurait plus aucune raison de revenir à Whispering Pines, absolument aucune. Comme c'était bizarre de penser que même s'il ne l'avait vue qu'en de rares occasions depuis ses quinze ans, il n'avait jamais complètement abandonné l'idée qu'ils ne perdraient pas entièrement contact.

Oui, son réflexe avait été de mettre de la distance entre eux, mais était-ce vraiment possible ? Le moment était peut-être venu pour lui de grandir et d'accepter que tout ne se passe pas exactement comme il l'aurait souhaité. Parce que, pour une raison ou une autre, il trouverait toujours des contretemps sur sa route, des défis à surmonter et des déceptions. Quel genre de père était-il s'il ne se montrait pas capable de gérer ces contrariétés avec le minimum d'élégance ?

— Ne t'inquiète pas pour Austin : tant qu'il sait que tu es seulement ici en visite, il n'y aura pas de problème.

— Tu en es bien sûr ?

— Oui. Il a autour de lui sa grand-mère et ses deux tantes, ce qui fait que…

— … Qu'il a assez de contacts féminins pour que mon départ ne le traumatise pas, c'est ça ? acheva Deanna en se hissant avec difficulté sur l'un des tabourets haut placés devant le bar qui séparait le coin cuisine de la partie séjour de la pièce.

À ces mots, l'estomac de Josh se noua. *Son départ…* Peut-être ne traumatiserait-il pas Austin, mais qu'en serait-il de lui-même ?

Il se souvenait d'à quel point elle lui avait manqué quand elle était partie pour Washington, combien son humour et son dynamisme lui avaient fait défaut… Son absence avait laissé un trou béant dans sa vie, un trou qu'il avait essayé de combler de toutes les manières possibles, y compris avec des femmes qui n'étaient pas faites pour lui.

Au début, ils avaient échangé des messages. Ceux de Deanna débordaient de détails sur sa nouvelle vie remplie de visites dans les musées, d'expositions, de concerts, de spectacles de ballet ou d'opéra. Finalement, ce dialogue par écrit s'était arrêté, il ne savait plus exactement à quel moment, mais peu importait. Il avait compris qu'il n'avait rien à lui offrir qui soit susceptible de rivaliser avec un monde qu'il n'arrivait pas à imaginer, et moins encore à comprendre. Ce qu'ils avaient en commun s'était peu à peu réduit jusqu'à ne plus exister du tout. Alors maintenant, après presque douze ans de séparation… Que pouvait-il espérer ?

Il commença à sortir du placard des assiettes qui étaient les vestiges du service de ses parents.

— Écoute, Dee, je te demande pardon ; je me suis conduit comme un plouc, l'autre soir.

Leurs regards se rencontrèrent, s'affrontèrent un moment, puis Deanna mit un terme à cette confrontation.

— Je pense que personne ne songerait à te blâmer, et moi encore moins que quiconque. En tout cas, je suis drôlement contente que nous soyons de nouveau amis.

Elle lui adressa un grand sourire soulagé. Heureux de cette issue, Josh la contemplait amusé de l'allure qu'elle affichait, car entre sa longue tunique tendue sur son ventre rond et ses bottes à revers de fourrure, elle ressemblait à un elfe… Avec la différence tout de même qu'elle avait de bien plus jolies petites oreilles.

— Moi aussi ! s'écria-t-il avec une joie sincère.

Deanna inspectait la pièce des yeux.

— Dis donc, ta maison me donne l'impression d'avoir fait un saut en arrière dans le temps !

— Tu sais, j'ai une philosophie bien à moi, répondit Josh en ouvrant le sac dont l'odeur lui faisait venir l'eau à la bouche. Tant qu'un objet rend le service attendu, pourquoi le remplacer ? Ce canapé, par exemple, n'est pas encore suffisamment affaissé pour que j'envisage d'en acheter un neuf, alors tant pis si son tissu fait triste mine.

Comme Thor, les yeux rivés sur le burger, gémissait de convoitise, Josh le renvoya sur sa couverture à l'autre bout de la pièce. Le chien s'y écroula avec un soupir dramatique et fixa son maître d'un regard de supplicié auquel Josh demeura néanmoins insensible.

— D'accord, mais tu as remarqué que ton poêle est tout rouillé ?

Ils se mirent à rire tous les deux, et tout à coup, ils retrouvèrent la complicité qui était la leur avant que la poitrine de Deanna ne commence à se développer et que Josh n'en devienne conscient, même s'il faisait semblant de n'avoir rien remarqué. Granville, pourtant, avait noté le changement dans son attitude, même si Josh continuait à lui jurer que Deanna et lui n'étaient que de bons copains.

Et le fait est que c'était tout à fait vrai : Josh n'avait jamais tenté quoi que ce soit pour séduire Deanna. Il ne l'aurait pas osé et elle n'avait jamais manifesté le moindre intérêt pour lui autre qu'amical… Mais si elle était restée, qui sait ce qui se serait passé ?

— Austin ! appela Josh pour changer le cours de ses pensées. Nous avons de la visite, tu viens voir ?

— Qui c'est ? demanda le petit en accourant dans le couloir.

Lorsqu'il aperçut Deanna, son visage s'illumina, ce qui laissa Deanna assez décontenancée. Comment diable avait-elle réussi à produire une telle impression sur cet enfant ? Et en si peu de temps ? Comme il se précipitait dans ses bras, elle dut reconnaître que, même sans raison, c'était bien cela qui était arrivé.

L'essentiel pour l'équilibre du petit était de ne pas se laisser aller à trop de tendresse, elle l'avait bien compris.

Mais c'était plus facile à dire qu'à faire.

Les pieds posés sur un tabouret recouvert d'un coussin, Deanna s'était enfouie dans le grand fauteuil capitonné placé devant la cheminée. Il faudrait sans aucun doute deux bras solides pour l'en extraire, mais pour l'instant, elle n'avait pas à s'en soucier. Tranquille, enfin, elle contemplait les flammes dans l'âtre. Depuis la chambre d'Austin lui provenaient des éclats de rire qui lui faisaient chaud au cœur. Pourtant, en dépit de ce réconfort et du bonheur qu'elle éprouvait à s'être raccommodée avec Josh, elle ne parvenait pas à chasser la pointe de mélancolie fichée au plus profond d'elle-même.

En effet, aussi gratifiant que ce soit pour elle de voir à quel point Josh aimait son fils, leur complicité et leur affection, qu'elle percevait à chaque instant, ne faisaient qu'attirer son attention avec encore plus d'acuité sur sa propre situation ; d'ici quelques semaines, elle aussi serait un parent solitaire, avec toutes les complications que cela entraînait et qui s'ajouteraient au chaos qu'était déjà sa vie. Franchement, si son père était encore de ce monde, il ne pourrait pas être plus déçu de sa fille qu'elle ne l'était d'elle-même.

Et pourtant..., pensa-t-elle en posant la main sur son ventre où un petit pied vint la repousser avec vigueur, sa situation actuelle pouvait être envisagée soit comme un échec, soit comme une chance. Alors, pourquoi ne pas choisir la deuxième option ? Elle finirait bien par trouver un équilibre qui lui permettrait d'offrir à sa fille la vie à laquelle elle avait droit. Et, dans le fond, le fait d'avoir à construire cela toute seule la rendrait plus forte. Certes, ce n'était pas ainsi qu'elle avait envisagé de devenir mère, mais puisque c'était de cette manière que cela arrivait, elle ferait de son mieux pour donner à sa fille un exemple de courage et d'adaptabilité.

Et voilà. À nous deux, la vie !

Lorsque Josh revint dans la salle de séjour, il éclata d'un rire bas en s'accroupissant devant la cheminée pour arranger les bûches, faisant jaillir des braises une volée d'étincelles.

— Qu'y a-t-il de si drôle ? demanda Deanna en s'efforçant de ne pas détailler la musculature de son compagnon. Le jeune ado dégingandé d'autrefois avait définitivement laissé la place à un bel homme aux épaules larges et au physique sculpté par le travail au grand air.

Josh se releva après avoir reposé le tisonnier près de la cheminée, essuya ses mains sur son jean et se tourna vers son invitée, avec un sourire qui la réchauffa encore plus que le feu lui-même.

— Toi ! On dirait que tu n'as pas l'intention de bouger de ce fauteuil jusqu'à l'arrivée du printemps.

— C'est exactement ce dont j'ai envie ! Est-ce que ce fauteuil a toujours été aussi accueillant ?

— Voyons… Tu as oublié ?

Deanna était en train de découvrir que deux yeux verts très doux et un visage ombré d'un début de barbe formaient la plus séduisante des alliances possibles.

— Oublié quoi ?

— Eh bien… Juste après la mort de ta mère, quand ton père était complètement démoli…

— Oui, je me souviens très bien de cette période abominable. Je ne valais pas mieux que lui, d'ailleurs !

— C'est vrai. Maman t'avait amenée à la maison pour te changer un peu d'atmosphère. Papa avait allumé un feu et tu t'étais blottie dans ce grand fauteuil, sous cette couverture, pour y pleurer toutes les larmes de ton corps. Finalement, tu t'y étais assoupie et personne n'avait osé te déplacer.

Il se tut un instant, ému à cette évocation qui le renvoyait à une époque où il était encore si proche de Deanna.

— Ensuite, pendant plusieurs semaines, dès que tu rentrais de l'école, tu revenais ici, t'installais sur le canapé et t'endormais aussitôt.

— Tu plaisantes ?

— Pas du tout.

Josh se releva et vint s'asseoir à côté de Deanna. Immédiatement, Thor le rejoignit, se blottissant tout contre lui et soupirant de plaisir lorsque la main de son maître se posa sur sa tête.

— Tu es sûre que cela ne t'évoque rien ?

— Très, très vaguement, mais absolument rien de précis.

Machinalement, elle ramena la couverture jusque sous son cou. Non parce qu'elle avait froid, mais… Dieu sait pour quelle obscure raison…

— J'ai dû effacer cela de ma mémoire.

Puis, avec une grimace, elle ajouta :

— Je pense que c'est à partir de ce moment-là que tout a commencé.

— C'est-à-dire ?

— Eh bien, la dégradation de ma relation avec mon père. Nous ne parlions jamais de ma mère, et encore moins de sa mort.

Elle repéra un brin de paille sur la couverture et le prit entre ses doigts avec un soupir.

— Je me suis demandé si papa m'avait fait partir parce qu'il voulait que j'aie une meilleure éducation ou parce qu'il ne pouvait pas supporter ma présence.

Un sanglot étranglé lui noua la gorge.

— Tu sais, Josh, je n'ai jamais dit ça à personne.

Josh s'accorda un moment pour réfléchir avant de répondre.

— Pourtant, tu avais l'air très heureuse de partir.

— J'avais quinze ans et je m'ennuyais à mourir ici. J'étais allée à deux reprises à Washington et, comparée à Whispering Pines, cette ville m'apparaissait comme le pays des merveilles. Là-bas, tout me paraissait possible.

Une petite grimace triste tordit les lèvres de Josh.

— Oui, je comprends…

— Il me semble que mon sentiment de solitude comporte différents niveaux dont j'étais bien incapable de comprendre et même de soupçonner l'existence quand j'étais gamine, poursuivit-elle. Je n'avais que quatorze ans lorsque ma mère est morte, mais il me semble que j'aurais pu aider mon père à surmonter son chagrin. J'ignore comment, mais nous aurions dû être capables de nous soutenir l'un l'autre. Tu sais, j'ai fait tout mon possible pour être une gentille fille, pour qu'il soit fier de moi, mais il ne m'a pas permis de jouer ce rôle longtemps.

— Il était fier de toi, Dee, je peux te le garantir.

— Ça m'aurait fait plaisir qu'il me le dise lui-même. Au moins de temps en temps, tu comprends ?

Elle essuya une larme qui roulait sur sa joue.

— J'aimerais pouvoir lui demander ce qu'il pensait, pour quelle raison il m'a éloignée à un moment où nous avions tant besoin l'un de l'autre. Nous aurions pu nous rapprocher au lieu de nous perdre de vue comme c'est arrivé.

En croisant les bras sur sa poitrine, Josh remua sur le canapé, dérangeant Thor qui émit un grognement de protestation.

— Je pense qu'il n'a pas réalisé que c'était aussi grave que ce que tu décris.

— À l'époque, moi non plus, je ne l'ai pas compris.

Elle se redressa un peu, toujours entortillée dans sa couverture.

— Ne te trompe pas sur ce que je dis : je n'ai jamais douté de son amour... Mais je ne comprends pas pourquoi c'était si difficile pour lui de me montrer ses sentiments.

Elle fronça les sourcils, l'air chagriné.

— Il était si généreux avec tout le monde... De mon côté, je n'ai jamais essayé de briser la barrière qui nous séparait l'un de l'autre. Pourtant, j'avais sous les yeux un bel exemple d'une famille heureuse.

— Ah... De qui s'agissait-il ?

Elle éclata de rire.

— De vous, bien sûr, les Talbot ! Je sais bien qu'il y a eu des problèmes avec Colin, avec Levi, mais ce n'était pas parce que vos parents n'avaient pas fait leur possible pour que tout aille bien ni parce que vous-mêmes manquiez d'amour. Alors pourquoi est-ce que c'était si compliqué pour moi ?

Le regard de Josh s'assombrit.

— Tu étais trop jeune, Dee. C'était à Granville de faire le premier pas. Je…

Il se leva brusquement, ce qui fit sursauter Thor.

— Tu sais combien j'aimais ton père et combien il a toujours été bon pour moi et pour tout le monde autour de lui, mais je vais te dire quelque chose que je n'ai jamais osé formuler à voix haute.

Il jeta un regard au plafond, haussa les épaules et soupira.

— En ce qui te concerne, Dee, il a tout raté. Complètement, totalement, absolument. Je suis désolé, Dee…

Il s'interrompit, comme soulagé d'avoir enfin avoué ce qu'il avait sur le cœur.

— La première fois que tu es revenue, ce n'est pas à toi que j'en voulais, mais à lui. Comme je ne pouvais pas le lui dire, j'ai reporté ma colère sur toi, ce qui était totalement injuste. Tu as raison, on ne m'a pas appris à abandonner les gens ni à être abandonné par eux. Voilà pourquoi…

— Pourquoi tu es encore malheureux que la mère d'Austin soit partie ?

Surpris par cette question, il essaya de lire dans le regard de Deanna.

— Que sais-tu exactement à ce sujet ?

— Juste que c'est toi qui élèves ton fils. Sans elle.

Un soupir rageur déchira les poumons de Josh.

— Imagines-tu que pas une seule fois elle n'a pris de ses nouvelles ?

— Jamais ?

— Jamais !

— Tu ne te doutais pas qu'elle allait vous abandonner ?

— Je savais qu'elle n'était pas vraiment heureuse, qu'elle avait l'impression que nous vivions perdus au bout du monde.

Elle, en tout cas, car nous n'étions pas vraiment ensemble, nous nous concertions juste pour le bien d'Austin.

Thor, visiblement agacé par l'agitation incessante de Josh, décida de l'abandonner pour se rapprocher de Deanna. Il posa sa tête sur les genoux de cette dernière en lui adressant le regard le plus pitoyable qu'on puisse imaginer.

Josh contempla l'infidèle canin avec amusement et poursuivit d'une voix plus calme.

— Quoi qu'il en soit, il me semblait que notre arrangement fonctionnait à peu près, et franchement, j'aurais cru que son fils comptait plus pour elle que la lamentable excuse, *« Désolée, je ne peux plus supporter tout ça ! »*, qu'elle a marmonnée le jour où elle est partie.

Son regard croisa celui de Deanna qui caressait la tête du chien.

— Voilà pourquoi quand tu m'as parlé du père de ta fille, je te jure que s'il s'était trouvé en face de moi, je lui aurais volontiers envoyé mon poing dans la figure.

Deanna éclata de rire.

— En tout cas, corrigea Josh, ça me fait plaisir de le penser.

— J'aurais bien voulu assister à ce spectacle, déclara Deanna.

Le rire d'Austin leur arriva depuis la pièce dans laquelle il jouait.

— Tu l'entends ? Je trouve vraiment bizarre qu'il aime autant s'amuser tout seul. Il peut passer des heures dans sa chambre sans rien venir me demander. Tu crois que c'est normal ?

— C'est un enfant unique, Josh ! Comme tous les enfants uniques, il a appris à se distraire sans compter sur les autres. D'ailleurs, tu ne l'as pas enfermé, il peut sortir quand il veut, non ?

— Oui, bien sûr.

— Tu vois…

Elle posa la main sur son ventre où le bébé avait recommencé à bouger.

— Alors finalement, ce qui s'est passé entre la mère d'Austin et toi n'était pas sérieux ?

Josh hocha la tête.

— Disons plutôt que c'était purement et simplement une erreur. Je suppose que tu sais ce que c'est…

— Hélas, oui ! approuva-t-elle avec un haussement d'épaules impuissant.

— Et pour tout t'avouer, ce n'est pas comme ça que j'avais prévu de devenir père, surtout à vingt-quatre ans. Tu imagines la réaction de mes parents !

Il se laissa aller sur le canapé, les mains croisées derrière la tête.

— Bien sûr, ils m'ont soutenu, pour le bien d'Austin, mais ils n'étaient pas heureux, surtout mon père.

— Tu es peut-être un peu trop sévère envers eux ?

— Je ne pense pas : il ne m'a pas adressé la parole pendant une semaine entière, tu te rends compte ?

Thor choisit cet instant pour sauter sur les genoux de Deanna.

— Thor, descends ! commanda Josh en claquant des doigts.

— Non, laisse, il ne me dérange pas, répondit Deanna en riant.

Si Thor ne dérangeait pas Deanna, par contre, les rondeurs de cette dernière gênaient énormément Thor qui eut bien du mal à caser son arrière-train entre la hanche de Dee, qui essayait de se faire toute petite, et l'accoudoir du fauteuil. Une fois son espace conquis, il posa sa bonne grosse tête sur le ventre rebondi par le bébé. Finalement, chacun avait réussi à trouver sa place.

— Je ne sais pas lequel est le plus dingo de vous deux !

déclara Josh en observant ce manège. Enfin… Si vous êtes bien comme ça !

Puis, revenant à la conversation :

— Et pour toi, c'était sérieux avec ce bonhomme… Voyons, comment est-ce que tu l'appelles ?

— Philippe. Oui, de ma part, c'était sérieux. Mais pas de la sienne, comme la suite des événements l'a montré.

— Et tu te rends malade parce que tu n'arrives pas à oublier ce salopard ?

— Pas vraiment, mentit-elle. Dis-moi, poursuivit-elle aussitôt, pressée de remettre la conversation sur un autre terrain, tu as dû fréquenter d'autres femmes après ta séparation ?

Josh hésita un instant.

— Tu sais, je suis un père célibataire qui travaille douze heures par jour. Où voudrais-tu que je trouve le temps pour la bagatelle ?

— À d'autres, Josh. Les baby-sitters existent, même au fond du Nouveau-Mexique ! Tu me racontes des blagues et tu le sais très bien.

Josh soupira.

— Peut-être un peu. Toujours est-il que la naissance d'Austin, le départ de sa mère, bref, toute cette histoire m'a vraiment secoué. J'ai compris que la vie n'était pas un jeu. Ce que j'avais fait jusque-là, et dont je ne suis pas fier, tu peux le croire, ne me satisfait plus du tout depuis que je suis responsable d'un petit être humain que je dois aider à devenir adulte.

— Comme moi, finalement.

— Bon, nous n'allons tout de même pas nous mettre à pleurer sur notre sort et accuser le monde entier d'être irresponsable !

— Non, sûrement pas, décréta Deanna en gratouillant la tête de Thor, mais Philippe l'a été. L'est encore. Je plains sa femme, car j'imagine que je n'étais pas sa première aventure, et certainement pas sa dernière. À moins que… ils aient entre eux un contrat particulier, qui sait ?

— Papa ! Regarde ce que je viens de faire !

Austin déboula dans la pièce en brandissant un objet non identifiable construit à partir de blocs de plastique coloré. Josh le fit grimper sur ses genoux pour mieux admirer la création.

— Superbe, mon fils. Tu peux m'expliquer ce que c'est ?

Aussitôt, le petit entama une description de ce qui était à ses yeux un robot volant-qui-lançait-des-flèches-et-pouvait-vivre-dans-l'eau.

Après avoir vanté à son père tous les talents de cette extraordinaire machine sortie de ses mains, il se laissa glisser à terre et se rapprocha de Deanna à qui il tendit l'objet en question.

— C'est pour toi, Dee.

— Pour moi ?

— Oui, affirma le petit en secouant si fort la tête que ses boucles dansèrent autour de son visage sérieux. C'est pour te remercier de m'avoir apporté du gâteau.

— Oh ! Austin ! s'exclama Josh. Deanna va croire que je ne te nourris pas !

L'expression du bambin se fit encore plus grave.

— Tu me donnes à manger, mais Dee, elle, elle m'apporte du gâteau.

Les deux adultes éclatèrent de rire, ce qui réveilla Thor. Finalement, cet endroit exigu était décidément trop agité pour qu'il puisse y continuer une sieste paisible. Il décida donc de sauter à terre et de partir à la recherche d'un lieu plus confortable — et calme.

Deanna tendit les bras vers Austin et l'installa à la place libérée par le chien, puis elle admira longuement le cadeau en pensant que, bientôt, ce serait son propre enfant qu'elle tiendrait ainsi sur ses genoux.

— Merci, mon chéri. Ton robot me plaît beaucoup.

— Garde-le. Le bébé pourra jouer avec quand il sera né.

— Peut-être pas tout de suite après, mais plus tard. Je suis sûre qu'elle va l'adorer elle aussi.

— Super ! déclara Austin en sautant à terre pour regagner sa chambre.

Deanna prit appui sur l'accoudoir pour se mettre debout en serrant l'objet mystérieux sur son cœur.

— Ne t'encombre pas de ça ! suggéra Josh.

— Tu plaisantes ? Quand un enfant de quatre ans te fait un cadeau, il faut le conserver comme un trésor, tu ne sais pas ça ? Ou alors, tu as un cœur de pierre…

Josh lui sourit en hochant la tête.

— Tu veux que je te raccompagne ?

— Non, merci, je connais le chemin.

— Je veux juste te dire que… Que les raisons qui t'ont ramenée ne sont pas agréables, mais que c'est drôlement bon de t'avoir ici. Même si c'est pour peu de temps.

— Merci, Josh.

Très vite, Deanna se détourna pour qu'il ne puisse pas lire l'ambivalence dans ses yeux. Parce qu'il avait parfaitement raison : les raisons de son retour étaient tristes, mais le fait d'être de retour ne l'était pas… Tout au moins, pas autant qu'elle l'avait craint. Sauf que… Ce n'était sans doute pas une si bonne chose que cela.

Par contre, ce qui serait réellement triste, ce serait de se laisser embarquer dans quelque chose que ni elle ni Josh ne souhaitaient, et que ni l'un ni l'autre n'étaient à même de gérer maintenant.

À vrai dire, ni maintenant ni jamais.

- 6 -

— Alors, qu'est-ce que tu décides, ma chérie ? demanda Billie en replaçant le stéthoscope autour de son cou avant d'aider Deanna à se redresser sur la table d'examen. Tu peux rester à la maison, aller à l'hôpital, ce qui implique un trajet jusqu'à Taos, ou accoucher ici, à la clinique de Whispering Pines.

Deanna abaissa sur sa poitrine le T-shirt qui se faisait de plus en plus étroit et réfléchit quelques secondes ; elle avait visité la petite clinique, qui lui avait paru offrir autant de sécurité et de confort que l'établissement où elle avait prévu d'aller accoucher à Washington.

— Je pense que ce sera ici, tout simplement.

— Parfait, répondit la sage-femme. Tout va bien. Le bébé est en bonne position, et ta trente-septième semaine sera terminée juste après Thanksgiving. Autrement dit, tu as le feu vert !

Deanna éclata d'un rire un peu nerveux.

— Tu es inquiète ? demanda Billie.

— Pas vraiment à propos de la naissance. Plutôt pour la suite… Je n'ai jamais tenu de bébé dans mes bras. Qu'est-ce qui se passera si je fais des bêtises ?

— Oh ! tu en feras ! répondit Billie. Comme tout le monde, ni plus, ni moins. La bonne nouvelle est que ta fille ne s'en rendra pas compte.

— Ouf ! Tant mieux. Autant je peux dire que cette naissance n'était pas prévue au planning, autant je peux affirmer que j'aime déjà cette petite fille de tout mon cœur, même si je sais que ce ne sera pas toujours une partie de plaisir de l'élever seule.

— Attends de découvrir sa frimousse avant de te faire du souci. Et puis tu verras… L'intuition t'aidera plus que ce que tu imagines. Bien sûr, tu commettras des erreurs, et parfois même des erreurs stupides et évitables, il vaut mieux le savoir à l'avance. Par exemple, tu sais ce qui m'est arrivé une fois avec les jumeaux tellement je manquais de sommeil ? J'ai oublié d'attacher Josh dans son siège et il est tombé par terre. J'ai pleuré pendant une heure entière, persuadée que la police allait venir me retirer mes enfants. Mais finalement, il s'en est tiré avec une bosse et moi avec une crise de larmes. Ce sera pareil pour toi. De toute façon, tant que tu seras ici, tu peux compter sur toute l'aide dont tu auras besoin de ma part.

Ces mots allèrent droit au cœur de Deanna. Qui l'aurait soutenue à Washington ? Certainement pas sa tante, et Emily en savait encore moins qu'elle sur le sujet.

— Josh m'a dit que les travaux de la maison étaient presque terminés ? reprit Billie.

— Oui, à peu près.

Effectivement, Josh avait tenu parole : il avait bouché des trous et repeint les murs pendant que Deanna s'occupait d'Austin. Comme elle aurait aimé pouvoir emporter avec elle les éclats de rire du petit garçon quand elle posait sa main sur son ventre pour lui faire sentir les mouvements du bébé !

Sans parler du visage de Josh, maculé de peinture et le regard attendri quand il les contemplait.

— Est-ce que la nursery est prête ?

La nursery… Le mot ne plaisait pas trop à Deanna, car il paraissait impliquer une permanence qui ne faisait pas partie de ses projets, mais elle le laissa passer, à défaut d'en trouver un qui lui conviendrait mieux.

— Josh y a installé le berceau d'Austin, ce qui fait que je pourrai y mettre Katie quand elle sera née.

— Katie ?

— Ou peut-être Kate, je ne sais pas encore.

— C'est le prénom de ta maman. Ton père aurait été très touché de ce choix.

C'est exactement ce que Deanna avait pensé, tout en se disant que c'était un peu idiot d'essayer encore de lui plaire alors qu'il n'était plus là pour apprécier ses efforts.

Billie tendit son compte rendu médical à Deanna.

— La petite fête prévue en l'honneur de la naissance approche, n'est-ce pas ?

Deanna se demandait parfois si la ligne de démarcation entre la sollicitude et la suffocation n'allait pas être franchie. Quand Billie lui avait parlé de ce projet, elle en était restée sans voix un moment avant de lui faire part de son étonnement.

— Voilà qui me semble beaucoup de dérangements pour quelqu'un qui n'a pas l'intention de s'installer à Whispering Pines !

— Ma chérie, tu as tout simplement oublié ce que c'est que de vivre dans une petite ville. Et considère aussi le côté pratique de l'événement : ta fille aura besoin de pas mal d'affaires pendant votre séjour ici. Alors, ne rechigne pas, et apprécie au contraire cette marque d'amitié.

Deanna se mit à sourire.

— Le problème, c'est que ma cousine Emily m'a promis le même genre de réjouissance à mon retour. Je trouve que deux fêtes pour un seul bébé, c'est un peu trop.

— Et pourquoi donc ? Tu ne crois pas que cette petite mérite d'être gâtée par les gens qui t'aiment ? Laisse faire et profite de toute cette gentillesse.

— Oui, Billie, tu as raison.

— Au fait, à propos de Thanksgiving, tu viens passer

la journée chez nous, et pas de rouspétance ! Il est hors de question que tu restes toute seule dans cette grande maison. Tant pis si nous sommes un peu serrés, l'important, c'est d'être ensemble en famille.

En voyant le visage pensif de Deanna, Billie s'inquiéta.

— Pourquoi est-ce que tu me regardes comme ça ?

Deanna était en train de se dire qu'elle était complètement folle, mais après tout, cela n'avait rien de nouveau…

— Parce que… J'ai une idée. Pourquoi ne fêterions-nous pas Thanksgiving à La Vista ? La salle à manger est immense, ce serait l'occasion de l'utiliser.

En effet, même du temps de ses parents, cette pièce n'avait que fort peu servi, et la fois où Emily était venue avec sa tante Margaret et son père, le Noël en famille avait été une véritable catastrophe.

— Tu es sûre ? demanda Billie.

— Complètement.

Plus elle y pensait, plus Deanna aimait cette idée. Un grand bon repas, avec beaucoup de monde, voilà qui lui donnait un vertige de plaisir. Et d'autant plus qu'elle n'aurait plus de sitôt l'occasion de vivre pareille expérience.

— Franchement, Billie, à quoi bon se serrer comme des sardines dans une boîte chez vous alors que La Vista ne demande qu'à vous accueillir ? Et n'oublie pas que c'est aussi la maison de Josh désormais.

Deanna était si heureuse de sa proposition qu'elle était à deux doigts de danser sur place d'excitation.

— Et je t'en prie, promets-moi que tu me laisseras participer à la préparation du repas !

— Ma petite, au cas où tu ne l'aurais pas remarqué, je t'informe que tu es très très enceinte.

— Et alors ? Qu'est-ce qui peut m'arriver de pire ? Que le travail se déclenche à un moment où j'aurai une douzaine de personnes autour de moi pour me conduire à la clinique ?

Dont toi, qui de toute façon m'assisteras pour la naissance ? Je ne vois vraiment pas où est le problème.

Billie considéra un instant le visage animé de Deanna. C'était la première fois depuis son retour à La Vista qu'elle était si enthousiaste.

— C'est bon, je suis d'accord. Val apportera certainement des desserts.

— Oh là là, je suis encore sous le charme de son gâteau aux pêches !

— Et tu n'as encore rien vu. Attends un peu d'avoir goûté sa spécialité à la courge. Ou à la pomme. Ou à sa crème à la noix de coco… De toute façon, nous nous organiserons quelques jours à l'avance, mais je me réserve la purée de patates douces.

— Volontiers !

— Tu sais, après ton départ pour Washington, nous avons plusieurs fois invité Granville à se joindre à nous pour les fêtes, mais il n'a jamais accepté.

— Pourtant, il était bien à l'origine de cette grande fête de Noël à La Vista, non ?

— Oui. Pardonne-moi de te dire ça, mais ton père était un homme un peu étrange. Il était très généreux, mais un peu bizarre malgré tout.

— Tu ne m'apprends rien, Billie.

— Ce qui sautait aux yeux de tout le monde, c'est son application à faire que tout soit parfait pour toi. Exactement comme il l'avait fait pour ta mère.

Deanna passa la bandoulière de son sac sur son épaule.

— Hélas, ça n'a pas marché comme il l'aurait voulu.

— Non, en effet, soupira Billie. Tu sais, Katherine et moi n'étions pas des amies très proches, mais ce n'était ni de sa faute ni de la mienne. Nous venions de mondes tellement différents que nous n'avions rien en commun. Et en plus, elle était très secrète, introvertie. Enfin…

Elle secoua la tête comme pour chasser cette pensée.

— Je te retrouve donc samedi pour la fête en l'honneur de ta fille. D'ici là, essaie de rester au maximum assise ou allongée.

Deanna fit la moue. Et puis quoi encore ? Elle n'était pas malade !

En s'installant dans sa voiture, elle se mit à penser à sa mère. Sa mère si douce, si aimante, mais qui n'avait pas réussi à s'adapter à la vie dans une petite ville du Nouveau-Mexique, même si elle aimait réellement son mari.

En dépit du froid mordant, la journée était brillamment ensoleillée et Deanna s'enchanta du spectacle qu'offraient les sommets des montagnes enneigées étincelant sur un fond de ciel bleu intense.

En arrivant au ranch, elle remarqua la haute silhouette d'un homme posté le long de la clôture derrière laquelle broutaient quelques chevaux, dont la jument prête à pouliner. En se rapprochant, elle reconnut Sam Talbot. Pourquoi diable se trouvait-il ici ?

Malgré la fatigue due au trajet et à son rendez-vous, elle s'arrêta près de lui et descendit de voiture pour le saluer.

En voyant Deanna, Sam lui ouvrit grand ses bras et la serra très fort contre lui. Les cheveux du père de Josh avaient blanchi, il avait beaucoup maigri depuis la dernière fois où elle l'avait vu, mais ses yeux brillaient toujours de la même gentillesse.

— Je ne suis pas sûre de mériter cet accueil ! déclara Deanna en fourrant les mains dans la poche de sa veste qu'elle n'arrivait plus à boutonner depuis plusieurs semaines.

— Parce que tu as décidé de vendre La Vista ? demanda Sam en croisant les bras pour prendre appui sur la clôture. Tu sais, quand on a élevé quatre garçons, on apprend à aller à l'essentiel. Ça rend les conversations plus efficaces.

Une brise glacée agita les aiguilles des sapins qui bordaient la pâture avant de venir rafraîchir le visage brûlant de Deanna.

— Je sais ce que La Vista représente pour vous tous…, commença-t-elle.

— Non, je ne pense pas que tu le saches, répondit Sam d'un ton doux. Mais si tu dis ça pour t'excuser, tu peux arrêter tout de suite. Tu ne veux pas garder La Vista, et Josh, à l'inverse, y est beaucoup trop attaché.

Comme Deanna le fixait avec stupéfaction, il ajouta :

— Tu es étonnée par ce que je te dis ?

— Et comment !

Sam avait les yeux rivés aux chevaux. Sans doute préparait-il une réponse qu'elle n'avait pas envie d'entendre.

— Ce qui me trouble, reprit Sam, c'est le choix de Granville, parce que ça va à l'encontre de ce qu'il avait tenté de faire.

— Je ne comprends pas ce que tu veux dire.

— Moi non plus, à vrai dire. Parce que la raison principale pour laquelle il t'a fait partir d'ici, c'était pour vous séparer, Josh et toi.

— Il pensait qu'il y avait quelque chose entre Josh et moi.

— Il se trompait ?

Deanna arracha une écharde de la clôture et hocha la tête.

— Oui. Josh et moi étions amis. De très bons amis, mais pas plus. Je te le jure.

— C'est ce que Josh nous a toujours dit, mais Granville n'a pas voulu courir le risque de voir la situation évoluer. C'était évident que vos objectifs dans la vie étaient complètement différents. La dernière chose que ton père souhaitait pour toi, c'est que tu finisses par être aussi malheureuse que ta pauvre mère.

Encore ! Décidément, pour une obscure raison, Katherine Blake était le sujet du jour.

— Seulement, poursuivit Sam, il semble bien qu'il ait changé d'avis.

— Tu veux dire que…

— Oui. Il vous a transmis La Vista à tous les deux pour vous rapprocher l'un de l'autre.

À cette idée, un vertige saisit Deanna qui dut se cramponner à la barre de bois pour ne pas tomber.

— Il te l'a dit ?

Sam laissa échapper un soupir qui s'envola en un gros nuage de buée.

— La dernière fois que je lui ai parlé, il m'a avoué qu'il voulait réparer un certain nombre d'erreurs qu'il avait commises.

— Et tu en as déduit qu'il souhaitait que Josh et moi renouions ?

Deanna éclata d'un rire forcé.

— Tu ne trouves pas que c'est un peu exagéré ?

— Peut-être. Mais pour quelle autre raison aurait-il décidé de vous léguer le ranch à tous les deux ?

Deanna n'avait pas de réponse à fournir à cette question.

— Tu sais, ma petite, j'ai toujours connu ton père. Nous avons grandi tous les deux dans ce ranch. Ce que j'ai remarqué alors que nous étions encore enfants, c'est que s'il pouvait être têtu comme une mule quand il tenait à une idée, il était parfaitement capable de changer de camp quand il estimait qu'une meilleure proposition surgissait. Ce qui n'arrivait pas souvent, ajouta Sam avec un petit sourire. Mais de temps en temps tout de même.

Deanna écoutait avec attention ce commentaire sur son père à propos duquel, finalement, elle savait si peu de chose.

— Ce que je pense, reprit Sam, c'est qu'il a regretté plus tard de vous avoir séparés, surtout quand il a vu à quel point Josh était devenu un homme responsable après la naissance d'Austin. Je crois aussi qu'il avait deviné que tu n'étais pas si heureuse que ça à Washington. Et ce qui était sûr, c'est que Josh ne l'était pas du tout. Il était même très malheureux.

Cette fois, ce fut au tour de Deanna de détourner le regard. Elle n'avait jamais pensé que Josh avait été affecté par son départ, car ils n'avaient jamais abordé le sujet. Mais cela ne changeait rien au fait que, encore une fois, Granville Blake avait choisi la manière forte pour parvenir à ses fins. Et encore moins au fait qu'elle ne pouvait pas faire ce qu'il attendait d'elle et de Josh.

— Tu veux dire qu'en nous laissant La Vista à tous les deux, mon père espérait que nous allions tomber follement amoureux l'un de l'autre, que nous nous marierions et que, par conséquent, le ranch resterait dans la famille ?

— Des choses bien plus étranges se produisent de temps à autre. Je pense sincèrement qu'il essayait de réparer son erreur… À sa façon, bien entendu.

— Et moi, je trouve qu'il voulait manipuler ma vie, mon bonheur. D'ailleurs, c'est ce qu'il a toujours tenté de faire, tu es bien d'accord ?

Puis, désignant son ventre rond :

— Et qu'est-ce qui se serait passé si cette petite était arrivée avec un papa qui fiche en l'air tous les plans du maître de La Vista Encantada ?

— Comme ce n'est pas le cas, inutile de faire entrer cette hypothèse en ligne de compte, répliqua Sam avec beaucoup de sagesse.

Zut ! Deanna détestait que les gens fassent ainsi preuve de logique. Mais il lui restait tout de même encore une corde à son arc.

— Comment cela se fait-il que Billie ne m'ait pas touché un mot de cette affaire ?

— Nous nous sommes partagé les responsabilités. Elle s'occupe de ta grossesse et moi du reste. C'est ce qu'on appelle le travail en équipe.

— Josh est au courant ?

— Je lui ai fait part de ce que je viens de te dire avant-hier. J'en conclus qu'il ne t'en a pas parlé ?

Deanna secoua la tête.

— Non, mais je ne vois pas l'intérêt d'aborder le sujet puisque nous avons décidé de vendre.

Elle s'interrompit un instant, plongea son regard dans celui de Sam.

— Il me semble que tu ne serais pas fâché toi non plus de nous voir ensemble, Josh et moi ?

— Pas du tout, mais je sais que les parents n'ont pas leur mot à dire dans ce genre d'affaires. C'est un inconvénient d'avoir des enfants dotés d'une forte personnalité.

Une jument noire à la robe luisante s'approcha de Sam pour frotter son nez contre sa poitrine. Après lui avoir flatté l'encolure, Sam sortit un morceau de pomme de sa poche et le lui offrit.

— Je trouve qu'il y a eu beaucoup trop de secrets depuis des années, reprit-il. Bien sûr, je ne suis pas parfait, mais j'ai toujours réussi à communiquer avec mes fils.

Son regard se voila soudain d'une nostalgie douloureuse.

— Tu sais, Billie et moi avons été très tristes de voir le gouffre se creuser entre ton père et toi, après la mort de ta mère. Mais que pouvions-nous faire ? Nous ne pouvions pas nous mettre à sa place, encore moins la remplacer, mais nous t'aimions autant que si tu avais été notre propre fille. Comme la fille que nous n'avons jamais eue…

— Ce qui fait que vous aussi, dans le fond, vous souhaitez que Josh et moi fassions notre vie ensemble ?

— Et pourquoi pas ? Nous t'aimons, Dee. Nous t'avons toujours aimée.

Cette déclaration émut profondément Deanna. Elle s'était toujours sentie à l'aise et en sécurité auprès des Talbot, mais aujourd'hui, elle comprenait qu'elle n'avait jamais accepté cette affection parce qu'elle était trop désespérément occupée à essayer de gagner celle de son père.

— Merci pour ces paroles, Sam, même si elles ne peuvent rien changer à la situation.

— Je ne m'y attendais pas, mais il fallait que je te le dise.

Elle embrassa le père de Josh et retourna à sa voiture en se demandant si elle allait ou non faire part de cette conversation à ce dernier. Par contre, ce qu'elle savait avec certitude, c'est qu'elle était plus que jamais en colère contre son propre père.

En entendant le crissement des pneus de la vieille Chevy dans la cour, Josh jeta un coup d'œil par la fenêtre du salon. Il aperçut Deanna qui s'avançait vers la maison, la mine préoccupée. Comme il savait qu'elle revenait d'un rendez-vous avec sa mère à la clinique, il s'inquiéta tout de suite pour le bébé. Y avait-il un problème ?

— Dee a l'air fâchée ! déclara Austin qui se tenait à côté de lui, occupé à extraire des guirlandes de Noël d'un grand carton.

Josh se demanda tout à coup s'il n'aurait pas mieux fait de laisser à Deanna le plaisir d'ouvrir elle-même les boîtes, mais, en apercevant le petit garçon pratiquement noyé au milieu des décorations rutilantes, le visage de Deanna s'éclaira.

— Oh ! Quelle bonne idée d'avoir déballé tout ça !

— Je suis content que tu approuves, expliqua Josh. Je me suis dit que puisque la fête pour le bébé est prévue pour après-demain, c'était l'occasion de commencer la décoration de la maison. Et toi, comment s'est passée ta visite à la clinique ?

— Très bien.

Malgré cette réponse rassurante, elle paraissait toujours pensive. Soudain, son téléphone vibra dans sa poche. Son père venait de lui envoyer un SMS, l'informant de la conversation qu'il avait eue avec elle. Josh comprit alors la raison de cette contrariété ; lui-même avait été très agacé quand Sam lui avait fait part de son interprétation du testament de Granville. Les imaginer tous les deux ensemble était carrément surréaliste !

Deanna considéra les trésors étincelants qu'Austin avait extraits des cartons.

— J'aimerais bien accrocher moi-même les guirlandes, mais je pense que ta mère n'apprécierait pas que je grimpe sur des échelles.

— Ne t'inquiète pas, je le ferai à ta place.

— Oui. Et ce sera d'autant plus normal que cette maison t'appartient autant qu'à moi.

— Veux-tu que je descende l'arbre en plastique qui se trouve au grenier ?

Deanna arbora un air révolté.

— Un sapin artificiel ? Quelle horreur ! Jamais de la vie. Il nous en faut un vrai, qui sente bon la résine !

— Mille fois d'accord. Je m'en occuperai dans quelques jours, c'est encore un peu tôt maintenant. Il te suffira de me dire comment tu veux que je place les guirlandes.

— Est-ce que tu te souviens comment ma mère en disposait sur les lustres ? demanda-t-elle en désignant les deux lourdes suspensions en fer forgé que la décoratrice avait exigé qu'ils laissent en place.

Autrefois, quand ils étaient petits, Deanna et Josh les comparaient à des squelettes d'animaux préhistoriques.

— Oui. Dis-moi si ce que je fais te convient.

— Arrange-les à ton idée, je te fais entièrement confiance.

Cette déclaration alla droit au cœur de Josh, mais hélas, elle n'empêcherait pas Deanna de quitter La Vista. Et si douze ans plus tôt son départ lui avait été imposé, cette fois, c'est elle-même qui le souhaitait.

Et Dieu sait qu'il ne se sentait pas prêt à affronter de nouveau l'enfer de la séparation.

- 7 -

Bien que Josh se soit démené pour que les décorations produisent leur meilleur effet, et cela sans jamais ronchonner comme l'aurait sûrement fait n'importe quel homme à sa place, l'ambiance qui régnait entre Deanna et lui n'était pas détendue. Quelque chose était différent, et ce quelque chose, ils avaient tous deux conscience qu'il était dû à ce qu'ils savaient maintenant à propos du testament de Granville.

Bien sûr, ils auraient pu en discuter ouvertement, mais à quoi bon ? Qu'est-ce que cela changerait à leur situation ?

Pour l'instant, Deanna avait mis cette question entre parenthèses afin de profiter pleinement de la fête organisée en l'honneur de la prochaine naissance de sa fille.

— Oh ! comme c'est joli ! s'exclama Val qui se tenait debout près de la fenêtre encadrée de guirlandes lorsque Deanna déballa un minuscule pyjama rose bordé de volants en dentelle. Avis à tout le monde ! poursuivit-elle à la cantonade. Si jamais j'ai une troisième fille, je veux le même, exactement.

Et, comme toute l'assemblée la considérait d'un air curieux, elle ajouta :

— Non, je ne suis pas enceinte, vous pouvez arrêter de me fixer comme ça !

Mais la lueur qui brillait dans son regard laissait aisément deviner que Levi et elle faisaient leur possible pour que cela arrive. Deanna dut faire un effort pour étouffer une pointe d'envie, même si cette démonstration d'affection la touchait beaucoup. Le jeune couple paraissait si heureux que son bonheur rejaillissait sur tous ceux qui l'entouraient.

Annie était venue participer à la fête, ainsi que Billie et ses deux belles-filles, et Mallory qui allait bientôt épouser Zach. Tout en se sentant très gâtée, Deanna comprenait qu'elle ne connaissait Val que très peu et Mallory pas du tout. Pourtant, le fait d'être incluse dans leur petit groupe, même si ce n'était que pour ce court moment, lui faisait chaud au cœur. Et au moins, le beau Josh aux yeux verts qui occupait beaucoup trop ses pensées passait au second plan pendant ce temps-là.

En revanche, le chagrin inattendu qu'elle éprouvait à être privée de sa mère en pareille circonstance ne la quittait pas, malgré les treize années écoulées depuis la disparition de cette dernière. Il lui semblait avoir eu le temps de s'habituer à l'idée qu'elle ne serait pas avec elle pour traverser les différentes étapes qu'une fille s'attend à partager avec sa mère, mais aujourd'hui, ouvrir tous ces cadeaux destinés à celle qui aurait été le premier petit-enfant de Katherine Blake mettait sa sensibilité à mal et rendait encore plus pesante l'absence de son père qui ne connaîtrait jamais lui non plus la petite Katie.

C'était triste, et pourtant il lui fallait absolument retenir les larmes qu'elle sentait monter à ses paupières sous peine de se mettre à sangloter au milieu d'une montagne de sacs en papier rose.

Comme si elle avait deviné ce qu'éprouvait Deanna à cet instant, Billie posa la main sur la sienne. Deanna serra le pyjama contre son cœur, le souffle court à l'idée que dans quelques semaines le bébé encore niché dans son ventre porterait réellement ce vêtement.

Les hommes, car oui, quelques représentants de la gent masculine étaient aussi présents, s'affairaient à faire passer des plateaux de petits sandwichs et de friandises tout en contenant le dynamisme des enfants. Il ne manquait que Josh, qui avait dû se rendre à Albuquerque pour une raison qu'il n'avait pas clairement exposée. Ou bien il n'aimait pas ce genre de fête, ou bien il voulait éviter Deanna. Étant donné le peu de fois où ils s'étaient vus ces deux derniers jours, Deanna penchait pour la deuxième hypothèse.

Elle continua donc à ouvrir les paquets dans lesquels elle découvrit un autre pyjama, blanc, celui-ci, et divers lainages, puisque le bébé allait arriver au début de l'hiver.

Comme elle était sur le point de terminer, elle entendit la voiture de Josh se garer dans la cour, puis une voix qui lui parut familière lui provint de l'entrée.

— Reste-t-il un peu de place pour une invitée supplémentaire ?

Deanna se retourna d'un coup et découvrit, dans l'embrasure de la porte, une Emily rayonnante, superbe dans son pull en cachemire gris pâle et son jean griffé.

— Oh ! C'est… incroyable ! Emily… Mais comment as-tu fait pour…

Deanna se mit debout aussi vite qu'elle put pour aller à la rencontre de sa cousine et la serrer dans ses bras.

— Tu peux remercier ce bonhomme ! claironna Emily en désignant Josh. C'est lui qui a tout manigancé.

Josh se tenait un peu en retrait, les mains dans les poches et le regard pétillant de malice, visiblement très content de lui-même.

Il n'en fallut pas davantage pour faire de Deanna la femme enceinte la plus confuse et la plus heureuse que la terre eût jamais porté.

— Tu restes avec nous pour fêter Thanksgiving, n'est-ce pas, Em ?

Assise au bord du lit à baldaquin de la chambre d'amis, Emily secoua la tête.

— J'adorerais, mais c'est impossible, répondit-elle en faisant la grimace. Mes parents ont prévu une réception pour présenter Michael à leurs connaissances qui ne l'ont pas encore rencontré. Quand j'ai essayé de les en dissuader, j'ai compris que j'allais semer la zizanie dans la famille, ce qui fait que j'y ai renoncé. Heureusement, j'ai pu trouver un vol de retour mercredi. Comme ça, tout le monde est content, et surtout moi, puisque j'ai réussi à te faire cette surprise.

— Franchement, j'ai encore du mal à croire que tu es venue jusqu'ici pour me voir !

Comme Deanna grimaça en remuant sur sa chaise pour trouver une position plus confortable, Emily s'inquiéta.

— Ça va ? Tu te sens bien ?

— Oui, mais je suis assez mal à l'aise depuis que le bébé est engagé.

— Engagé ? Qu'est-ce que ça signifie ?

Deanna se mit à rire devant l'ignorance de sa cousine

— Ça veut dire que ma fille est prête à se lancer dans la vie !

Emily et Deanna n'avaient cessé de parler depuis que les amis rassemblés pour la fête les avaient quittées. Smoky s'était rapproché d'Emily, en quête de caresses de la part de cette inconnue, tandis que Deanna ouvrait les paquets de vêtements que celle-ci lui avait amenés.

— Tu auras besoin de nouveaux habits après la naissance ! affirmait Emily d'un air assuré tandis que Deanna se demandait si elle aurait la moindre chance, juste après avoir accouché, de se faufiler dans le jean slim apporté par sa cousine. Peu importait… La gentillesse d'Emily lui allait droit au cœur. Quant à Josh… Comment s'était-il débrouillé pour manigancer cette visite-surprise ? Comment Em était-elle parvenue à se libérer ainsi, à l'improviste ?

Là encore, peu importait. L'essentiel était que leur petite conspiration avait formidablement réussi et qu'elle était très touchée de leur complicité.

— C'est quasiment un miracle que tu sois là ! répéta Deanna qui n'en revenait toujours pas.

— Tu vois, il faut croire aux miracles de temps en temps ! lança Emily en se rapprochant de l'âtre dans lequel Gus avait pris le soin d'allumer un beau feu.

L'agent immobilier aussi bien que la décoratrice avaient estimé que la présence de cheminées en état de marche dans chacune des chambres constituait un argument de vente de premier choix.

Smoky, enhardi, sauta sur les genoux d'Emily.

— J'aimerais bien savoir ce que Josh t'a dit pour te convaincre de faire ce voyage éclair ! demanda Deanna en se tortillant de nouveau dans l'espoir que le bébé choisirait une position moins inconfortable pour elle.

— Oh ! je ne me souviens pas exactement de notre conversation, mais en gros, il m'a dit que tu lui paraissais un peu nerveuse à cause de ton séjour forcé à La Vista et que, même pour un jour ou deux seulement, revoir quelqu'un proche de ta vie à Washington t'aiderait à patienter en attendant ton retour.

Certes. Et pourtant, la perspicacité de Josh et son initiative n'étaient pas pour calmer la nervosité de Deanna…

— Si tu me racontais un peu ce qu'il y a entre vous deux ? suggéra Emily de sa voix douce.

Bien sûr, Deanna savait que cette question surgirait tôt ou tard… Mais que répondre ?

— Eh bien… Rien. En tout cas, rien de plus. Nous sommes amis, c'est tout. Comme autrefois.

— Tu sais que c'est lui qui m'a offert mon billet d'avion ? Il faut être un ami très spécial pour faire une chose pareille, tu ne crois pas ?

Deanna se tourna vers la cheminée en espérant que la lueur des flammes masquerait sa propre rougeur.

— Les Talbot sont des gens très généreux.

— C'est bien chez eux que j'avais été accueillie, non ? Est-ce que leur maison a changé ?

— Pas du tout. Il paraît que le charme rustique est à la pointe de la mode.

— C'est vrai.

Smoky, déçu de ne pas attirer suffisamment l'attention d'Emily, sauta sur le tapis navajo qui servait de descente de lit.

— Au fait, Josh m'a invitée à faire une balade à cheval avec lui demain, reprit Emily. Est-ce que tu supporteras que je t'abandonne une heure ou deux ?

Pour toute réponse, Deanna jeta un coussin à la tête de sa cousine. Avec un éclat de rire, Emily le lui renvoya.

— Tu sais, je trouve que c'est dommage que tu vendes La Vista, maintenant que tu en es propriétaire. Tu n'imagines pas comme je t'envie de pouvoir vivre avec autant d'espace autour de toi, autant de tranquillité !

Deanna émit un petit ricanement.

— Tranquillité ? Allons, tu veux parler de solitude !

— Et alors ? Qu'est-ce que tu reproches à cela ?

— Rien. C'est une question de dosage. Vingt-quatre heures sur vingt-quatre, sept jours sur sept, ça me paraît un peu beaucoup.

Puis elle pinça les lèvres en courbant les épaules, l'air fatigué.

— De toute façon, je ne suis pas la seule propriétaire… Et que voudrais-tu que je fasse d'un domaine pareil ?

Bien entendu, elle n'avait pas du tout l'intention d'expliquer à Emily les projets complètement fantasques imaginés par son père.

— En revanche, la part qui me reviendra après la vente assurera pour un bon bout de temps l'avenir de ma fille.

— Pourtant, il s'agit de ton héritage, Dee, du domaine de ta famille.

— Désolée, je n'ai pas la vocation de l'élevage. Par contre, je suis seule pour assurer l'éducation de ma fille.

— Dans ce cas, pourquoi ne pas laisser Josh se consacrer au ranch pendant que tu ouvrirais une galerie à Taos ? Après tout, ce n'est pas tellement loin d'ici.

— Où as-tu pêché une idée pareille ?

— Je ne sais pas, c'est sans doute le résultat de toutes nos conversations. Tu as l'œil pour repérer les œuvres intéressantes, il n'y a pas de doute là-dessus, et c'est ce travail que tu as envie de faire.

— Oui, c'est vrai, répondit Deanna en essayant de refréner ce qui lui parut être une réaction de panique. À Washington, en tout cas, ou dans une grande ville où se trouve un public intéressé par l'art, ce qui n'est pas tellement le cas au Nouveau-Mexique.

— Moi, je pense que ce serait bien plus facile pour toi de démarrer dans le coin plutôt que dans une grande ville.

— De toute manière, si nous ne vendons pas le ranch, où veux-tu que je prenne l'argent pour me lancer ? En plus, Em, je ne me sens pas prête à créer ma propre galerie, où que ce soit. D'ailleurs, je ne sais même pas si je m'en sentirai capable un jour, ce qui fait que…

— Bon, je t'accorde que la programmation demande à être un peu révisée, mais ce qui est sûr, ma petite cousine que j'adore, c'est que tu as besoin de changement ! Tu n'es pas heureuse à Washington.

— Mince alors ! Tu crois que je peux rayonner de bonheur alors que mon mec vient juste de me plaquer ? Après m'avoir mise enceinte, par-dessus le marché !

— Oui, je sais tout ça. Mais même avant Philippe, tu n'étais pas épanouie, ni même pendant ta relation avec lui.

— Je n'ai jamais…

— Tu n'en avais pas besoin, je te connais suffisamment pour l'avoir compris.

Emily se cala contre les gros oreillers avant de continuer.

— Tu étais… Comment dire ? … Éblouie par Philippe, et personne ne peut t'en blâmer, car il était très séduisant avec ses tempes grisonnantes et son charme de Parisien cultivé… Mais, à franchement parler, lui as-tu jamais réellement fait confiance ? De tout ton cœur ?

Des larmes vinrent picoter les yeux de Deanna qui, une fois de plus, tenta de trouver une position moins inconfortable. Smoky prit cela pour une invitation et quitta son tapis pour sauter sur ses genoux.

Si la question lui avait été posée par qui que ce soit d'autre qu'Emily, Deanna aurait sans doute mal réagi, mais sachant combien sa cousine l'aimait, elle était bien obligée d'admettre qu'elle-même s'était fait la remarque à plusieurs reprises.

— Oui, répondit-elle finalement.

Emily lui tendit un mouchoir en papier qu'elle venait de pêcher dans la boîte en carton posée sur la table de nuit.

— Oui, reprit Deanna, je lui faisais confiance, et je me suis trompée. C'est vrai qu'il m'éblouissait, et j'étais flattée aussi de voir qu'il m'accordait son attention.

Elle se moucha, puis laissa échapper un petit rire amer.

— Oui, j'étais flattée qu'il me considère comme quelqu'un de spécial…

— Oh ! Dee, coupa Emily en se levant pour prendre les mains de sa cousine dans les siennes, tu *es* quelqu'un de spécial ! C'est lui qui est un minable, ça crève les yeux.

— Alors comment se fait-il que je ne m'en sois pas rendu compte ?

Elle renifla d'un air pitoyable.

— Et comment être sûre que je ne vais pas recommencer la même bêtise ?

Pour toute réponse, Emily la prit dans ses bras et la laissa sangloter aussi longtemps qu'elle en éprouva le besoin.

L'un des problèmes qui surgit lorsqu'on fait une bonne action, se disait Josh, le soir de Thanksgiving, quand tous les invités avaient quitté le ranch et qu'il venait de trouver Deanna dans la cuisine, en train de manger ce qui restait du gâteau de courge apporté par Val, c'est qu'on ne peut jamais anticiper quelles conséquences elle va avoir. Dans son cas, la bonne action avait été d'inviter Emily, et l'effet boomerang imprévu avait été l'interminable discours que cette dernière lui avait tenu la veille, pendant qu'il la reconduisait à l'aéroport d'Albuquerque. Dee serait certainement furieuse si elle était au courant de toutes les confidences que sa cousine lui avait faites sur elle, mais en même temps, il était difficile d'en vouloir à Emily de son manque de discrétion tant il la sentait inquiète pour Deanna.

— Oh ! s'écria Deanna en apercevant Josh, tu es encore ici ? Viens partager ce gâteau avec moi, je t'en prie, tu m'éviteras de commettre un encore plus gros péché de gourmandise.

Josh s'avança, escorté par Thor qui se comportait comme s'il avait lui aussi reçu une invitation en bonne et due forme. Il prit une fourchette dans le tiroir des couverts de tous les jours et s'installa en face de Deanna. L'idée de s'asseoir avec elle pour manger quelque chose de bon lui paraissait extrêmement agréable. Ou alors, tout simplement n'avait-il pas envie de rentrer chez lui retrouver une maison vide, puisque ses parents avaient invité tous leurs petits-enfants à dormir chez eux ? Peu importait. Il était content d'avoir ce moment de calme avec elle car, d'après ce qu'Emily lui avait confié, Deanna avait mille et une raisons de trouver sa vie bien compliquée. Ce serait peut-être aussi l'occasion de parler clairement du testament fait par son père, dont ils n'avaient pas encore discuté.

— Ne le dis pas à ma mère, mais la dinde que tu nous as cuisinée est de loin la meilleure que j'ai jamais mangée !

Puis, avisant la croûte de la tarte abandonnée sur le bord de l'assiette de Deanna :

— Tu n'en veux pas ?

— Non, vas-y, prends-la.

Aussitôt dit, aussitôt fait. Josh adorait cette croûte qui sentait bon le beurre et craquait sous la dent avant de fondre sur la langue. Fort généreusement, il la partagea avec Thor qui ne s'attendait pas à pareille largesse.

Les yeux de Deanna brillaient ce soir comme des étoiles. En voyant le chien poser son museau sur les genoux de Josh et lever vers lui un regard d'adoration, elle éclata de rire.

— Je vais te confier le secret de ma recette pour la dinde : je l'ai laissée mariner dans du cidre avec toutes sortes d'épices. Mais heureusement que tu m'as aidée à la mettre au four. Sans toi, je n'y aurais pas réussi.

— Collaboration parfaite, n'est-ce pas ?

— Oui. Ce qui ne nous empêche pas d'avoir enfin une conversation sérieuse tous les deux.

— À quel sujet ? s'enquit Josh qui appréhendait le tour que cette dernière allait immanquablement prendre.

— Eh bien… Pour essayer de comprendre pourquoi mon père nous a légué la propriété à tous les deux.

La voix de Deanna dénotait une certaine agressivité, mais Josh savait très bien qu'elle n'était pas dirigée contre lui.

— Ah… Qu'est-ce que mon père t'a dit à ce propos ?

Elle fit une petite grimace.

— D'après Sam, mon père voulait « arranger les choses », le sous-entendu étant qu'il regrettait de nous avoir séparés en m'éloignant de La Vista, même s'il n'y avait rien entre nous. Et maintenant…

Elle haussa les épaules, découragée.

— Je n'arrive même pas à le dire !

Parce que l'idée lui paraissait trop ridicule pour être seulement formulée, pensa Josh.

— Écoute, si cela peut te mettre à l'aise, laisse-moi te certifier que jamais Granville ne m'a parlé de son « plan », si on peut donner ce nom à son projet. Ensuite, comme rien ne nous oblige à respecter ce « plan », si plan il y a, pour toucher l'héritage, le mieux est de nous en tenir à notre position actuelle.

Deanna prit un moment pour réfléchir, puis hocha la tête.

— C'est bien ce que je pense aussi.

— Est-ce que ton père t'avait jamais parlé de quoi que ce soit ?

— Jamais.

Sourcils froncés, Deanna posa la main sur son ventre, mais Josh avait eu le temps de voir le bébé bouger par-dessous le T-shirt tendu.

Elle regarda Josh droit dans les yeux.

— Tout de même… Tu ne penses pas…

— Que veux-tu dire ?

Deanna décida d'aller jusqu'au bout de l'idée qui lui était venue à l'esprit.

— Tu crois ton père capable d'avoir inventé cette histoire ? Parce qu'il aimerait nous voir ensemble ?

— Tu plaisantes ?

Elle haussa les épaules.

— C'est juste une idée comme ça.

— Excuse-moi, mais je la trouve complètement loufoque ! Non, impossible. Et de toute façon, même s'il l'avait eue, ni toi ni moi… Bref, entre toi et moi, ça ne marcherait pas pour un tas de raisons.

— Un énorme tas de raisons, en effet. Autrement dit, nous pouvons tourner la page là-dessus, d'accord ?

— Complètement.

Avec une nouvelle grimace, plus accentuée que la première, Dee porta la main dans son dos.

— Tu as mal ?

— J'ai dû rester trop longtemps debout aujourd'hui. Ça va passer avec un bain chaud et une bonne nuit de sommeil. Pourquoi est-ce que tu me regardes comme ça ?

— Parce que je n'aime pas l'idée de te savoir seule dans cette grande maison.

— Mais c'est le cas depuis que Gus est parti !

— C'est vrai, mais la date de ton accouchement se rapproche sérieusement. Écoute, à partir de demain, je m'installe ici avec Austin.

— Pardon ?

— En fait, je vais même rester ici dès ce soir.

— Tu te moques de moi ?

— Pas du tout. Tu ne vas tout de même pas m'interdire de dormir dans ma propre maison !

L'argument réduisit Deanna au silence.

— Non, bien sûr, mais…

— Ne t'inquiète pas, je veillerai à ne pas empiéter sur ton espace.

Deanna s'empara de son téléphone posé sur la table et le brandit sous le nez de Josh.

— Tu sais à quoi servent ces jolis petits appareils ?

— Oui, parfaitement, mais je sais aussi qu'ils ne fonctionnent pas toujours quand on en aurait besoin, surtout s'il fait mauvais temps. On a souvent des coupures de réseau chez moi. Si je dors ici, je pourrai au moins t'entendre crier si tu entres en travail.

— Je n'ai pas l'intention de crier !

— Tant mieux. Mais d'après maman la plupart de ses patientes le font.

La réponse de Deanna fut un coup d'œil furibond.

— Tu sais, la date de l'accouchement n'est pas précise, ce qui fait qu'à moins de rester scotché à moi, tu ne seras pas forcément là au moment M. Merci pour ta proposition, c'est très gentil de ta part, mais franchement, je n'ai pas besoin de toi pour l'instant.

Josh avait croisé les bras et se demandait s'il devait obéir aux ordres donnés par cette jolie bouche si déterminée ou s'il ferait mieux de suivre son idée. Bien sûr, il était parfois plus sage de faire marche arrière pour laisser les gens prendre eux-mêmes les décisions les concernant, mais cela ne devait pas l'empêcher de choisir l'option la plus sûre. Après tout, ce serait agréable pour une fois de pouvoir jouer son rôle d'homme protecteur, comme son père le lui avait appris ?

Ce soir pourtant, ce n'était pas son éducation qui était en question. Encore moins la façon dont ses parents avaient géré les tendances chevaleresques de son père et l'indépendance de sa mère. Non, ce qui comptait en ce moment, c'était la sécurité de Deanna.

— Dee, ce n'est pas pour moi une question d'être gentil ou pas, c'est une question de simple bon sens. De plus, maman m'a demandé de garder un œil sur toi.

Cet ajout était une pure invention de sa part, mais tant pis. Il lui fallait trouver des arguments sérieux pour convaincre la future mère, et un avis de sage-femme lui paraissait déterminant.

Le front de Deanna ne se détendit pas pour autant. On aurait dit au contraire que le combat auquel elle se livrait était plus violent que jamais.

— C'est que…, commença-t-elle, jusqu'au fiasco de ces derniers mois, j'ai toujours attendu qu'un homme veille sur moi, prenne les décisions à ma place. Il m'a fallu du temps pour comprendre que, si je voulais devenir adulte, il fallait que je commence à penser par moi-même. Quelles qu'aient été les raisons qui ont amené mon père à m'éloigner sous prétexte d'assurer ma sécurité, le résultat, c'est que je n'ai jamais appris à me débrouiller dans la vie.

— Pourtant, tu as passé beaucoup de temps seule à Washington !

— Non, pas vraiment. Tante Margaret et oncle John étaient encore pires que mon père : ils n'ont jamais accepté de me laisser loger sur le campus, ce qui fait que lorsqu'à la fin de mes études j'ai enfin eu le courage de m'installer hors de chez eux, ma liberté m'a complètement grisée et je n'ai pas toujours fait les bons choix.

— Tu veux parler de Philippe ?

— J'ai parlé au pluriel, Josh, j'ai dit *les* bons choix. Tu as devant toi une gâcheuse en série. Tout au moins en ce qui concerne mes fréquentations masculines. Et l'ironie de la chose, tu sais ce que c'est ? C'est qu'après tous les crétins que j'avais rencontrés, j'ai eu l'impression d'avoir décroché le jackpot lorsque Philippe s'est intéressé à moi. Parce qu'il était galant, délicat, bref, parce que c'était un homme et non un gamin. Quelqu'un qui me regardait quand nous sortions ensemble au lieu de consulter son téléphone. Le problème, c'est que j'étais trop naïve pour me rendre compte qu'il jouait la comédie.

— On en passe tous par là, Dee…

— Peut-être, je ne sais pas.

Elle jeta un coup d'œil sur son ventre rond avant d'ajouter :

— Certains s'en tirent moins bien que d'autres, voilà tout.

À la surprise de Deanna, Josh éclata de rire.

— Et mon adorable petiot de quatre ans, qu'est-ce que tu en dis ? J'en suis fou, et pourtant, Dieu sait qu'il n'était pas prévu lui non plus. Autrement dit, désolé, mais tu n'as pas l'exclusivité de ce genre de bêtises.

— En tout cas, une fois que Philippe m'a jeté sa bombe à la figure en m'annonçant qu'il partait rejoindre femme et enfants dans la belle ville de Paris, j'ai compris qu'il était grand temps que je commence à apprécier ma propre compagnie. Je ne veux pas dire par là apprendre à vivre seule, car cela ne me dérange pas, mais à me sentir bien sans être en couple, sans avoir besoin de me définir en fonction de mes amis ou d'attendre que quelqu'un vienne me tirer d'affaire quand je rencontre des problèmes.

— Dis donc, tu en as fait du chemin !

— Oui, depuis que j'ai découvert que j'étais enceinte. Je veux être solide, tu comprends ? Parce que le plus important pour moi désormais, c'est d'être un bon exemple pour ma fille. Je veux qu'elle soit la plus débrouillarde de son école !

Cette dernière phrase amena un sourire sur les lèvres de Josh.

— Autrement dit, tu as l'impression que, si je m'installe ici, je t'empêche de devenir une femme autonome ?

— Une femme… Non, *une personne*.

Elle s'interrompit, remua sur sa chaise encore une fois.

— Tu vois, le plus drôle, c'est qu'autrefois je détestais vivre ici parce que je me sentais coupée du monde ; ma vie me paraissait comme amputée de tout ce que j'imaginais exister ailleurs, même si je ne savais pas de quoi il s'agissait. Maintenant, je comprends que ce n'est que quand on n'a plus peur de la solitude qu'on peut vraiment trouver la sécurité dans le seul lieu où elle existe réellement, c'est-à-dire en soi-même.

Josh paraissait assez surpris par cette longue dissertation.

— Eh bien… Tu n'as pas l'impression que c'est un peu trop compliqué pour un garçon de la campagne comme moi ?

— Pas du tout. Tu n'es pas un garçon de la campagne comme les autres. Tu ne l'as jamais été.

— C'est censé être un compliment ?

Dee pencha la tête sur le côté, comme pour mieux le considérer.

— Disons que tu es toi, c'est tout.

Un instant de silence s'ensuivit.

— Et pour ne rien te cacher, reprit-elle, quand j'ai quitté La Vista, je n'ai rien regretté, à part toi.

Ces mots résonnèrent aux oreilles de Josh.

— Même si je faisais partie de ces personnes qui te surprotégeaient ?

Deanna se mit péniblement debout.

— Je te serai toujours reconnaissante d'avoir été là pour moi quand j'en avais besoin, de m'avoir écoutée et supportée, d'avoir été *toi*, tout simplement. Mais…

— Mais ?

— Mais je pense que mon père n'avait pas tout à fait tort quand il a estimé qu'il fallait me protéger de toi.

— Dee ! Tu as toujours été en parfaite sécurité avec moi. Jamais je n'aurais osé…

— Oui, je sais.

— Et alors ?

— Alors, à toi d'imaginer…

Sur ce, elle se mit debout et se dirigea vers la cuisine.

— Dee, est-ce que cela signifie que je peux m'installer ici avec Austin ?

Elle prit appui sur l'embrasure de la porte pour lui répondre.

— Je n'utiliserai pas la force pour t'en empêcher, lança-t-elle sur un ton nettement moins enjoué.

Josh se leva à son tour, avec l'impression étrange qu'elle venait de lui jeter un défi, même s'il ne savait pas très bien lequel.

- 8 -

Deanna était assise devant le poêle en train de faire griller des sandwichs au fromage lorsqu'elle entendit résonner dans l'entrée le rire joyeux d'Austin, entrecoupé des grognements de Josh qui imitait l'ours. Ce petit jeu lui arracha un sourire. En dépit de ses protestations, Josh avait décidé de s'installer avec elle dans la grande maison, et cette situation la plongeait dans l'embarras. Elle se sentait coincée, lasse d'être lourde et d'avoir mal au dos, et obsédée par les sentiments ambivalents qu'elle nourrissait à l'égard de son père.

— Mmm, ça sent bon ! s'exclama Josh en s'avançant vers elle, Austin cramponné à son mollet comme un petit koala.

Il essaya de se débarrasser de son fils en secouant sa jambe, au plus grand amusement de celui-ci, mais sans succès.

Deanna prit un air de conspiratrice.

— Josh, ne regarde pas tout de suite, mais je crois que tu as quelque chose d'accroché à ton mollet…

— Pas possible ! s'écria Josh en soulevant suffisamment sa jambe pour faire tomber par terre son petit crampon. Je comprends pourquoi j'avais du mal à marcher !

Il attrapa son fils et le porta à hauteur de ses yeux.

— Mais d'où sors-tu, espèce de coquin ?

— Tu es bête, papa ! J'étais juste accroché à ta jambe.

— La prochaine fois, je ferai davantage attention ! Regarde, nous arrivons juste à point pour déguster les sandwichs que Deanna est en train de préparer.

Josh paraissait tout content alors que pour elle, vivre

sous le même toit qu'Austin et lui la mettait à la torture, précisément à cause de moments comme celui-ci où elle observait Josh passer avec une facilité déconcertante du rôle d'adulte responsable à celui de compagnon de jeu. De toute évidence, Austin adorait son père et c'était bien réciproque.

Plus elle était le témoin de cette complicité, plus son cœur languissait après quelque chose qui s'était toujours trouvé hors de sa portée. Jamais la relation avec son père ne lui avait offert pareille connivence, elle avait été soumise aux décisions qu'il prenait à sa place, sans pouvoir donner son avis alors qu'elle était la première concernée.

Voilà pourquoi elle tenait tant à son indépendance désormais, à pouvoir faire elle-même ses choix. Après avoir été si longtemps dépossédée de sa propre vie, il lui fallait apprendre à tenir compte de la réalité et à y évoluer sans aide, même si Josh paraissait décidé à la protéger plus qu'elle ne le souhaitait. C'était sa survie qui était en jeu.

Comme elle déposait un sandwich devant Austin, il lui adressa un sourire complètement craquant qui la ramena avec bonheur au moment présent. Pas de doute, un nouveau Talbot allait s'ajouter à la liste des charmeurs de la famille. Le Ciel ait pitié des jeunes filles qui croiseraient sa route !

— Merci, Dee Dee.

La veille, quand le petit l'avait ainsi appelée pour la première fois, Deanna avait senti son cœur chavirer car, à part sa mère, jamais personne n'avait usé de ce diminutif.

— Avec plaisir, jeune homme ! répondit-elle en lui ébouriffant les cheveux.

Elle se tourna au moment où Josh attrapait son blouson en jean accroché à la patère. Il passa ce dernier sur une veste en mouton si vieille que Deanna l'aurait volontiers mise au rebut tant elle était pelée, si elle avait eu son mot à dire sur la question.

— Je ne serai absent qu'une paire d'heures, annonça-t-il en jetant un regard contrarié sur les rondeurs de Deanna.

La semaine précédente, il avait vendu un cheval à un fermier dont la propriété se trouvait à la frontière avec le Colorado. Selon l'usage en vigueur, il devait le lui livrer en personne, afin de s'assurer du confort de l'installation destinée à accueillir le produit de son élevage, mais la perspective de laisser Deanna seule avec Austin en fin de grossesse n'était pas sans l'inquiéter.

— Écoute, nous avons déjà réglé la question, dit-elle en lui tendant le sac en papier qui contenait son pique-nique. Ce serait idiot de faire des kilomètres pour conduire Austin chez tes parents alors que tu pars dans la direction opposée. Les chances de voir mon bébé montrer le bout de son nez si vite avoisinent le zéro pointé. Ta mère ne t'a jamais dit que, pour une première naissance, le travail dure longtemps ?

— Si, bien sûr… Tu as son numéro de téléphone ?

— Oui, ne t'inquiète pas.

— Bon. Je te laisse Thor, juste en cas.

En cas de quoi ? se demanda Deanna en retenant son envie de rire. Thor avait beaucoup de qualités, mais son aide se révélerait très limitée en cas de naissance impromptue !

— Je me sens en pleine forme, Josh, tout ira bien, ne t'inquiète pas. Tu crois que c'est la première fois qu'une femme enceinte s'occupe d'un enfant de quatre ans ? Allons !

Elle avait raison, évidemment.

— En plus, poursuivit-elle, Val a dit qu'elle passerait me rendre visite dans la matinée, ce qui fait que nous ne serons pas seuls très longtemps. Allez, file !

Après une dernière hésitation, Josh se résigna à partir. Il fit un bisou à Austin avant d'adresser à Deanna un bref sourire. Pendant un court instant, elle eut l'impression qu'il allait l'embrasser elle aussi, mais elle se trompait. Pourquoi diable imaginait-elle des choses pareilles ?

Malgré toutes ses affirmations, une fois que Josh eut refermé la porte derrière lui, il lui sembla qu'il avait emporté la moitié de l'oxygène de la pièce et une bonne partie de son courage aussi.

Allons, se dit-elle, *inutile de commencer à m'affoler.*

Elle s'installa donc devant son propre sandwich et une coupe pleine de raisins. Josh l'avait avertie qu'Austin n'y toucherait pas, mais étant donné qu'elle avait déjà réussi à lui faire manger des légumes…

Jetant un coup d'œil sur les fruits, Austin déclara :

— Je n'aime pas ça.

— Je sais, ton père me l'a dit. Dommage pour toi !

Sur ces mots, elle mit un grain dans sa bouche en se retenant d'inciter le petit garçon à en faire autant. De ses années passées à vendre des œuvres d'art, elle avait appris qu'il ne faut pas laisser à l'acheteur potentiel la possibilité de dire « non ».

Austin la regardait manger.

— C'est bon ?

— Moi, j'aime ça, mais il me semble que tu as dit que tu ne les aimais pas.

— Heu… En fait, j'en ai jamais goûté.

Évidemment, elle aurait pu lui demander comment, dans ce cas, il savait que ça ne lui plaisait pas, mais elle se contenta de mettre un autre grain dans sa bouche sous le regard intéressé d'Austin.

— Est-ce que je peux en avoir un, moi aussi ? demanda-t-il au bout d'un moment.

— Non. Je préfère les garder tous pour moi.

Austin afficha une mine outragée.

— Mais papa dit qu'il faut partager ! Et Gramma aussi.

Austin paraissait si offusqué par son refus qu'elle adoucit sa tactique.

— Je te taquinais, Austin. Tu peux goûter si tu veux.

Il détacha un grain d'une des grappes et mordit dedans avec précaution.

— Dee, ce n'est pas gentil de taquiner les gens.

Sur ce, il prit un autre grain qu'il croqua avec beaucoup moins d'appréhension.

— Oui, tu as raison, ne m'en veux pas.

— Non, je sais.

— Qu'est-ce que tu sais ?

— Il faut que je sois bien patient avec toi parce que tu n'as pas l'habitude d'être avec des enfants.

Sur ce, il cueillit un nouveau grain qu'il fourra sans hésiter dans sa bouche.

— C'est ton père t'a dit ça ?

— Oui.

Deanna faillit s'étrangler.

— Tu peux me donner un verre de lait, s'il te plaît ? reprit Austin.

— Oui, bien sûr, mon poussin.

Un peu sonnée par la repartie du petit garçon, Deanna prit appui des deux mains sur la table pour se lever avec lourdeur et aller vers le réfrigérateur. Décidément, ce gamin était plus intelligent que bien des adultes !

À ce moment-là, on frappa à la porte.

— Il y a quelqu'un ?

— Tante Val ! s'écria Austin, redevenu un petit garçon impétueux.

À en juger par le remue-ménage qui s'ensuivit dans le hall, Deanna devina aisément que Val était accompagnée par ses deux filles. Smoky dut avoir le même pressentiment, car il se leva d'un bond du coussin où il était assoupi près du poêle pour se réfugier dans une cachette connue de lui seul. Simple mesure de précaution… Deanna l'approuva sans réserve. On ne savait jamais ce que les enfants avaient en tête, surtout la seconde fille de Val, toujours pleine d'imagination et d'énergie inépuisable. *Dire que j'en serai là dans une paire d'années…*, pensa-t-elle.

Elle ne se sentait pas prête. Pas du tout.

Et pourtant, il lui faudrait s'adapter très vite.

— Je suis dans la cuisine, cria-t-elle, en rinçant l'assiette d'Austin.

Elle avait conscience de se traîner, aujourd'hui plus que jamais. Le bébé paraissait terriblement lourd et pourquoi diable avait-il la tête aussi dure ? Restait à espérer que cela n'augurait pas du genre d'adolescente que cette petite deviendrait…

De toute façon, pensa Deanna pour se rassurer, avant de s'inquiéter de la puberté de sa progéniture, mieux valait s'entraîner à changer ses couches !

— Oh là là…, dit Val en la rejoignant. Tu as encore mis plus de décorations que l'autre jour !

Val était radieuse, toute souriante, avec ses longs cheveux tombant sur ses épaules et sa veste en jean doublée de polaire.

— Je crois que j'ai un peu exagéré…

— Mais non, c'est magnifique. Tu en as même disposé dans la cuisine, quelle bonne idée ! Comment veux-tu que nos décorations puissent entrer en compétition avec les tiennes ?

— Tu sais, enceinte comme je suis, c'est à peu près tout ce que je peux faire. J'en ai vraiment assez d'être handicapée par ce mal de dos qui m'empêche de bouger à ma guise. Si vous voulez que je vienne décorer vos maisons, vous n'avez qu'à me faire signe !

— Pourquoi pas ? Je risque de te prendre au mot tellement j'ai de travail pour cuisiner des pâtisseries pour la station de ski. J'envisage même d'engager quelqu'un pour m'aider.

— Bravo !

— En fait, je suis venue t'apporter de la layette supplémentaire. Tu verras, il y a des jours où entre les rejets et les petits accidents, on est bien contente d'en avoir de rab, même si elle n'est pas flambant neuve.

En voyant le visage de Deanna se crisper, elle s'interrompit.

— Tu te sens mal ?

— Non, c'est juste mon dos, comme toujours.

— Oui, je comprends. Avec Risa, c'était comme ça.

Puis, se ravisant :

— Tu es certaine qu'il n'y a rien d'autre ?

— Si, hélas. Je ressens une douleur persistante, un peu sourde...

— C'est sûr que ce n'est pas une partie de plaisir qui s'annonce, mais avec la péridurale, c'est moins difficile qu'autrefois. C'est toi qui gardes Austin aujourd'hui ?

— Oui. Josh est parti transporter un cheval.

— Comment ça se passe avec Austin ?

— Si on met de côté l'impression qu'il me donne d'être dix fois plus adulte que moi, ça peut aller.

Val éclata de rire.

— Il va falloir t'y habituer. Les enfants réfléchissent beaucoup plus qu'on ne l'imagine.

Elle déposa les sacs sur la table.

— Assieds-toi, je vais te montrer ce que je t'ai apporté.

À ce moment-là, des cris leur parvinrent depuis le salon, puis des rires, suivis de nouveaux piaillements.

— Tu crois qu'on peut laisser les enfants tout seuls ? s'inquiéta Deanna.

— Pas de problème, la rassura Val. Josie va régler la question. Du haut de ses huit ans, elle me donne souvent l'impression d'être une meilleure mère que moi. Et Austin est plein d'admiration pour elle. Tiens, regarde...

Elle sortit quelques pyjamas aux couleurs fanées.

— Cette layette a déjà beaucoup servi, mais il y a des jours où tu oublieras qu'elle est moche tout simplement parce qu'elle sera propre et à ta disposition.

Val déballa une multitude d'autres petits vêtements encore très mignons tandis que Deanna se rendait compte qu'elle avait trouvé en elle une bien précieuse amie.

— Mais si jamais tu as besoin de toute cette layette ?

Val devint rouge comme une pivoine.

— Val, tu es enceinte !

— Disons que j'ai du retard. Il est encore trop tôt pour que je sois sûre. C'est pour cela que j'ai rétropédalé le jour de la petite fête pour ton bébé. À part Levi, personne n'est au courant.

Deanna prit la main de Val dans les siennes.

— Je comprends que tu sois si rayonnante !

— J'espère seulement que c'est bien vrai. Je t'en prie, ne dis rien à personne.

— Tu peux compter sur moi.

— Merci pour ta discrétion. Quant à tout cela, si c'est encore utilisable, tu me le rendras lorsque Katie n'en aura plus besoin. Et puis, qui sait ? Cette fois, ce ne sera peut-être pas une fille ? Levi adore Josie et Risa, mais quand je lui ai fait part de mes espérances, il a été fou de joie et a eu une façon de me regarder qui m'a laissée supposer bien des choses.

Le sourire de Deanna s'était figé sur son visage. Non pas parce qu'elle ne participait pas au bonheur de Val et du frère de Josh, mais parce qu'elle se sentait flouée. Quand elle avait annoncé à Philippe qu'elle était enceinte, ce n'avait été ni la joie ni la fierté qu'elle avait lue sur son visage, mais la panique et la colère. Puis, elle revint au moment présent et fut frappée de voir qu'elle était la seule personne à être au courant de cette nouvelle. Val aurait très bien pu garder son secret pour elle, mais elle avait eu la gentillesse de lui en faire part. C'était peut-être idiot, mais cette confidence donnait à Deanna le réconfortant sentiment d'être incluse dans son amitié.

Val et ses filles restèrent avec Deanna une bonne demi-heure. Puis, au moment de partir, comme la petite Josie ne voulut pas se séparer de son cousin, Val proposa d'emmener Austin chez elle, ce qui fait que Deanna se retrouva seule dans la grande maison. Le silence lui parut si profond qu'elle avait l'impression de le toucher du doigt et qu'elle éprouva le besoin de lui échapper. Elle attrapa son châle et s'emmitoufla dedans avant de sortir sur la galerie couverte décorée de guirlandes dorées. Profiter un moment de la lumière éclatante et de l'air tonifiant des montagnes qui baignaient ce bel après-midi glacial lui ferait le plus grand bien.

Que de souvenirs ! Autrefois, quand sa mère était encore en vie et que la maison débordait de décorations de Noël, Josh et elle sellaient leurs chevaux et partaient galoper bien plus loin que ce que leurs parents imaginaient, sans se préoccuper de leurs fesses gelées et de leur nez glacé. À cette époque, elle se sentait légère et insouciante, à tel point qu'aujourd'hui encore elle se souvenait du bonheur inouï qu'elle éprouvait alors et qu'elle n'avait plus jamais retrouvé depuis.

Un bruissement d'ailes lui parvint depuis un sapin tout proche. Un faucon, sans doute… Thor, qui dormait allongé au soleil, s'éveilla en sursaut, se redressa brusquement sur son séant et se mit à aboyer.

Deanna soupira en resserrant le châle autour de ses épaules. Tout cela lui avait manqué. Les chiens, les oiseaux, le grand ciel clair au-dessus de sa tête, parsemé de nuages cotonneux. Le calme… La paix…

Elle ferma les yeux pour mieux s'imprégner de la grâce de ce moment, sans trop savoir quelle importance lui accorder. Ce qui comptait, c'était le sentiment de plénitude et de sérénité qu'elle savourait.

Les nuits précédentes, elle n'avait pratiquement pas pu dormir tant le bébé s'agitait dès qu'elle s'allongeait. Malheureusement, la gymnastique perpétuelle de sa fille, en la privant de sommeil, lui laissait beaucoup trop de temps pour réfléchir. Pour commencer, elle pensait à Josh qui se montrait si prévenant, si drôle et rassurant. Bref, exactement tel qu'il était autrefois, mais en version adulte. Elle aurait aimé ne pas y attacher d'importance, mais c'était beaucoup plus difficile à ignorer qu'elle ne l'avait cru.

Sa présence sous le même toit qu'elle la tourmentait cruellement au cours de ses longues insomnies. Comment réagirait-il si elle lui demandait de lui masser le dos ? À peine évoquée, cette idée folle était chassée de son esprit. Même si c'était son manque de sommeil qui en était la cause, mieux valait ne pas s'y attarder et la laisser filer aussi rapidement que le souffle du vent dans les branches des arbres qui l'entouraient.

Deanna sursauta en sentant la truffe glacée de Thor se poser contre sa main nue. Comme elle se penchait pour caresser sa grosse tête affectueuse, son dos se rappela à son bon souvenir en lui envoyant une décharge de douleur. Elle décida de l'ignorer — ou, tout au moins, de s'efforcer de l'ignorer. Au lieu de s'appesantir sur ses petits malheurs, mieux valait rentrer et ranger tous les vêtements que Val venait de lui apporter. Pourtant, elle se ravisa. Si elle se retrouvait seule à l'intérieur, elle allait penser à Josh en train d'installer le berceau qui allait accueillir sa fille, ou à Josh en train de jouer avec Austin, ou à Josh en train de la remercier pour le repas qu'elle avait préparé…

C'était idiot, complètement déplacé. Pourquoi fallait-il qu'elle soit aussi sotte ? Mieux valait éviter le dérapage dans cette direction et se promener en compagnie de Thor.

Elle prit donc le chemin des écuries où se trouvait sa vieille jument, avec l'idée de la faire sortir pour lui permettre de profiter de l'air frais et du soleil. Son gros ventre ne l'empêchait tout de même pas de pousser le loquet d'une stalle, non ?

Le froid adoucissait les odeurs de foin et de chevaux qui régnaient dans la grange maintenue par Josh dans un état de propreté irréprochable. Deanna respira avec délices le parfum de la fumée du feu de bois qui flottait par-dessus tout cela. Starlight s'approcha tout de suite du portillon de son box et plaça sa tête contre l'épaule de son ancienne cavalière.

— Bonjour, ma belle…, murmura Deanna en flattant l'encolure de la jument.

Une émotion étrange la submergeait, faite de regrets pour tout ce qu'elle avait eu et perdu, et de désirs flous et imprécis.

Tout ce qu'elle souhaitait dans le fond, c'était se retrouver chez elle. Mais où se trouvait ce « chez elle » ? Voilà la question qui lui donnait le vertige…

— Oh ! fit-elle soudain en sentant la douleur de son dos changer d'intensité.

Elle lâcha la jument pour se cramponner à la porte du box dans l'espoir de soulager l'élancement qui la traversait au niveau des reins.

Tout à coup, une cascade tiède ruissela le long de ses jambes.

Seigneur… Elle venait de perdre les eaux. La naissance s'annonçait.

L'essentiel est de rester calme, se dit-elle en fouillant dans sa poche à la recherche de son portable. Pourtant, ses mains tremblaient tellement qu'elle ne réussissait même pas à lire les chiffres sur le cadran.

Tout va bien, pas de panique, se répéta-t-elle.

Elle inspira à pleins poumons et regarda à nouveau son téléphone.

Tout va bien, tout va bien…

Le seul problème, c'est qu'il n'y avait pas de réseau.

Josh était sur le chemin du retour depuis une vingtaine de minutes lorsqu'il reçut un appel de Val. Tout en gardant un œil vigilant sur la vieille guimbarde qui roulait devant lui, il prit la communication.

— Salut, Val. Tout va bien ?

— J'essaie de te joindre depuis un bon quart d'heure.

Aussitôt, le cœur de Josh se mit à battre à tout rompre.

— Désolé. Le réseau est assez capricieux dans ce coin.

— Tu n'as pas reçu d'appel de Deanna ?

— Non. Qu'est-ce qui se passe ?

— Certainement rien, mais tout à l'heure, quand je suis allée lui rendre visite, elle se plaignait de son dos.

Josh se détendit un peu.

— Ce n'est pas nouveau. Elle a mal depuis Thanksgiving.

— C'est ce qu'elle m'a dit, mais j'ai comme un pressentiment.

— Tu penses que le travail a commencé ?

— Non, pas à ce moment-là en tout cas, sinon je serais restée avec elle.

Val eut un petit rire nerveux.

— Seulement, en arrivant chez moi, je me suis mise à m'inquiéter. Excuse-moi, je me fais sûrement des idées.

— Peut-être pas… Tu as essayé de l'appeler ?

— Bien sûr. Et le problème, c'est qu'elle ne répond pas.

Voilà qui n'augurait rien de bon. Josh jeta un regard furieux sur le tacot qui évoluait sur la route avec autant de nonchalance que si elle lui appartenait. Impossible de le doubler, surtout avec le van accroché à son pick-up.

— Tu as joint ma mère ?

— Oui. Billie est en chemin pour La Vista. Malheureusement, l'ambulance est déjà réquisitionnée ailleurs.

Ce problème était l'un des principaux inconvénients liés au fait de vivre loin de tout : l'équipe de secours d'urgence n'était pas disponible pour tous ceux qui en avaient besoin au même moment.

— Je retournerais volontiers voir Deanna, mais j'ai les enfants avec moi, y compris le tien.

— Laisse tomber, reste avec eux. Tu as quitté Deanna depuis combien de temps ?

— À peu près quarante-cinq minutes.

Elle soupira en regardant par la fenêtre.

— Et voilà qu'il se met à neiger !

Josh poussa un soupir de soulagement en voyant le véhicule qui lambinait devant lui prendre un chemin de traverse. Enfin, il put appuyer sur l'accélérateur. D'ici quelques kilomètres, il aurait rejoint l'autoroute.

— J'en ai pour une demi-heure à peu près si tout va bien, déclara-t-il en croisant les doigts pour qu'aucun policier ne se cache dans les buissons le long de la route, car respecter la limitation de vitesse ne faisait plus partie de ses priorités.

Restait à espérer que la neige allait s'arrêter de tomber.

— Continue à l'appeler, Val. Je vais le faire aussi de mon côté, même si je pense que nous nous affolons pour rien.

Voilà qui était dit plus pour se rassurer lui-même que pour apaiser sa belle-sœur.

Malheureusement, le ciel n'avait pas entendu ses prières. La neige se mit à tomber dru, recouvrant en quelques minutes toute la campagne environnante d'un manteau blanc.

La première contraction frappa Deanna alors qu'elle était encore en train de regarder son téléphone sans croire à sa malchance. La douleur fut si violente qu'elle réussit à lui faire oublier à quel point elle se trouvait dans une situation absurde : debout au milieu d'une grange glacée, dans un legging trempé, sans la moindre personne à des kilomètres à la ronde. Bref, elle était en plein dans le genre de situation qui la ferait sourire dans quelques années, mais qui, pour l'instant, n'était pas drôle du tout.

Lorsque la douleur lui accorda suffisamment de répit pour lui permettre de se redresser et réfléchir, elle se rassura en se disant qu'elle finirait bien par réussir à joindre quelqu'un. En attendant, il fallait rentrer à la maison et au plus vite avant de mourir d'hypothermie. Lorsqu'elle arriva à l'entrée de l'écurie, un souffle d'air glacé la figea sur place tandis qu'une nouvelle contraction torturait son dos et son ventre, ce qui la força de plus belle à s'arrêter. Toutefois, ce qu'elle venait d'apercevoir par la porte entrouverte lui fit rater un battement de cœur. Il neigeait…

Il neigeait !

Certes, ce n'était pas la tempête, mais tout de même. Et à voir les nuages noirs et menaçants qui s'avançaient depuis le nord, rien de bon n'était à prévoir. Et si elle n'avait pas le temps de regagner la maison ?

Franchement, Deanna ne savait pas si elle devait rire ou pleurer. Peut-être les deux, après tout ? Mais le rire paraissait plutôt inapproprié et les pleurs démoralisants, du coup, elle les refusa tous les deux et s'interdit toute émotion.

À nouveau, elle consulta son téléphone et, cette fois, aperçut une barre. Vite, il fallait en profiter, mais qui appeler en priorité ? Comme la contraction s'effaçait, elle se remit à avancer péniblement vers la maison alors qu'à côté d'elle Thor gambadait en essayant d'attraper les flocons comme si c'était la première fois qu'il en voyait.

— Hourra ! s'écria-t-elle en entendant son téléphone sonner.

— Enfin, j'arrive à te joindre ! s'exclama Josh. Tout va bien ?

— Non, pas du tout.

— La réponse n'est pas celle que j'espérais…

— Désolée.

Deanna leva les yeux vers le ciel d'où la neige tombait maintenant à gros flocons serrés.

— Où te trouves-tu ?

— Pas très loin.

— Le travail a commencé. J'ai besoin d'un médecin.

— Je serai près de toi dans une dizaine de minutes.

— Il neige…, dit-elle un peu stupidement, en tendant la main pour attraper quelques flocons, comme quand elle était enfant.

— Oui, j'ai remarqué… Si tu montais le chauffage ? Tes contractions sont espacées de combien de temps ?

— Je n'en sais rien.

— Essaie de réfléchir. Dix minutes ? Cinq ?

— Mmm… Plutôt, deux.

— Normalement, cela ne devait pas aller aussi vite.

— Je crois que ma fille n'a jamais entendu parler de « normalement ». La bonne nouvelle, c'est que…

Enfin, *enfin !* Elle venait d'atteindre la galerie. Pour un peu, elle se serait agenouillée pour en baiser le sol. Elle s'agrippa à l'une des colonnes pour reprendre son souffle.

— Qu'est-ce que c'est, la bonne nouvelle ? l'interrogea Josh.

— C'est que je ne me trouve plus dans l'écurie.

Un silence s'ensuivit.

Josh devait se demander quelle folie l'avait incitée à se rendre à cet endroit par un temps pareil.

— Bon. Tiens le coup, Deanna. J'arrive, je suis presque là.

Elle ne prit pas le temps de lui répondre. Mieux valait rentrer et retirer son legging glacé.

- 9 -

Le cœur tambourinant dans sa poitrine, Josh s'efforçait d'écarter de son esprit la perspective d'avoir à accoucher la petite fille de Deanna — et, bien évidemment, il était incapable de penser à autre chose. Bien sûr, il savait tout sur la mise bas des juments, mais sa participation s'était limitée à observer le déroulement de l'opération. La plupart du temps d'ailleurs, il était arrivé après l'événement, une fois le poulain déjà debout sur ses pieds tremblants. Et comme Jordan ne l'avait informé de la naissance d'Austin que bien plus tard, il n'avait même pas pu assister à la venue au monde de son propre fils.

À l'approche du ranch, il nota tout de suite que le pick-up de sa mère n'était pas garé devant la maison. Autrement dit, il était le premier sur place… Les pneus du van crissèrent sur la neige gelée quand il s'engagea dans l'allée à toute allure. Thor se précipita vers la portière en aboyant comme un fou, comme pour le supplier de se dépêcher.

Josh sauta de son véhicule et fonça dans l'entrée.

— Dee ? appela-t-il de toutes ses forces. Où es-tu ?

— Salle de bains…

Le souffle court, il se précipita vers celle qui se trouvait dans la chambre de Deanna et découvrit cette dernière debout dans le bac à douche.

— Je suis là !

En apercevant Josh, elle lui adressa un tel regard de

reconnaissance qu'il acheva de perdre le peu de moyens qui lui restaient.

— Tu pleures ? demanda-t-il en voyant les joues de Deanna ruisselantes de larmes.

— Oui. De soulagement, se hâta-t-elle de préciser.

Josh grimpa lui aussi dans le bac et l'enlaça de toutes ses forces, comme si cela devait l'aider à chasser sa propre panique.

— Mais… Je suis toute mouillée ! protesta Deanna en essayant de le repousser.

— J'ai remarqué, mais peu importe. Tiens-toi à moi pour ne pas glisser.

Brusquement, Deanna se plia en deux, cramponnée au bras de Josh avec autant de force que si elle s'était trouvée au bord d'un précipice tandis qu'un gémissement s'échappait de ses lèvres, gémissement qui se transforma très vite en une plainte de plus en plus désespérée.

— Regarde-moi, Dee…, supplia Josh qui s'efforçait d'ignorer que son propre estomac se tordait d'angoisse devant le visage de Deanna, crispé par la souffrance.

— Impossible, j'ai trop mal.

— Oui, je sais… Enfin, j'imagine…, corrigea-t-il en voyant le coup d'œil courroucé qu'elle lui adressa. Respire à fond, je suis sûr que cela va t'aider.

À sa surprise, elle suivit son conseil. Josh plongea son regard dans celui de Deanna et commença à inspirer lentement, profondément, en l'encourageant à l'imiter, même si la voir ainsi submergée de douleur et terrifiée lui était un véritable martyre.

À cet instant précis, il haïssait de tout son cœur le sale type qui était l'origine de tant de souffrance — et qui, de toute évidence, se fichait comme d'une guigne et de la mère et de l'enfant.

Mais plus violente encore fut l'émotion qui le submergea

en pensant que cette femme avait choisi d'avoir cet enfant, de l'élever, de l'aimer…

Dee avait infiniment plus de courage que ce débauché parisien ne pourrait jamais imaginer. Et cela lui nouait la gorge.

Au bout d'un moment qui lui parut interminable la contraction s'apaisa. Josh se dit qu'il fallait rapidement saisir cette occasion de faire sortir Deanna du bac à douche pour lui permettre de mettre son bébé au monde en un lieu un peu plus accueillant.

— Pourquoi est-ce que tu t'es réfugiée dans la salle de bains ?

— Il m'a semblé que c'était le meilleur endroit pour me débarrasser de mon legging trempé. Mais je…

— Est-ce que tu me permets de t'aider ?

— Vas-y, je suis incapable de le faire moi-même.

— Je te promets de fermer les yeux.

— Crois-moi, Josh, en ce moment je me fiche complètement de savoir qui voit quoi. Je veux juste que cet enfant sorte de mon ventre !

— On va s'y employer, ne t'inquiète pas, assura-t-il, tout fier d'entendre sa voix pleine de confiance.

— Tu crois que j'aurai le temps d'arriver à la clinique ?

— Pour te parler franchement, non, répondit-il, courbé sur les pieds de Deanna pour ôter son legging. Les routes sont devenues extrêmement glissantes.

— Pas de chance… Tout était pourtant bien prévu…

— La bonne nouvelle est que ma mère est en chemin pour La Vista. Elle ne devrait pas tarder à arriver.

— Par quel miracle ? Qui l'a avertie ?

— Val. Après t'avoir quittée, elle a eu une sorte d'intuition qui l'a inquiétée. Elle a voulu t'appeler, mais…

Tant bien que mal, Josh réussit à faire glisser le legging

le long des jambes de Deanna et le jeta dans le bac où il atterrit avec un bruit de serpillière mouillée.

— Mais comme tu ne répondais pas, poursuivit-il, elle m'a appelé et ma mère aussi.

Il s'interrompit un instant.

— Maintenant, passe tes bras autour de mon cou et laisse-toi faire.

Cela dit, il souleva Deanna avant qu'elle n'ait pu réaliser que les mains de Josh soutenaient ses fesses nues et avant que lui-même n'ait pu imaginer combien une femme enceinte de neuf mois pouvait être lourde…

Son téléphone se mit à sonner contre sa poitrine.

— Sors-le de ma poche, s'il te plaît, demanda-t-il en transportant Deanna vers son lit.

— C'est ta mère.

— Il vaut mieux que ce soit toi qui répondes.

— Oui, tu as raison. Salut, Billie, dit-elle tandis que Josh la déposait avec précaution sur sa couette. Oui… Il est arrivé il y a quelques instants.

Elle tendit le téléphone à Josh.

— Elle veut te parler.

— Je fais mon possible pour vous rejoindre, expliqua Billie, mais les routes sont épouvantables.

Josh vit le visage de Deanna se crisper à nouveau de douleur. Aussitôt, il recommença à respirer comme il l'avait fait un peu plus tôt, mais cette fois, Deanna ne le regarda même pas.

— Oh… Non…

Elle attrapa la main de Josh si fort qu'il lui sembla que sa circulation s'était arrêtée.

— Non, je refuse de pousser, ça fait trop mal !

— Josh, reprit Billie, écoute-moi bien. J'ai entendu ce que vient de dire Deanna. Apparemment, les choses vont si vite que je risque de ne pas arriver à temps. Je vais te guider par téléphone. Tu m'entends ?

— Oui, oui. J'ai mis le haut-parleur. Nous t'entendons tous les deux.

— Parfait. Va chercher des serviettes-éponges que tu glisseras sous Deanna, puis lave-toi soigneusement les mains et préparez-vous à accueillir un bébé tout neuf !

Ces mots déclenchèrent un petit rire de bonheur chez Deanna, vite effacé par un nouveau gémissement de douleur. Chez Josh, ils opérèrent un véritable miracle, car la peur qui lui nouait le ventre un instant plus tôt laissa la place à un sentiment de fierté bien plus puissant. Tant d'hommes avaient fait défaut à Deanna au cours de sa vie ! Le nom de Josh Talbot ne s'ajouterait pas à cette liste. Il allait se montrer à la hauteur des circonstances.

Il s'assit sur le lit, prit le menton de Deanna entre ses mains et sentit son cœur s'accélérer en voyant le regard effrayé que cette dernière lui adressait.

— Tout ira bien, ma chérie… Nous allons faire ça tous les deux, n'aie pas peur.

Le sourire tremblant qui se dessina sur les lèvres de Deanna lui brisa le cœur de tendresse.

Les flocons de neige frappaient avec un son sourd la fenêtre de la chambre où Deanna était allongée, sa fille dans les bras. Pour la centième fois au moins, elle souleva le petit paquet emmailloté pour déposer un baiser sur le front soyeux de la merveille qu'elle avait mise au monde deux heures plus tôt.

Elle ne pouvait pas s'arrêter de la contempler.

Elle ne pouvait pas s'arrêter de penser à Josh.

Impossible de passer à autre chose, et encore moins de savoir à laquelle de ces deux idées accorder la prééminence.

Particulièrement en cet instant, alors que Josh était assis à côté d'elle sur le lit et souriait aux grimaces de Katie qui réussissait par moments à dessiner un minuscule « o » parfait avec sa petite bouche. Billie était arrivée une heure après la naissance, qui s'était déroulée sans la moindre anicroche, exactement comme dans les livres. Elle s'affairait maintenant dans la cuisine à préparer le repas que Deanna n'avait pas eu le temps d'apprêter. Pour l'instant donc, ils étaient tous les trois, Josh, Deanna et Katie, enfermés dans leur bulle de bonheur tandis que la tempête faisait rage à l'extérieur.

Pourtant, les souvenirs de l'expérience qu'elle venait de vivre, tout frais encore à sa mémoire, ne laissaient pas de répit à Deanna.

Josh avait été son roc, son ancrage, sa respiration, pendant toute cette épreuve. À aucun moment il n'avait flanché, même pas lorsque la sensation d'avoir à expulser de son corps meurtri un boulet de canon lui avait arraché des hurlements… Et pas davantage n'avait-il faibli quand il s'était agi de nettoyer, de laver… Après tout, s'était dit Deanna, ce n'était que la monnaie de la pièce pour la fois où c'était elle qui avait épongé le sang de Josh quand il s'était cogné la tête à une branche alors qu'ils allaient au grand galop dans la campagne. Quel âge avaient-ils, à l'époque ? Douze ans ? Treize ?

— Hé, Dee, qu'est-ce que c'est que ces larmes que je te vois verser alors que tout va bien ?

— Encore un tour de mes hormones…, répondit-elle en s'efforçant de sourire.

Mais elle mentait. Ce qui la faisait fondre de tendresse en cet instant, c'était le regard si doux que Josh portait sur elle, et dans lequel elle lisait… tout. Absolument tout ce qu'elle avait toujours désiré, et tout ce qu'elle n'avait jamais osé désirer aussi. Parce que Josh avait su rester auprès d'elle comme jamais aucun homme, jamais, ne l'avait fait.

— Je me sens… stupéfait, abasourdi…, murmura Josh.

— Pourquoi ? Explique-moi.

Josh se pencha sur Katie, caressant de sa main libre le petit crâne duveteux. Une main qui savait tenir les rênes d'un cheval sauvage, chatouiller Austin et clouer les barrières d'un corral ; des mains de travailleur, calleuses, marquées de cicatrices ; des mains vraies, exactement comme Josh était vrai lui aussi.

— Je n'ai pas connu ce moment avec Austin.

Deanna fronça les sourcils, peinée pour lui.

— Quel âge avait-il quand tu l'as vu pour la première fois ?

— Deux semaines.

— Tu plaisantes ?

— Pas du tout, hélas. C'est le temps qu'il a fallu à Jordan pour revenir sur sa première décision.

— C'est-à-dire ?

— Celle de me tenir à l'écart de leur vie à tous les deux. Elle a changé d'avis quand elle a compris que toute seule elle ne s'en sortirait pas.

Deanna se sentit rougir.

— Tu sais, il y a des femmes qui y parviennent très bien !

— Sans doute, mais pas Jordan. Bien sûr, quand elle a débarqué chez moi avec dans les bras le bébé qui pleurait je n'ai pas deviné que le *« Je n'y arrive pas toute seule »*, allait se transformer très vite en *« Je ne veux pas m'en occuper du tout. »* Pourtant, dans le fond, je n'ai pas été réellement étonné ; elle n'avait pas une once d'instinct maternel.

— Alors que toi, tu en es abondamment pourvu, n'est-ce pas ? commenta Deanna avec amusement.

Josh se mit à rire.

— C'est ce qu'il semble ! Pendant longtemps, j'en ai voulu à Jordan de m'avoir fait rater l'entrée de mon fils dans le monde. Je me sentais volé de quelque chose d'essentiel.

— Tu es toujours en colère contre elle ?

Il secoua la tête.

— Non, plus maintenant. Au début, j'étais furieux qu'elle m'ait abandonné, pas tellement pour moi que pour Austin. Mais très vite, c'est du soulagement que j'ai éprouvé à ne plus avoir à supporter sa façon négative d'envisager la vie.

Il se redressa, un demi-sourire sur les lèvres.

— Les gens sont comme ils sont, il ne sert à rien de se désoler sur ce qu'on ne peut pas changer.

Un vrai rire s'échappa de sa gorge.

— J'ai sans doute été stupide, mais au moins, j'ai retenu la leçon de cette expérience.

— Tu peux me la faire partager ?

— Volontiers. La morale de l'histoire est qu'il faut choisir avec soin les gens qu'on fréquente, s'assurer qu'on est d'accord sur certaines choses importantes, ou tout au moins que l'on est compatibles. Et honnêtes, bien sûr : ne pas se raconter de mensonges, c'est la base. Si Jordan et moi avions été clairs entre nous dès le départ… Évidemment, je n'aurais pas Austin…

Deanna se tut un long moment, le regard fixé sur sa fille endormie, laissant les paroles de Josh faire leur chemin dans son esprit.

— Je suis heureuse que tu aies été là, avec moi. Pas seulement reconnaissante, quoique je le suis aussi, mais je veux dire que… Que je suis heureuse que tu aies partagé cette expérience avec moi. Que ce soit toi, Josh, et personne d'autre.

Le sourire légèrement intrigué que lui adressa Josh la fit fondre.

Elle pensait profondément ce qu'elle venait de dire. Bien sûr, elle regrettait qu'aucun de ses parents n'ait été là pour accueillir leur petite-fille, mais à aucun moment, même l'espace d'une seconde, elle n'avait regretté l'absence de Philippe. Juste après la naissance, c'était Josh, et non le père du bébé, qui l'avait enveloppée dans un linge pour la poser sur sa poitrine. C'était Josh qui avait eu un sourire rayonnant en la lui tendant, pas l'homme qui l'avait mise enceinte. Oui, ce qui s'était passé entre elle et Philippe était une erreur sur toute la ligne et rien n'assurait qu'elle se pardonnerait un jour d'avoir été aussi naïve, mais la présence de Josh à ses côtés aujourd'hui était parfaite.

Au bout d'un moment, Josh parut avoir surmonté son émotion.

— Moi aussi, je suis heureux d'avoir été auprès de toi. Mais ce qui me réjouit le plus, franchement, c'est que ce bébé ne soit pas né dans l'écurie !

Deanna éclata de rire.

— Crois-moi, Josh, je n'ai jamais eu l'intention de faire un remake de « Marie dans l'étable, jouez hautbois, résonnez musettes » !

Sur ces entrefaites, Thor entra à pas prudents dans la chambre et se dirigea vers le lit. Jusque-là, il s'était tenu à l'écart, sans doute épouvanté par les cris que poussait Deanna.

— Avance, Thor, viens admirer la nouvelle petite personne…

Comme le chien obéissait, Josh prit Katie des bras de Deanna et l'approcha de lui pour qu'il fasse connaissance.

— Tu vois comme elle est mignonne ?

Le bébé émit un petit bruit, auquel Thor répondit en penchant la tête sur le côté et remuant la queue.

— Désolé, mon vieux, ajouta Josh en rendant Katie à Deanna, mais elle est encore trop petite pour jouer avec toi.

Ce fut au tour de Thor de pousser un léger aboiement.

— Alors, tout va bien ici ? demanda Billie depuis le pas de la porte.

— Super bien, répondit Deanna en serrant son bébé contre elle.

— Josh, si tu nous laissais un moment pour que je voie comment se porte cette jeune maman ?

— Bien sûr, répliqua Josh en récupérant Katie.

Deanna le regarda sortir avec sa fille, émerveillée de constater avec quelles précautions il la tenait contre lui, avec quelle tendresse il lui murmurait des petits riens affectueux, exactement comme il le faisait avec Austin.

Assise sur le lit, Billie prit la tension de Deanna et approuva d'un signe de tête les informations qu'elle lut sur son appareil.

— Tu vois, tout ce qu'il te fallait, c'était que cette petite voie enfin le jour !

— Billie, ton fils a été… extraordinaire.

— Je n'en suis pas étonnée. Il n'a jamais rechigné à la tâche, quelle qu'elle soit.

— Tu veux dire avec Austin ?

— Avec Austin et tout le reste. Il s'est même occupé de ton père vers la fin, quand Gus n'en pouvait plus de fatigue. Il a passé toutes les dernières nuits assis à son chevet.

— Je ne savais pas ça !

— Cela ne m'étonne pas. Josh n'aime pas parler de lui.

Peu après, Josh rentra dans la chambre avec Katie, que Deanna reprit contre elle.

— Comment est-il possible d'aimer quelqu'un aussi fort que ça ?

Billie lui adressa un sourire radieux.

— C'est le miracle de la vie, ma petite !

Trois jours plus tard, Josh entra avec Austin dans la cuisine où Deanna s'affairait, Katie installée contre elle dans un porte-bébé. Elle écoutait des chants de Noël en provenance de son téléphone posé sur une étagère et remuait quelque chose dans une cocotte d'où s'échappait un fumet plus qu'appétissant. Josh en eut tout de suite l'eau à la bouche.

— Qu'est-ce que tu fais cuire ? demanda Austin.

— De la soupe. Et il y a des brownies pour le dessert.

— Miam, fit le petit.

— Tu en auras *après* la soupe, précisa Josh. Et va vite te laver les mains !

— Mais je les ai déjà lavées chez Gramma…

— Quand ?

— Heu…

— Alors, file recommencer. Allez, hop !

Pendant qu'Austin disparaissait dans la salle de bains, Josh se rapproche de Deanna. Il mourait d'envie de l'enlacer, de poser la tête sur son épaule pour apercevoir Katie qui dormait profondément, nichée contre la poitrine de sa maman.

Mais, au lieu de faire cela, il s'empara d'une cuillère pour goûter la soupe qui sentait si bon.

— Dee, tu as le talent pour transformer en délice tout ce que tu trouves dans le réfrigérateur, mais j'ai peur que tu te fatigues. Tu te rappelles que tu as accouché il y a à peine trois jours ?

— J'ai eu envie de m'occuper. Tu sais, les nourrissons ont une conversation assez limitée ! Je commençais à m'ennuyer.

Josh se rapprocha de Deanna pour poser une paume affectueuse sur la tête du bébé. Deanna laissa échapper un petit soupir, comme pour lui reprocher de franchir une frontière.

— J'ai du nouveau, annonça-t-elle.

— Ah ? demanda Josh en retirant sa main qu'il fourra dans sa poche. Quelle sorte de nouveau ?

— On m'a fait une proposition d'emploi.

— Je croyais que tu en avais déjà un.

— Oui, mais celui-ci est plus intéressant. Beaucoup plus intéressant, ajouta-t-elle en tournant la soupe qui bouillonnait.

Josh pinça les lèvres.

— Où ça ?

— À Washington. Dans une autre galerie. Il s'agit de quelqu'un qui a assisté à une de nos expositions et qui apprécie mon travail. Ce qui m'attire chez lui, c'est qu'il présente des artistes déjà reconnus.

Josh fit un effort pour contenir la déception qui l'étouffait. C'était ridicule ! De quel droit réagissait-il ainsi ?

— Tu vas accepter ?

Deanna attrapa des bols pour la soupe dans le placard placé à côté du poêle.

— Je réfléchis. En plus du salaire, qui est deux fois celui que je touche actuellement, le potentiel pour les commissions qui me reviendront est important : en théorie, la vente d'un seul tableau me rapportera autant que celle de trois ou quatre dans la galerie où je travaille en ce moment.

— Mazette !

— Oui, c'est ce que je pense aussi. J'ai été tout à fait honnête avec cet éventuel employeur : il sait que je viens d'avoir un bébé, que je ne souhaite pas reprendre le travail avant le mois de janvier et que je veux des horaires flexibles.

Elle disposa les bols sur la table, leva le regard vers Josh.

— Il accepte mes conditions.

Malgré tout, Josh trouva qu'elle ne paraissait pas si enthousiaste qu'il s'y attendait.

— Où est le problème ?

Le bébé se mit à se tortiller. Deanna lui tapota la tête, déposa un baiser sur son front et laissa échapper un petit rire.

— C'est le poste de rêve pour moi…

— Pourtant, on dirait que tu as besoin d'en être convaincue.

Elle soupira.

— Oui, et c'est idiot, parce que la dernière chose que je souhaite, c'est que quelqu'un me donne des conseils !

Josh se souvenait parfaitement de la conversation qu'ils avaient eue quelque temps auparavant, au cours de laquelle

Deanna lui avait expliqué combien il était important pour elle de faire elle-même ses choix. Par conséquent, même si cela devait le mettre à la torture, il allait bien se garder d'intervenir.

— Tu peux être certaine que je suis la dernière personne au monde à vouloir te faire la moindre recommandation. De toute façon, je sais depuis longtemps que les gens n'en font qu'à leur tête.

Une moue se dessina sur le visage de Deanna.

— Autrement dit, tu ne m'es d'aucun secours ?

Josh croisa les bras.

— Absolument aucun. Le rôle d'un ami, c'est d'écouter. Après, c'est courir au-devant des ennuis.

— Tu veux dire que nous sommes amis ? Comme autrefois ?

— Oui, et nous le serons toujours, assura Josh sans trop savoir ce qui était en train de se jouer. Jamais je ne te pousserai à faire quelque chose qui ne te plaît pas. Et je ne chercherai pas davantage à t'empêcher de faire quelque chose qui t'attire. Point final.

— Il me faudrait beaucoup d'amis comme toi, conclut Deanna en mettant un pichet de lait froid sur la table.

Alors que Josh ne s'y attendait pas, elle posa sa main fraîche sur la sienne. C'était un geste sans sous-entendus, rien qui aurait dû lui brûler la peau comme ce fut le cas.

— Je te remercie, Josh.

— De rien, Dee.

Pourtant, une fois qu'elle serait retournée à Washington, qu'en serait-il de cette amitié proclamée aujourd'hui ?

•

Les trois premières nuits, Katie ne s'étant réveillée qu'une fois, Deanna s'était persuadée d'avoir mis au monde un de ces bébés de rêve qui font leurs nuits tout de suite et elle s'apprêtait à franchir les premières étapes de sa maternité sur un petit nuage.

Hélas, la quatrième nuit fut bien différente, exactement comme si l'objectif de Katie était de s'appliquer à ne pas laisser sa mère fermer l'œil. Le problème était que Deanna était une grosse dormeuse, incapable, même pendant ses années à la fac, de veiller tard parce que son corps s'y refusait, purement et simplement. Aussi, lorsque la petite créature se mit à pleurer à minuit, puis à 2 heures, puis à 4… hurlant comme si jamais on ne lui avait donné à manger de sa vie, Deanna commença à murmurer des mots que les bonnes mères ne prononcent sans doute jamais.

Il lui semblait sortir d'une torpeur de droguée, affolée par les cris aigus de sa fille. Comment un être aussi minuscule pouvait-il s'égosiller avec tant de force ? Au bord des larmes, à moitié assommée par le sommeil, Deanna cherchait à tâtons une couche propre pour changer la petite quand elle entendit la porte de sa chambre grincer.

— On dirait que quelqu'un t'empêche de dormir ? chuchota Josh en s'avançant vers elle.

— Désolée !

— De quoi ?

— De t'avoir réveillé.

— Ce n'est pas toi, c'est Katie, précisa-t-il en poussant Deanna pour changer la couche à sa place. Les bébés pleurent la nuit, c'est comme ça !

— Mais tu n'as pas besoin de…

— Allons, Dee. Tu as préparé le dîner, je ne fais que te rendre la politesse.

Que répondre à cela ? De toute manière, Deanna était hors d'état d'argumenter. Elle croisa les bras sur ses seins douloureux et le regarda s'occuper de Katie avec des gestes doux et efficaces.

— Tu te débrouilles bien…, constata-t-elle en le voyant remettre le bébé dans sa turbulette bien trop grande pour elle.

— Entre Austin et mes neveux, j'ai eu mille fois l'occasion de m'entraîner.

— J'espère qu'elle ne va pas réveiller Austin la prochaine fois !

— Pas de risque. À son âge, on a un sommeil de plomb.

Il jeta la couche sale à la poubelle et blottit Katie contre sa poitrine.

— Où est-ce que tu préfères l'allaiter ? Sur la chaise ou dans le lit ?

— Dans le lit, il fait plus chaud.

— Alors, installe-toi, je te l'amène.

Tout en bâillant de plus belle, Deanna cala deux gros oreillers dans son dos, remonta les couvertures jusqu'à sa taille et tendit les bras pour prendre sa fille. Mais une fois qu'elle l'eut sur elle, au lieu de retourner dans sa chambre, Josh entreprit d'allumer un feu dans la cheminée. Juste un petit feu qui ne durerait que le temps de la tétée, mais comme c'était agréable !

— Oh… Merci, Josh.

— De rien, Dee.

Apparemment satisfait de son initiative, il regarda un moment les flammes s'élever.

— Si tu veux, je peux attendre que tu aies terminé.

— Ce n'est pas la peine !

— Écoute, je n'ai pas envie que tu te rendormes avant de l'avoir remise dans son berceau.

— Et toi, tu ne risques pas de t'assoupir ?

— Non. Je vais patienter dans le fauteuil. Est-ce que tu aurais une couverture de rab ?

— Non, tu vas avoir froid. Viens plutôt dans le lit avec nous.

— Tu crois ?

— Oui, bien sûr.

Après avoir hésité un instant, il obéit et se glissa sous la couette. Aussitôt, son odeur et la chaleur de son corps apportèrent à Deanna un immense sentiment de sécurité qui, paradoxalement, la déstabilisa complètement, parce que l'ambivalence qu'elle éprouvait envers Josh continuait à la torturer.

En cet instant, bien qu'habillée jusqu'au cou mis à part le sein dénudé qui nourrissait sa fille, elle se sentait plus proche de cet homme que d'aucun autre auprès duquel elle s'était allongée sans le moindre vêtement.

Josh se tourna vers elle.

— Tu as pris une décision à propos du travail qu'on t'a proposé ?

Elle hocha la tête.

— Si nous revenions sur ce sujet une fois que j'aurai un peu dormi ?

— Cette offre paraît parfaite pour toi. Il te reste à te demander si c'est ce que tu veux réellement, si c'est cela qui va te rendre heureuse. Ta décision sera ensuite facile à prendre.

Deanna considéra le visage de Josh, tendu vers elle, puis resserra plus étroitement les couvertures autour de sa taille.

— Avec toi, tout paraît tellement simple ! fit-elle.

Un silence pensif s'installa dans la pièce.

— Je crois que les gens ont tendance à ne pas poser les vraies questions, finit par dire Josh. C'est tout. Rappelle-toi, c'était déjà comme ça quand nous étions petits : tu réfléchissais pendant des siècles avant de prendre une décision alors que je me laissais porter par mon instinct. Enfin… la plupart du temps.

— Ah ? J'ai comme l'impression qu'il y a un sous-entendu là-dessous.

Les couvertures partirent un peu dans toutes les directions

quand Josh se redressa pour se rapprocher de Deanna… Tout près. Trop près. Katie s'était rendormie dans les bras de sa mère.

Il considéra le bébé.

— On dirait qu'elle a fini son repas.

— Oui, mais c'est si bon de la tenir contre moi. J'ai envie de la garder encore un peu.

— Je vois ça ! Mais pense que tu ne vas pas être très efficace demain si tu tombes de sommeil. Allez, passe-moi la jeune fille, je vais lui faire faire son rot, je suis spécialiste en la matière.

À contrecœur, Deanna lui tendit Katie et le regarda la caler contre sa large poitrine avec des gestes aussi doux que si elle était le plus précieux des trésors. Ses yeux picotaient de larmes contenues. Très vite pourtant, ses paupières se firent lourdes, elle s'allongea et n'entendit même pas Josh reposer Katie dans son berceau. Cette fois, elle éprouva ce que l'on ressent quand on est exactement là où l'on doit être : en sécurité, paisible et aimée.

Oui, un bref instant, avant de replonger dans le sommeil, elle crut aux contes de fées.

— Papa, est-ce que je peux décorer l'arbre de Noël ? s'enquit Austin, l'œil brillant et les mains pleines de guirlandes.

Josh avait retardé ce moment jusqu'à deux semaines avant Noël, malgré les demandes réitérées du petit et de Deanna elle-même.

— Allez, à partir de maintenant, c'est permis !

Tout en regardant son fils s'affairer, Josh ne pouvait s'empêcher de penser au futur qui les attendait une fois que le ranch serait vendu. Ils seraient obligés de trouver un autre endroit pour vivre. Quant à Deanna, il y avait de fortes chances pour qu'elle accepte ce nouvel emploi à Washington et ne revienne jamais à Whispering Pines.

Assise sur le canapé, jambes croisées, Deanna regardait Austin manipuler les boules en verre fragile qui remontaient à son enfance, mais à aucun moment elle ne lui demanda de faire attention. Quelle autre femme aurait ainsi fait confiance à un petit de quatre ans ? Ne se serait pas agacée de le voir renverser son bol de lait ? Aurait compris qu'il n'était qu'un enfant sans jamais le traiter comme tel ?

Tout cela tournait dans la tête de Josh. Sans parler de la nuit qu'il avait en partie passée dans le lit de Deanna. En tout bien tout honneur, certes, mais qui aurait pu penser qu'une telle intimité pouvait naître de cette innocence ? Il avait regardé Deanna dormir après avoir reposé Katie dans son berceau et ses sens s'étaient brutalement réveillés, lui rappelant qu'il était un homme jeune, plein de désirs et de vitalité.

Quand il lui avait conseillé de choisir ce qui la rendrait heureuse, elle, et personne d'autre, il était parfaitement sincère, persuadé que c'était à elle qu'elle devait faire plaisir, certainement pas à lui ni à aucune des âmes qui planaient encore sur le ranch.

Car il le voyait bien, Deanna était hantée par le souvenir de ses parents, par les pressions, affectueuses sans doute, mais pesantes, qui s'étaient exercées sur elle.

Avec un lourd soupir, il passa derrière l'arbre pour entourer une guirlande autour d'une branche, acceptant enfin de reconnaître qu'il désirait profondément être ce que jamais elle ne lui permettrait de devenir : l'homme de sa vie. Il n'avait pas pu assumer ce rôle auprès de Jordan, mais cette dernière n'avait jamais souhaité vivre avec lui une relation véritable. Quant à Deanna, du moins le pensait-il, cette perspective la terrorisait.

Le rire d'Austin mêlé à celui de Deanna le fit revenir vers

eux. Le garçonnet s'était lové contre elle et observait Katie en riant comme un fou devant les grimaces que faisait le bébé pendant que Dee lui parlait. On aurait dit que cette toute petite fille faisait des efforts surhumains pour comprendre ce que lui racontait sa maman et ce tableau lui parut représenter le bonheur parfait, celui dont il avait toujours rêvé sans l'avoir su clairement.

Il sentit sa gorge se serrer. Malheureusement, l'histoire se répétait. Il était à nouveau en train de tomber amoureux d'une femme qui n'était pas faite pour lui. Pourquoi diable le destin avait-il une fois de plus amené Deanna Blake dans sa vie ?

Hélas, il n'était pas capable, comme le renard de la fable qui ne pouvait atteindre les raisins convoités, de se dire qu'ils étaient trop verts. Non, trois fois hélas. Lui aussi savait très bien au contraire à quel point ce qui le narguait était doux et savoureux.

- 10 -

Un verre de cidre à la main et le sourire aux lèvres, Deanna se sentait plus heureuse qu'elle ne l'avait été depuis des années. L'orchestre invité pour la soirée jouait en continu des airs de Noël repris en chœur par les uns et les autres tandis que des meutes d'enfants surexcités se poursuivaient au milieu des décorations et des lumières qui étincelaient un peu partout. Deanna avait depuis longtemps renoncé à mettre un peu d'ordre dans ce joyeux brouhaha, car après tout, c'était le signe que la fête était réussie !

Tout au moins pour les autres ; pour elle, c'était plus compliqué…

— Tu es superbe, Dee ! s'exclama Val en s'approchant d'elle, portant Katie contre elle.

Le bébé était passé de bras en bras, chacun tenant à faire connaissance avec la petite merveille née à La Vista Encantada quelques jours auparavant.

Pour la circonstance, Deanna avait revêtu son fourreau de velours noir qui la moulait un peu plus qu'avant sa grossesse, mais dans lequel elle apparaissait parfaitement épanouie.

— Merci, Val. Tu es très en beauté, toi aussi !

— Je n'ai pas grand-chose d'habillé dans ma garde-robe. Tu crois que ça va comme ça ?

Le « ça » était un très joli haut en dentelle noire porté sur un jean. Avec les boucles d'oreilles dorées qui brillaient à ses lobes et son chignon décoiffé, Val aurait pu faire excellente figure à n'importe quel vernissage de la galerie de Deanna.

— Ma chère, viens comme ça m'assister à Washington, je suis sûre que les ventes vont doubler ! répliqua celle-ci en riant.

— Allons, n'exagère pas. Levi m'a dit que je lui plaisais beaucoup, ça me suffit !

— Je comprends…, murmura Deanna, vaguement envieuse de leur bonheur tout simple et si profond.

Elle regarda la foule qui l'entourait. Jamais il n'y avait eu autant de monde à cette fête de fin d'année à l'époque où Granville Blake l'organisait. L'immense sapin étincelait des décorations en verre soufflé que chérissait sa mère et qui lui avaient été offertes par Granville lui-même.

À ce moment-là, le chef de l'orchestre retenu pour la soirée suggéra que tout le monde reprenne en chœur un classique de Noël et chacun approuva avec enthousiasme.

— Tu vois, reprit Val, c'est un hommage rendu à ton père.

— Oui, murmura Deanna, les larmes aux yeux.

Val fit passer Katie au creux de son autre bras de manière à enlacer Deanna.

— Si les membres de notre petite ville restent aussi soudés, c'est grâce aux traditions que nous y maintenons, mais cela n'empêche pas les gens de s'adapter quand elles atteignent leurs limites et que chacun doit continuer sa route à sa façon.

Elle tendit Katie à Deanna.

— À voir comment Levi me regarde, je crois qu'il faut que je le rejoigne. Depuis le temps que je chouchoute ta fille, il doit se sentir délaissé !

Le bébé dans les bras, Deanna se retira dans la vaste salle à manger, un peu moins bruyante que le salon. Grâce à Annie qui s'était chargée de l'approvisionnement, la table ployait sous les victuailles. Deanna lui adressa mentalement un grand merci, car tout était parfait ; le salé, le sucré, les boissons, Annie avait pensé à tout. Les chandeliers en fer forgé de sa mère avaient été placés sur la table qu'ils éclairaient de leur lumière douce et tremblotante, complétée par l'illumination que les frères Talbot avaient installée sur la galerie.

— Tu veux que nous allions jeter un coup d'œil par là ? proposa Deanna à sa fille.

Depuis cette pièce, la vue était à couper le souffle. Une nouvelle couche de neige était tombée, étincelante, et l'allée qui conduisait à la maison était éclairée par un cortège de sacs en papier contenant chacun une bougie, petit témoin vacillant de la lumière qui persistait malgré la longue nuit.

Une fois de plus, Deanna sentit ses yeux s'humecter. Il lui semblait revoir ses parents, la tête de sa mère posée sur l'épaule de son père, leurs silhouettes jointes baignées de la même lueur douce tandis qu'ils regardaient les derniers invités rentrer chez eux à la fin d'une soirée semblable à celle d'aujourd'hui.

Elle se souvenait aussi de l'excitation qui était la sienne à la perspective des vacances à venir, décuplée par l'amour que sa mère portait à cette période de l'année. D'autres images encore s'imposèrent à ses yeux : le regard d'adoration que son père posait sur sa mère au moment où tout le monde prenait place autour de la table décorée de houx, et les rires qu'ils partageaient en rangeant la vaisselle à la fin de la soirée.

Ensemble, toujours ensemble.

Un gros soupir lui échappa.

L'amour de ses parents l'un pour l'autre était une évidence pour tout le monde. Pourtant, il n'avait pas suffi à faire surmonter à sa mère le sentiment de solitude qui l'avait handicapée toute sa vie.

— Hé, Dee, qu'est-ce que tu fais là toute seule ?

La voix de Josh venait de résonner dans son dos.

Vite, Deanna essuya une larme furtive, surprise de réaliser qu'elle avait pleuré.

— Oui… Je suis un peu débordée par mes souvenirs, c'est tout, se justifia-t-elle.

— Des bons ou des mauvais ?

Il tendit les bras pour prendre Katie, qui esquissa quelques petites grimaces avant de se rendormir.

— Je ne sais pas trop… J'imagine que c'est normal, tout ce qui surgit à ma mémoire alors que je n'y ai pas songé depuis des années.

Elle lui adressa un sourire.

— Tu as eu une bonne idée. Cette fête méritait d'exister.

— Tu veux dire… comme point final ?

— Je n'y ai pas pensé en ces termes, mais peut-être qu'il y a de ça ? Au fait, ma patronne actuelle m'a encore appelée aujourd'hui pour me demander quand je revenais.

— Et alors ?

— Je lui ai donné ma démission.

— Non !

Deanna éclata de rire.

— Si. Peu importe ce qui arrivera, je pense que je peux faire quelque chose de plus intéressant.

Josh prit le temps de réfléchir avant de poser la question qui le taraudait.

— Ce qui veut dire que tu as décidé d'accepter la proposition d'emploi qui t'a été faite ?

— Ce qui veut dire que je suis libre de l'accepter si jamais…

Un énorme bruit de voix et de cris de joie leur parvint depuis le salon.

— Je crois que le Père Noël est arrivé ! commenta Josh. Viens, allons rejoindre les autres, ajouta-t-il en la prenant par la taille.

Deanna se laissa entraîner. Elle n'avait pas eu le temps de terminer sa phrase, mais dans le fond, c'était très bien comme ça, car elle ne savait pas ce qu'elle aurait dit.

— Alors, tu t'es bien amusé, ce soir ? demanda Josh à Austin en le mettant au lit deux grandes heures plus tard que d'habitude.

Le petit fit « oui » d'un signe de tête, et bâilla en attrapant son kangourou doudou chéri.

— Je sais que c'était Grandpa qui faisait le Père Noël, mais je garderai le secret pour ne pas lui faire de peine.

— C'est super gentil de ta part, Austin.

— Dis, papa, est-ce que Dee et le bébé vont vraiment partir après Noël ?

Josh sentit son cœur se serrer.

— Je crois bien que oui.

Austin fit la grimace.

— Mais pourquoi ?

— Parce que Dee n'habite pas ici. Elle est seulement en visite.

Austin secoua la tête avant de faire la moue.

— Moi, je trouve qu'on dirait que c'est chez elle, ici. Et en plus…

— En plus, quoi, fiston ?

— Elle est comme une maman.

Josh pinça les lèvres pour se retenir de poser la question qui les brûlait. *Et comment sais-tu à quoi ressemble une maman ?*

En fait, Austin avait bien des exemples autour de lui. Billie, pour commencer, Val et ses filles, les mères qui amenaient leurs enfants le dimanche à la garderie pendant le service… Austin n'était ni aveugle, ni idiot… ni insensible au fait que quelque chose manquait dans sa vie.

— Papa, il faut que tu l'empêches de partir, ajouta-t-il.

Seigneur…

— C'est impossible, Austin.

— Pourquoi ?

— Parce que ce n'est pas bien de faire faire aux gens

quelque chose qu'ils n'ont pas envie de faire. Il faudrait que Dee ait envie de rester, sinon elle serait malheureuse ici. Ce n'est pas ce que tu souhaites, n'est-ce pas ?

— Non. Mais…

— Mais ?

— Comment on peut lui donner envie de rester ?

— C'est impossible, Austin, voilà tout.

Comme cette réponse le plongeait lui-même dans une grande tristesse, Josh tenta de se raccrocher à un espoir, aussi ténu soit-il.

— Mais une fois que Dee sera rentrée à Washington, nous irons lui rendre visite de temps en temps. Il y a plein de musées intéressants là-bas qui exposent des avions, des squelettes de dinosaures… Tu verras, on s'amusera bien.

Le silence d'Austin prouva si besoin était qu'il ne croyait pas un mot de ce que lui disait son père et Josh comprit qu'aux yeux d'un enfant de quatre ans ne comptait que le « ici et maintenant ». Son incompétence à consoler son fils lui brisa le cœur. Franchement, par moments, c'était bien difficile d'être parent et de lire dans le regard de son enfant des questions pour lesquelles on n'avait pas de réponse. Que dirait-il le jour où Austin lui demanderait : *« Pourquoi est-ce que ma mère est partie ? »*

Josh chatouilla l'estomac de son fils en s'efforçant de sourire.

— Tu sais que je t'aime très fort ?

— Encore plus fort que ça ?

— Oui, encore plus plus plus fort que ça !

Austin sortit de son lit pour s'installer sur les genoux de son père et lui passer les bras autour du cou. Josh se demanda lequel des deux serrait l'autre avec le plus de force, lequel des deux avait le cœur le plus noué…

— Combien il reste de dodos avant Noël ? s'enquit Austin.

— Six.

— C'est beaucoup trop ! s'exclama Austin.

Josh se mit à rire, déposa le petit dans son lit et se leva.

— Endors-toi très vite, et demain, tu sais quoi ?

— Non ?

— Il n'y en aura plus que cinq !

Obéissant, Austin ferma très fort les yeux, et le sommeil s'empara de lui presque aussitôt. Josh soupira de soulagement. Cette fois, il avait réussi à éviter la crise de désespoir qu'il sentait couver chez son fils, mais hélas, ce ne serait pas toujours possible.

Quand il retourna dans la cuisine, bruissante de tout le remue-ménage qui l'avait agitée dans les heures précédentes, on aurait dit que les petits lutins des contes de fées étaient venus tout ranger avant de disparaître. Dee s'y trouvait encore avec Katie, ainsi que le chat Smoky et le chien qui se mit à remuer la queue en le voyant entrer. Dee plaçait les restes des agapes dans des boîtes qu'elle s'apprêtait à mettre dans le réfrigérateur. Elle fredonnait un chant de Noël qu'il connaissait et qu'il reprit avec elle.

Comment lui donner envie de rester ?

Si seulement il savait… Pourtant, elle s'était adaptée à la ville avec aisance et replongée dans la vie de la Vista Encantada sans problème. Elle avait parlé avec entrain aux uns et aux autres au cours de la soirée, souriante, radieuse. Oui, sans s'en rendre compte certainement, elle rayonnait. Bien sûr, tout n'était pas facile pour elle, comme le prouvaient les larmes qu'elle versait en cachette sur la galerie quand il l'avait rejointe, mais qui ne connaissait pas par moments des instants de mélancolie ?

Dee se tourna vers lui, le visage rosi par l'émotion, les lèvres un peu tremblantes. Le désir qu'il refoulait depuis qu'elle était revenue au ranch submergea Josh.

C'était de la folie… Oui, mais une folie très douce…

— Tout le monde est parti ? demanda-t-il.

— Oui, répondit-elle en passant la main dans ses cheveux un peu plus longs et un peu moins raides qu'à son retour.

Il n'en fallut pas davantage pour que le train quitte les rails.

— Josh ?

Il s'approcha d'elle, prit son visage dans ses mains sans tenir compte des mille et une questions qu'il lut dans le regard noisette, et il l'embrassa.

Oui.

Et elle lui rendit son baiser.

Alléluia… C'était bien Noël.

Ce n'est qu'au moment où les lèvres de Josh touchèrent les siennes que Deanna réalisa que depuis qu'elle avait quatorze ans elle n'avait cessé de se demander ce qu'elle ressentirait si Josh Talbot l'embrassait.

Eh bien voilà, maintenant, elle savait.

Et lorsqu'il lui donna un second baiser, si profond et sensuel qu'elle eut l'impression qu'il atteignait le fond de son âme, elle ne put s'empêcher de penser : *Et maintenant, dans quelles complications suis-je en train de plonger ?*

Dans le genre de celles qui la faisaient s'accrocher à la chemise de Josh et se pendre à son cou, comme pour l'enjoindre de ne pas mettre fin à ce délicieux supplice.

Et pourtant, elle savait qu'entre Josh et elle rien n'était possible, tout simplement parce qu'ils attendaient de la vie des satisfactions bien différentes. Il ne fallait pas commencer à s'abandonner, car elle serait trop malheureuse de faire par la suite de la peine à Josh et encore plus à Austin.

Sans parler de son propre cœur qu'elle n'avait pas la moindre envie de briser à nouveau, d'autant moins qu'elle n'était pas sûre encore qu'il soit bien cicatrisé depuis sa débâcle avec Philippe.

Aussi, avec un effort qui lui demanda de rassembler toute

sa volonté, elle posa les mains sur la poitrine de Josh, sentit le cœur de ce dernier battre sous ses paumes. Puis, prenant une profonde inspiration pour se donner du courage, elle le repoussa.

Il la laissa faire, mais lorsque leurs regards se croisèrent à nouveau, elle lut dans celui de Josh un désir brûlant.

— Tu n'es pas fâché ? demanda-t-elle, inquiète.

— Après un baiser comme celui-ci ? Pourquoi est-ce que je serais en colère ?

— Parce que… Parce que nous ne pouvons pas… En fait, parce que *je* ne peux pas…

— Je savais que c'est ce que tu dirais, mais je vais être honnête avec toi…

— Je t'écoute.

— J'ai envie de faire ça depuis que j'ai quinze ans ! Au cas où une nouvelle occasion ne se représenterait pas, j'ai décidé de tenter ma chance. Et franchement, je ne le regrette pas.

Sur ces mots, Josh quitta la cuisine avant que Deanna n'ait eu le temps d'avouer qu'elle lui avait rendu son baiser avec un enthousiasme qu'elle n'avait éprouvé avec personne d'autre. Finalement, ce dérapage dans leur relation était à responsabilités partagées.

Deanna tint le lendemain à présenter des excuses à Josh pour sa réaction. Il les accepta très gentiment, mais ni l'un ni l'autre ne pouvaient nier qu'après ce baiser une tension nouvelle régnait entre eux, qui n'existait pas auparavant. Ils prenaient tellement de précautions l'un envers l'autre afin de ne pas se froisser que cela en devenait ridicule. Tous ces ménagements blessaient Deanna bien plus qu'elle ne l'aurait imaginé. Comment un si court moment d'intimité avait-il pu les transformer en parfaits étrangers l'un pour l'autre ? C'était inexplicable.

Aussi fut-elle immensément reconnaissante à Val de l'inviter à la rejoindre avec Mallory et les enfants pour une dernière virée en ville avant Noël. Malgré son cœur lourd, Deanna retrouva le sourire en découvrant que les décorations exhibées aux quatre coins de Whispering Pines et dans les vitrines des magasins n'avaient guère changé depuis sa jeunesse. L'air froid sentait bon la résine, les montagnes encapuchonnées de neige étincelaient sur un fond de grand ciel bleu, les enfants couraient en riant autour du sapin au milieu de la place. Tout cela lui faisait du bien ; c'était apaisant, rassurant, sécurisant.

Exactement ce dont elle avait besoin.

Après avoir acheté des *churros* et des tasses de chocolat chaud chez Annie, elles allèrent s'installer sur la place. Val et Deanna s'assirent sur l'un des vieux bancs, Mallory resta dans son fauteuil roulant, emmitouflée dans une grosse doudoune malgré le soleil de la mi-journée. C'était elle qui portait Katie, enfouie jusqu'au bout de son petit nez dans une tenue qui avait appartenu à Risa. Cette dernière, toute fière de ses nouvelles compétences, s'efforçait de courir après les grands. Austin était de la partie, bien sûr, et s'en donnait à cœur joie avec les autres. En le regardant évoluer, Deanna prit presque peur de sentir à quel point elle s'était attachée au petit garçon en quelques semaines à peine.

Et pourtant, cette affection était beaucoup moins inquiétante que ce qu'elle éprouvait pour le père de ce dernier…

— Tu te rends compte, dit Mallory en rejetant en arrière ses longs cheveux roux, de l'extraordinaire capacité qu'ont ces petits à dormir au milieu de tout ce bruit ?

— Si seulement elle dormait aussi bien la nuit…, fit Deanna en soupirant.

— C'est vrai qu'avec un bébé on est sur le pont vingt-quatre heures sur vingt-quatre, ajouta Val en resserrant le col de sa veste ouatée.

— Tu prévois d'allaiter ton nouveau bébé ? s'enquit Deanna.

— Bien sûr, comme j'ai fait pour ses sœurs.

Le secret de sa grossesse n'en était plus un, car le jumeau de Josh avait été incapable de garder pour lui la bonne nouvelle.

— J'ai hâte de pouvoir arrêter de mettre des compresses dans mon soutien-gorge ! avoua Deanna.

— Tu verras, au bout de quelque temps, on n'en a plus besoin parce que le corps se stabilise et la montée de lait ne survient qu'au moment voulu. Mais c'est vrai qu'entre le soutien-gorge d'allaitement et les fameuses compresses, certaines choses deviennent plus compliquées…

— Quoi, par exemple ?

— Eh bien… Disons que ce harnachement n'est pas terriblement sexy.

— Oh ! pour moi, ce n'est pas un problème, déclara Deanna en mordant dans son beignet, histoire de ne pas dramatiser sa situation.

— Au fait, tu restes avec nous pour les vacances ? s'enquit Val.

— Je pense, répondit Deanna aussi nonchalamment que possible.

Pourtant, après le baiser torride qu'elle avait échangé avec Josh, elle avait envisagé de prendre le premier avion pour Washington, ce qui lui semblait la solution la plus confortable. Puis, à la réflexion, il lui avait semblé que céder à cette envie serait faire preuve de lâcheté et elle y avait renoncé.

— Ce sera plus facile de trouver un vol après les fêtes, poursuivit-elle alors que personne ne lui demandait rien.

Seigneur… Quelle excuse lamentable ! Ses amies seraient-elles dupes de cette piètre justification ?

Austin vint la tirer de cet embarras en se précipitant vers elle, les joues roses d'excitation.

— Regarde, Dee ! Jeremy, Landon et moi, on joue à être des avions !

Aussitôt dit, il écarta les bras et, en faisant un bruit de moteur aussi fidèle que possible, il fila à tire d'ailes rejoindre les autres appareils — Jeremy et Landon — stationnés au pied du grand sapin. Deanna songea que c'était justement cette complicité avec d'autres enfants de son âge qui lui avait manqué, quand elle était petite. Heureusement, il y avait eu Josh.

— Austin t'adore ! fit remarquer Mallory.

Val s'éloigna d'elles pour aider Risa à se relever. La fillette avait trébuché et s'était retrouvée à plat ventre dans la neige.

Mallory fit passer Katie sur son autre bras.

— Est-ce que vous avez reçu des propositions d'achat pour La Vista ?

— Non, mais c'est normal. La propriété ne sera mise sur le marché qu'après les fêtes.

— Vous n'aurez pas de mal à trouver un acquéreur. C'est vraiment un bien haut de gamme.

— C'est vrai, convint Deanna.

La Vista intéresserait certainement un de ces acteurs de Hollywood qui avaient envie de jouer au cow-boy entre deux films. Mallory, elle-même ancienne star, avait sans nul doute encore des relations dans ce milieu fortuné.

— Tu sais que je t'ai déjà trouvé un acheteur ? poursuivit Mallory.

— Pas possible ! s'amusa Deanna. Qui donc ?

Le regard gris de Mallory brillait de malice.

— Moi.

Deanna en resta bouche bée.

— Mais… Tu possèdes déjà une propriété.

— C'est vrai, mais ce ne serait pas pour y vivre. Je

voudrais y installer un centre de rééducation. C'est un projet que j'ai en tête depuis que Zach m'a conduite dans un de ces lieux où l'on m'a remise à cheval. J'ai eu l'impression qu'on me rendait la vie. Zach avait deviné que c'était ce dont j'avais besoin.

Mallory s'éclaircit la voix, mais Deanna n'eut pas de mal à comprendre tout ce qui était sous-entendu sous ce raclement de gorge. Mallory avait été championne de rodéo féminin avant de poursuivre une carrière d'actrice à Hollywood. Ensuite, un terrible accident de ski l'avait condamnée à rester en fauteuil roulant. Heureusement, le frère aîné de Josh avait su l'aider à renouer avec l'activité qui avait été le centre de sa vie pendant de longues années.

— C'est lui qui a pris l'initiative de ta rééducation ?

— Oui, alors que moi-même je n'y pensais pas.

Elle jeta un coup d'œil sur les enfants, comme pour éloigner l'émotion qui lui serrait la gorge.

— C'est souvent comme ça, tu ne crois pas ? poursuivit Mallory. Quelqu'un sait mieux que toi ce que tu dois faire… En fait, j'étais venue ici pour m'échapper, mais ça n'a pas marché comme je le pensais.

— Pour t'échapper de quoi ?

— De la vie ? De moi-même ? Je ne sais pas…

Elle haussa les épaules.

— Zach a compris que pour vivre heureuse malgré mon handicap j'avais besoin de replonger dans le domaine qui avait donné du sens à mon existence pendant de si longues années.

Deanna hocha la tête, admirative de cette intuition.

— Alors maintenant, reprit Mallory, je me dis que ce serait magnifique de pouvoir aider d'autres personnes handicapées à surmonter leurs frayeurs, comme j'ai réussi à surmonter les miennes.

— En effet, approuva Deanna. Zach est celui des frères

Talbot que je connais le moins, car il y avait beaucoup de différences entre nous, mais je me souviens qu'il était très gentil.

— Tous les Talbot sont des gens bien.

— En fait, Levi a tout de même fait des siennes pendant un certain temps, corrigea Deanna. On n'aurait jamais pu deviner que Josh et lui étaient jumeaux tant ils étaient différents.

— En tout cas, pour revenir à ma proposition, elle est sérieuse, Dee.

— Est-ce que tu en as parlé à Josh ?

— Je voulais en discuter d'abord avec toi puisque c'est ta maison.

— Seulement la moitié, corrigea Deanna.

Le cœur battant douloureusement dans sa poitrine, elle se tourna de manière à faire face à Mallory.

— Même avant, La Vista a toujours appartenu autant à Josh qu'à moi… Voire davantage étant donné que je n'y ai pas habité depuis dix ans.

— Qu'est-ce que tu dirais si je rachetais ta part à toi ? poursuivit Mallory, l'œil brillant. Josh pourrait conserver la sienne et continuer à vivre à La Vista avec Austin, puisque Zach et moi sommes parfaitement heureux où nous sommes. Dans le fond, ce serait une négociation gagnant-gagnant pour tout le monde.

Deanna détourna le regard. Son estomac jouait aux montagnes russes. Oui, ce que proposait Mallory serait une solution idéale ; Josh pourrait demeurer où son cœur souhaitait, elle-même aurait suffisamment d'argent pour envisager l'éducation et les études de Katie sans le moindre souci. Et en outre, ce serait une manière de couper sans douleur les liens qui la rattachaient à Josh sans lui faire de peine.

À Josh, ou à elle-même ?

Mallory sourit à Katie qui faisait de petites grimaces dans son sommeil.

— J'adore Whispering Pines, reprit Mallory. Quand je suis arrivée ici pour la première fois, il y a des années, c'est la cohésion qui régnait et qui règne encore entre les membres de la communauté qui m'a le plus plu. Ma mère et moi, nous nous sommes très vite senties accueillies, intégrées. Nous ne nous y attendions pas, car de nombreuses petites villes ne sont pas aussi hospitalières. Celle-ci l'a été, ce qui fait que j'ai l'impression d'avoir une dette.

Elle tendit Katie à sa mère.

— Tiens, reprends ta fille, elle commence à s'agiter. Elle sera sans doute mieux dans les bras de sa maman. En tout cas, si je peux aider Whispering Pines à conserver ce qui la rend si spéciale, et je pense que La Vista Encantada joue un grand rôle là-dedans, je ferai mon possible et je me sentirai très honorée.

Katie se mit à pleurnicher. Deanna se leva pour mieux la bercer, surprise de l'instinct de protection qui avait surgi en elle depuis la naissance du bébé.

— Il faut que j'en parle avec Josh.

— Bien sûr, rien ne presse. Je te demande seulement de m'accorder la préséance.

— Mais tu ne sais même pas à combien nous allons mettre en vente la propriété !

— Ce n'est pas un problème, assura Mallory.

Sur ces mots, elle fit pivoter son fauteuil roulant et se dirigea vers Val qui jouait avec les enfants.

— Vous ne pensez pas que c'est le moment de rapatrier au chaud toutes ces petites créatures avant qu'elles ne gèlent sur pied ? demanda-t-elle en riant.

Deanna serra sa fille contre elle.

Voilà que tout ce à quoi elle travaillait depuis ces dernières semaines était miraculeusement en train de se mettre en place. Elle aurait tout l'argent dont elle avait besoin pour Katie, et Josh conserverait le ranch qu'il adorait. C'était une solution parfaite, absolument parfaite.

Mais alors, pourquoi ne se sentait-elle pas inondée de bonheur ?

- 11 -

— Alors, mon grand, tu t'es bien amusé ? demanda Josh en soulevant son fils dans ses bras au moment où il déboulait dans la cuisine.

— Oui, c'était super ! répondit Austin en s'accrochant au cou de son père. Et Dee Dee et moi, on t'a acheté un cadeau, mais je n'ai pas le droit de t'en parler parce que c'est un secret !

— Ah… Alors, va vite jouer dehors avant de m'en dire trop. Tu sais où est Dee ?

— Dans sa chambre, avec Katie.

Josh alla rejoindre Deanna qu'il trouva en train d'allaiter le bébé. Elle était assise dans le rocking-chair qui avait appartenu à sa mère et elle chantonnait pour sa fille, très occupée à prendre son repas.

Josh sentit sa gorge se nouer. Quand il s'agissait de Deanna, il ne savait jamais comment se comporter. Devant l'insistance de cette dernière à rentrer « chez elle », il ne pouvait s'empêcher de se demander en quoi consistait ce « chez elle ». D'après les conversations qu'il avait eues avec Emily lors de son récent séjour, il avait compris que la vie sociale de Deanna avant sa grossesse n'avait pas été passionnante — en fait, Emily était restée sa seule amie véritable. Quant à la relation avec sa tante et son oncle, elle ne paraissait pas être idyllique. Il s'en fallait même de beaucoup, avait souligné Emily. Bien sûr, Deanna avait son petit appartement et un bon travail, mais cela suffisait-il à remplir une vie ?

Évidemment, même s'il ne savait pas très bien quelle attitude adopter avec Dee, il se garderait bien d'aborder ce sujet avec elle : il avait eu suffisamment de conversations de ce genre avec Jordan pour avoir compris qu'elles ne menaient à rien ; inutile donc de commettre deux fois les mêmes erreurs. Comme il l'avait expliqué à Austin, il aurait fallu que Dee elle-même décide de rester à La Vista, qu'elle souhaite vivre avec eux. Apparemment, ce n'était pas le cas.

Dee avait sans doute deviné sa présence, car elle leva le visage et lui adressa ce petit sourire maladroit qui était devenu le sien depuis l'incident du baiser. Une fois de plus, Josh se maudit d'avoir cédé à cette impulsion qui avait brusquement détruit leur relation et les condamnait désormais à se comporter comme deux étrangers mal à l'aise en présence l'un de l'autre.

Il s'avança vers elle sur le tapis navajo qui absorbait le bruit de ses bottes, grisé par le parfum de talc pour bébé et par celui, plus subtil, de Deanna qui s'échappait du lit entrouvert.

— J'ai de bonnes nouvelles à t'annoncer…, commença Deanna. Du moins, il me semble.

Josh ordonna à sa libido de battre en retraite, de préférence tout de suite.

— Mallory et moi avons eu une conversation tout à l'heure quand nous étions en ville : elle aimerait acheter ma part de La Vista.

Il fallut quelques instants à Josh pour absorber l'information.

— C'est une blague ?

— Mallory avait l'air on ne peut plus sérieuse. Son projet serait de faire de La Vista un ranch thérapeutique. Tout au moins en partie, car elle souhaite que tu conserves tes activités actuelles et en particulier ton élevage.

Rien dans la voix de Deanna ne trahissait ce qu'elle pensait de cette proposition, ni enthousiasme ni tristesse… Rien. Et comme elle gardait les yeux baissés en lui parlant, Josh ne savait qu'imaginer.

À première vue, l'idée lui semblait séduisante, mille fois préférable à celle de vendre La Vista à un étranger, ce qui le priverait du lieu qu'il aimait le plus au monde et anéantirait toute chance de convaincre Deanna de rester avec lui et Austin, même si cette dernière éventualité lui paraissait réduite à presque zéro. Pourtant, en y regardant de plus près, la situation n'était pas aussi simple qu'elle en avait l'air.

— Je pense qu'il serait bon d'y réfléchir.

— C'est ce que je lui ai dit.

Deanna plaça Katie contre son épaule pour la cérémonie du rot que la petite exécuta avec une maestria confondante.

— Nous en reparlerons après les vacances, si cela te convient.

Comme Josh ne répondait rien, elle poursuivit :

— Tu ne penses pas que ça pourrait être la solution idéale ? D'autant plus que, de cette manière, le ranch resterait dans la famille.

Le front de Josh se plissa.

— De quelle famille parles-tu, Dee ? La Vista a toujours appartenu aux Blake, pas aux Talbot.

— Officiellement, si tu veux, mais tu sais aussi bien que moi que les liens de ta famille avec La Vista sont aussi profonds que les miens.

Pendant ce temps, Deanna avait dégrafé l'autre côté de son soutien-gorge d'allaitement et, une fois encore, Josh sentit un trouble intense l'envahir, qui allait bien au-delà du simple désir sexuel.

Quand le bébé fut de nouveau en train de boire, Deanna laissa son regard s'évader par la fenêtre d'où elle apercevait Austin occupé à jouer avec le chien.

— Les tiens, surtout.

Pour la première fois, Josh décela dans la voix de Deanna quelque chose qu'il n'y avait encore jamais perçu : de la tristesse. Pas de l'amertume, ni de la contrariété, non, quelque chose qui ressemblait plutôt à de la mélancolie ou du chagrin.

Pourtant, pour Deanna La Vista Encantada était rattachée à de bien mauvais souvenirs, qui gâchaient tous les bons qu'elle pouvait en avoir par ailleurs : sa mère était morte ici et, après son père l'avait plus ou moins ignorée avant de l'envoyer au loin. Ces deux événements, ajoutés à l'isolement dont elle avait toujours souffert à La Vista, suffisaient à expliquer qu'elle ait envie d'en partir une fois de plus, une fois pour toutes.

— Tu n'as jamais été heureuse ici, n'est-ce pas ?

Un gros soupir s'échappa des lèvres de Deanna.

— Non, pas vraiment, mais grâce à toi j'ai connu des moments agréables.

Elle se mit à sourire.

— Je peux même dire que je me suis parfois bien amusée. Tout de même, à mon retour, ce qui m'est revenu en priorité à la mémoire, c'est le sentiment d'abandon dans lequel j'ai grandi. Pendant toute mon enfance, je n'avais qu'un désir : attirer sur moi l'attention de mon père, nouer avec lui une véritable relation, comme celle que tu as avec Austin. Comme celle que je rêve de créer avec Katie, ajouta-t-elle en souriant au bébé. J'ai toujours eu l'impression d'être un pion que l'on déplaçait sur un échiquier sans tenir compte de ma personnalité ni de mes envies.

— Tu fais allusion à la manière dont le père de Katie t'a manipulée ?

— Oui. Entre autres.

Se sentant impuissant à colmater cette énorme brèche affective, Josh fourra les mains dans ses poches. Il aurait aimé expliquer à Deanna qu'il n'était pas comme ça, qu'il ne le serait jamais, mais si à ce point de leur relation elle n'avait pas compris qui il était réellement, à quoi bon plaider sa cause ?

— N'oublie pas que si ton père t'a envoyée à Washington, c'est parce qu'il voyait que tu étais malheureuse ici.

— Il m'a expédiée loin de lui parce qu'il ne voulait pas s'occuper de moi, nuance. Alors, quand on me raconte maintenant qu'il essayait de rattraper ses erreurs passées, ça me fait bien rire !

Mais elle ne riait pas. Bien au contraire, les larmes lui étaient montées aux yeux.

— Pardon, Josh, tu n'es strictement pour rien là-dedans.

— Tant mieux ! répliqua Josh avec tristesse.

— Tu comprends, quand on pense à la maison de son enfance, on éprouve normalement un sentiment de sécurité, de tendresse…

— Qu'est-ce que ta vie à Washington t'a apporté par rapport à tout ça ? ne put s'empêcher de demander Josh. Tu n'as pas que de bons souvenirs là-bas non plus…

Après tout, il fallait bien que la question soit posée !

— Un futur, rétorqua Deanna du tac au tac. Ou tout au moins la promesse d'un futur. Des opportunités, alors qu'ici, il n'y a rien pour moi. Si au moins j'éprouvais un peu de nostalgie…

— Au diable la nostalgie, Dee, nous parlons du présent. Et actuellement, ici et maintenant, il y a des gens qui t'aiment, qui sont prêts à t'aider !

Avant même d'avoir terminé sa phrase, Josh avait compris qu'il venait de commettre une énorme bourde, ce que le regard apitoyé de Deanna lui confirma aussitôt.

— Des gens ? Tu veux parler de toi ? Toi qui m'as expliqué que jamais tu ne t'engagerais auprès d'une femme sans avoir un but commun avec elle dans la vie ?

— Je veux parler de notre amitié, Dee. Qu'y a-t-il de si abominable à avoir un ami prêt à te soutenir ?

Leurs regards se rencontrèrent longuement.

— Josh, le baiser que nous avons échangé n'avait rien d'amical. En outre, je ne suis pas la personne dont Austin et toi avez besoin.

— Tu dis n'importe quoi !

— Ce qui apporte de l'eau à mon moulin : j'ai trop de choses à mettre au clair dans ma tête pour me lancer dans une relation avec qui que ce soit.

Elle abaissa son regard sur Katie.

— Ma désastreuse expérience avec le père de ma fille a été un signal d'alarme, exactement comme la tienne avec la mère d'Austin. Je sais que j'ai encore beaucoup de progrès à faire, mais au moins je suis un peu plus lucide. Et pour le bien de Katie, pour le tien et celui d'Austin, je refuse de me lancer dans une aventure pour laquelle je sais que les chances ne sont pas en notre faveur.

À nouveau, leurs regards se croisèrent.

— Je ne peux pas revenir ici, Josh. Parce que je ne peux pas redevenir la personne que j'étais autrefois.

— Et qui était cette personne ? demanda Josh, la gorge nouée.

— Une petite fille qui attendait celui qui la compléterait, qui lui apporterait tout ce qui lui manquait.

En voyant les yeux de Deanna se remplir de larmes à cette évocation, Josh sentit ses paupières brûler.

— Tu comprends, reprit Deanna, ce serait trop facile de te permettre de tenir ce rôle.

Josh retint le soupir qui l'étouffait. Deanna ne lui accordait aucune place dans sa vie, c'était clair. Dans le fond, il devrait sans doute lui être reconnaissant de lui offrir ainsi une issue.

— Bon, conclut-il. J'espère que Mallory tiendra parole.

— Autrement dit, tu es d'accord avec sa proposition ?

— Disons que c'est le mieux que nous puissions tirer d'une situation compliquée.

Sur ce, il attrapa sa pelisse et sortit. Austin jouait toujours avec Thor, qui aboyait de plaisir. Il laissa son regard balayer les prairies dont jamais il n'aurait pensé devenir propriétaire un jour. Tout cela, qu'il avait été à deux doigts de perdre définitivement, allait lui appartenir pour toujours — tout au moins, la moitié, ce qui était déjà bien plus qu'il n'aurait jamais imaginé et encore moins osé espérer.

Alors… Pourquoi donc ne s'était-il jamais senti aussi pauvre et démuni de sa vie ?

Lorsque Josh rentra de la grange, Deanna suggéra qu'elle-même et Katie aillent s'installer dans l'un des chalets voisins de la maison, mais Josh lui fit remarquer que non seulement déménager toutes les affaires du bébé serait bien compliqué, mais surtout que si jamais elle avait besoin de lui pendant la nuit, il ne voudrait pas laisser Austin tout seul dans la grande demeure.

— De toute manière, ajouta-t-il en chargeant le lave-vaisselle après un repas qui avait été un modèle de malaise et de gêne, c'est juste une question de quelques jours. Nous sommes assez grands tous les deux pour nous comporter comme des adultes raisonnables.

Autrement dit, en conclut Deanna, le Noël qui arrivait promettait d'être follement gai…

Heureusement, l'enthousiasme contagieux d'Austin finit par émousser les craintes qui la torturaient. Elle ne regrettait pas sa décision de partir, mais ignorait comment ne pas faire de peine à Josh et à Austin. Ce dernier en particulier ne se résignait pas à l'inévitable.

— Moi, je veux que tu restes ici ! ne cessait-il de répéter.

Tant et si bien que Deanna pensait que son cœur allait

se fendre de chagrin à force d'entendre cette ritournelle. D'ailleurs, ce qu'elle lisait dans le regard de Josh lorsque, par inadvertance, elle le laissait croiser le sien suffisait déjà largement à obtenir ce résultat.

Hormis l'épisode du baiser, qu'elle ne souhaitait confier à personne, elle put partager toutes ces angoisses avec Val la veille de Noël, alors qu'elles promenaient leurs filles le long de Main Street. C'est à peine si elles jetaient un regard distrait sur les vitrines qu'elles avaient déjà vues des dizaines de fois — leur but n'était pas de faire de nouvelles courses, mais de bavarder tranquillement toutes les deux. C'est ce que Val avait proposé le matin en appelant Deanna.

Josh avait sans aucun doute mis son jumeau au courant de sa situation et ce dernier en avait parlé à Val. C'est de cette manière que fonctionnait la famille Talbot, Deanna le savait depuis toujours.

— Je crois que je peux t'écouter de façon impartiale, proposa Val. Et je te promets de ne te donner aucun conseil. D'après ce que j'ai compris, tu penses que partir est pour toi la meilleure solution. Parfait, pas question de chercher à t'en dissuader. Simplement, je remarque que cette perspective n'a pas l'air de te rendre heureuse, voilà tout.

Val se pencha sur la poussette pour remettre ses moufles à Risa pour la troisième fois en cinq minutes.

— Je suis passée par là où tu en es en ce moment. Je comprends que tu veux orienter ta vie à ton idée, et cela, personne ne peut le faire à ta place, mais cela ne rendra pas plus facile la période d'incertitude qui s'annonce dans ton futur proche.

Elle s'interrompit un instant.

— J'ignore si mon expérience peut t'être utile, mais pour Levi et moi… Le fait de savoir ce que je voulais ne m'empêchait pas d'en avoir une peur panique. En fait, l'angoisse me paralysait.

— Qu'est-ce qui te fait croire que…

— Allons, Dee ! s'exclama Val en tournant son regard clair plein de pitié et de compréhension vers Deanna.

— Ça se voit donc tant que ça ? demanda cette dernière tandis que Val éclatait de rire.

— Écoute, je t'ai dit que je ne te donnerais pas de conseil et je vais tenir ma promesse, mais je peux te faire part de mon expérience : dans mon cas, j'ai fini par me demander si je serais plus heureuse avec Levi ou sans lui, si ce que je cherchais tant à protéger méritait que je renonce à ce dont je pensais devoir me protéger, c'est-à-dire Levi.

Elles continuaient à avancer en poussant les landaus de leur fille. À un moment donné, elles passèrent devant un magasin sur la porte duquel était accroché un panneau : « À vendre ». Risa s'était calmée depuis un moment et conservait sagement ses moufles. Quant à Katie, elle dormait à poings fermés, ses petites joues rondes rosies par le froid.

Elles marquèrent une pause devant la vitrine abandonnée pour admirer les décorations de Noël qui métamorphosaient la rue.

— Je pense, poursuivit Val, que le bonheur ne dépend pas de l'endroit où l'on se trouve, mais de qui l'on est soi-même et de la personne avec qui on vit. Du moins, c'est la conclusion à laquelle je suis parvenue.

Elle se tut un instant, comme pour laisser le temps à Deanna de s'imprégner de ce qu'elle venait de dire. Celle-ci se pencha sur Katie, un peu pour remettre d'aplomb le bonnet qui était tombé sur les yeux du bébé, beaucoup pour s'accorder un répit avant d'écouter la suite de la confession de Val.

— Tu vois, reprit en effet cette dernière, j'ai tout ce qu'il me faut dans cette petite ville. Et pourtant, Dieu sait que ce n'est pas ce que je pensais quand j'étais ado ! Il me semblait alors impossible d'être heureuse dans ce coin perdu. Aujourd'hui au contraire, je ne peux pas imaginer être mieux ailleurs. Les gens changent et le bonheur est plus souvent qu'on ne croit une question de choix. Voilà, c'est tout ce que je voulais te dire.

Elle tourna la tête vers la porte du magasin, à la peinture écaillée.

— Je me rappelle très bien que je venais dans cette boutique quand j'étais jeune.

— Oui, moi aussi. Elle était spécialisée dans les souvenirs kitch qu'adorent les visiteurs.

— Justement, elle était bien sympa. Les propriétaires sont partis vivre leur retraite à Tucson et les enfants ne veulent pas reprendre le commerce.

Un couple de touristes qui sortait en riant du magasin voisin attira un instant leur attention, puis Val se remit à parler.

— Je pense qu'elle ne restera pas longtemps à la vente, car elle est bien située. Tu ne crois pas que ce serait un endroit parfait pour ouvrir une galerie ?

Le regard de la jeune femme se posa sur Deanna, un sourire engageant éclairant son visage.

— Dépêche-toi de réfléchir avant que quelqu'un ne s'y intéresse de trop près !

À ce moment-là, le téléphone de Val se mit à sonner.

— Oh ! je n'ai pas vu le temps passer ! Je dois aller récupérer Josie à l'école et préparer mes desserts pour demain.

— File vite et cuisine bien ! lui souhaita Deanna. On se retrouve demain.

Une fois Val partie, Deanna demeura devant le magasin vide, jetant un coup d'œil à l'intérieur et tentant d'en évaluer l'espace.

La sonnerie de son téléphone la fit sursauter. C'était Gus.

— Comment vas-tu, ma petite Deanna ?

— Très bien ! Et toi, Gus ? Comme se passe ta nouvelle vie ?

— À merveille. J'ai l'impression d'être enfin arrivé chez moi.

— Tu veux dire que tu n'étais pas chez toi à La Vista ? demanda Deanna sur un ton de reproche.

— Si, bien sûr. Mais depuis la mort de ton père, ce n'était plus pareil. Je suis très heureux ici et je n'en partirais pour rien au monde.

— Je suis ravie de cette bonne nouvelle, Gus.

— Il paraît que tu vas vendre ta part de La Vista à Mallory ?

— Oui.

— C'est un arrangement qui me paraît avantageux pour tout le monde. Quand retournes-tu à Washington ?

— Eh bien… Juste après le nouvel an.

— Si vite ? Pense à me donner de tes nouvelles quand tu seras de retour là-bas !

— Gus… Tu te rappelles combien ma mère détestait La Vista ? demanda Deanna tout à trac. C'est ce qui l'a tuée finalement, n'est-ce pas ? Je me souviens comme elle s'y sentait prisonnière. Pour moi, c'est la même chose.

— Tu te trompes complètement ! se récria aussitôt Gus. Ton père ne t'a jamais parlé de la maladie de ta mère ?

— Non.

— Je ne veux pas parler de la tumeur avec laquelle elle a vécu de longues années, mais de la dépression qui la minait depuis son adolescence et qui s'est aggravée après ta naissance. Elle avait parfois de bonnes journées, mais…

Deanna porta la main à son cœur. Tout à coup, des images, des incidents qui étaient restés flous dans son souvenir lui revinrent brusquement en mémoire. Maintenant, tout cela prenait du sens. Elle se rappelait que sa mère passait des jours entiers au lit, refusant de se lever, que souvent son rire sonnait faux…

— Après sa mort, ton père n'était plus lui-même, continua

Gus. Il avait le sentiment d'avoir tout raté dans sa vie, et pourtant il n'était pour rien dans son malheur. Ta tante est arrivée sur ces entrefaites et elle l'a persuadé que…

— … Que je serais mieux chez elle, à Washington.

— Ou en tout cas, mieux qu'à Whispering Pines. Ton père ne savait plus à quoi se raccrocher. Les Talbot ont essayé de lui dire que c'était l'adolescence ajoutée au chagrin d'avoir perdu ta mère qui provoquait tes sautes d'humeur, mais il a fini par se laisser convaincre par Margaret.

— Tu veux dire que… qu'il ne m'a pas fait partir à cause de Josh ?

— Oh ! je pense que cela a compté aussi. Il craignait que vous ne tombiez amoureux l'un de l'autre et que l'histoire se répète.

— C'est-à-dire que je finisse comme ma mère, à me mourir de langueur loin de tout ?

— Détrompe-toi, Deanna, Katherine adorait La Vista, tout comme elle vous adorait, Granville et toi. Je n'ai jamais vu femme aussi tendre avec son enfant que ce qu'elle était avec toi.

Deanna sentait son cœur se briser en mille morceaux.

— Oui, de cela, je me souviens très bien.

— Ton père t'aimait, Deanna, même s'il avait une drôle de façon de le montrer.

— En me chassant de La Vista, c'est ça ?

— En faisant ce qu'il estimait le mieux pour te protéger

Un souffle de vent glacé passa dans la rue, faisant frissonner Deanna qui s'inquiéta de ce soudain rafraîchissement pour Katie.

— Gus, je te remercie de tout ce que tu viens de me dire.

— Attends, je n'ai pas terminé ! Il faut que tu saches aussi que quand tu étais petite, tu adorais t'amuser dehors, monter à cheval, skier. Tu étais une véritable fille des bois. Tu nous as même joué des tours qui nous ont fait froid dans le dos. Si la solitude t'avait pesé, je l'aurais su, car tu ne cachais rien de ce que tu pensais. Je me suis souvent dit qu'avec un caractère pareil, rien ne te résisterait plus tard.

Arrivée à ce point du discours de Gus, Deanna pouvait à peine respirer. Trop de mots, de désirs, de projets, s'entremêlaient dans sa tête.

— Gus, je t'aime et je te souhaite un joyeux Noël.

— Moi aussi, je t'aime, Dee. Envoie-moi des photos de ta fille !

— Promis ! conclut Deanna en raccrochant.

Une fois de plus, elle se retrouva le nez face à la porte du magasin délaissé.

Non, voyons !

Non.

Sa vie n'était plus ici, à Whispering Pines. Les mots de Gus n'y changeaient rien.

Si je revenais sur terre ? se demanda-t-elle au bout d'un moment en se détournant de la vitrine.

Mais le froid ne pouvait être tenu pour responsable du glaçon qui s'était formé dans son cœur.

- 12 -

— Regarde comme elle est en forme ! déclara Zach en flattant l'encolure de la jument. J'aimerais pouvoir en dire autant de toi.

— Moi ? Mais je vais très bien !

— À d'autres, frangin. Depuis le retour de Deanna, tu n'es plus toi-même, et cela ne fait qu'empirer au fur et à mesure que la date de son départ approche.

Josh serra les poings.

— Tout rentrera dans la normale dès qu'elle sera partie.

— Je n'en crois pas un traître mot. Je me souviens que lorsque Mallory avait décidé de retourner à Los Angeles, il me semblait que je ne pouvais rien faire pour l'en empêcher. Sauf qu'en fait, c'était complètement idiot de ma part.

— Ton histoire n'a rien à voir avec la mienne.

— Je n'en suis pas si sûr.

— La vie de Deanna n'est pas ici.

— Alors tu acceptes la proposition de Mallory ?

— Oui.

Zach recula d'un pas pour mieux considérer son frère.

— Waouh, quel enthousiasme délirant ! À peu près le même que si on allait te pendre.

— Comprends que je renoncerais à La Vista sans hésiter si je savais que…

— Tu veux dire que Deanna déteste La Vista tant que ça ? Allons, c'est sûr qu'elle y a connu des moments difficiles, mais il y en avait aussi plein de très agréables, seulement elle a peur de les évoquer.

— Et pour quelle raison ?

— Ma parole ! Tu es vraiment stupide ? Tu n'as pas compris que ce n'est pas La Vista qui l'effraie ? C'est toi, mon vieux. Le ranch n'est qu'une excuse.

— Mon vieux Zach, c'est toi tout seul, sous ton chapeau de cow-boy, qui as combiné tout ce cinéma ?

— Non, désolé, c'est Mallory, assistée de Val. Et selon leur scénario entièrement basé sur leur intuition féminine jamais prise en défaut jusqu'à ce jour, Deanna n'est pas du tout enchantée de retourner à Washington, même si elle refuse de l'admettre. Le problème, c'est que tu ne lui as guère donné de raisons de rester ici.

Malheureux et fort mal à l'aise, Josh fourra les mains dans ses poches.

— C'est... très compliqué.

— Dans ce cas, procédons par étapes. Est-ce qu'elle sait que tu l'aimes ?

— Tu crois qu'il suffit d'aimer une femme pour lui donner envie de rester si elle ne le souhaite pas ?

— Deanna n'est pas Jordan, imbécile !

— Exactement. Voilà pourquoi je préférerais éviter de faire les mêmes bêtises avec elle. À quoi bon lui dire que je l'aime si elle ne veut pas l'entendre ? Elle a assez galéré ces derniers mois pour que je ne rajoute pas de pression de mon côté.

Zach considéra longuement son frère.

— Ce qui signifie que tu vas la laisser partir comme ça ?

— Oui. Parce qu'elle m'a dit et redit qu'elle veut se débrouiller toute seule, que ce qu'elle cherche, c'est quelqu'un qui la complète...

— Excuse-moi, mais tu es le roi des idiots ! Tu n'as pas compris qu'elle crève de peur d'être abandonnée encore une fois ? Elle s'est sentie abandonnée par son père et elle l'a réellement été par le… géniteur de Katie. Le baratin qu'elle te sert, c'est un mécanisme de défense vieux comme le monde.

— Et tu crois que c'est en lui expliquant ça que je vais la convaincre de rester ? Je suis sans doute bête, mais pas à ce point !

— Ce qui est sûr, c'est que si tu ne lui dis rien, elle s'en ira. Il suffit d'observer les animaux pour comprendre que ceux qui ont le plus souffert sont ceux qui ont le plus besoin d'amour. Eh bien, figure-toi que c'est pareil pour les gens. Bien sûr, tu peux échouer ; elle risque de partir de toute façon, mais si tu ne fais rien, c'est sûr qu'elle fera sa valise.

Zach envoya une grande tape sur l'épaule de son frère.

— Si tu veux qu'elle fasse elle-même son choix, débrouille-toi pour lui donner tous les éléments de la situation. Et dis-toi que c'est une chance de pouvoir dire à une femme qu'on l'aime suffisamment pour accepter de courir le risque d'être rejeté.

Sur ces mots, Zach sauta dans son pick-up, démarra et s'éloigna dans l'allée poussiéreuse. Josh regarda un moment son véhicule rebondir sur les bosses du chemin, puis il siffla son chien et se dirigea vers la maison, bien décidé à ignorer la sueur glacée qui lui coulait dans le dos.

Après avoir couché dans son berceau une Katie épuisée par sa promenade au grand air, Deanna était allée s'installer dans le salon. Assise par terre, elle caressait le poil soyeux de Smoky tout en regardant le sapin illuminé, se laissant fasciner comme lorsqu'elle était petite par les lumières qui clignotaient de toutes leurs jolies couleurs. Elle se rappelait que sa mère faisait la même chose autrefois, car elle adorait la période de Noël, tout comme elle adorait sa fille.

Une fois encore, les larmes montèrent aux yeux de

Deanna. Pour la première fois, elle reconnaissait avoir elle aussi aimé cette maison, ce ranch, autant que ce que Gus le lui avait rappelé. Elle était si profondément plongée dans ses souvenirs qu'elle n'entendit pas Josh pénétrer dans la pièce.

Il délogea Smoky pour s'installer à sa place, attira la tête de Deanna contre sa poitrine et posa les lèvres dans ses cheveux. C'était trop de douceur tout à coup, trop de tendresse, et Deanna laissa libre cours à ses sanglots. Elle pleurait à cause de tout ce qu'elle avait eu peur de retrouver de crainte qu'on le lui prenne à nouveau.

Désormais, elle ne voulait plus faire semblant, elle ne voulait plus avoir peur.

C'est pourquoi elle attrapa la chemise de Josh et colla sa bouche contre la sienne.

Au bout d'un baiser étourdissant de sensualité, Josh écarta doucement Deanna de lui et saisit son visage dans ses mains.

— Je ne comprends pas…, murmura-t-il.

— Moi non plus, mais on s'en fiche !

Josh embrassa Deanna sur le front.

— Viens, proposa-t-il en l'entraînant vers le canapé.

Elle le suivit sans opposer de résistance et s'y écroula à côté de lui.

Smoky, fort mécontent d'avoir été dérangé, se hâta de sauter sur ses genoux, défiant Josh du regard.

— Désolée, Josh… Tu dois penser que je suis complètement folle.

— Ne crois pas que je voulais te repousser, Dee. Ce que je repoussais, c'était la tentation d'aller trop loin trop vite. La dernière fois que cela m'est arrivé, je me suis retrouvé papa… J'adore mon fils, mais la prochaine fois, si jamais il y en a une, je veux avoir mon mot à dire sur le sujet ! Et comme je n'ai pas de préservatif sur moi et que j'imagine que tu n'as pas de protection, nous allons en rester là… Pour aujourd'hui.

En sentant Deanna complètement abandonnée dans ses bras, il trouva le courage de poursuivre.

— Je veux être bien clair avec toi, Dee. Si tu comptes sur moi pour panser les blessures que la vie t'a faites, je ne suis pas partant, autant te le dire tout de suite.

Deanna se redressa si vite que le chat sauta de ses genoux et se réfugia dans un coin de la pièce, furieux de ce nouveau déménagement.

— Jamais je ne te demanderais pareille chose ! se récria Deanna. Surtout pas à toi.

— Même maintenant, à quelques jours de ton départ ?

Elle le dévisagea.

— On dirait que tu n'es pas content…

— Oh que non ! Je suis même très en colère. Je n'ai plus envie de te cacher ce que j'éprouve pour toi. J'en ai assez de marcher sur des œufs alors que je brûle de t'ouvrir mon cœur. Cette fois, j'y vais franco, parce que qu'est-ce qui peut m'arriver de mal si je te dis que je voudrais que tu restes ? Que j'ai envie de t'épouser ? De devenir le père de Katie et que tu deviennes la maman d'Austin ? Tu peux partir, bien sûr, mais au moins, tu sauras.

Il s'interrompit un moment, la gorge sèche.

— J'en ai assez de faire semblant, de faire comme si j'étais d'accord pour que tu partes. Je veux que tu saches que je t'aime assez pour accepter que tu retournes à Washington. Mais si jamais, si…

Deanna écoutait, son regard plongé dans celui de Josh que rien ne semblait plus pouvoir arrêter.

— Ce que j'ai à t'offrir n'a rien à voir avec ton monde d'artistes. Je ne serai jamais qu'un cow-boy, mais je serai tout à toi, jusqu'à mon dernier souffle. Et si vraiment tu détestes La Vista, nous irons vivre ailleurs ! Je ne veux pas te perdre, c'est tout.

En entendant Katie pleurer, Deanna se leva pour aller la voir, suivie par Josh. Une fois qu'elle fut changée, Josh reprit sa plaidoirie.

— Je ne peux pas te demander de sacrifier le métier de rêve qu'on te propose pour…

— Non, en effet, coupa Deanna. Et d'ailleurs, je ne te laisserai pas faire.

Sur ces mots, elle garda Katie dans ses bras et retourna dans le salon. Là, elle se cala dans l'angle du canapé pour lui donner le sein. Sans même réfléchir, Josh alla lui chercher un verre d'eau à la cuisine.

— Merci, Josh. Et maintenant, à moi de parler. Je n'ai jamais détesté cette maison, ni le ranch, ni Whispering Pines… Pas plus que ma mère ne les détestait elle-même, comme Gus me l'a appris. Ce que je n'ai pas supporté, par contre, ce sont les mensonges dont on m'a entourée sous prétexte de me protéger ; les gens qui ont décidé à ma place au lieu de me demander ce qui me plairait, ce dont j'avais besoin. C'est cela qui m'a rendue naïve.

Elle eut un petit rire amer.

— Toutes ces précautions ont au contraire fait de moi une personne extrêmement vulnérable. J'en ai assez de tous ces secrets, de toutes ces cachotteries ; je veux reprendre ce dont on m'a privée, en particulier, toi, Josh.

Le cœur de Josh battait la chamade dans sa poitrine.

— Même si cela signifie que ton père a gagné ?

— J'accepte de lui concéder cette victoire, dit Deanna.

Josh se pencha sur elle, sentit les lèvres si douces s'entrouvrir sous les siennes. Un peu plus tard, quand il releva son visage, il osa poser la dernière question qui le taraudait.

— Et ce poste qu'on te proposait ?

Elle eut un petit sourire.

— Il sera parfait… pour quelqu'un d'autre que moi.

— Tu en es bien sûre ?

— Oui. Tu as vu ce vieux magasin qui est à vendre sur Main Street ? continua-t-elle à voix basse. Il serait idéal pour une galerie. Bien sûr, je n'ai pas le moindre sou pour l'acheter, mais…

— Pas de problème. Nous pouvons faire un emprunt en donnant La Vista comme garantie.

— Nous ?

— Oui, je prends le risque avec toi, mais, étant donné que tout ce que je sais sur l'art tiendrait sans peine sur un ticket de métro, je resterai dans mon domaine, les chevaux et les rodéos.

— J'imagine que cela signifie que je dois t'épouser ?

— Seulement si tu le souhaites, Dee !

— Oui, je le souhaite de tout mon cœur, parce que depuis toujours je t'aime, et j'ai confiance en toi.

— C'est pareil pour moi.

— Joyeux Noël, mon amour.

— Joyeux Noël, ma fiancée !

— Tout le monde est prêt ? demanda Deanna.

Les deux petits étaient installés à l'arrière pour le trajet jusqu'à la maison des parents Talbot où ils allaient passer la journée de Noël.

Deanna avait raconté à Josh la conversation qu'elle avait eue avec Gus et lui aussi désormais comprenait combien elle avait souffert de tant de maladresses accumulées, dont on lui avait dit qu'elles étaient pour son bien.

Dès leur arrivée, Austin se précipita dans la cuisine qui sentait bon la dinde en train de rôtir en hurlant :

— Dee va rester ici ! Et elle va être ma maman pour de vrai !

Aussitôt, tous les regards se tournèrent vers Deanna et Josh, qui lui prit la main.

Quelques minutes plus tard, étourdis tous les deux par tant d'embrassades et de félicitations, ils se retirèrent un moment dans une des chambres pour souffler un peu.

— Merci de m'aimer, chuchota Deanna.

Josh plongea son regard dans celui de Deanna et y lut tant d'amour qu'il crut que son cœur allait éclater de bonheur.

Épilogue

Plusieurs semaines plus tard

Deanna paressait voluptueusement dans le grand lit qu'elle partageait désormais avec l'homme qu'elle aimait et dans les bras duquel elle venait de s'éveiller. Celui qui avait réussi à chasser tous les fantômes qui avaient hanté cette demeure trop longtemps, ou tout au moins, qui l'avait aidée à le faire.

La matinée d'hiver était paisible, silencieuse, veloutée. Enfin, Deanna se sentait aimée, en sécurité, chez elle, en un lieu qui avait toujours été « chez elle », même quand elle ne le savait plus. C'est là que sa fille grandirait, entourée d'amour et de rires.

Merci, papa, pensa-t-elle. Car si Granville Blake avait commis des erreurs, certes avec les meilleures intentions du monde, à la fin, il avait vu juste.

Katie faisait désormais ses nuits et dormait dans l'ancienne chambre de Deanna. Pour l'instant, ni Josh ni elle n'étaient pressés d'agrandir leur famille, mais l'an prochain, qui sait ?

Elle se lova contre Josh, se gorgeant de son parfum viril, de sa force, de son soutien. Les semaines précédentes avaient été assez difficiles ; elle était partie à Washington pour rendre son appartement et expédier à La Vista les vêtements et les objets qu'elle voulait conserver. La soirée passée chez son oncle et sa tante pour leur présenter Katie avait été un véritable supplice tant elle avait senti la désapprobation de tante Margaret devant son choix de vie, qui semblait penser que son plan de sauvetage avait totalement échoué ; comme sa sœur autrefois, Deanna choisissait de retourner vivre au milieu de nulle part. Deanna se jura qu'elle ne les reverrait pas, n'ayant aucune raison de s'imposer pareille obligation — même si elle comptait bien continuer à fréquenter Emily avec joie.

Quant à Mallory, elle n'avait pas paru affectée d'apprendre que Deanna ne souhaitait plus lui vendre sa part de la propriété, d'autant moins que Josh avait proposé de lui louer une grande prairie où elle pourrait pratiquer l'équithérapie sans que cela gêne l'élevage ni le dressage du ranch. Cet argent serait investi dans la galerie que Deanna comptait ouvrir au printemps.

Josh remua, bâilla, s'étira, chatouilla le cou de sa femme avant d'aller caresser l'anneau d'or qui brillait à son doigt depuis quelques semaines.

Il se redressa sur un coude.

— Bonjour, mon amour, dit-il en l'embrassant sur le front. On a combien de temps devant nous avant que les petits se réveillent ?

— Largement assez…, répondit Deanna en souriant.

Aussitôt, Josh entreprit d'attiser un feu qui n'avait pas besoin de beaucoup pour flamber de toutes ses forces.

— Je t'aime…, murmura-t-elle.

Josh la bâillonna d'un baiser.

Que j'ai de la chance…, se dit Deanna.

Et, l'instant d'après, elle plongea dans la volupté.

JANICE MAYNARD

Un délicieux supplice

Traduction française de
FLORENCE MOREAU

PASSIONS

HARLEQUIN

Titre original :
BENEATH THE STETSON

Ce roman a déjà été publié en 2014.

- 1 -

Gil Addison n'appréciait guère les agents fédéraux, même lorsqu'ils se présentaient sous les traits de belles créatures. La raison en était peut-être la trace de sang indien qui coulait dans ses veines et maintenait vivante en lui une mémoire atavique, celle de toutes les années de promesses gouvernementales non tenues. Il était pourtant un homme blanc, vivant dans un monde d'hommes blancs, pas de doute là-dessus ! Rien en lui ne subsistait de son héritage amérindien, à l'exception de ses cheveux noirs, de ses yeux marron foncé et de son teint hâlé.

Pourtant, la méfiance persistait.

Posté près de la fenêtre, il observait la voiture noire qui remontait l'allée jusqu'à sa demeure. En réalité, sa visiteuse était une inspectrice de la police d'Etat, mais elle avait suivi une formation d'agent fédéral, et cela suffisait à le chiffonner.

— Qui c'est, papa ?

Cade, son fils de quatre ans, toujours en quête d'explications, s'accrocha à sa jambe. Gil baissa les yeux vers lui et, en dépit de sa contrariété, esquissa un sourire.

— Une dame qui veut me parler. Ne t'inquiète pas. Je n'en ai pas pour longtemps.

Il avait en effet promis à son fils une promenade à cheval, d'où ses propos rassurants au sujet de cette visite dont il ne l'avait pas informé.

— Elle est belle ?

Gil fronça les sourcils.

— En quoi est-ce important ?

L'enfant, qui possédait de grands yeux bien trop observateurs parfois au goût de son père, fit la grimace.

— Eh bien, si elle est jolie, tu pourrais l'inviter au restaurant, tomber amoureux, te marier et…

— Encore cette histoire ! s'exclama Gil d'un air moqueur.

Puis il s'agenouilla pour être à la hauteur de son fils et le regarda droit dans les yeux.

— Je t'ai, toi, et je n'ai besoin de personne d'autre.

Elever un enfant seul requérait une énergie folle. Et, en même temps, on se sentait parfois si seul… Il se demandait constamment s'il n'était pas en train de commettre des erreurs irréparables. Il serra son fils contre lui.

— Je crois que je te laisse trop regarder la télévision, dit-il en se relevant.

Cade se cramponna plus fort à sa jambe, au moment où la voiture s'arrêtait en douceur en haut de l'allée. La portière s'ouvrit et la conductrice descendit du véhicule.

— Elle est très belle ! s'exclama Cade en bondissant sur place, avec ce tonus inépuisable qui le caractérisait.

A son corps défendant, Gil approuva intérieurement. Britt Collins, en dépit de son banal uniforme noir, produisait incontestablement une vive impression sur les hommes. Grande et élancée, elle avançait vers le perron d'un pas confiant. Sa chevelure ondulée lui arrivait à mi-épaule, et le soleil faisait miroiter des éclats roux sur leur masse brune. Ses cils épais étaient presque aussi noirs que ceux de Gil.

Evidemment, elle était encore trop loin pour qu'il puisse les distinguer, mais il avait bonne mémoire. De fait, ce n'était pas la première fois qu'il rencontrait Britt Collins…

Ils avaient fait connaissance au commissariat de Royal : elle se tenait alors derrière son bureau et lui était assis en face d'elle. Il avait éprouvé immédiatement pour elle une attirance trouble.

Mais, aujourd'hui, Britt se trouvait sur son territoire, et ce serait lui qui mènerait la barque. Elle se trompait si elle le croyait impressionné par son titre. Refusant de reconnaître que son pouls battait plus vite que la normale, il ouvrit la porte d'entrée tandis qu'elle gravissait l'escalier.

Britt buta contre la dernière marche, et faillit s'étaler de tout son long. Par chance, elle se ressaisit juste avant que la porte d'entrée ne s'ouvre : un homme qu'elle ne reconnaissait que trop bien se matérialisa alors sur le seuil.

Gil Addison…

Elle sentit son cœur bondir dans sa poitrine, avant de découvrir, décontenancée, une autre présence masculine. L'homme pour qui elle ressentait une attirance aussi viscérale que fâcheuse n'était pas seul. Il tenait la main d'un petit garçon qui, si elle en croyait son dossier, devait être son fils. D'ailleurs, même sans preuve écrite, elle aurait pu deviner le lien de parenté qui les unissait : le plus petit était pratiquement une copie conforme du plus grand.

L'enfant lâcha la main de son père et s'avança vers elle avec un sourire radieux… et contagieux, sans doute en raison de ses dents écartées.

— Bienvenue à Straight Arrow, déclara-t-il en lui tendant la main avec une maturité émouvante. Je m'appelle Cade.

Elle se pencha pour saisir la main de l'enfant, une petite paume bien chaude, constata-t-elle, quand elle la serra dans la sienne.

— Bonjour, Cade. Moi, c'est Britt, répondit-elle.

— Mademoiselle Collins, corrigea Gil en fronçant les sourcils. J'essaie de lui apprendre les bonnes manières.

— Il ne serait pas impoli de sa part de m'appeler par mon prénom, puisque c'est moi qui le lui propose, rétorqua Britt.

Puis elle se releva pour se retrouver quasiment à la hauteur des yeux de celui qui lui avait valu des nuits agitées, depuis leur rencontre au commissariat.

Le regard de Cade allait d'un adulte à l'autre. De toute évidence, il avait perçu l'antagonisme à peine voilé qui existait entre les deux ; il parut d'abord étonné, puis peiné. Son petit menton se mit à trembler.

— J'aurais voulu que tu plaises à mon père, mademoiselle Britt, murmura-t-il en la fixant de ses grands yeux qu'il avait dû hériter de sa mère.

Elle sentit son cœur fondre.

— Ton père et moi nous nous aimons bien, lui assura-t-elle, mettant Gil au défi de la contredire. Parfois, les adultes ont des avis différents, mais cela ne signifie pas qu'ils sont en colère l'un contre l'autre.

A trente-trois ans, elle se rappelait encore les terribles disputes de ses parents, quand elle était toute jeune. Elle connaissait l'impuissance douloureuse qu'éprouvaient parfois les enfants face au cours des événements. Et c'était précisément parce qu'elle comprenait le désarroi de Cade qu'elle parvint à adresser un sourire presque sincère à Gil.

— Merci de me recevoir aujourd'hui, lui dit-elle. Puis-je entrer ? Je vous promets de ne pas vous ennuyer trop longtemps.

A contrecœur, il s'effaça pour la laisser passer. Puis, sans doute pour se donner une contenance, il ébouriffa les cheveux de son fils, ses yeux reflétant alors un amour sincère pour l'enfant.

— Et si nous nous installions dans la cuisine, mademoiselle Collins ? proposa-t-il. Nous nous apprêtions à goûter.

— Vous pouvez m'appeler Britt, marmonna-t-elle.

Elle les suivit dans la cuisine. C'était une pièce d'époque, mais qui avait été savamment rénovée. D'après ses informations, Gil avait repris la propriété de ses parents quand ils avaient cessé leurs activités pour profiter de leur retraite à Austin, ayant eux-mêmes hérité de Straight Arrow à la mort des grands-parents de Gil. Le ranch représentait une immense exploitation.

Quatre ans plus tôt, après que sa femme se fut suicidée, Gil avait embauché une armée de journaliers et de domestiques, afin de pouvoir s'occuper à plein temps de son fils.

Pour avoir enquêté sur Gil, Britt connaissait donc sa vie privée, du moins en partie, et elle devait admettre qu'elle était admirative de son dévouement. Mais elle n'en oubliait pas pour autant les réponses évasives qu'il lui avait fournies lors de leur entretien précédent. Même si elle possédait un dossier détaillé et fourni sur lui, cet homme demeurait un mystère.

Cade tira une chaise pour Britt et lui fit signe de s'asseoir à la table. Il était décidément irrésistible ! Gil ne plaisantait pas quand il affirmait lui enseigner les bonnes manières. A observer le fils et le père dans leur intimité, elle se sentit obligée de revoir son opinion sur Gil. Un homme qui était si aimant et attentif envers son fils ne pouvait pas être foncièrement mauvais.

Elle n'avait pas eu la chance, enfant, de faire l'objet d'une telle prévenance de la part de son père. Elle avait dû obéir à ses ordres arbitraires, sans se plaindre ni discuter. Et, aujourd'hui encore, elle avait beau chercher de bonnes raisons à cette sévérité, elle n'en trouvait pas : son père était ni plus ni moins un tyran, et c'était sans doute pour ce motif que sa mère avait quitté le foyer, y laissant sa petite fille.

Elle prit place, presque intimidée, et posa son téléphone portable près d'elle. Tandis que Gil sortait des verres et découpait des quartiers de pommes à déguster avec le beurre de cacahuète dont le pot trônait déjà sur la table, Cade en profita pour questionner Britt.

— Est-ce que tu as de bons jeux, sur ton portable ?

Elle esquissa un petit sourire.

— Quelques-uns.

— Tu as Angry Birds ?

— Oui. Tu es bon à ce jeu ?

Cade lança un regard à son père et baissa la voix.

— Papa pense que je passe trop de temps sur les écrans. Il dit que ça va me… euh…

Et comme le terme approprié lui échappait, il fronça les sourcils et s'interrompit.

— Te détruire les neurones, compléta Gil en distribuant les verres.

Puis il posa l'assiette de pommes sur la table et s'assit en face de Britt. Il prit les mains de son fils dans les siennes et les retourna. Les petits doigts étaient tout sales.

— Va te laver les mains, Cade ! Sois tranquille, Mlle Collins et moi ne commencerons pas sans toi.

Une fois que l'enfant eut disparu, Britt adressa un sourire à Gil.

— Il est adorable, déclara-t-elle. Et incroyablement mature pour un enfant de quatre ans.

— Il en aura bientôt cinq. Il n'a pas vraiment eu l'occasion de rencontrer des enfants de son âge, avant que je l'inscrive à la garderie du Club, d'où ce comportement de petit adulte.

Il s'interrompit et poussa un soupir.

— Il va rentrer à l'école, cet automne, ajouta-t-il. Je vais moins le voir, et il va me manquer.

Britt inclina la tête.

— Finalement, je crois que je me suis méprise sur votre compte, Gil Addison. En réalité, vous avez du cœur.

— Ne confondez pas amour paternel et faiblesse, mademoiselle Collins. Et ne croyez pas pouvoir me manipuler pour que je vous aide à détruire mes amis.

Cette soudaine attaque la surprit, et elle constata que toute trace de douceur avait disparu de son visage.

— Décidément, vous n'avez aucune confiance en moi ! s'écria-t-elle d'une voix contrariée.

— Je me méfie des gens de votre espèce, répliqua-t-il d'un ton lapidaire. Alex Santiago a été kidnappé, certes, mais à présent il a été retrouvé. Tôt ou tard, la mémoire lui reviendra, et il sera en mesure de nous dire qui l'a enlevé. Ne pouvez-vous donc pas arrêter vos investigations et nous laisser démêler nos affaires nous-mêmes ?

Elle jeta un coup d'œil vers le vestibule, consciente que Cade pouvait resurgir à tout instant.

— Vous n'êtes quand même pas naïf à ce point ! riposta-t-elle. C'est précisément parce que Alex ne se souvient plus de rien qu'on peut de nouveau l'enlever. Nous n'avons pas le choix : il faut retrouver ses ravisseurs. Vous comprenez, n'est-ce pas ?

— Ce que je ne saisis pas, c'est pourquoi vous vous imaginez que je connais le responsable.

— Alex est très apprécié, à Royal. Il a donc forcément au moins un ennemi, c'est le revers de la popularité. Or, vous connaissez beaucoup de gens, ici, et parmi eux se trouve sans doute le coupable. Je compte le démasquer. C'est mon travail, Gil. Et je suis douée dans mon domaine. Je vous demande juste de coopérer.

A cet instant, Cade rentra en trombe dans la cuisine, le devant du T-shirt un peu mouillé, après ses ablutions.

— Je meurs de faim, annonça-t-il.

Son père acquiesça d'un petit signe de tête, et l'enfant se mit aussitôt à manger.

Gil tendit alors l'assiette à Britt, puis se servit et porta un quartier de pomme à sa bouche. Fascinée, elle vit ses dents bien blanches croquer dans la chair du fruit… Se ressaisissant, elle s'efforça de l'imiter, mais elle éprouvait des difficultés à avaler. Elle avait absolument besoin de son aide, de sa confiance, et en même temps elle le sentait si hostile… Elle réprima un soupir. L'apprivoiser exigerait sans doute un peu de temps.

Se mordant la lèvre, elle reposa son quartier de pomme et entreprit de siroter quelques gorgées de limonade. Et, tandis que le père et le fils échangeaient des propos banals, elle tenta de retrouver une contenance. En général, il en fallait beaucoup plus pour la déstabiliser…

Quand le portable de Gil sonna, il regarda le numéro et grimaça.

— Désolé, mademoiselle Collins, mais je dois prendre l'appel en privé. Je ne serai pas long.

Gil se leva et Cade déclara à son adresse :

— Ne t'en fais pas, papa. Je m'occupe de notre invitée.

Lorsque Gil revint, une demi-heure plus tard, il ressentit une légère culpabilité pour avoir laissé Britt si longtemps en tête à tête avec son fils. Toutes les femmes n'étaient pas forcément à l'aise avec les enfants, et Britt lui semblait plus intéressée par sa carrière que préoccupée par ses instincts maternels. Pourtant, quand il franchit le seuil de la cuisine, il s'immobilisa : Cade et Britt étaient toujours là où il les avait laissés, l'un à côté de l'autre, penchés sur le téléphone de Britt.

Les verres de limonade étaient vides, tout comme l'assiette.

Britt secoua la tête.

— N'oublie pas les angles, dit-elle. Ne tire pas juste parce que tu as les chocottes.

Cade leva alors les yeux vers Britt, et Gil sentit son cœur se fissurer en mille morceaux. Jamais il n'avait vu son fils aussi avide d'un regard féminin. En dépit de tous les efforts qu'il prodiguait pour être un père parfait, il était clair que rien ne pourrait remplacer l'amour d'une mère. Et s'il ne montrait pas la plus grande prudence, Cade s'attacherait à Britt, ce qui finirait par créer une situation délicate pour tous les trois.

Il s'éclaircit la voix.

— Cade, commença-t-il, si tu m'accordes une demi-heure pour discuter avec Mlle Collins d'une affaire qui ne concerne que les adultes, je te promets que nous irons aussitôt après faire une promenade à cheval.

Cade ne détourna pas les yeux de l'écran.

— Bien sûr, papa, laisse-moi juste finir cette partie et ..

D'autorité, Gil lui prit le portable des mains et le tendit à Britt.

— Tu as la permission d'utiliser mon ordinateur. Allez, fiche-moi le camp !

— D'accord, dit l'enfant.

Il adressa un sourire à Britt et se dirigea vers la porte. Puis il s'immobilisa et demanda :

— Est-ce que tu viendras me dire au revoir avant de partir ?

Britt lança un regard à Gil. Ce dernier hocha la tête.

— Je t'appellerai quand nous aurons terminé, lui dit-il.

Une fois Cade parti, un silence inconfortable s'installa entre eux. Le naturel expansif de son fils avait permis d'arrondir les angles et de masquer le déplaisir évident qu'il éprouvait à la recevoir chez lui.

Elle hésita, comme si elle cherchait à briser la glace. Il lui vint alors en aide.

— Puisque Cade est dans mon bureau, allons nous installer sur la terrasse arrière. Si cela vous convient, bien sûr, précisa-t-il avec raideur.

Il faisait particulièrement beau, ce jour-là, à Royal, mais le mois de janvier était capricieux : la semaine précédente, il y avait eu une tempête, et les températures étaient descendues à 13°. Aujourd'hui, le thermomètre affichait 27°, presque un record !

Elle hocha la tête.

— Bien sûr.

Une fois qu'ils furent sur la terrasse, Britt sourit. Straight

Arrow était une propriété impressionnante, pensa-t-elle, séduite malgré elle. Par ailleurs, le ranch était extrêmement bien soigné et plaisant. Il fallait de l'argent pour entretenir une telle superficie, mais ce n'était pas ce qui manquait à Gil Addison. Il était très fortuné, ce qui lui permettait de s'offrir le luxe de passer du temps avec son fils, ce que personne n'aurait songé à lui reprocher.

D'après ce qu'elle avait pu constater, Gil avait réussi à procurer une sécurité émotionnelle à Cade. Le petit garçon était brillant, sociable, équilibré. Grandir sans mère n'était pas aisé, mais Gil semblait être parvenu à combler le vide, autant que faire se pouvait.

Comme il demeurait debout, elle l'imita. Si elle s'était assise dans un des fauteuils en osier confortablement rembourré, il l'aurait alors dominée de toute sa taille. Et, au fond, elle soupçonnait que c'était peut-être ce qu'il attendait...

Allons, elle devait songer au travail ! Elle n'était pas venue ici pour se laisser impressionner par la personnalité de Gil et sa virilité. Elle exerçait une profession encore dominée par les hommes, et pour se protéger il lui fallait jouer les durs, même si elle avait parfois l'impression d'endosser un rôle qui ne lui correspondait pas.

Gil fut le premier à ouvrir le feu.

— Je pensais que vous étiez rentrée à Dallas.

Elle haussa les épaules.

— Juste pour une semaine. Le cas est loin d'être résolu, vous savez. Une fois les premiers interrogatoires terminés, mon chef m'a rappelée pour travailler sur une autre affaire. Mais comme elle a été vite résolue, il m'a demandé de revenir à Royal, car il y a encore de nombreuses recherches à effectuer.

— Ah bon ? Pourtant, la première fois, vous n'aviez pas fait des merveilles ! observa-t-il d'un ton ironique.

Elle s'efforça de garder son sang-froid.

— Les investigations prennent du temps… Bon, ne vous fatiguez pas, Gil, j'ai compris.

— Compris quoi ?

— Vous avez été offensé de figurer sur la liste des suspects. Je vous ai atteint dans votre honneur, et cela vous fait enrager. Je me trompe ?

Il serra les mâchoires.

— Selon moi, il serait plus utile que vous vous penchiez sur la motivation du criminel, plutôt que de harceler les membres honnêtes d'une communauté, riposta-t-il.

Elle serra les dents. Un homme à la fierté blessée pouvait devenir retors.

— J'ai reçu une bonne formation en psychologie, et vous savez parfaitement que je ne vous ai jamais suspecté, renchérit-elle. Je dois m'entretenir avec tous ceux qui ont connu Alex, cela fait partie de mon travail… Il me faut traquer le moindre indice, toute forme d'information, même la plus infime, afin de faire avancer l'enquête.

— Et, pourtant, elle est au point mort.

Elle se tendit, fatiguée d'être sa cible.

— Alex est de retour à Royal, souligna-t-elle alors.

— Oui, mais pas grâce à vous.

Son ton railleur la contraria fortement. Elle comprenait qu'il ait envie de lui faire la leçon, mais elle n'appréciait pas pour autant.

— Vous n'avez pas la moindre idée de ce qui se passe en coulisse ! argua-t-elle d'un ton irrité. Et, de toute façon, je n'ai pas à me justifier. Bon, pouvons-nous revenir au problème qui nous intéresse ?

— C'est-à-dire ?

Quand ils étaient sortis sur la terrasse, il avait attrapé un Stetson au passage, et l'avait posé sur sa tête avec le geste d'un cow-boy amoureux de son chapeau. Maintenant, le large bord ombrageait son regard.

Avec son jean délavé qui tombait bas sur ses hanches et moulait ses longues cuisses musclées, il émanait de lui une virilité qui était loin de la laisser indifférente. Sa chemise couleur chamois avait dû être taillée sur mesure, car elle épousait parfaitement ses larges épaules. Gil Addison était une véritable affaire, jusqu'à ses bottes en cuir éraflé.

Et il l'attirait indéniablement. Hélas ! Il ne l'appréciait guère, et sa nouvelle mission ne contribuerait pas à la rehausser dans son estime.

Réprimant un soupir à la pensée du calme plat qui régnait dans sa vie amoureuse, elle décida d'aller droit au but.

— J'ai besoin d'accéder aux fichiers des membres du Texas Cattleman's Club.

— Il n'en est pas question, répondit-il avec un dédain à peine dissimilé.

Elle s'adossa à la balustrade de la terrasse, les mains derrière le dos… pour éviter de les glisser autour du cou de Gil et de l'étrangler ! Décidément, cet homme était exaspérant.

— Je détiens tous les mandats requis pour les examiner, l'informa-t-elle alors sur un ton doucereux. Mais je préférerais ne pas recourir à la force. Pour une fois, essayez de vous comporter en gentleman, et invitez-moi gentiment au club.

— Je suis président du TCC, précisa-t-il alors, comme si elle n'était pas déjà au courant.

Il sourcilla et poursuivit :

— Les gens me confient leurs secrets. De quoi vais-je avoir l'air si je laisse une étrangère les décortiquer ?

Etrangère ? Forcément, le mot était destiné à la blesser, et il avait fait mouche. Mais elle tint bon.

— Vous n'avez pas vraiment le choix, Gil. Même si vous comptez un ou deux juges parmi vos amis, ils ne pourront rien pour vous. Les ordres viennent de plus haut. Je dois passer vos fichiers au peigne fin, c'est ma mission, vous comprenez ? Vous pouvez me compliquer la vie ou me la faciliter, à vous de décider, bien sûr, mais soyez certain que j'obtiendrai les informations dont j'ai besoin.

- 2 -

Gil souleva son Stetson et passa la main sur ses sourcils humides. On était en janvier, nom d'un chien ! Pourquoi l'air était-il si chaud et si moite ?

Curieusement, en dépit de son uniforme, Britt ne paraissait pas souffrir de la température. Elle le regardait avec circonspection, comme s'il était un crotale prêt à la mordre.

Ce qu'elle ne soupçonnait pas, c'était qu'il avait envie de lui mordiller la nuque puis de faire glisser doucement ses lèvres jusqu'à l'endroit vulnérable où sa gorge disparaissait sous son triste uniforme. Il sentit son corps se contracter. Elle était sans doute loin d'imaginer que sa tenue réglementaire l'excitait... Enfin, son fantasme était plus précisément de le lui retirer, afin d'admirer à son aise son corps aussi souple qu'une liane...

A cette pensée, il eut la soudaine impression d'être bien à l'étroit dans son jean. Retenant un juron, il tourna le regard vers les hectares de terrain qui lui appartenaient et qui s'étendaient à perte de vue devant lui. Il devait impérativement trouver un sujet pour faire diversion !

— Est-ce que vous connaissez le général Philip Sheridan, qui s'est illustré pendant la guerre de Sécession ? lui demanda-t-il soudainement.

Elle fit la grimace.

— L'histoire n'a jamais été mon fort, mais, oui, j'ai entendu parler de lui.

— Après la guerre, Sheridan a été affecté à un poste dans

le sud du Texas. Il aurait alors affirmé que, s'il possédait le Texas et l'enfer, il louerait le Texas et vivrait en enfer.

— Vos propos me surprennent. Je croyais que critiquer la terre nourricière s'apparentait à un blasphème, et notamment au Texas ! Les gens d'ici sont plutôt fiers de leur Etat, non ?

— Tout à fait, et nous avons de bonnes raisons de l'être, mise à part la chaleur, observa-t-il avec regret.

Il remit alors son Stetson et pria pour que cette conversation se termine le plus vite possible, sans quoi… il ne répondait plus de lui.

— Donc, je suis censée croire qu'au Texas tout est mieux et plus grand ?

Il se figea, choqué. Britt était-elle en train de flirter avec lui ? Non, c'était impossible, se dit-il aussitôt. Il prenait ses rêves pour la réalité.

— Tout à fait, répondit-il sèchement. Je pensais que vous le saviez, vous qui êtes de Dallas.

— C'est la ville où je suis actuellement affectée, mais je n'en suis pas originaire. Mon père était militaire, et nous avons souvent déménagé.

— Mais il y a bien un lieu où vous vous sentez chez vous ?

Quelques secondes s'écoulèrent, et l'espace d'un bref instant il crut voir passer des regrets dans son regard noisette.

— Non, aucun.

Cette absence de racine lui était complètement étrangère. Le Texas faisait partie de lui, il lui était aussi indispensable que l'air qu'il respirait. La sentant mal à l'aise avec le sujet, il tourna la tête vers elle, soulagé d'avoir retrouvé le contrôle de lui-même.

— Eh bien, vous avez beau ne pas être née au Texas, le destin vous y a amenée !

Elle lui adressa un sourire évasif.

— Oui, on peut sans doute le formuler ainsi.

Il serra les mâchoires et reprit :

— Apparemment, je n'ai pas le choix concernant votre accès aux dossiers des membres du TCC. C'est bien ce que vous êtes en train de me dire ?

— Vous avez tout compris.

Aucun air de triomphe n'accompagna sa réponse, même si elle devait savourer sa victoire.

— Dans ces conditions, je vous donne rendez-vous demain à 10 heures, au club. Je vous montrerai par quoi commencer.

— Je suis spécialiste dans mon domaine, Gil, ces recherches ne devraient pas me prendre plus d'une semaine, lui assura-t-elle.

Dommage, pensa-t-il de nouveau. Puis il regarda sa montre.

— Venez dire au revoir à Cade, proposa-t-il alors.

De nouveau, il fut décontenancé de voir le visage de son fils s'illuminer devant leur visiteuse quand ils entrèrent dans le bureau.

— J'ai déverrouillé trois niveaux supplémentaires, Britt, lui annonça-t-il, sourire radieux à l'appui.

— Génial ! répondit-elle.

Cade regarda alors son père.

— Est-ce qu'on reverra Mlle Collins ? demanda-t-il d'un air soudain tendu.

— Oui, je crois, puisqu'elle va rester quelque temps parmi nous.

Son fils parut de nouveau rayonner.

— Chouette ! Tu vas l'appeler Britt, alors ?

Gil lui pinça alors l'oreille.

— Du calme, petit ! Je n'ai pas besoin de toi pour trouver une femme.

Britt rougit violemment, ce qui lui procura un réel sentiment de satisfaction. Oui, il se réjouissait qu'elle se sente mal à l'aise. Ce n'était que le juste retour des choses, puisqu'elle avait décidé de lui empoisonner la vie de bout en bout, à commencer par l'effet qu'elle produisait sur sa libido. Au fond, il était préférable qu'elle reparte le plus vite possible.

Le lendemain matin, Britt arriva au Texas Cattleman's Club avec un quart d'heure d'avance. La ville était toujours aux prises avec des températures qui n'étaient pas de saison. Evidemment, il n'y avait rien de comparable avec la fournaise estivale, mais il faisait déjà relativement chaud, et elle étouffait dans ses vêtements d'hiver. L'idée ne lui était pas venue de mettre des shorts dans sa valise pour un mois de janvier !

Estimant qu'elle pouvait conserver une allure professionnelle même sans son blazer, elle le retira et le posa soigneusement à l'arrière de son véhicule. Relevant les manches de son chemisier de soie blanche, elle poussa alors un soupir de soulagement : elle se sentait bien mieux !

Pour être honnête, la pensée de rencontrer Gil Addison contribuait aussi à faire monter la température de son corps. Elle aurait forcément affaire à lui le temps que dureraient ses investigations, et l'attirance qu'elle concevait pour lui n'allait pas lui faciliter la tâche.

Le club était une bâtisse du début du XXe siècle, constata-t-elle en s'en approchant. Elle était de plain-pied, construite de bois et de pierre, et coiffée d'un toit en ardoise. Pendant près d'un siècle, elle avait uniquement constitué un sanctuaire masculin, mais ces deux dernières années, une poignée de femmes avaient finalement été admises comme membres officiels, ce qui n'avait de toute évidence pas fait l'unanimité dans la communauté, ainsi qu'elle l'avait perçu lors de son premier séjour ici.

En dépit de son avance, Gil l'attendait déjà dans l'entrée. Les invités n'étaient admis qu'en compagnie d'un membre, et elle se demanda s'il avait la sensation de trahir sa position en l'introduisant au club.

Elle le salua avec décontraction, puis regarda autour d'elle. La hauteur des plafonds conférait à la pièce un beau volume, tandis que les parquets foncés et les meubles en cuir noir créaient une ambiance cosy et masculine.

— C'est très beau, ici, dit-elle. Est-ce que Cade est avec vous ?

Gil désigna la porte qui se trouvait à gauche de l'entrée.

— L'ancienne salle de billard a été transformée en garderie. J'ai promis à Cade qu'il déjeunerait avec nous.

— Excellente idée, dit-elle. Votre fils est un enfant adorable.

— Ce n'est pas moi qui vous dirai le contraire.

Il fourra les mains dans les poches arrière de son pantalon. Aujourd'hui, peut-être pour faire honneur à son titre de président, il portait une veste en tweed sur une chemise blanche. Néanmoins, il n'avait pas délaissé son jean, et apparemment, au sein du club, il ne voyait pas d'inconvénient à garder son Stetson sur la tête, alors que chez lui il l'avait retiré à l'intérieur.

Ce n'était pas juste ! se révolta-t-elle en silence. Comment était-elle censée garder son sens professionnel, alors que tout en lui la troublait ? Enfin, presque tout, se reprit-elle. Son arrogance était difficile à supporter. Lors de leur premier entretien, il avait fait preuve d'un réel entêtement. Le questionner s'était apparenté à donner un assaut militaire bien futile contre une forteresse.

Oh ! elle ne le soupçonnait pas de nourrir des préjugés ni de voir d'un mauvais œil une femme représenter la loi ! Mais il n'avait manifestement pas l'habitude de se soumettre à la volonté d'autrui.

Tandis qu'ils se dirigeaient vers son bureau, elle lui posa la question qu'elle aurait déjà dû formuler la veille :

— Est-ce que vous avez revu Alex, depuis qu'on l'a retrouvé ?

Il ouvrit la lourde porte en chêne et lui fit signe d'entrer.

— Oui, tout à fait… Mais, comme il a perdu la mémoire, ma visite a été un peu vaine. Il n'avait pas la moindre idée de qui j'étais.

— Etiez-vous très proches, avant son enlèvement ?

— Assez, oui. Nous n'étions pas amis intimes, mais nous nous connaissions très bien.

— Vous devriez lui rendre une autre visite, si vous en avez l'occasion. Avec les amnésiques, on ne sait jamais… Une voix, un visage peut soudain déclencher des souvenirs.

— J'essaierai, marmonna-t-il.

Elle posa son sac à main et son porte-documents sur une table basse. La pièce était résolument masculine, pensa-t-elle, avec ses meubles foncés et ses fauteuils en cuir. Il y avait bien un bouquet de fleurs artificielles dans un coin, mais avec les différentes têtes d'animaux empaillés accrochées aux murs, difficile d'imaginer qu'une femme puisse se sentir chez elle dans un tel endroit. Apparemment, ce n'était pas le bureau lui-même, mais un espace de réception, comme l'indiquait la deuxième porte.

— Je ne veux pas vous accaparer plus longtemps, dit-elle. Il suffit que vous me donniez le nom d'utilisateur et le mot de passe de l'ordinateur. Pour le reste, je pourrai me débrouiller toute seule.

Un sourire ironique éclaira alors le visage de Gil, ce qui la scandalisa. Mais bientôt l'apparition inattendue d'une fossette au creux de sa joue la troubla d'une tout autre façon…

— Ai-je dit quelque chose de drôle ? s'enquit-elle, d'un air détaché pour masquer sa confusion.

Il passa devant elle pour ouvrir l'autre porte.

— Voyez par vous-même, répondit-il.

S'attendant à découvrir un ordinateur posé sur un bureau ainsi qu'une imprimante, elle eut le souffle coupé devant la vue qui se présentait à elle. Une dizaine de classeurs de bois étaient alignés contre le mur opposé ; sur la droite, près de la fenêtre, se dressait une grande bibliothèque comportant exclusivement de gros livres en cuir relié. Des grains de poussière dansaient dans le rayon du soleil qui tombait sur le linoléum à motifs géométriques. Un bureau à cylindre suranné se trouvait sur la gauche, avec pour seule décoration une plaque en cuivre sur laquelle était gravé le mot Président.

Elle leva les mains en signe d'impuissance.

— Vous plaisantez, n'est-ce pas ?

Gil était adossé au chambranle de la porte, et semblait, contrairement à elle, tout à fait décontracté.

— Il faut que vous compreniez une bonne chose, Britt. Le Texas Cattleman's Club est une institution, il fait partie de l'histoire de Royal, au même titre que les églises, le marché, le drugstore ou le saloon. Les hommes s'y réfugient depuis des décennies pour échapper à leurs femmes ou leurs petites amies…

— Où voulez-vous en venir, au juste ?

— L'héritage et la tradition sont gravés dans chaque millimètre de ces murs. Les hommes qui fréquentent cet endroit sont hostiles au changement.

— C'est donc pour cette raison que la création d'une garderie a soulevé tant de controverses ?

— Absolument. Sans compter l'admission des femmes en tant que membres à part entière. C'est pourquoi vous ne devriez pas être surprise de la façon dont nous conservons nos documents. Les adhérents ont naturellement des iPads et surfent sur internet, mais quand il s'agit du TTC, seule la méthode traditionnelle prévaut. Du moins jusque-là.

— Mais il y a tout de même un espoir de modernisation ?

— Peut-être. Cela dit, je ne peux rien imposer d'un coup. Il faut y aller progressivement. Si j'ai de la chance et si je m'y prends bien, ils finiront par croire que l'idée venait d'eux.

— Et puis la vieille garde conservatrice commence sûrement aussi à se clairsemer…

— C'est vous qui le dites, pas moi. Le TCC existait bien avant ma naissance, et il me survivra. Je ne me fais aucune illusion sur ma fonction de président : pour tout dire, c'est un titre honorifique qui ne me confère aucun pouvoir réel.

— Je suis certaine que les membres ont une haute opinion de vous.

Il releva un sourcil étonné.

— Tiens donc, mademoiselle Collins ! Dois-je considérer que c'est un compliment ?

Son sourire taquin la prit de court. Apparemment, l'avoir attirée dans ce traquenard, dans cette pièce poussiéreuse qui ne contenait rien à part des classeurs, l'avait mis de charmante humeur.

— Je doute que vous ayez besoin d'un quelconque compliment, monsieur Addison, rétorqua-t-elle. De fait, je suis surprise que votre tête ne soit pas déjà trop grosse pour le chapeau de cow-boy galvaudé que vous portez.

— Je vous prie de ne pas insulter mon chapeau, renchérit-il d'un ton solennel, tandis que des lueurs dansaient dans ses yeux. A propos, comme nous allons travailler ensemble pendant quelque temps, nous pourrions être moins formalistes l'un envers l'autre, qu'en pensez-vous ?

— Est-ce que cela signifie que vous me faites confiance ?

— Pas du tout ! Mais je dois vous surveiller, Britt…

A la façon dont il prononça son prénom, elle sentit son estomac se nouer, et une sensation proche du désir l'envahit. Mais une telle émotion était destinée à flétrir sur pied. Même si son hôte était de belle humeur, ce matin, elle n'était pas dupe : sa présence au TCC était au mieux tolérée, rien de plus.

Pour un homme qui n'avait commis aucun délit, Gil semblait bien méfiant envers les autorités. Pourtant, que pouvait-il redouter d'elle ? Rien, à ce qu'elle sache… Peut-être se défiait-il tout simplement du gouvernement, ce qui n'était pas inhabituel de la part des citoyens vivant dans de petites bourgades.

Elle espérait lui prouver rapidement qu'elle était davantage qu'une étrangère se mêlant de ce qui ne la regardait pas, et elle imaginait même qu'un jour il finirait par ne plus la considérer comme un fléau. Dans un petit recoin de son cœur, elle se figurait un monde où Gil et elle étaient du même côté. Où il n'y avait pas de mur entre eux. Où ils étaient juste un homme et une femme en mesure d'explorer leur attirance mutuelle.

— Bon, je vais me mettre au travail ! déclara-t-elle tout à coup pour s'arracher à ses rêveries.

Pourvu qu'il n'ait pas vu ses mains trembler ni entendu son souffle s'accélérer alors qu'elle se figurait en bons termes avec ce charmant cow-boy !

— Par où comptez-vous commencer ?

— Cela vous intéresse vraiment, ou avez-vous des inquiétudes ?

Il haussa les épaules, puis se passa la main dans le cou.

— Un peu des deux, je suppose.

Elle hocha la tête et décida de ne pas prendre ombrage de son honnêteté.

— J'ai l'intention d'éplucher les dossiers de toutes les personnes que j'ai interrogées lors de ma première mission. Il en sortira peut-être quelque chose.

— En d'autres termes, vous recherchez une aiguille dans une botte de foin.

— En dépit de l'image que peut en renvoyer la télévision ou le cinéma, le travail de la police est rarement glamour, commenta-t-elle avec un petit sourire.

— Pourquoi avez-vous choisi ce métier ? questionna-t-il d'un ton sincèrement intéressé.

Elle hésita.

— Désolé, s'empressa-t-il alors d'ajouter, cela ne me regarde pas.

— Non, ce n'est pas cela. Je me demandais simplement ce que je pouvais bien vous répondre. Adolescente, je vous aurais affirmé que je voulais servir mon pays.

— Et ce n'est plus vrai ?

— Si, bien sûr, mais je ne suis plus aussi idéaliste. Et puis, je me connais mieux, aussi. J'ai compris que si j'avais choisi cette voie, c'était pour que mon père soit fier de moi.

— Je suis certain qu'il l'est !

Elle grimaça.

— Pas vraiment, en fait. Il aurait voulu que j'entre dans l'armée, comme lui. Mais l'idée ne m'a jamais vraiment enchantée, et la police fédérale m'a paru un bon compromis. J'ai cru qu'il finirait par accepter mon choix… Hélas, il n'a jamais pu s'y faire !

— Les parents ont parfois des œillères. Et vous, vous regrettez votre décision ?

Sa question la désarçonna, car à vrai dire personne ne la lui avait jamais posée. Son travail était épanouissant, et elle était compétente. Cela dit, elle n'était pas certaine qu'elle l'exercerait toute sa vie.

— Pour être honnête, je voulais être musicienne, quand j'étais plus jeune. Je jouais assez bien du piano et de la guitare. A la fac, je suivais tous les cours de musique facultatifs possibles !

Gil riva ses yeux aux siens, comme s'il cherchait à lire dans ses pensées.

— Vous êtes une personne fort intéressante, Britt Collins, déclara-t-il alors d'un ton songeur.

Elle n'était sans doute pas la femme la plus expérimentée de la planète en la matière, mais elle savait d'instinct quand un homme la désirait. Et, en l'occurrence, la lueur qui brillait dans le regard de Gil était sans ambiguïté : le feu qui consumait ses prunelles noires avait suffi à enflammer tout son corps. Elle avait senti l'étincelle lors de leur première rencontre, mais elle l'avait résolument ignorée, parce qu'il était alors un suspect potentiel.

Aujourd'hui, le contexte était tout autre : Gil était innocent, elle n'avait aucun doute là-dessus. Et l'attirance demeurait… Si elle l'encourageait un peu, elle risquait de connaître un séjour des plus fiévreux, à Royal. Toutefois, établir des rapports intimes avec un homme qui était lié à son enquête n'était pas particulièrement professionnel. Elle réprima un soupir. Elle risquait d'avoir quelques difficultés à maintenir une frontière nette entre le travail et le plaisir.

— Vous aussi, Gil, répliqua-t-elle. Vous aussi…

Il sursauta quand elle prononça son prénom comme s'il en avait été choqué, et brusquement il fronça les sourcils.

— Bon, j'ai à faire, marmonna-t-il. Il ne vous manque rien ?

Tiens donc ! N'était-il pas en train de battre précipitamment en retraite ?

— Non, répondit-elle, je crois que je dispose de tout le matériel nécessaire. A quelle heure irez-vous chercher Cade, pour déjeuner ?

— Eh bien, disons… A midi et demi. Cela vous convient-il ?

— Tout à fait. Et est-ce que je pourrai continuer à travailler cet après-midi ?

— Pas de problème. Vous n'aurez pas besoin de tout ranger. Je fermerai la porte à clé pendant la pause déjeuner.

— Vous êtes bien obligeant, tout à coup, observa-t-elle.

— Sans doute parce que je n'ai pas été très arrangeant jusque-là, admit-il d'une voix neutre. Vous ne faites que votre métier. En général, il est vain de s'en prendre au messager, n'est-ce pas ?

Sur une impulsion, elle fit un pas dans sa direction. Il

l'imita. Ils se retrouvèrent alors à quelques centimètres l'un de l'autre.

— Merci, Gil, dit-elle rapidement. Votre coopération me facilite la vie.

Elle entendit clairement que sa voix s'était voilée, et il était impossible que Gil ne l'ait pas remarqué lui non plus. Désormais, ils étaient si proches l'un de l'autre qu'elle voyait l'ombre de sa barbe sur son menton carré.

Sans prévenir, Gil enfouit alors la main dans ses cheveux et rapprocha son visage du sien. Ses yeux étincelaient de mille turbulences…

— Les ennuis vont commencer, n'est-ce pas, Britt ?

— Pourquoi dites-vous ça ? demanda-t-elle dans un souffle.

Sans répondre, il effleura sa bouche de la sienne. C'était à peine un baiser, et elle resta sur sa faim ! Elle se pencha alors vers lui, désireuse qu'il l'embrasse vraiment…

Mais, inébranlable, il répondit :

— Parce que, en général, ce sont par les femmes et le gouvernement que les complications arrivent. Alors, quand les deux se conjuguent, c'est une plongée en enfer.

- 3 -

Britt demeura adossée au bureau pendant de longues minutes après que Gil en fut sorti. Elle avait les jambes en coton. Elle s'était demandé s'il partageait la brûlante attirance qu'elle ressentait pour lui : elle détenait maintenant la preuve irréfutable que oui ! Et c'était un miracle que la petite pièce remplie de vieux papiers ne se soit pas enflammée sur-le-champ, songea-t-elle avec ironie.

Tout en s'éventant le visage de sa main, elle ouvrit son porte-documents et en sortit un ordinateur portable ainsi qu'un scanner. C'était une chose de réfléchir à la meilleure manière de séduire ce cow-boy à l'œil d'acier, c'en était une autre de se rendre compte qu'il suffisait qu'il pose la main sur elle pour qu'elle fonde littéralement.

Elle avait une mission à accomplir à Royal, que diable ! Avant de penser à batifoler, elle devait mettre de l'ordre dans ses priorités. Heureusement, elle avait déjà un plan d'action ! Et même si sa concentration laissait à désirer, elle serait malgré tout en mesure de le suivre.

Sa méthode était simple. Elle reprit la liste des personnes qu'elle avait déjà interrogées lors de son premier déplacement à Royal et sortit leurs dossiers, procédant avec méthode par ordre alphabétique. Certes, elle n'avait pas prévu que rien ne serait numérisé, mais elle s'en sortirait, à condition de ne pas renverser maladroitement les piles de dossiers !

Une demi-heure plus tard, elle avait lu trois dossiers et écopé d'une belle migraine. Elle se frappa le front avec le poing : non seulement rien n'était informatisé, mais les données étaient parfois à peine lisibles. Et puis, il était impossible de comparer deux dossiers, car les informations demandées à chacun des membres divergeaient. Après une première page contenant les coordonnées personnelles, les autres s'apparentaient à un méli-mélo juxtaposant données professionnelles, records sportifs ou liens familiaux.

Elle était néanmoins parvenue à imprimer un tableau reprenant les éléments pertinents qu'elle pourrait utiliser pour son enquête. Maintenant, son estomac criait famine. Elle n'avait rien pu avaler au petit déjeuner, trop nerveuse à l'idée de revoir Gil.

Elle regarda sa montre et soupira. Décidément, le temps passait bien trop lentement. Peut-être que son travail l'ennuyait, ou peut-être était-elle impatiente de retrouver Gil et son fils pour le déjeuner. Ce manque de concentration n'augurait rien de bon pour le reste de l'enquête…

Gil parcourait les couloirs familiers du club, s'arrêtant de nombreuses fois pour serrer des mains et échanger quelques propos avec des hommes qu'il connaissait depuis des années, certains depuis l'enfance. Il se sentait en terre familière entre ces murs. Le Texas Cattleman's Club avait connu quelques petits tracas, ces derniers temps, mais il survivrait et prospérerait encore.

La tradition et la stabilité constituaient les piliers de cette vénérable institution. Des valeurs qui comptaient pour lui et qui lui avaient fait prendre la décision de déléguer la logistique quotidienne du ranch, afin de se consacrer à l'éducation de son fils. Un jour, tout ce qu'il possédait reviendrait à Cade. Celui-ci se marierait et s'installerait ; Gil espérait au passage qu'il serait plus chanceux que son père en amour !

En cet instant pourtant, une image l'obsédait et était

source de son mal-être. Il ne pouvait chasser de son esprit l'image de la gracieuse nuque de Britt penchée sur une pile de vieux papiers, s'efforçant de salir un de ses amis. Et si un citoyen de Royal avait réellement commis un crime ?

Certes, Alex était de retour chez lui, mais un homme amnésique était particulièrement vulnérable, comme un enfant perdu au milieu d'une rue. Si les ravisseurs revenaient pour s'en prendre de nouveau à lui, il ne les reconnaîtrait pas. S'il ne recouvrait pas la mémoire, comment savoir quels êtres malfaisants rôdaient dans les rues de Royal ?

Pendant des années, la ville avait été un lieu où il faisait bon vivre, où l'on pouvait élever une famille en toute tranquillité. De temps à autre, le shérif était bien obligé de pourchasser quelques voleurs de bétail, et une fois par an il coinçait un revendeur de drogue. Et puis, évidemment, il devait gérer les habituels conflits domestiques, ainsi que le tapage des adolescents qui se défoulaient le samedi soir. Mais, dans l'ensemble, Royal était une bourgade tranquille.

Du moins jusqu'à la disparition d'Alex Santiago.

Au début, les autorités locales et fédérales avaient passé la ville au peigne fin. Des rumeurs avaient couru au sujet d'une guerre entre divers cartels de la drogue ; on avait aussi évoqué une bagarre qui aurait mal tourné entre Alex et Chance McDaniel, lesquels semblaient s'intéresser à la même femme. Mais depuis longtemps tous les gens que Gil connaissait avaient été rayés de la liste des suspects.

Ce qui réjouissait Gil, mais l'identité des ravisseurs restait encore inconnue.

Peut-être devait-il se montrer plus coopératif encore avec Britt. Ne tendaient-ils pas vers le même but, tous les deux ? Il voulait que sa ville retrouve définitivement sa tranquillité et elle souhaitait mener à bien son enquête ! Et puis, plus tôt elle aurait terminé, plus vite elle rentrerait à Dallas, et c'était ce qu'il pouvait se souhaiter de mieux.

Il n'avait nul besoin d'une complication supplémentaire dans sa vie, en l'occurrence une attirance sexuelle qui ne mènerait vraisemblablement nulle part. Son fils appréciait déjà beaucoup Britt, ce qui signifiait que, bientôt, il échafauderait de vains scénarios où elle deviendrait sa nouvelle mère. Ce ne serait pas la première fois ! Cade était si obsédé par l'idée de trouver une mère que Gil ne pouvait plus sortir à Royal.

Non qu'il s'accorde beaucoup de distractions. Cependant, quand ses pulsions sexuelles devenaient trop fortes, il allait prendre un verre dans le bar branché d'une ville voisine, afin d'y rencontrer des partenaires d'un soir qui, pas plus que lui, ne recherchaient de relations durables. Après quoi, il se sentait vide et étrangement agité. Seulement voilà : il n'était pas aisé de trouver la personne qui conviendrait à la fois au père et au fils…

Britt était une femme préoccupée avant tout par sa carrière et était amenée à se déplacer souvent. Dès lors, même si elle lui avait plu dès le premier regard, elle ne lui avait pas paru être la partenaire idéale, eu égard à son fils. Cade avait déjà tant perdu ! Si un jour il devait se remarier, ce serait avec une femme croyant en des valeurs traditionnelles, et notamment en l'importance de la famille.

Depuis la mort de sa femme, il était père à plein temps et ne le regrettait absolument pas : Cade avait l'esprit vif et une personnalité bien affirmée, preuve que sa présence à ses côtés avait été utile. Mais, bientôt, son fils irait à l'école, et lui entendait reprendre alors un rôle plus actif dans la gestion du ranch.

Cade et lui avaient besoin d'une femme pragmatique, qui superviserait le personnel domestique, établirait les menus et organiserait leur vie sociale, tâches qui ne le passionnaient guère.

Cette perle devait bien exister ! Oui, il voulait y croire,

car la perspective de passer sa vie tout seul, comme père célibataire, lui paraissait particulièrement triste.

A midi dix, il renonça à faire mine d'être occupé et regagna son bureau.

Britt semblait ne pas avoir bougé depuis qu'il l'avait laissée, mais en revanche des piles de documents s'étaient entassées sur la table de travail. Ses doigts couraient à une vitesse prodigieuse sur le clavier de l'ordinateur.

Elle ne s'était même pas aperçue de sa présence, constata-t-il au tout de quelques secondes. Alors il s'éclaircit la voix, et elle releva brusquement la tête.

— Vous auriez pu frapper ! lui reprocha-t-elle vivement. Vous m'avez fait une de ces peurs.

— Je vous rappelle que vous êtes dans mon bureau, renchérit-il gentiment.

Il empoigna une chaise qu'il fit pivoter avant de s'asseoir dessus à califourchon, et se retrouva face à face avec Britt. Elle avait attaché la masse épaisse de sa chevelure brun cuivré en une queue-de-cheval, et quelques boucles rebelles encadraient son visage. Son travail avait dû être frustrant, car elle paraissait soucieuse.

— Des problèmes, Britt ? s'enquit-il.

Elle plissa les yeux.

— Vous saviez que la tâche tenait de la gageure, n'est-ce pas ?

— J'ai entière confiance en vos capacités, répondit-il. Alors, vous avez des pistes ?

Il ne souhaitait pas être impliqué dans ce qu'il estimait être une violation de l'intimité des membres du club, mais en même temps il redoutait les mauvaises surprises.

Elle se mordit la lèvre, et riva de nouveau les yeux à l'écran.

— Il est encore trop tôt pour le savoir, mais je voudrais vous poser quelques questions sur cet homme…

Elle posa un dossier devant Gil.

— Il y est signalé qu'il s'est battu à trois reprises dans l'enceinte du club. Est-ce que vous savez s'il nourrissait une quelconque rancune envers Alex Santiago ?

Gil regarda le nom qui figurait sur le dossier et secoua la tête.

— C'est un brave type qui a du mal à se contrôler quand il a bu un peu trop de bière. Nous consignons ce genre d'incidents au cas où, mais notre politique consiste à empêcher nos membres de causer des dommages à autrui ou à eux-mêmes. En général, un des nôtres ramène le contrevenant chez lui et garde les clés de sa voiture jusqu'au lendemain. Je connais cet homme, Britt, il n'a pas enlevé Alex.

Elle sourcilla et lui tendit un autre dossier.

— Et celui-là ? Il a déposé une plainte formelle lorsque le club a engagé un chef d'origine hispanique. La lettre comporte un certain nombre d'injures racistes.

Gil feuilleta le dossier et secoua la tête.

— Rien ne vous échappe ! Il y a des racistes partout, mais cela ne signifie pas que ce type avait des raisons de kidnapper Alex.

Il lui effleura la main fortuitement et s'étonna du courant électrique que lui valut ce simple contact.

— N'avez-vous jamais pensé que vous risquiez de vous attirer des ennuis pour rien ? demanda-t-il.

— Que voulez-vous dire, au juste ?

Elle était si professionnelle, si impliquée dans son travail ! Manifestement, elle était en mesure de prendre soin d'elle-même. Pour autant, il éprouvait l'étrange besoin de la protéger… Il laissa son regard glisser sur son corps. Son chemisier de soie blanche était fin, si fin qu'il distinguait en dessous le contour de son soutien-gorge en dentelle. En dépit de son expérience et de ses références, elle paraissait vulnérable et étrangement féminine…

Sa peau douce, ses seins bien ronds et ses mains gracieuses

rappelaient à Gil que, sous son allure efficace, se cachait une femme. Relevant la tête, il croisa ses yeux noisette et s'intima à un calme qu'il était loin de ressentir. D'une façon ou d'une autre, il devait la convaincre de renoncer à son enquête. Il ne savait si c'était par prémonition ou simplement par bon sens, mais quelle que soit la raison, il fallait qu'il la préserve d'elle-même.

— Ce que vous faites est dangereux, Britt, commença-t-il. Si l'on apprend que vous avez fourré votre nez dans les dossiers du TCC, le ravisseur d'Alex risque de vous poursuivre et de vous causer du tort.

Elle soupira et referma son ordinateur.

— Vous inquiétez-vous vraiment pour moi, ou cherchez-vous simplement à vous débarrasser de moi ? demanda-t-elle alors.

— Vraiment, vraiment ? renchérit-il par plaisanterie, avant de répondre plus sérieusement : Alex s'est échappé et il est rentré chez lui, ce qui veut dire que quelqu'un à Royal est sur les dents, et peut recommencer. Il y a de grandes chances pour qu'Alex soit encore en danger. En vous intéressant à son cas, vous courez le même danger.

Elle releva le menton.

— J'exerce juste mes fonctions, lui assura-t-elle. Ni plus, ni moins.

— Et si votre travail cause votre perte ?

— J'épluche avant tout des dossiers, Gil. Rien de très aventureux.

— Vous êtes surtout une enquiquineuse, oui ! répliqua-t-il en se rendant compte qu'il ne parviendrait pas à ses fins.

Toutefois, l'entendre prononcer son prénom ne s'apparentait-il pas à une petite victoire ? Il se leva et lui tendit la main.

— Je meurs de faim, et je suppose que Cade aussi. Allons le chercher.

Le restaurant du club était plein. Britt observa attentivement les clients, tandis qu'une hôtesse les conduisait à leur table. Dans un angle, elle aperçut Rory et Shannon Fentress, nageant encore dans leur bonheur de nouveaux mariés. La rumeur prêtait à Rory des ambitions de gouverneur.

Comme Britt, Shannon n'entretenait pas farouchement sa féminité. Elle possédait un ranch sur lequel elle travaillait et ne soignait pas vraiment sa mise quand elle venait en ville. Mais, à la façon dont Rory contemplait sa toute nouvelle épouse, il était manifeste qu'elle lui plaisait au naturel.

Gil avait réservé une table près de la fenêtre pour que Cade puisse admirer les chevaux, à l'extérieur.

Ce dernier, égal à lui-même, déclara :

— Je suis content de déjeuner avec vous, mademoiselle Britt.

Elle lui sourit.

— Moi aussi, Cade. Ta matinée s'est-elle bien passée ?

Le garçon hocha la tête, la bouche déjà pleine de pain.

Sans dire un mot, Gil retira la corbeille de sa portée.

— Je pense que de nombreux membres ont été surpris de découvrir combien il était agréable de laisser son fils ou sa fille, ou bien ses petits-enfants, dans un lieu tout proche de leur travail, fiable et gai, déclara-t-il.

— Pensez-vous que les ennuis sont terminés ?

— Oui, je crois que tout le monde a accepté l'existence de la garderie, même si j'entends encore quelques réflexions, de la part de la vieille garde, notamment.

— Comme lui ? fit Britt en désignant, d'un discret coup d'œil, un homme d'un certain âge, quelques tables plus loin.

Il s'agissait de Paul Windsor, un des membres fondateurs du TCC.

Gil grimaça.

— Effectivement, c'est l'un des pires. Mais, malgré

tout, je doute qu'il entreprenne quoi que ce soit qui puisse nuire à la garderie.

Elle réprima un frisson. Elle avait déjà interrogé Paul Windsor, qui avait suscité chez elle une forte aversion. Divorcé quatre fois, Windsor se considérait comme un homme à femmes, et elle avait découvert, au cours de l'interrogatoire, qu'il était profondément misogyne.

— Je suis navrée pour Cara, déclara-t-elle alors. Avoir un père si dominateur…

Et, en la matière, elle savait de quoi elle parlait.

— J'admets que Paul peut se comporter parfois comme un fieffé imbécile, mais il exerce une grande influence dans notre région, et il serait donc judicieux de ne pas vous le mettre à dos, si vous voulez progresser dans votre enquête. S'il le décidait, il pourrait convaincre tous les autres que vous n'avez rien à faire ici.

— Mais je dispose d'un mandat.

— C'est vrai, et en définitive c'est vous qui auriez raison. Mais, entre-temps, la situation pourrait dégénérer.

— Est-ce que ma présence va vous causer de gros ennuis, Gil ? questionna-t-elle, contrariée par cette idée.

Il se mit à rire et posa sur elle un regard chaleureux et taquin.

— Je crois que je pourrai faire front, Britt, lui assura-t-il. Ne vous inquiétez pas pour moi.

Cade, las d'être tenu à l'écart de la conversation des adultes, s'y immisça alors, sourire à l'appui.

— Est-ce que tu sais cuisiner, mademoiselle Britt ?

Elle le regarda d'un air surpris.

— Pourquoi me poses-tu cette question ?

Cade mordit alors dans le hot dog que le serveur venait de lui apporter. Prenant le temps de mastiquer et d'avaler sa bouchée, il fixa Britt de ses grands yeux bleus, qui le rendaient si craquants.

— Papa me dit toujours que lorsqu'on veut faire connaissance avec quelqu'un, c'est bien de lui poser des questions… mais pas trop personnelles, ajouta-t-il en lançant un regard coupable à son père.

— C'est un très bon conseil, approuva Britt. Bon, pour répondre à ta question, oui, je sais cuisiner. Je suis d'ailleurs plutôt douée. J'ai commencé à m'y mettre alors, j'étais à peine plus âgée que toi.

Cade lui adressa un regard impressionné ; le lait qu'il venait de boire avait dessiné une petite moustache au-dessus de ses lèvres, ajoutant à son charme.

— Et est-ce que tu aimes les enfants ?

Soudain, elle comprit ce qui se passait. Elle était en train de subir un entretien pour un poste : celui de mère. Mon Dieu ! Fort heureusement, au même instant, le reste du repas arriva, ce qui créa une diversion bienvenue.

Elle avait espéré déjeuner en toute intimité avec les Anderson, père et fils, mais malheureusement ce ne fut pas le cas. Gil avait à peine le temps de manger, à tout moment interrompu par des membres du club, ravis de le voir et de le saluer. Ce qu'elle saisit alors, c'était que Gil avait réalisé un énorme sacrifice en choisissant d'être un père à plein temps. Sa fortune lui permettait largement d'employer les meilleures nourrices du monde ; ainsi, il aurait pu s'occuper personnellement de son ranch, passer plus de temps au Texas Cattleman's Club, rencontrer des femmes et, éventuellement, se remarier. Au lieu de quoi, il avait décidé d'accorder la priorité à son fils. Par chance, son rôle actuel de président du club était plus un titre honorifique qu'un poste exigeant.

L'enthousiasme avec lequel les membres du TCC le saluaient prouvait qu'il jouissait d'une grande popularité, mais aussi qu'il ne devait pas se rendre aussi souvent au club que le reste de ses pairs.

Ces interruptions répétées semblaient agacer Cade, mais

pour un enfant de son âge il faisait preuve d'une patience remarquable. Elle connaissait peu de garçons de son entourage qui auraient supporté un aussi long repas sans broncher. Pour le récompenser, elle lui donna une poignée de ses frites pendant que Gil était de nouveau accaparé par une connaissance.

— Est-ce que c'est toujours comme ça ? demanda-t-elle à voix basse.

Cade hocha la tête.

— Oui. Tout le monde aime mon papa.

Il s'était exprimé d'un ton désinvolte, mais elle avait nettement entendu de la fierté dans sa voix.

— Tu crois qu'on va avoir un dessert ? demanda-t-elle sur un ton confidentiel.

Cade fit la grimace.

— Si je mange une bonne partie de ma salade, oui, répondit-il.

Puis il fixa tristement son bol ; il ne semblait pas être un grand adepte de verdure.

— Je me rappelle qu'à ton âge ma mère m'avait forcée à manger des lentilles. Je détestais ça, et j'ai finalement eu une allergie sur tout le corps. Elle ne m'en a plus jamais cuisiné.

— Comment tu avais fait ? demanda-t-il en ouvrant de grands yeux fascinés.

— Je pense que cette allergie était due à la profonde contrariété que j'avais alors éprouvée. Mais tu peux tout à fait essayer de te dessiner des points avec un marqueur. Je plaisante, bien sûr ! s'empressa-t-elle d'ajouter.

— Je sais, dit-il en roulant des yeux. Tu es très drôle, mademoiselle Britt.

On lui avait adressé de nombreux compliments dans sa vie : responsable, travailleuse, dévouée. Mais personne ne lui avait encore dit qu'elle était drôle. Et cela lui plut !

Décidément, Gil avait un précieux petit garçon qu'elle aimait beaucoup.

Tout à coup, Gil se leva et toucha l'épaule de Britt.

— Si vous voulez bien m'excuser deux minutes, dit-il. Je dois m'entretenir avec le gentleman qui se trouve là-bas. Je n'en ai pas pour longtemps, c'est promis.

— Ton plat va refroidir, le prévint Cade.

— Je demanderai au chef de le réchauffer, répondit Gil. Je t'aime, fiston, à tout de suite.

Et il posa un baiser sur la tête de Cade avant de s'éloigner.

- 4 -

Britt observa Cade avec attention : était-il soucieux que son père l'ait provisoirement abandonné ? En réalité, elle s'aperçut que c'était plutôt le contraire… Dès que son père se fut éloigné, Cade se sentit en effet libre de reprendre son interrogatoire.

— Alors, qu'est-ce que tu aimes cuisiner ? demanda-t-il, revenant à sa conversation initiale.

— Euh… Laisse-moi réfléchir…

Elle plia sa serviette et la plaça juste à côté de son assiette. Le déjeuner avait été savoureux : des médaillons de bœuf accompagnés d'une purée de pommes de terre onctueuse et d'asperges sautées. Un déjeuner copieux, destiné aux hommes, rien à voir avec ce qu'on servait dans les salons de thé pour dames !

Elle sourit en voyant Cade donner sans conviction des petits coups de fourchette dans ses épinards.

— J'adore faire de la pâtisserie, dit-elle. En général, on apprécie mes tartes et mes gâteaux.

— Est-ce que tu sais aussi préparer des gâteaux d'anniversaire ? s'enquit Cade, vivement intéressé.

— Oui, j'imagine que oui.

— Tu sais, mademoiselle Britt, mon anniversaire, c'est bientôt. Tu crois que tu pourrais en prévoir un pour moi ?

Elle hésita, convaincue qu'elle avançait en terrain miné.

— Je suis certaine que ton père t'achètera un superbe gâteau pour ton anniversaire, esquiva-t-elle.

Le petit garçon secoua la tête.

— Non, c'est notre cuisinière qui le fera, et ses gâteaux ne sont jamais bons. Mais papa ne lui dit rien, car il ne veut pas la vexer.

Ce fut ainsi que Britt tomba littéralement amoureuse de Cade Addison ! Combien d'années n'était-elle pas rentrée de l'école, le jour de son anniversaire, espérant contre toute attente que son père aurait pensé à s'arrêter au supermarché du coin pour lui acheter un gâteau industriel ?

Mais il ne l'avait pas fait une seule fois.

A l'âge de neuf ans, elle avait cessé d'espérer un gâteau, le jour de son anniversaire. Deux ans plus tard, elle avait arrêté de penser à son anniversaire : c'était juste un jour comme les autres.

— Voilà ce que je te propose, Cade, commença-t-elle en se demandant si elle n'était pas en train de commettre une grosse erreur. Si je suis encore à Royal pour ton anniversaire, et que ton père est d'accord, bien sûr, alors oui, je serai très heureuse de confectionner ton gâteau d'anniversaire.

Cade poussa un cri de joie avant de mettre sa main sur sa bouche, confus, lorsque plusieurs personnes se retournèrent pour lui adresser un regard curieux.

— Pardon, marmonna-t-il.

— Ce n'est pas grave, de toute façon, il y a beaucoup de bruit dans le restaurant. Mange ta salade, et lorsque ton père reviendra nous commanderons un dessert.

Cade avala d'abord quatre bouchées en mimant des haut-le-cœur pour la faire rire, mais comme elle se garda de réagir à ses pitreries il finit sans faire de manière.

— Voilà ! annonça-t-il sur le ton du triomphe.

Elle lui tapa dans la main pour le féliciter.

— Tu vois, au fond, ce n'était pas si mauvais !

— Peut-être, mais je préfère les glaces.

— Là, je te comprends ! Moi aussi !

Ils éclatèrent de rire.

Décidément, elle éprouvait un lien très fort envers ce petit garçon sans mère. Elle se pencha vers lui, désireuse de lui faire des confidences, même s'il était peu probable que l'on puisse entendre leur conversation, compte tenu du niveau sonore ambiant : les cow-boys du Texas avaient tendance à s'emporter quand ils discutaient de politique, de religion ou du prix de la viande. La testostérone était tangible dans l'air.

— Je voudrais te dire quelque chose, Cade.

Il lui adressa tout de suite un regard confiant.

— C'est quoi ?

— Je sais que tu voudrais avoir une mère, mais tu es un petit garçon très chanceux, parce que ton père t'aime plus que tout au monde. Est-ce que tu le sais ?

Il parut surpris par sa question.

— Ben… oui. Il n'arrête pas de me le dire.

— Tous les pères ne lui ressemblent pas, dit-elle, la gorge nouée.

Cade la fixa sans mot dire, comme s'il percevait sa bataille intérieure contre les larmes.

— Est-ce que tu parles de ton père, mademoiselle Britt ?

Elle hocha la tête, s'efforçant de déglutir.

— Ma mère a quitté la maison quand j'étais à peine plus âgée que toi, et elle n'est jamais revenue. Je suis restée toute seule avec mon père. Mais il n'était pas du tout comme le tien. Il était…

Elle s'interrompit, en quête de l'adjectif adéquat pour se faire comprendre d'un enfant de presque cinq ans.

Coudes sur la table et menton dans la main, Cade l'observait avec le plus grand sérieux.

— Il était méchant ? proposa-t-il.

Il était bien vrai que la vérité sortait de la bouche des enfants, pensa-t-elle, avant de répondre :

— Eh bien, il ne m'a jamais frappée, si c'est ce que tu

crois, mais il ne s'occupait pas de moi, pas comme ton père le fait, en tout cas. Sois patient, Cade. Un jour, ton père trouvera une femme qu'il aimera et il l'épousera, et alors tu auras une nouvelle maman. Mais d'ici là, sois gentil, d'accord ? Et n'essaie pas à tout prix de marier ton papa.

Gil s'immobilisa, sidéré.

Britt Collins venait précisément de prodiguer à son fils le genre de conseil qu'il avait besoin d'entendre ! Et elle s'était exprimée sur un ton si affectueux, avec des mots qu'il pouvait tout à fait saisir à son jeune âge. Il fut tiraillé entre de la gratitude et de la compassion envers Britt, percevant la peine que révélaient chez elle ces paroles des plus opportunes pour son fils.

Reculant de quelques pas, il s'approcha de nouveau de la table, en faisant en sorte cette fois d'être entendu.

— Tu avais raison, Cade ! s'exclama-t-il. Maintenant, mon repas doit être froid. Désolé d'avoir été si long. Prêt pour le dessert ?

Il vit Britt rougir jusqu'à la racine des cheveux, l'air mortifié.

— Depuis combien de temps êtes-vous là ? demanda-t-elle.

— Je viens d'arriver, répondit-il d'un ton impassible. Pourquoi ?

— Comme ça, marmonna-t-elle en avalant une gorgée d'eau.

Il remarqua alors l'échange de regard entre son fils et elle, un regard conspirateur qui, curieusement, le déstabilisa Il était habitué à être à la fois le protecteur et le confident de son fils. Le voir si à l'aise et confiant avec Britt l'inquiéta soudain. Peut-être devrait-il veiller à ce que ces deux-là ne se rencontrent plus…

Quand Britt repartirait pour Dallas, son départ laisserait un vide dans le cœur de Cade, et ce serait lui qui devrait le ramasser à la petite cuillère. Toutefois… N'était-il pas injuste de priver Cade d'une relation qui lui procurait un certain bonheur ? Encore une fois, sa situation de père seul le taraudait. Il n'était pas dans sa nature de se décharger sur les autres de ses responsabilités, ni de leur ouvrir son cœur.

Il avait de nombreux amis, là n'était pas la question, mais l'éducation de son fils ne pouvait être soumise à l'avis des uns et des autres. Il devait décider par lui-même ce qui était le mieux pour lui.

Alors qu'ils dégustaient leur quatre-quarts accompagné d'une boule de glace à la vanille, Cade demanda soudainement :

— Est-ce que Mlle Britt et toi allez faire ça tous les jours ?

Gil releva un sourcil, attendant que Britt réponde.

— Mon travail va me prendre une semaine, dix jours au plus, répondit-elle d'un ton neutre.

Cade afficha alors un large sourire.

— J'adore aller à la garderie, dit-il. On peut jouer sur l'ordinateur, et ils ont des tonnes de Lego. Mes copains me manquent, quand je n'y vais pas.

Gil essuya une trace de glace sur le menton de son fils.

— Dans ce cas, je vais organiser des réunions supplémentaires avec le comité exécutif ! déclara-t-il en riant.

Une fois le déjeuner terminé, ils raccompagnèrent Cade à la garderie, puis se dirigèrent vers le bureau de Gil. En pénétrant à l'intérieur, Gil perçut tout de suite le léger parfum de Britt qui flottait dans la pièce, des notes à la fois sucrées et fleuries. Ce qui s'était passé au restaurant l'avait profondément ébranlé. Il était dur de se méfier d'une femme qui traitait son propre fils avec tant de gentillesse et de délicatesse.

— Vous avez besoin d'aide ? demanda-t-il brusquement, espérant qu'elle lui fournirait une raison pour s'attarder un peu.

Elle lui jeta un coup d'œil, sur ses gardes.

— Non, merci.

Il s'adossa alors au bureau.

— Quelles sont vos distractions, Britt ?

— Mes distractions ? répéta-t-elle, confuse.

— Je suppose que vous avez déjà entendu ce mot ?

— Bien sûr que j'ai des distractions ! répliqua-t-elle sur la défensive.

— Quand ?

Visiblement, il la prenait de court… Après un moment d'hésitation, elle déclara :

— J'aime lire.

— Moi aussi. Au lit, le soir. Mais que faites-vous pendant vos loisirs ?

Pourquoi avait-il prononcé le mot « lit » ? Sa libido s'invita aussitôt dans la conversation, et il les vit tous deux, corps emmêlés, dans des draps froissés…

Elle haussa les épaules.

— Je travaille beaucoup, mais le soir j'aime me promener dans mon quartier. Tout le monde se connaît, les gens sont sur leur terrasse, l'ambiance est très conviviale. Je sors aussi de temps en temps avec de vieux amis.

— Oui, c'est sympa.

— Tout à fait.

— Y a-t-il un homme dans votre vie ?

Et voilà, il l'avait enfin posée, cette question qui lui brûlait les lèvres ! Et elle ne pouvait pas l'interpréter de manière ambiguë : elle l'attirait, et il voulait savoir s'il marcherait sur les plates-bandes d'un autre en suivant son impulsion.

Elle regarda sa montre.

— Il faut que je me remette au travail, éluda-t-elle.

— C'est une fin de non-recevoir ?

— Pardon ? Non, pas du tout. Mais je…

Il attendit, silencieux.

— Je sens bien que je ne vous plais pas, finit-elle par dire, troublée.

— Non, j'essayais de faire comme si vous ne me plaisiez pas, nuance ! La première fois que je vous ai vue, au poste de police quand vous m'avez interrogé comme une pro, je vous ai trouvée terriblement attirante, à mon corps défendant. Et comme en général je ne sais pas dissimuler, vous avez bien dû vous en rendre compte, non ?

— Qu'est-ce qui a changé, depuis ?

— En général, les chiens et les enfants ne se trompent pas sur la nature des gens. Il se trouve que mon fils vous adore.

— Et cela vous met mal à l'aise ?

Il vit alors danser une sorte de tristesse dans ses yeux et s'en voulut presque d'avoir été si direct.

— Oui, car je n'ai pas envie qu'il s'attache trop à vous.

— Parce que je vais partir bientôt ?

— Oui.

— Je comprends…

— Ne le prenez pas à titre personnel… Mais Cade a malheureusement tendance à s'accrocher à toutes les femmes qui traversent ma vie.

— Pourquoi ne vous êtes-vous pas encore remarié ?

Il ne s'était pas attendu à une question si directe et se sentit submergé par une vague de regrets et d'amertume.

— Peu de femmes, aujourd'hui, ont envie de se retrouver coincées dans un ranch, au milieu de nulle part.

— Oh ! arrêtez ! dit-elle en lui lançant un regard réprobateur. Vous êtes riche, beau et intelligent. Je suis certaine qu'une bonne âme à Royal serait partante pour le job.

Son ton moqueur chassa le moment de nostalgie précédent.

— Mais pas vous ?

— J'ai déjà un travail.

— Un travail qui pourrait vous coûter la vie.

Les risques liés à son métier continuaient à l'obséder. Il

fallait qu'Alex recouvre au plus vite la mémoire, avant qu'il y ait des victimes collatérales.

— Puis-je être franc avec vous, Britt ?

— Mais je vous en prie.

— J'avais beau être furieux contre vous, lors de notre première rencontre, vous ne m'avez pas laissé indifférent. Et, pendant tout votre premier séjour à Royal, je n'ai pas arrêté de penser à vous, et de me demander si l'attirance était réciproque.

Elle pâlit et s'enveloppa de ses bras, comme pour se protéger, ébranlée par tant de franchise.

— Ce n'était pas unilatéral, articula-t-elle.

Une vague d'exaltation se déversa dans ses veines, en dépit de la petite voix intérieure qui le prévenait qu'il était en train de commettre une erreur…

— C'est bon à savoir, déclara-t-il d'une voix rauque. Mais ce n'est pas aussi simple.

Il soupira et poursuivit :

— La première fois que j'ai invité une femme à sortir, après la mort de mon épouse, tout le monde l'a su et y est allé de ses conseils. Il y a parfois des inconvénients à habiter une petite bourgade. Moi, je recherchais juste de la compagnie et…

— Et du sexe, termina-t-elle.

Il rougit malgré lui, même s'il ne percevait aucun jugement dans ses yeux.

— Oui, c'est ça… Si j'habitais dans une grande ville, je n'apporterais pas d'eau au moulin des commérages. Je n'ai pas envie que tout le monde parle de ma vie privée.

— Et vous ne pouvez pas non plus passer beaucoup de temps en dehors de Royal à cause de Cade, j'imagine ?

— Exact.

— Vous faites de nombreux sacrifices pour lui, observa-t-elle.

Il haussa un sourcil.

— Il ne s'agit pas de sacrifices, c'est mon fils, et je l'aime.

Elle s'approcha alors tout près de lui et posa les mains sur son torse, avant de lever les yeux vers lui.

— Vous êtes un homme très convenable, Gil Addison, déclara-t-elle.

Elle lui adressa alors un merveilleux sourire qui lui réchauffa le cœur, et il dut redoubler d'efforts pour ne pas la prendre dans ses bras.

— C'est mon devoir de père, c'est tout, renchérit-il.

— Ce n'est pas une évidence pour tous, déclara-t-elle, l'air soudain absent.

Il eut envie de lui avouer qu'il avait entendu les confidences qu'elle avait faites à Cade, et que son cœur s'était brisé à l'idée de la petite fille sans mère qu'elle avait été, élevée par un père revêche. Mais ces confessions ne lui étaient pas destinées, et il ne souhaitait pas l'embarrasser.

— Cade est le plus beau cadeau que la vie m'ait offert, reprit-il. L'enfance passe à toute allure, et je n'ai pas envie de manquer quoi que ce soit de la sienne.

Elle se hissa alors sur la pointe des pieds et lui déposa un doux baiser sur la bouche.

— Si la question est de savoir si je veux bien passer un peu de temps avec toi pendant mon séjour à Royal, la réponse est oui, chuchota-t-elle, prenant des libertés avec le protocole. Je connais les règles du jeu, ne t'inquiète pas. Et je m'efforcerai de faire en sorte que Cade ne s'attache pas trop à moi.

Il grimaça.

— J'ai vraiment l'impression d'être un crétin.

— Pourquoi ? Tu es un type direct et droit, qui ne se réfugie pas derrière des platitudes, et cela me convient.

Cédant à la tentation, Gil se mit à lui caresser la joue.

— Tu as la peau la plus douce du monde, murmura-t-il.

Alors, il prit son visage dans ses mains et approcha sa bouche de la sienne.

— Est-ce que je t'ai dit que ton affreux uniforme m'excite ?

— Comment ça, affreux ? s'écria-t-elle.

Et leurs langues se mêlèrent, tandis que son sexe se durcissait à en devenir douloureux. Et, tout à coup il se rappela que la porte du bureau n'était pas fermée à clé... Qu'importe, après tout ! Qui allait venir les déranger ? Et puis, le risque pimentait encore ce baiser torride...

A bout de souffle, il détacha soudain sa bouche de la sienne et enfouit son visage dans son décolleté, jouant avec les boutons de son chemisier de soie. Son désir le plus cher était de la renverser sur le bureau et de la prendre violemment et rapidement... Oui, le désir enveloppait son cerveau dans une brume, et ses mains tremblaient quand il les posa enfin sur ses seins...

Ils étaient d'une perfection troublante dans sa paume. Il les pressa légèrement et le petit gémissement qui échappa alors à Britt enflamma tous ses sens, tel un feu dévastateur.

— Dis-moi d'arrêter, la supplia-t-il soudain, comme s'il se tenait au bord d'un gouffre.

Elle l'agrippa alors par les revers de sa veste et déclara d'une voix brûlante :

— Je veux sentir tes mains sur ma peau, Gil.

En réalité, c'était le signal qu'il attendait. Dégrafant fébrilement son soutien-gorge, il captura un premier sein qu'il se mit à titiller avec fièvre avant de s'intéresser au deuxième de façon tout aussi empressée... Elle avait enfoui les mains dans ses cheveux, le maintenant étroitement contre elle.

— Britt, Britt, répétait-il, éperdu.

A présent, ils ne pouvaient plus faire marche arrière, il était comme enivré, l'imaginant déjà se refermer sur elle. Il redoubla d'ardeur...

— Gil, dit-elle soudain d'un ton assez fort, comme si elle l'avait déjà appelé plusieurs fois.

Il s'immobilisa, le souffle court.

— Oui ?

— Nous ne pouvons pas aller plus loin. Nous sommes au club.

— Au club ? répéta-t-il sans comprendre le sens de ses paroles.

Décidément, le désir intense qu'il éprouvait de se perdre en elle brouillait sa capacité à réfléchir !

Elle posa les deux mains sur ses épaules.

— Arrête, Gil, s'il te plaît…

Sa protestation atteignit enfin son cerveau embrumé.

Elle avait recouvré la raison, après ces quelques minutes de folie…

Lentement, il se redressa puis, à l'agonie, pivota sur lui-même pour venir s'appuyer contre les classeurs de bois, tête enfouie dans le bras. Le désir trop longtemps contenu avait jailli comme un lion de sa cage, et maintenant l'animal était en liberté.

Il reprit son souffle bruyamment, encore tout étourdi, s'efforçant désespérément de retrouver une contenance. Derrière lui, il entendit Britt rajuster ses vêtements.

Quand elle posa la main sur son épaule, il tressaillit.

— Non ! grommela-t-il. Ne me touche pas si tu souhaites que je m'en aille.

— Ce n'est pas la question, répondit-elle d'un ton déterminé. Mais nous ne pouvons pas… Enfin, ce n'est pas l'endroit, je suis désolée.

Il se retourna vivement.

— Désolée pourquoi ?

Elle le fixait de ses grands yeux sombres.

— Je ne m'attendais pas à ça…

— Moi non plus. Du moins pas ici, pas maintenant.

Il n'avait jamais été aussi déchiré. Tout en lui le poussait à verrouiller la porte et à la faire sienne… Mais il devait aussi penser à elle, aux conséquences si on les surprenait…

— Nous discuterons ce soir, quand Cade sera couché, ajouta-t-il. Je te téléphonerai, et nous aviserons.

Elle soutint son regard, un beau sourire aux lèvres.

— Le programme me convient.

- 5 -

Ce soir-là, Britt attendit en vain l'appel de Gil.

Elle s'efforça de prendre son silence avec stoïcisme, même si, au fond d'elle-même, elle ressentait une amère déception. Manifestement, après réflexion, la prudence l'avait emporté chez lui sur l'excitation du moment. Ce qu'elle concevait aisément : étant donné sa situation, il ne pouvait céder à n'importe quel caprice.

A la froide lumière de la raison, il avait sans doute soupesé les avantages et les inconvénients d'une éventuelle relation avec elle, et finalement décidé de ne pas prendre de risque. Elle était blessée qu'il ne l'ait pas appelée pour lui avouer en toute franchise qu'il avait changé d'avis, mais peut-être était-il occupé avec Cade.

Bien qu'elle en soit peinée, elle songea que la volte-face de Gil était sans doute ce qui pouvait leur arriver de mieux. Elle était la première à nourrir des doutes : même si, en théorie, il n'était pas illégal d'avoir une liaison avec Gil, ce n'était pas sage du tout ! Et comme elle ne ressemblait en rien à une aventurière…

Par ailleurs, elle avait besoin de pouvoir compter sur lui en tant que source d'informations susceptible de faire avancer son enquête. Si, à la fin, il devait prendre position en faveur d'un de ses amis contre elle, où cela les mènerait-il, s'ils étaient amants ? Elle devait passer outre le désir qu'il lui inspirait, outre les tiraillements de son cœur et se concentrer sur son travail ! s'ordonna-t-elle, le cœur gros.

Le lendemain matin suivant, ils se retrouvèrent dans le hall comme la veille, mais cette fois Gil n'avait pas encore déposé Cade à la garderie. Il ne fit aucune allusion à la scène torride qui avait eu lieu dans son bureau, l'après-midi précédent, ni à sa promesse non tenue, et rien dans son expression ne laissa transparaître quoi que ce soit. Devait-elle en éprouver du soulagement ou s'en offenser ? Elle l'ignorait... De toute façon, devant son fils, il ne pouvait rien dire ni faire.

A force de se tortiller, Cade finit toutefois par se libérer de son père qui le tenait fermement par la main et se précipita vers elle, nouant les bras autour de ses jambes.

— Tu vas encore déjeuner avec nous, mademoiselle Britt ? demanda-t-il avec innocence.

Elle lança un coup d'œil à Gil qui secoua discrètement la tête.

— J'aurais adoré, Cade, mais aujourd'hui je n'aurai pas le temps de déjeuner, je vais grignoter un sandwich à mon bureau. J'ai beaucoup de travail, tu sais.

La déception qu'elle lut aussitôt dans ses grands yeux bleus l'emplit de culpabilité.

— Je comprends, dit-il d'un air triste.

Gil serra les mâchoires. Puis, sortant une clé de sa poche, il la lui tendit. Après quoi, il pivota sur ses talons et se dirigea vers la garderie. Cade lui jeta un dernier coup d'œil par-dessus l'épaule avant de disparaître à l'angle du couloir. Elle lui fit un petit signe de la main, grand sourire à l'appui, espérant ainsi le réconforter un peu.

A la fois confuse et perturbée, elle prit le chemin de son bureau et se mit au travail. Aujourd'hui, elle avançait un peu plus vite, puisqu'elle avait élaboré une méthode pour parcourir les fichiers.

Certains noms lui étaient familiers. Elle constitua peu à peu une liste d'hommes qu'elle souhaitait interroger, et elle se demanda si Gil se montrerait évasif, quand elle la lui présenterait. En réalité, elle avait déjà questionné ces hommes, mais elle craignait d'avoir laissé passer des indices, de ne pas avoir établi certains liens relatifs aux motifs de l'enlèvement.

A midi, son estomac se mit à gargouiller. Par chance, elle avait une barre de céréales, une pomme et une bouteille d'eau dans son sac. Seuls les invités des membres étaient autorisés à se rendre au restaurant, et comme Gil lui avait clairement signifié qu'il n'était pas intéressé par un déjeuner commun, elle était livrée à elle-même.

Bien sûr, elle aurait pu faire une pause et aller se restaurer au Royal Diner. On y mangeait bien, et l'ambiance y était chaleureuse, mais elle n'avait pas envie de parler à quiconque et encore moins de se justifier sur sa présence au club. Souvent, son métier la rendait aussi populaire qu'un agent du fisc !

Malgré tout, la journée passa rapidement, et à 17 heures elle était satisfaite du travail qu'elle avait accompli. Elle avait fermé son ordinateur et était en train de ranger les dossiers qu'elle avait utilisés quand, après avoir frappé un bref coup à la porte, quelqu'un l'ouvrit…

Il n'était pas difficile de deviner qui était l'intrus. Très fière du calme qu'elle était capable d'afficher, elle arbora un large sourire.

— Salut, Gil, lui dit-elle. Je viens justement de finir ma journée. Tiens, je te rends la clé.

Quand il s'en saisit, ses doigts frôlèrent les siens. Ils étaient chauds et légèrement calleux, et elle s'efforça de ne pas tressaillir. Pour masquer son trouble, elle plongea bien vite la tête dans son sac.

— A demain, ajouta-t-elle d'une voix aiguë.

Un peu plus, et elle aurait pu briser du verre, pensa-t-elle avec dérision, tout en maudissant ce timbre inhabituel d'avoir trahi ses émotions.

— Attends, marmonna-t-il alors. Accorde-moi juste une minute.

Son pouls s'accéléra face à son ton intime, mais elle n'allait pas céder aussi facilement.

— Non.

— S'il te plaît ! insista-t-il en la fixant d'un regard contrit.

— Tu ne m'as pas appelée, hier soir, dit-elle d'un ton neutre. C'était grossier et déplacé.

Il hocha la tête.

— Je sais, je suis navré.

— Pourquoi ne m'as-tu pas téléphoné, Gil ?

Bien que piquée au vif, elle était sincèrement curieuse d'entendre ses explications. Il se tenait si près d'elle qu'elle pouvait distinguer des petites taches ambrées dans ses iris, qui conféraient de la lumière et de la profondeur à son regard.

Il lui caressa le bras d'un air presque absent.

— Je ne savais pas quoi te dire. Tu m'embrouilles l'esprit, Britt.

Elle sentit son souffle chaud sur sa joue.

— Est-ce une bonne ou une mauvaise chose ?

En comprenant qu'il était tiraillé, tout comme elle, elle se calma un peu. Aujourd'hui, il portait une simple chemise en oxford jaune, et cette couleur lui allait parfaitement bien. Tout comme son pantalon aux plis impeccables vraisemblablement taillé sur mesure.

Elle aurait aimé porter une tenue plus élégante que son uniforme habituel, mais un agent des forces de police en service devait être prêt à parer à toute éventualité : de temps à autre, elle devait en effet pourchasser un délinquant ou ramper pour surveiller quelqu'un.

Hélas, la coquetterie n'était pas de mise dans sa branche !

Gil jugea sans doute superflu de répondre à sa question, mais à la façon dont il la regardait la réponse devait être positive.

— Dîne avec moi, ce soir, proposa-t-il de façon abrupte. Cade passe la soirée chez mon cousin et sa femme. J'irai le chercher vers 21 heures. Je réserverai chez Claire's.

Claire's était un restaurant chic où l'on mangeait sur des nappes blanches avec des couverts en argent ; on s'y rendait en général pour les grandes occasions. Elle sentit les battements de son cœur s'accélérer.

Pourtant, bien résolue à lui masquer son trouble, elle déclara avec détachement :

— Tant que je paie ma part pour éviter tout problème éthique, pas de problème. Cependant, es-tu certain que cela ne te dérange pas que l'on nous voie en public ?

Cette dernière question, un rien acerbe, était destinée à souligner l'ambivalence de Gil. Il ne s'y trompa pas.

— D'accord, je n'ai que ce que je mérite. J'avoue que le fait que tu aies ouvert une sorte de chasse aux sorcières dont un de mes amis pourrait faire les frais me chiffonne un peu, mais je dois également avouer que mes scrupules ne pèsent pas lourd face au goût de tes lèvres.

Et, l'attirant à lui, il lui donna un baiser langoureux. Alors que, la veille, le contact avait eu la frénésie du désespoir, il était bien plus doux cette fois, mais aussi infiniment plus érotique. Elle noua les bras autour de son cou et soupira d'aise quand le corps de Gil épousa le sien.

Adolescente, elle avait souvent maudit sa haute stature, mais en l'occurrence elle la jugeait parfaite. Elle sentait son ceinturon contre son ventre, humait l'odeur épicée de son eau de toilette… Ses cheveux étaient soyeux et lisses sous ses doigts.

Il la tenait avec beaucoup d'assurance, comme un homme d'expérience, bien qu'il lui ait affirmé manquer d'opportunités depuis la mort de sa femme. Elle entendait son cœur battre contre le sien.

— Tu es très persuasif, murmura-t-elle, tandis qu'il lui mordillait le lobe de l'oreille.

— Donc, tu acceptes mon invitation ?

— C'est entendu, mais je dois rentrer à la maison pour me changer. On peut se retrouver dans une heure au club, si ça te convient.

Elle séjournait à McDaniel's Acres. Et bien qu'elle n'ait pas le temps de s'adonner aux multiples activités que proposait le ranch hôtel, elle appréciait le confort de sa vaste chambre, ainsi qu'une plus grande intimité que celle qu'aurait offerte une maison d'hôtes.

Gil tira sur sa queue-de-cheval.

— Je viendrai te chercher, dit-il.

— Ce ne sera pas nécessaire.

Prenant son visage dans ses mains, il planta ses yeux dans les siens.

— Ne lutte pas avec moi sur ce point, lui dit-il. Ce qui nous arrive nous dépasse. Laissons-nous porter par le vent, et voyons où il nous mène.

— Il ne nous mènera nulle part, Gil, lui assena-t-elle, ne sachant pas très bien pourquoi elle tenait soudain à le lui rappeler.

Un petit sourire ironique éclaira alors le visage de Gil.

— Mais, chemin faisant, nous pourrions bien nous amuser, tu ne crois pas ?

Elle n'était pas armée pour résister à son charme. Il lui avait laissé une impression indélébile lors de leur première rencontre et, depuis, rien n'avait changé.

— J'ai sans doute peur que tu me fasses faux bond, étant donné que j'ai attendu en vain ton appel hier soir, comme une idiote de lycéenne.

Du pouce, il traça le contour de son oreille, et elle ne put réprimer un petit frisson.

— Je réparerai cette erreur, lui murmura-t-il à l'oreille.

Et, de nouveau, il l'embrassa, de façon bien plus ardente cette fois, et elle eut l'impression que tout son corps s'enflammait.

Il la pressait si fort contre lui qu'elle sentait son érection : c'était la promesse d'étreintes passionnées, et elle était des plus convaincante. Elle eut tout à coup envie de ne faire plus qu'un avec lui. Elle se sentait incroyablement vivante et, en même temps, elle redoutait de se perdre…

Elle finit par le repousser doucement.

— Je dois y aller, dit-elle d'un ton haletant.

— Très bien. Je passerai te chercher à 18 h 30. Ne me fais pas attendre.

Gil tressauta quand elle referma la porte derrière elle. Britt ne se doutait absolument pas de la lutte qu'il menait pour garder la maîtrise de lui-même en sa présence. Si elle s'imaginait que son uniforme masquait l'attrait de son corps, comme elle se trompait ! Il en percevait toute la douceur et la force quand il la tenait dans ses bras. L'entraînement physique qu'exigeait son métier avait sculpté son corps, et cela lui plaisait énormément.

Il ne pouvait s'empêcher de fantasmer sur son énergie et sa souplesse au lit… Et cette pensée ne contribuait pas à calmer ses ardeurs !

Il attendit quelques instants pour sortir du bureau, le temps de retrouver une contenance, afin d'éviter de croiser quelqu'un dans un état gênant pour lui, puis il alla chercher son fils.

Une demi-heure plus tard, il déposait Cade en ville et filait chez lui se changer. Cette sortie en compagnie de Britt allait à coup sûr faire jaser, mais il s'en fichait. Au fond, si la nouvelle se propageait qu'ils étaient ensemble, les gens ne s'interrogeraient plus trop sur la raison de sa présence au TCC.

Alors qu'il se rendait sur la propriété de Chance McDaniel, transformée en partie en hôtel, il pensa que ce dernier était finalement la seule personne qui aurait pu avoir une dent contre Alex Santiago. En effet, tous deux avaient montré un intérêt certain pour Cara Windsor, mais c'était finalement Alex qui lui avait passé une bague de fiançailles au doigt. Alex et Chance avaient été amis, et il n'était pas improbable que ce dernier se soit senti trahi.

Gil ne savait pas exactement quelles étaient les répercussions de l'enlèvement d'Alex et de son amnésie subséquente sur sa relation avec Cara, mais il imaginait qu'il ne devait pas être aisé de vivre avec un homme qui ne se souvenait pas de vous.

Alors qu'il s'arrêtait devant la demeure impressionnante du ranch, Chance, qui se trouvait dans le corral, le salua de la main. Et il se rendit soudain compte que Britt devait souvent croiser ce beau cow-boy blond... La vague de jalousie qui l'envahit alors le déconcerta. Mais Britt n'ayant pas encore rayé Chance de la liste des suspects, il songea que pas plus elle que lui ne seraient enclins à se lier intimement. Les soupçons de l'une et la méfiance de l'autre suffiraient à les tenir éloignés.

Il fut arraché à ses pensées troublantes par l'arrivée de Britt. Ce qu'elle était sexy ! songea-t-il tout de suite. Ses cheveux souples ondulaient sur ses épaules, sous l'effet de la brise du soir. Quand leurs yeux se croisèrent, il y perçut une certaine réserve. Manifestement, elle se méfiait toujours un peu de lui, depuis qu'il ne l'avait pas rappelée comme promis...

Cette constatation le peina, et il retint un soupir.

La veille, au moment de lui téléphoner, les mauvais souvenirs liés à l'interrogatoire auquel elle l'avait soumis avaient resurgi en lui avec force. Il avait alors renoncé à l'appeler, sans vraiment penser aux conséquences.

Il s'avança vers le perron et en franchit les premières marches pour venir à sa rencontre. Il lui prit la main.

— Tu es ravissante, dit-il en ayant la sensation qu'aucun adjectif n'aurait pu lui rendre justice.

La robe noire en mailles fines et au décolleté plongeant qu'elle portait soulignait sa taille fine et sa poitrine généreuse. Ses manches courtes froncées sur les épaules révélaient la grâce de ses bras.

— Merci, dit-elle.

Pour la première fois depuis qu'ils se connaissaient, il avait enfin le loisir de contempler ses jambes, car la robe lui arrivait un peu au-dessus des genoux. Et cette vision suffit à lui couper le souffle. C'était vraiment un crime que tant de beauté soit cachée par son uniforme. Encore que cela présentait l'avantage de ne pas trop attirer les regards masculins.

Lui qui se considérait comme un homme évolué ! Voilà que Britt remettait en question ses principes et avivait en lui des pulsions néandertaliennes ! Il n'avait nullement le droit de se montrer possessif envers elle, même s'il ne pouvait non plus nier ce qu'il ressentait.

Ils échangèrent peu durant le trajet jusqu'au restaurant, mais une fois qu'ils furent chez Claire's en train d'étudier la carte, il s'était suffisamment remis de ses émotions pour soutenir la conversation.

— As-tu déjà mangé ici ? demanda-t-il.

Elle secoua la tête et sourit.

— Non. Ces prix sont un peu au-dessus du budget quotidien que je consacre à mes repas, même si de temps en temps je peux m'accorder une petite folie.

Il se mit à rire.

— Je te recommande le saumon, ou le bœuf bourguignon, lui dit-il.

Au cours du dîner, il prit à peine garde à ce qu'il mangeait, tant il était sous le charme de Britt. Elle était délicieusement sérieuse au sujet de son travail, tout en possédant un sens de l'humour pince-sans-rire qui le prenait parfois de court. Il était conscient du regard que les autres convives posaient sur eux, et il connaissait la plupart des gens présents chez Claire's, ce soir-là. Mais il s'en fichait. Il n'avait pas passé une soirée aussi agréable depuis des lustres.

Au moment du café et des mignardises, il prit la résolution de lui révéler le secret qu'il avait gardé pour lui jusque-là.

— Britt…

Un sourire éclaira ses traits.

— Oui ?

— Je dois te faire un aveu.

Aussitôt, le regard de Britt s'assombrit.

— J'ai entendu ce que tu as dit à Cade, à propos de ton père.

Il la vit pâlir.

— Je vois, marmonna-t-elle.

— Je suis désolé, mais je ne voulais pas te mettre mal à l'aise, hier.

— Et aujourd'hui tu n'y vois pas d'inconvénient ? rétorqua-t-elle d'un ton amer.

Il haussa les épaules.

— Je tiens surtout à être honnête avec toi. Tu n'as pas à me donner d'explications, mais sache que je suis vraiment navré que tu aies eu une enfance difficile. J'ai réellement apprécié ce que tu as dit à Cade. C'était très généreux de ta part.

Elle croisa les bras, sur la défensive.

— Il ne faut pas non plus trop noircir le tableau. J'avais un toit au-dessus de la tête et des repas à heures fixes, ce que beaucoup d'enfants n'ont pas.

— Je n'en doute pas, renchérit-il, sensible à sa pudeur.

Mais l'amour aussi est important. Peut-être que ton père ne savait pas te montrer ses sentiments.

Elle soupira et détourna le regard.

— C'est ce que je me suis dit, quand j'étais ado. J'ai suivi un cours de psychologie au lycée, j'ai appris que le chagrin pouvait parfois porter les gens à l'introversion. Mais cela ne m'a pas vraiment aidée à comprendre mon père. On parlait si peu ! Je l'ai encouragé pendant des années à s'ouvrir à moi, mais je me suis heurtée à un mur.

— Il ne sait pas de quoi il s'est privé, commenta-t-il sobrement.

Elle soupira et avala une gorgée d'eau, la main tremblante.

— Merci, murmura-t-elle.

Il s'ensuivit un petit silence gêné, puis elle se pencha vers lui et planta ses yeux dans les siens. Son regard était des plus sérieux.

— Est-ce que je peux te poser une question personnelle ?

— Bien sûr.

— Cade se souvient-il de sa mère ?

Il hésita. Il ne s'était pas attendu à aborder ce sujet avec elle. Mais il aurait été injuste qu'il ne lui rende pas la pareille.

— Non, dit-il avec lenteur. Elle est morte avant son premier anniversaire. Elle s'est suicidée.

Même après tout ce temps, il lui était douloureux de prononcer ces paroles.

— Oh ! Gil, je suis désolée ! s'exclama-t-elle en refermant spontanément sa main sur la sienne.

Il lui étreignit les doigts, réconforté par son empathie.

— Le temps a passé, dit-il. Et, en toute franchise, notre mariage était voué à l'échec dès le début, bien qu'il m'ait fallu longtemps pour m'en rendre compte. Ma femme souffrait de problèmes psychologiques sévères, mais elle savait fort bien le cacher.

— Tu n'as pas à t'en expliquer, dit-elle sans lui lâcher la main.

— Je sais, mais j'en ai envie. Cela te permettra sans doute de mieux comprendre pourquoi je suis si protecteur envers Cade… Quand notre mariage a commencé à battre de l'aile, j'ai proposé à Sherrie d'aller consulter ensemble un psychologue. Elle a accepté et, rassurée par le cadre, a dévoilé qu'elle avait été violée, alors qu'elle était adolescente. Au début, j'ai eu du mal à le croire, mais ses parents faisaient partie d'une secte qui « mariaient » les toutes jeunes filles à des hommes plus âgés.

Britt lui lâcha la main et s'adossa à sa chaise, choquée.

— C'est affreux ! s'exclama-t-elle.

— Oui… Cela dit, Sherrie voulait réellement un enfant. Elle était si heureuse pendant sa grossesse. Mais elle a eu une dépression postnatale qui l'a anéantie, et elle ne s'en est jamais remise.

— Alors, tu as fait de ton fils ta priorité.

— Ne me prends pas non plus pour un saint, dit-il.

Il fit une pause de quelques secondes, avant de poursuivre :

— En réalité, juste après la mort de leur fille, mes beaux-parents m'ont poursuivi en justice, ils ont tout fait pour m'écarter de Cade et en obtenir la garde. A l'idée de le perdre, je me suis alors rendu compte à quel point je tenais à ce bébé innocent.

— Dieu merci, ils n'ont pas réussi !

— J'ai passé huit mois en enfer, entre les visites ordonnées par le tribunal et les évaluations psychologiques…

Elle se mordit la lèvre.

— Je commence à comprendre pourquoi tu as une dent contre les autorités.

— Oui, je m'en méfie sans doute, car j'ai vraiment manqué de perdre mon enfant. Mes beaux-parents avaient soudoyé un juge, et ça a failli marcher ! Heureusement pour moi, j'ai beaucoup d'amis influents, à Royal. A la fin, la justice a triomphé, mais il s'en est fallu de peu.

— J'ai conçu de l'admiration pour toi dès mon arrivée à Royal, et ce soir, elle a redoublé, déclara-t-elle d'un ton posé.

- 6 -

Britt était ébranlée par ce qu'elle venait d'entendre. Imaginer Gil sans son fils lui semblait impossible. Ils formaient une entité familiale si unie, en dépit de l'absence de figure maternelle.

Elle s'était quelques fois demandé si Gil était encore amoureux de sa femme, ce qui expliquerait qu'il ne se soit pas remarié. Apparemment, la vérité était bien plus complexe. Il voulait protéger son fils et éviter de le perturber par d'éventuelles liaisons éphémères.

Quelle remarquable abnégation ! Néanmoins, combien de temps un homme aussi viril pourrait-il réprimer ses besoins sexuels ? Sa ligne de conduite ne le pousserait-elle pas fatalement à se lier de manière intime avec la première qui se présenterait ?

Assise en face de lui dans ce restaurant sélect, elle avait la sensation de vivre un rêve romantique. Elle n'avait guère eu d'occasions de dîner dans des établissements si prestigieux, et jamais, en tout cas, en compagnie d'un homme aussi distingué que Gil. Son costume soulignait la carrure de ses épaules et sa taille élancée. Avec sa chemise d'un blanc immaculé et sa cravate bordeaux, il était le prototype même de l'homme d'affaires qui avait réussi. Et il était terriblement attirant, même si elle appréciait aussi énormément ses allures de cow-boy…

Cependant, bien que très attirée par Gil, elle était consciente de marcher sur des œufs. Si elle opérait des choix peu judicieux et que les choses lui explosaient au visage, elle s'exposait à de sévères réprimandes de la part de sa hiérarchie. Dans le meilleur des cas ! Certains de ses collègues n'avaient-ils pas été congédiés parce que leur implication personnelle dans une affaire avait brouillé leur jugement ?

Outre les possibles retombées professionnelles, elle refusait de n'être qu'un plaisir coupable pour Gil, d'entrer dans la catégorie des « flirts secrets » ou des « agréables erreurs ». Evidemment, ce soir, ils dînaient dans un lieu public, au vu et au su de tout le monde. Mais mettre Cade au courant était une autre affaire…

Ses suppositions furent confirmées, lorsque, regardant sa montre, il prit un air consterné.

— Il est l'heure pour moi d'aller chercher Cade, déclara-t-il. Je n'avais pas vu qu'il était si tard. Je te raccompagne chez toi.

Elle avait passé une soirée agréable et détendue en sa compagnie, ce qui n'était pas toujours le cas avec le sexe opposé. Mais sa remarque venait de rompre le charme.

— Ce ne sera pas nécessaire, dit-elle. Je vais appeler Chance. Il va envoyer un de ses bras droits me chercher. Va, ne t'occupe pas de moi. Récupère Cade et mets-le vite au lit.

Son ranch et celui de McDaniel se trouvaient tous les deux au sud de la ville, et n'étaient pas très éloignés l'un de l'autre.

Il fronça les sourcils et appela la serveuse pour l'addition.

— Je t'ai invitée à dîner, je te raccompagne chez toi, c'est tout, décréta-t-il.

Il grimaça.

— D'ailleurs, Cade est assez grand pour comprendre que toutes les relations ne finissent pas par un mariage, ajouta-t-il. Nous pouvons tout à fait aller le chercher ensemble.

— J'apprécie ta galanterie, dit-elle, mais elle est inutile, je t'assure. Tu es un homme très séduisant, et je suis très attirée par toi. Seulement, il se trouve que tu as des responsabilités.

Il parut soudain plus détendu.

— Merci, Britt, dit-il en se levant après qu'ils eurent payé. Mais nous repartirons ensemble.

Il lui prit la main et l'invita à se lever.

Le temps s'était rafraîchi durant le dîner, constata-t-elle, une fois qu'ils furent à l'extérieur. Une petite pluie fine s'était d'ailleurs mise à tomber.

Elle frissonna, regrettant de ne pas avoir pris de châle. Comme lisant dans ses pensées, Gil retira sa veste et la lui passa sur les épaules. L'étoffe était imprégnée de sa chaleur et de son odeur.

— Merci, dit-elle en rapprochant les revers, tandis que la pluie redoublait d'intensité.

Il n'était pas garé très loin, et ils coururent jusqu'au pick-up. Gil lui ouvrit la portière côté passager, puis contourna le véhicule pour s'installer derrière le volant. Quand ils furent tous les deux à l'intérieur, ils éclatèrent de rire et secouèrent leurs cheveux mouillés. Rapidement, les fenêtres s'embuèrent.

Il ne mit pas tout de suite le contact, mais tourna la tête vers elle pour la regarder avec intensité. Les pointes de ses seins étaient hérissées, elle le sentait…

— Est-ce que tu veux que je mette le chauffage ? demanda-t-il d'une voix rauque.

Elle secoua la tête.

— Non, il ne fait pas froid dans ton pick-up…

Et d'autant moins qu'elle brûlait qu'il la touche ! Il semblait d'ailleurs sur la même longueur d'ondes qu'elle.

— Viens par ici, Britt, dit-il.

— Pourquoi ? demanda-t-elle.

Mais elle obtempéra et se glissa vers lui sur la banquette. La veste de Gil tomba de ses épaules.

— Tu penses que j'ai besoin d'être réchauffée ? poursuivit-elle.

Il lui adressa un petit sourire, les yeux rivés à ses lèvres.

— Pour ma part, quelques degrés de plus, et c'est l'explosion, déclara-t-il.

Puis il glissa une main dans son cou et l'embrassa fougueusement. Son baiser avait le goût du café et de la crème fouettée.

— Gil…

Elle s'interrompit. Il venait de poser la main sur son genou. Lentement, il la remonta le long de sa cuisse. Elle le sentit tressaillir lorsqu'il atteignit la naissance de sa jarretière.

— Petite coquine ! murmura-t-il alors.

— Tu ne te doutais pas, à me voir en uniforme, que j'appréciais la lingerie sexy, n'est-ce pas ? demanda-t-elle d'une voix rauque.

Avec ses doigts, il se mit alors à jouer avec la bande en dentelle de sa lingerie.

— Promets-moi quelque chose, demanda-t-il soudain d'une voix lourde de désir.

Elle s'efforça de maîtriser le bouillonnement qu'elle sentait monter en elle.

— Te promettre quoi ? demanda-t-elle.

Elle n'avait qu'une idée en tête : prendre sa main et la faire remonter plus haut encore. Mais ils se trouvaient sur le parking d'un restaurant, et il était temps qu'ils aillent chercher Cade.

— Que tu porteras cette lingerie la première fois que nous ferons l'amour…

Il se mit à caresser sa peau nue, autour de la jarretière. Troublée au plus haut point, elle avait toutes les peines du monde à ne pas s'abandonner aux pires imprudences, elle qui n'avait pourtant nullement l'esprit aventurier, ni dans son travail ni dans sa vie privée.

L'un des deux devait revenir sur terre ! Avec regret, elle écarta la main de Gil et reprit sa place, aussi loin de lui que possible.

— Tu crois que ça arrivera ? demanda-t-elle alors.

— Je l'espère bien, oui ! répondit-il en donnant un coup de poing sur le volant. Sans quoi, je ne réponds plus de moi !

Il exagérait, elle le savait, mais elle entendait pourtant dans sa voix l'intonation du désespoir.

— Il faut vraiment que nous allions chercher Cade, trancha-t-elle.

Sans broncher, il démarra, et elle réprima un soupir de mélancolie. L'idée de s'allonger avec Gil sur la banquette possédait un certain charme pour une femme dont la vie amoureuse, depuis un certain temps, ressemblait à un désert.

Ils restèrent silencieux durant le bref trajet jusqu'à la maison du cousin de Gil, dans un silence rythmé par le bruit régulier des essuie-glaces. Une fois à destination, Gil se gara le long du trottoir et bondit hors du véhicule. Il revint quelques minutes plus tard, portant un adorable Cade endormi dans ses bras. Elle lui ouvrit la portière de l'intérieur.

Il installa son fils dans son siège auto et l'attacha entre eux deux, à la place du milieu, prenant quelque liberté avec la sécurité routière. Britt passa alors son bras derrière Cade pour le maintenir, et son odeur de beurre de cacahuète et de transpiration légère lui effleura les narines.

Refermant la portière, Gil déclara :

— La Terre pourrait exploser qu'il ne s'en rendrait pas compte !

— C'est bien mieux qu'il dorme ! Comme ça, il ne se rend compte de rien.

— Merci pour ta compréhension, Britt, lui dit-il. Beaucoup de femmes auraient été vexées qu'un dîner finisse ainsi.

— Eh bien, pas moi ! Je conçois tout à fait que tu sois avant tout un père. Cade est vraiment un petit garçon très chanceux.

Elle déposa un baiser sur le crâne de l'enfant, puis ajouta :

— Ramène-moi chez moi, Gil.

Gil conduisait plus lentement que d'ordinaire, absorbé par ses pensées. L'attention et la tendresse dont Britt faisait preuve envers son fils le touchaient d'une façon qu'il ne pouvait s'expliquer. Les questions tournaient en boucle dans son cerveau, il était hanté par des images d'intimité avec Britt, tout en se demandant comment il pourrait s'engager dans une relation avec une femme sans que son fils ne soit impliqué en quoi que ce soit.

Lorsqu'ils arrivèrent à McDaniel's Acres et qu'il se gara près de la grille d'entrée, Britt posa la main sur son bras.

— Ne descends pas, lui dit-elle. Tu ne peux pas laisser Cade tout seul dans le pick-up.

Il secoua la tête.

— Il dort, tout va bien.

Et, sans l'écouter, il fit le tour du véhicule pour lui ouvrir la portière et lui prit la main pour l'aider à descendre. Il se rappela alors ce qu'elle portait sous sa robe noire et sentit tout son corps se raidir.

— Bonne nuit, Britt, dit-il d'une voix rauque.

Puis il enfouit les mains dans sa chevelure soyeuse et épaisse, et captura sa bouche.

Elle se lova contre lui, et ses seins s'écrasèrent contre son torse. Même s'il la savait forte et intelligente, lorsqu'il la tenait dans ses bras, c'était plus fort que lui : il avait envie de la protéger à tout prix ! Il n'oubliait jamais tout à fait le danger lié à sa profession.

Soucieux de bien lui faire comprendre à quel point il la désirait, il cala une jambe entre ses cuisses, tout en pressant son bassin contre le sien.

— J'ai eu une idée, dit-il. Une bonne idée. Mais il faut que tu me fasses confiance.

Elle se mit à jouer avec la boucle de son ceinturon.

— Bien sûr.

La voix saccadée de Britt le rassura : il n'était pas le seul à être troublé !

— Je t'expliquerai tout au club, demain, dit-il.

— Entendu, souffla-t-elle.

Et, les yeux rivés aux siens, elle se mit à caresser son début de barbe d'un air rêveur. Tournant légèrement la tête, il lui mordilla alors le bout des doigts et fut submergé d'un désir intense. Il dut faire appel à tout ce qu'il lui restait de volonté pour s'écarter d'elle et contourner le véhicule afin de mettre son pick-up entre eux deux. Heureusement que son fils était endormi dans la voiture ! Sinon, il l'aurait entraînée sur la banquette…

A cette pensée, il sentit des gouttes de sueur perler sur son front.

— Dors bien, lui dit-il.

Elle se retourna sur les marches du perron, et la brise de la nuit porta sa voix jusqu'à lui :

— J'ai passé une très bonne soirée, Gil. Bonne nuit.

Il la regarda entrer dans le ranch, puis monta dans son pick-up. Il laissa alors retomber sa tête sur le volant, le cœur battant à tout rompre, comme s'il venait de courir un marathon. Il fallait que quelque chose change, et vite !

Britt pénétra sans bruit dans le ranch, consciente que, comme il n'était pas encore 22 heures, tout le monde ne serait pas encore couché. De fait, Chance McDaniel se trouvait dans l'entrée où il s'entretenait avec deux dames charmantes aux cheveux grisonnants, originaires de l'Ohio. Britt avait déjà eu l'occasion de discuter avec elles. Elles rêvaient d'apprendre à monter à cheval, et l'équipe de Chance s'employait à réaliser leur vœu le plus cher.

L'apercevant, le propriétaire des lieux s'excusa auprès de ces deux dames et s'approcha d'elle.

— Tout va bien ?

Son visage devait sans doute refléter encore le tumulte intérieur que lui avait valu le baiser de Gil. Elle se sentit rougir.

— Oui, pas de problème, répondit-elle.

Il lui adressa alors un regard appuyé.

— C'était bien le pick-up de Gil Addison que j'ai vu passer ? s'enquit-il.

Ses joues s'empourprèrent un peu plus.

— Tout à fait. Nous avons dîné ensemble.

Il arbora un sourire ironique.

— Je suppose que cela signifie qu'il y en a au moins un parmi nous qui ne figure plus sur la liste des suspects.

— Un homme est présumé innocent tant que sa culpabilité n'est pas prouvée, répliqua-t-elle.

Chance secoua la tête.

— C'est curieux, ce n'est pas l'impression que j'ai.

Sans répondre, elle se dirigea vers l'escalier qui menait à l'étage, tout en déplorant de n'avoir pas encore réussi à s'attirer la sympathie de Chance. Elle ne logeait pas chez lui depuis très longtemps, mais il lui donnait le sentiment d'être un homme à qui l'on pouvait faire confiance. Bien sûr, les preuves irréfutables s'étayaient à partir de faits, et non d'impressions, pourtant, il lui était impossible d'imaginer que Chance ait pu commettre un enlèvement.

Mais n'était-elle pas bien placée pour savoir que les gens pouvaient cacher d'incroyables secrets ? Toujours était-il qu'elle espérait être en mesure de prouver sous peu son innocence.

Une fois dans sa chambre, elle retira sa robe — la plus belle qu'elle avait apportée à Royal —, puis se regarda dans le miroir. Les dessous assortis à son porte-jarretelles étaient extrêmement féminins. Fermant les yeux, elle imagina les yeux de Gil sur elle et frissonna. La passion brute qu'elle percevait chez lui l'excitait terriblement.

Sous la douche, elle se figura qu'il était à côté d'elle… Troublée, elle se représenta son corps viril, son visage déterminé… Elle avait bien conscience qu'elle ne pourrait pas être la femme de sa vie : toutefois, si le destin était clément, elle explorerait peut-être la facette sensuelle de la personnalité de Gil, jusqu'à ce qu'il soit temps pour elle de quitter Royal.

Passant ses mains savonneuses sur ses seins, elle inspira rapidement tandis que le désir pulsait dans ses veines comme un divin nectar. Ses mamelons étaient tout hérissés, presque douloureux.

Elle glissa alors le gant de toilette entre ses cuisses, et un grand frisson la parcourut. Il ne lui fallut pas plus que quelques mouvements languides pour jouir dans un gémissement sourd, le front contre le muret en carrelage. Elle y resta appuyée jusqu'à ce que son cœur retrouve un rythme normal.

Vacillant sur ses jambes, elle sortit de la douche et s'essuya rapidement, anticipant déjà le lendemain. Gil avait affirmé avoir eu « une bonne idée ». Qu'avait-il en tête ? Et combien de temps devraient-ils encore attendre avant de faire l'amour ?

Elle était presque endormie lorsque son portable vibra, sur la table de nuit. Elle s'en empara et reconnut tout de suite le numéro de Gil.

— Allô ?

— Britt, je viens juste de regarder l'heure. Je suis désolé. Tu dormais ?

— Pas tout à fait, dit-elle en se redressant. Quelque chose ne va pas ?

Un long silence s'ensuivit.

— Oui, tu as vu juste, admit-il enfin.

— C'est Cade ?

— Non, Cade va bien, répondit-il d'une voix rauque. Il ne s'est même pas réveillé quand je l'ai porté jusqu'à son lit.

— Tant mieux.

— Voilà, commença-t-il, hésitant. J'aurais aimé que notre soirée dure plus longtemps.

Elle comprit tout de suite ce qu'il voulait dire.

— Moi aussi… Tu es couché ?

— Oui. Et j'aimerais tant que tu sois avec moi.

Elle déglutit avec difficulté. Au moins, il était honnête.

— Il faut que tu sois sûr de toi, Gil. La situation sera compliquée, et je ne veux pas que tu m'en veuilles ensuite.

— Comme je ne me suis pas très bien comporté avec toi, au début, tu es méfiante, n'est-ce pas ?

Elle entendit des regrets dans sa voix.

— Non, à ta place, j'aurais eu la même réaction. Il n'est jamais très agréable d'être interrogé par la police.

— Je ne veux pas que tu croies que je profite de toi, Britt. Je t'apprécie beaucoup, tu sais, en dépit de ton métier.

Elle sourit, tout en lissant de sa main libre les motifs en relief de la couette qui représentaient des anneaux de mariage.

— Moi aussi, Gil, je t'aime beaucoup, même si tu es têtu.

— Touché !

Il se mit à rire, et son rire lui réchauffa le cœur.

— Je ne vais pas faire l'amour par téléphone avec toi, Gil, le prévint-elle alors.

— Tu peux compter sur moi, Britt, pour te faire vivre une expérience bien plus excitante que l'échange de quelques mots coquins, quand nous ferons enfin l'amour. Je vais chavirer ton monde, et toi le mien !

Ces paroles lui coupèrent le souffle.

— Ton assurance confine à l'arrogance, parvint-elle à articuler.

— Il ne s'agit pas de cela ! Toi et moi sommes des êtres solitaires, nous éprouvons des sentiments forts, tout comme nous sommes dotés du sens des responsabilités face à ceux qui dépendent de nous. C'est tout de suite ce que j'ai perçu de toi, la première fois que je t'ai vue. Non seulement tu es belle et sexy, mais tu n'es pas indifférente aux autres, à ton entourage. A un certain petit garçon qui voudrait tant une mère…

— Gil, tu sais que je ne sollicite pas ce job, n'est-ce pas ?

— Je sais… Mais que ressens-tu pour le père du petit garçon ?

Elle prit une grande inspiration. Peut-être était-il plus aisé d'être honnête au téléphone, quand il ne la fixait pas de son regard si pénétrant.

— J'ai envie de passer du temps avec toi, Gil… Me livrer à mille audaces avec toi…

Un petit silence s'ensuivit.

— J'apprécie ta franchise, Britt, dit-il enfin.

— Je t'ai choqué ? demanda-t-elle avec un sourire.

— Le choc est positif, rassure-toi, affirma-t-il. Allez, dormons à présent, Britt. On se voit demain…

— Entendu, à demain…

Elle s'endormit en pensant à toutes les promesses de ce mot.

- 7 -

Britt passait chaque tiroir au peigne fin, et la liste de ses questions s'allongeait à mesure que grossissait la pile des dossiers. Elle était restée toute la journée au Texas Cattleman's Club, mais elle n'avait pas aperçu Gil. A son arrivée, c'était la réceptionniste qui l'avait attendue pour lui remettre les clés, en lui précisant que M. Addison avait eu un petit contretemps.

Elle s'était efforcée de chasser sa contrariété, mais sa réaction face à l'absence de Gil commençait à l'inquiéter. Etait-il vraiment sage de s'engager dans une relation avec lui ? Elle n'avait pas envie de passer son temps à se demander si oui ou non elle comptait vraiment pour lui. Qui plus est, elle redoutait de commettre des impairs.

Un peu avant 17 heures, elle se mit à ranger ses affaires, s'apprêtant à rentrer chez elle pour étudier les informations qu'elle avait glanées ce jour-là. Elle n'avait toujours pas la moindre idée de qui pouvait être le coupable. Toutefois, de nombreux membres du club entretenaient des liens amicaux et sociaux avec Alex, et elle était certaine que si elle pouvait discuter avec eux elle serait en mesure de faire progresser l'enquête.

Lorsque, de façon tout à fait inattendue, Gil pénétra dans le bureau, elle prit une profonde inspiration et parvint à afficher une expression neutre. Ses mains continuaient à s'agiter, pour mettre de l'ordre dans les dossiers, mais son corps était tout raide.

— J'ai reçu cinq coups de téléphone, aujourd'hui, commença-t-il sans ambages. Et tous mes interlocuteurs s'étonnaient que j'autorise une femme avec qui je sors à passer du temps au club, sans ma présence.

Elle grimaça.

— Donc, ils savent ce que je suis en train de faire ?

— Pas dans le détail… Tout est ma faute. Je n'aurais pas dû remettre les clés à la réceptionniste. Elle est charmante, mais elle est incapable de tenir sa langue.

— Et que leur as-tu répondu ?

— A quoi bon leur raconter des histoires ? Tout le monde sait que tu es inspectrice, donc tôt ou tard les gens auraient compris. C'était une chose que tu déjeunes avec moi au restaurant du TCC, mais à leurs yeux te savoir toute seule dans mon bureau en est une autre.

— Tu leur as dit la vérité.

— Je n'avais pas le choix. Je t'épargnerai ce qu'ils m'ont répondu. Les gens n'apprécient pas qu'on livre leurs données personnelles à des étrangers, surtout quand ceux-ci sont en relation avec le gouvernement.

— Je suis désolée, Gil.

— Tu n'y es pour rien, répondit-il en haussant les épaules. Tu ne fais que ton métier… Je peux affronter leur fureur, cela ne me gêne pas. En revanche, je m'inquiète pour toi.

— Je te l'ai dit… Je suis tout à fait capable de me défendre.

— Alex Santiago aurait pu lui aussi prononcer ces paroles, et regarde ce qui lui est arrivé : un fou a décidé de l'enlever !

— Il doit bien y avoir une raison ! Nous n'avons pas encore trouvé laquelle, c'est tout.

— Oui, et comme le criminel n'est pas sous les verrous, le danger est bien réel. Il peut tout à fait recourir à la violence pour te dissuader de poursuivre ton enquête.

— J'ai pris mes précautions, Gil. C'est d'ailleurs pour cette raison que je me suis installée chez Chance. Le personnel y est nombreux et vigilant, personne ne pourrait s'introduire incognito dans ma chambre. Sans compter que cela me permet de garder un œil sur le propriétaire des lieux.

Gil se rembrunit.

— Il n'a rien à cacher, Britt. Ah, j'ai hâte que toute cette affaire soit terminée !

— Pas moi, renchérit-elle avec calme. Du moins pas entièrement. Parce que, alors je devrai repartir pour Houston.

Devant le rappel de la réalité, il serra les mâchoires. Quant à elle, elle préférait ne pas envisager son départ pour l'instant. D'autant que Gil lui avait avoué qu'il la désirait...

Il l'agrippa par les épaules et les lui serra légèrement.

— S'il te plaît, sois prudente, Britt.

Elle lui donna un baiser sur la joue.

— Je le suis toujours, répliqua-t-elle dans un soupir.

Ils restèrent quelques instants serrés l'un contre l'autre, conscients de la fragilité de leur relation. Comme il était doux de pouvoir s'appuyer sur lui, pensa-t-elle. Sur ses épaules impressionnantes. Même si elle pouvait tout à fait prendre soin d'elle-même, elle aimait presque se sentir vulnérable face à cet homme si viril. Il lui permettait de se laisser aller, de faire tomber les barrières, les masques.

— Dis-moi, dit-elle en lui caressant doucement le cou, quelle est donc cette idée dont tu m'as parlé hier ?

Il s'écarta d'elle, tout en la maintenant par les bras.

— Tu veux interroger les membres du TCC, c'est bien ça ?

— Oui, au moins une dizaine.

— Bon, c'est ton droit, je ne peux pas t'en empêcher. Mais je ne peux pas non plus accepter que ces interrogatoires se déroulent au club. Le TCC est précisément le lieu où les gars viennent échapper à leur vie, se détendre, fuir leurs difficultés. Ils ont droit à cette intimité. En revanche...

— Oui, en revanche ?

— Je pense que ces interrogatoires se dérouleraient

dans une meilleure ambiance s'ils avaient lieu chez moi. Donne-moi les noms, et j'inviterai les personnes à dîner à la maison, demain. Je ne leur mentirai pas, je leur annoncerai la raison de l'invitation. Je ferai griller des steaks, j'ouvrirai des bouteilles de bière, et espérons que le tout permettra de chasser les mauvaises ondes.

Il lui proposait un territoire neutre ? Parfait ! C'était l'endroit idéal pour se livrer à ses investigations.

— Tu ferais vraiment ça pour moi ? demanda-t-elle sans oser y croire.

Il l'embrassa sur le nez.

— Oui. Ce n'est pas un énorme sacrifice, tu sais.

— Et Cade ? Il sera présent, lui aussi ?

— Eh bien…

Il s'interrompit et, pour la première fois depuis qu'elle le connaissait, elle le vit mal à l'aise.

— Quoi ? Qu'est-ce que tu ne m'as pas dit ?

— J'ai des amis à Midland qui ont un fils du même âge que le mien. Ils organisent une soirée pyjama pour son anniversaire, et ils ont invité Cade. Je dois l'y conduire demain matin.

Elle se sentit soudain fébrile. Avait-elle bien compris la portée de ses propos ?

Gil lui adressa un petit sourire en coin.

— J'espère que tu prépareras ton sac pour passer la nuit à Straight Arrow, une fois les invités repartis.

Vingt-quatre heures plus tard, Britt remontait l'allée familière qui menait à l'immense ranch de Gil. Elle était pensive. Comment avait-elle pu passer en un tournemain de la peau d'une inspectrice rigoureuse à celle d'une femme fantasmant sur la nuit qui l'attendait avec son amant ? se demanda-t-elle.

L'imbrication de sa vie personnelle et de son métier la rendait nerveuse. Il était important qu'elle se montre aussi professionnelle et compétente que possible lorsqu'elle interrogerait les amis et connaissances de Gil. Si l'un d'eux soupçonnait ce que ce dernier avait prévu après la soirée, sa crédibilité n'y résisterait pas.

Cependant, il n'y avait aucune raison de s'alarmer. Pas plus qu'elle, Gil ne souhaitait prêter le flanc aux commérages, ne serait-ce que par égard pour Cade.

Quand elle arriva, deux pick-up étaient déjà garés devant la maison. Gil vint lui ouvrir la porte.

— Entre, lui dit-il. J'ai pensé que tu pouvais t'installer dans le petit salon pour les interrogatoires. C'était le sanctuaire de ma mère. Tu disposeras ainsi de toute la discrétion voulue.

Comme ils longeaient le corridor qui se trouvait à l'arrière de la maison, il l'attira soudain à lui et la plaqua contre le papier peint pour lui donner un baiser passionné.

— Tu m'as manqué, lui murmura-t-il en se serrant contre elle.

Elle lui rendit son baiser avec une égale ferveur, s'imprégnant de l'odeur de coton amidonné et de cuir qui émanait de lui. Aujourd'hui, il portait un jean et des boots, ainsi qu'une chemise blanche aux manches retroussées. Il était si viril… Et force lui était de constater qu'elle était complètement troublée par son allure de macho !

— Toi aussi, répliqua-t-elle. Et je tiens à te dire à quel point j'apprécie tout ce que tu fais pour moi, ce soir.

Il enfouit son visage dans son cou.

— Tu me remercieras plus tard. C'est la pleine lune, cette nuit. De ma chambre, la vue est imprenable.

Le souffle lui manqua pour répondre.

Il se mit alors à lui mordiller le lobe de l'oreille.

— Il y a des pick-up garés devant chez toi. J'en déduis que tu n'es pas seul…

Sa protestation n'était pas des plus véhémentes !

Il appuya son front contre le sien, puis fit glisser ses mains sur son chemisier en coton fin, là où ses seins tendaient le tissu.

— Tu me fais tout oublier, chuchota-t-il. C'est dangereux.

— Est-ce que je dois m'en excuser ? demanda-t-elle.

Bras noués autour de son cou, elle sentait sa chaleur se communiquer délicieusement à elle.

— Viens, dit-il d'une voix sourde. Allons rejoindre nos invités.

Gil devait le reconnaître : Britt savait s'y prendre pour charmer les hommes, sans ostentation. Elle connaissait le bon dosage. Sans se montrer ni trop autoritaire ni trop séductrice, elle invita chaque convive à la rejoindre dans le petit salon. Et quand ils s'en revinrent, aucun n'avait l'air particulièrement désarçonné par l'interrogatoire informel.

Seuls deux hommes avaient décliné son invitation : le shérif Nathan Battle, qui était en service, et Paul Windsor, qui se trouvait en déplacement.

Les hôtes présents ce soir-là entretenaient des liens plus ou moins étroits avec Alex Santiago. Il s'agissait de Douglas Firestone, Ryan Grant, les jumeaux Josh et Sam Gordon, Zach Lassiter et Beau Hacket. A l'exception de ce dernier, Gil aimait et appréciait tous ses autres invités. Même si Hacket ne semblait pas le genre d'homme à enlever qui que ce soit… Son fils avait beau avoir vandalisé récemment la garderie, cela ne le désignait en rien comme coupable.

Ses steaks cuits à point furent un succès, la bière coula à flots, et Britt eut le bon sens de se retirer avant que la tablée devienne trop animée et se laisse aller à des propos relâchés. Vers 22 heures, Gil songea qu'aucun des invités ne devait se souvenir de la raison première de cette petite réunion amicale. Chacun rentra chez lui le ventre bien rempli, fumant peut-être sur le chemin du retour un ou deux cigares interdits par son médecin.

Une fois ses invités partis, il s'adossa contre la porte. La soirée avait été une réussite ! Mais, tout ce qui l'intéressait, c'était Britt. Britt bientôt nue dans son lit…

Il la trouva dans le petit salon, l'air concentré devant son portable.

— Alors, tu as trouvé des pistes ? demanda-t-il en s'écroulant sur une chaise.

Elle leva la tête vers lui et se mordit la lèvre.

— Non, pas la moindre. Tous ont prétendu apprécier Alex. Firestone a reconnu qu'il s'était déjà disputé avec lui, mais que ce n'était rien de bien sérieux. Hacket s'est montré obséquieux et s'est fait passer pour un saint. Bref, je n'ai rien appris de nouveau !

Son visage reflétait une certaine frustration.

— J'ai invité Chance, mais il était très réticent à venir, lui dit-il.

— Je sais. Il m'observe quand il croit que je ne le vois pas.

Se frottant les tempes, elle ajouta :

— J'ai discuté plusieurs fois avec lui et je serais vraiment très surprise qu'il soit mêlé à l'enlèvement, déclara-t-elle.

— Les hommes amoureux sont parfois capables de folie, souligna-t-il malgré lui.

— Ah bon, il est vraiment amoureux ? Remarque, tu le connais sans doute mieux que moi.

— Je ne sais qu'en penser. Cara et lui étaient très proches. Et puis, Alex a débarqué à Royal, et elle n'a plus eu d'yeux que pour lui.

— Alors, tu crois qu'une fois Alex disparu, Chance pourrait avoir tenté sa chance auprès de Cara ?

— Même si c'est le cas, cela ne signifie pas pour autant qu'il soit l'auteur de l'enlèvement.

— C'est vrai…

Elle se leva et s'étira.

— Assez travaillé ! Je suis officiellement en congé jusqu'à demain.

Il lui lança un regard amusé.

— Voilà qui me plaît, approuva-t-il.

Une main posée sur la hanche, elle planta son regard dans le sien.

— Qu'y a-t-il ? s'enquit-il en fronçant les sourcils.

— Est-ce que je vais te paraître complètement inexpérimentée si je t'avoue que je suis nerveuse ?

Il bondit sur ses pieds.

— Il n'y a pas de quoi être nerveuse.

— Facile à dire pour toi. Moi je passe sans transition du travail au divertissement.

Il s'avança vers elle. Ravi qu'elle n'ait pas attaché ses cheveux ce soir, il repoussa une mèche rebelle derrière son oreille.

— Je vais t'aider.

Alors, sans prévenir, il la souleva de terre… en dépit de ses protestations.

— Enfin seuls ! s'écria-t-il tout joyeux. J'ai cru qu'ils ne partiraient jamais !

Il sortit du petit salon pour regagner sa chambre, son léger fardeau dans les bras, le cœur battant de plus en plus fort…

Elle s'agrippait à son cou, confuse qu'il la porte dans ses bras. Elle n'avait pas l'habitude que les hommes la traitent comme Scarlett O'Hara, étant donné sa taille. Ni qu'ils se montrent aussi romantiques.

Sur le seuil de sa chambre, il s'arrêta.

— Dernière chance pour toi de me dire non, l'informa-t-il.

Il n'y avait aucune étincelle d'humour dans ses yeux.

Elle caressa la ligne de sa joue bien ciselée.

— Je ne veux pas te dire non. J'ai besoin de toi, Gil. Je te désire. Même si cette nuit doit être la seule.

Il se rembrunit, contrarié par sa dernière remarque. Or, elle ne voulait pas le vexer et s'efforçait simplement de garder le sens des réalités. Il ne pourrait pas confier sans arrêt Cade à des amis ou des voisins, et comme il ne tenait pas à lui dévoiler sa vie amoureuse… Voilà pourquoi elle en déduisait qu'il était peu probable qu'une autre nuit se présente.

Il la posa à terre, puis prit ses mains dans les siennes.

— Je te regarde depuis des semaines, murmura-t-il. Et j'avais beau me dire que tu étais une empêcheuse de tourner en rond, tu m'inspirais du désir.

— Je suis peinée que tu aies eu une si mauvaise opinion de moi. Toi, tu me semblais tout le temps en colère.

— C'était juste une façon de me défendre, expliqua-t-il. J'espérais que tu partirais et que j'oublierais la façon dont tes cheveux brillent sous la lumière du soleil ou que tes hanches ondulent quand tu marches…

Elle sentit les battements de son cœur s'accélérer. Décidément, le romantisme était un trait de caractère qu'elle ne s'était pas attendue à trouver chez cet homme pragmatique.

— Je n'en avais aucune idée, dit-elle d'une voix éraillée.

— Heureusement ! J'ai fait de mon mieux pour ne rien laisser transparaître. Mais quand tu m'as demandé d'accéder aux dossiers du club, j'ai compris que j'étais fichu.

Il lui adressa un petit sourire en coin.

— Tu as testé mes limites. Finalement, je ne suis pas aussi fort que je le croyais, ajouta-t-il.

— J'aimerais te dire que je suis désolée, mais ce serait mentir. J'ai le béguin pour toi depuis notre première rencontre.

— C'est bon à savoir.

Un sourire radieux éclaira son visage, un sourire si

beau qu'il lui coupa le souffle. De grandes responsabilités pesaient sur les épaules de Gil, et pourtant il semblait soudain heureux et insouciant.

— Tu dois tout de même savoir que tu jouis d'un grand succès auprès des femmes de Royal, l'informa-t-elle.

Son sourire s'estompa, et il la fixa d'un regard pénétrant qui lui valut un long frisson.

— Mais la seule femme dont l'opinion m'intéresse, c'est toi, Britt. Et maintenant, assez parlé !

Le souffle puissant du désir traversa ses veines lorsqu'il l'enlaça de ses bras vigoureux. Elle l'embrassa avec avidité, fébrilité, comme si le compte à rebours avait commencé. L'air de la chambre lui parut soudain plus lourd.

— Enlève tes boots, commanda-t-elle.

Bien que son cerveau soit tout embrumé, elle avait encore conscience de la valeur de la couette qui se trouvait sur le lit.

Il lui obéit promptement.

Même sans chaussures, il demeurait imposant, songea-t-elle.

— D'autres ordres ? questionna-t-il d'un ton tranquille, en dépit de son regard enflammé et déterminé.

Elle hocha lentement la tête.

— Oui. Ta ceinture, maintenant !

Comme ses boots, elle était en cuir et faite à la main. Il en défit rapidement la boucle, puis la fit glisser le long sa taille avant de la poser sur une chaise. Elle vit que son torse se soulevait et s'abaissait plus vite.

— Tout ce que tu voudras, Britt.

La voix rauque et sensuelle de Gil porta son désir à son paroxysme. Jamais elle n'avait ressenti une telle attirance pour un homme. C'en était presque douloureux.

Et, soudain, elle songea qu'elle n'avait rien d'une femme fatale, et le silence s'abattit sur eux…

— Tu étais en si bonne voie. Ne t'interromps pas en cours de route, Britt, reprit alors Gil.

Manifestement, cela l'excitait qu'elle lui donne des ordres. Elle inspira et se dit confusément que ses vêtements étaient bien trop serrés, qu'ils lui tenaient bien trop chaud.

— Déboutonne ta chemise ! ordonna-t-elle d'un ton dur.

- 8 -

Qui aurait cru que Gil Addison, un homme d'apparence plutôt collet monté, avait un réel talent pour le strip-tease ? Il avait retiré sa chemise avec une telle lenteur qu'il s'en était fallu de peu pour qu'elle se jette sur lui et la lui arrache.

Une fois sa chemise ouverte, il s'arrêta. Elle ne lui avait pas demandé de la retirer et il lui obéissait à la lettre. Son silence la déconcertait. A quoi pensait-il ? Soudain, elle n'eut plus envie de mener la danse, préférant que ce bel Adonis, qui se tenait à quelques centimètres d'elle, prenne le relais.

Elle qui savait manier les armes et qui pratiquait les arts martiaux se sentait soudain bien vulnérable face à lui..

Quel homme ! Son corps était souple et musclé et, avec son teint hâlé, il respirait la santé. Il était dans la force de l'âge, indéniablement capable de défendre ceux qu'il aimait…

Elle sentit son cœur se serrer, s'imaginant un instant être aimée d'un homme comme lui…

Assez ! Ce soir, il s'agissait de désirs humains, de sexe, rien de plus. Ils avaient été attirés l'un par l'autre parce que tous deux avaient passé trop de nuits solitaires. Aussi devaient-ils profiter de l'opportunité que le destin leur offrait pour jouir des plaisirs charnels sans spéculer sur l'avenir.

Ce fut alors qu'il la poussa doucement vers le lit.

— Tu ne dis plus rien, observa-t-il. Le chat t'a mangé la langue ?

Elle s'agrippa à la tête du lit, car ses jambes menaçaient de se dérober sous elle.

— J'admire la vue, dit-elle, résolue à masquer le trouble qu'il lui inspirait.

Il fit glisser sa chemise à terre, puis il lui saisit la main et la plaqua sur son cœur.

— Tu sens l'effet que tu me fais ? demanda-t-il.

Son cœur battait très fort. Sans réfléchir, elle se mit à lui caresser le torse, comme si elle tentait d'absorber, par ce contact, l'énergie qui émanait de lui. Le toucher était à la fois intime et troublant.

Il poussa un grognement et ferma les yeux. Etait-il possible qu'il soit aussi excité qu'elle ? se demanda-t-elle. Elle enfonça doucement ses doigts dans sa chair, par provocation, et il referma tout de suite sa main sur la sienne.

— Ne fais pas tout de suite bondir le tigre de sa cage, Britt, souffla-t-il. Nous avons une longue nuit devant nous…

Elle se sentit rougir.

— J'ai envie de te combler, dit-elle, de savoir ce qui te plaît.

— Toi, tu me plais. J'aime ta force tranquille et ton intégrité. Ainsi que la façon dont tu te comportes avec mon fils.

— Il a de la chance d'avoir un père comme toi.

Il lui caressa la joue, tout en la scrutant derrière ses paupières lourdes.

— Je passe beaucoup de temps à être le père de Cade. Je connais ce rôle par cœur. Ce soir, je suis tout simplement un homme. Un homme qui te désire, toi, Britt.

D'instinct, elle noua les bras autour de son cou, goûtant ses paroles, même si elles n'étaient sans doute pas tout à fait sincères… Coucher avec elle était en effet moins compliqué pour lui que de nouer une relation avec une femme de Royal, puisqu'elle n'était que de passage. Cela étant, elle ne lui en voulait nullement, au contraire, elle le comprenait.

Elle posa sa tête sur son épaule.

— Fais-moi l'amour, Gil, murmura-t-elle d'un ton

pressant. Je n'en ai jamais eu autant envie. Ne nous fais pas attendre plus longtemps.

Il sentait l'émotion lui nouer la gorge… Britt Collins était décidément la femme la plus fascinante et la plus sensuelle qu'il ait jamais rencontrée. Elle l'était d'autant plus qu'elle n'en avait pas conscience. Et maintenant qu'il la tenait dans ses bras, prêt à assouvir ses fantasmes les plus torrides, voilà qu'il se mettait à penser au fait qu'il allait bientôt la perdre…

Non, il ne pouvait se permettre de laisser son esprit vagabonder, alors que Britt se blottissait contre lui, le corps chaud et consentant, si réelle, si belle. Il glissa les mains dans ses cheveux, les empoigna soudain, et prit une large inspiration.

— C'est mon tour, à présent, adorable Britt ! déclara-t-il.

Et il entreprit de la déshabiller. Il fut ravi de découvrir qu'il avait vu juste : elle portait des sous-vêtements suggestifs, en dentelle rose pâle, aux antipodes de la sévérité qu'elle affichait dans son métier. Et elle n'avait pas oublié ses bas. Elle incarnait l'essence de la féminité.

Comme elle ne semblait pas décidée à lui retirer son jean et son caleçon, il s'en chargea lui-même. L'expression qu'il lut dans ses yeux, une fois qu'il fut nu devant elle, fut des plus gratifiantes.

Il avait très envie d'elle, et son anatomie ne laissait aucun doute à ce sujet. Il se rendit compte alors qu'elle semblait paralysée.

— Qu'y a-t-il, Britt ? Tu sembles presque effarouchée. Je vais trop vite ?

— Pas du tout. Je savoure le moment, c'est tout.

— On le savoure sous la couette ? Je commence à avoir froid.

Elle se mit à rire.

— D'accord ! approuva-t-elle.

Les draps en fin coton clair sentaient le soleil et lui rappelaient des odeurs qu'il aimait petit garçon. Mais quand il s'allongea dessus en entraînant Britt, l'enfance était à mille lieues de ses pensées. Il eut soudain un blanc, le temps d'absorber la sensation nouvelle et formidable du corps de Britt enlacé au sien… Elle était douce, si douce. Il enfouit le visage dans ses cheveux.

— J'attends ce moment depuis des semaines, murmura-t-il, en plaquant ses mains au bas de ses reins.

Britt lui donna un baiser sur le menton, puis tâta ses pectoraux, ses épaules…

— Est-ce que ça se mesure ? demanda-t-elle.

Il glissa une jambe entre ses cuisses.

— Je ne sais pas… Oh ! Britt, j'ai tant de mal à croire que tout cela est bien réel ! J'ai peur de me réveiller dans une minute et de me rendre compte que j'ai rêvé.

Sans prévenir, elle referma la main sur son sexe.

— Je suis réelle, dit-elle d'une voix lascive. Nous sommes réels. Ici. Ensemble.

Elle commença à le caresser, et il ferma les yeux… Elle venait de le projeter directement au paradis. Et ce n'était pas les effets de sa longue abstinence qui le rendaient fou, non, c'était la façon dont elle le touchait, les légers et savants mouvements qu'elle exerçait sur lui…

On aurait dit qu'elle le connaissait déjà, car elle lui prodiguait exactement les caresses qu'il affectionnait. Maintenant, penchée au-dessus de lui, avec ses cheveux retombant comme un rideau sur lui, elle l'embrassait langoureusement, sans négliger pour autant son sexe… Sa bouche, sa chevelure, sa main, l'ensemble agissait en complète harmonie, comme un orchestre, et l'enivrait.

Il plaqua la main sur sa nuque pour approfondir leur baiser, pour s'assurer qu'elle n'allait pas s'arrêter en cours de route. Mais bientôt, bien trop tôt, il dut mettre un terme à ces préliminaires et, essoufflé, écarta sa bouche de la sienne.

— Assez ! dit-il d'une voix rauque. Ou je ne vais pas résister longtemps.

Comme il l'avait prédit, la pleine lune baigna la chambre de sa lumière. Ses éclats paraient d'argent le corps de Brett, lui prêtant l'aura d'une reine. A cet instant, il comprit combien sa vie était devenue stérile… Certes, Cade occupait et occuperait toujours une place primordiale dans son existence, mais il n'était ni un moine ni un saint.

Comme les fleurs refleurissaient dans un désert après l'orage, il sentait en lui la force de sortir enfin de son hibernation. Elle roula avec lui sur le lit, éclatant de rire lorsque leurs nez se touchèrent.

— Tu n'es pas nue, lui reprocha-t-il alors.

S'asseyant, elle dégrafa son soutien-gorge d'un geste gracieux. Ses seins se détachèrent soudain dans le clair-obscur comme s'ils avaient jailli de la palette magique de la lune. Elle rejeta sa chevelure d'un côté et pencha la tête.

— Viens ici, murmura-t-il.

Alors il glissa la main entre ses cuisses et se mit à la caresser. A travers l'étoffe de sa culotte, il la sentit peu à peu réagir…

— Enlève ça ! dit-il en désignant l'ultime bande de tissu qui couvrait son intimité.

Elle obtempéra. L'astre de la nuit lui prêtait une beauté presque surnaturelle, et il se demanda de nouveau si tout cela n'était pas un mirage. La toucher était la seule façon de se rassurer, de se prouver qu'elle n'allait pas brusquement s'évaporer.

Alors il se mit à tâter son corps comme un aveugle, son visage, sa gorge, ses seins, ses hanches…

Soudain, il s'immobilisa, le souffle court. Il songea qu'il

était en train d'oublier quelque chose de très important, un élément clé… Mais quoi ?

— Est-ce que tu as des préservatifs ? demanda-t-elle tout à coup.

Il remercia en silence son sens pratique ! Décidément, cette femme lui faisait perdre la tête.

Il lui coûtait de se lever, de la laisser ne serait-ce que quelques secondes. Seulement, ils ne pouvaient prendre aucun risque.

Une fois recouvert de latex, l'impulsion de se jeter sur elle, tel un homme des cavernes, lui traversa l'esprit, mais il se ressaisit vivement. Il ne s'agissait pas de son seul plaisir, il voulait aussi la combler.

S'allongeant contre elle, il enfouit la main entre ses cuisses et se mit à retracer les replis humides et gonflés de sa chair, tandis qu'elle ondulait et gémissait sous ses doigts.

— Gil, l'implora-t-elle soudain. Viens ! Maintenant !

Etrangement, l'impatience de Britt lui permit de brider la sienne, et il eut soudain très envie de la tourmenter un peu. Avec douceur, il se mit à titiller son point le plus sensible, jusqu'à ce qu'elle se mette à hurler son prénom, s'abandonnant à une puissante volupté…

Elle se demandait ce qu'elle avait bien pu faire dans une vie antérieure pour mériter un tel bonheur, mais elle n'allait pas s'en plaindre ! Son monde s'était restreint au lit de Gil, et rien d'autre ne compterait dans les heures qui allaient suivre.

Son corps était saturé de plaisir, et elle luttait pour retrouver le cours de ses pensées. Elle s'efforçait surtout de scruter le visage de Gil. Dans la pénombre, elle sentait son œil rivé sur elle, mais elle le distinguait à peine.

— Tu m'as anéantie, dit-elle en reprenant difficilement son souffle.

Il lui avait procuré un orgasme d'une intensité inconnue. Comment pouvait-il avoir un tel pouvoir sur elle ? Ne venait-il pas en une nuit de gâcher définitivement ses relations avec tous les hommes ? Car, après lui, tout autre lui paraîtrait bien fade…

Elle tressaillit quand il posa la main sur son ventre.

Il se mit à rire et plaça son sexe à l'entrée du sien.

— Je veux que tu te rappelles chaque seconde de cette nuit, dit-il d'une voix râpeuse. Je vais te faire l'amour jusqu'à ce que nous en oubliions comment nous nous appelons.

Oh ! elle voulait bien le croire !

Il entreprit alors de caresser son sexe avec le sien et, de nouveau, tout son corps s'enflamma pour lui. Elle éprouvait le besoin désespéré de le sentir en elle.

Soudain, il agrippa ses hanches… L'instant d'après, il la pénétrait avec lenteur. Elle frissonna tout entière, incrédule devant les sensations qu'il lui procurait. Rien dans le passé ne l'avait préparé à Gil.

Il allait et venait en elle avec confiance, comme un homme qui savait ce qu'il voulait. Et ce qu'elle voulait. Leurs baisers étaient entrecoupés de courtes pauses haletantes, et il s'efforçait de ne pas l'écraser de tout son poids.

Elle noua les jambes autour de sa taille et enfonça les ongles dans sa chair. Elle aurait pu si facilement tomber amoureuse de lui, songea-t-elle. Depuis des semaines, elle l'observait et l'admirait. Mais, cette nuit, elle se situait au-delà de l'admiration. Cette nuit, Gil avait pris possession de son cœur…

Peut-être n'en avait-il pas conscience, mais peu importait. Ce qui comptait, c'était ce moment d'intense bonheur voué à la vie.

Elle s'agrippa plus étroitement à lui tandis qu'il lui donnait des coups de reins de plus en plus forts, au point que le lit en trembla. Une goutte de sueur perla le long de son ventre et vint se perdre entre ses cuisses, véritable étincelle qui déclencha en elle un incendie de plaisir dévastateur… Il s'effondra alors sur elle en poussant un long grognement.

Quand elle ouvrit les yeux, la lune avait changé de place, et on ne l'apercevait plus que partiellement. Ils avaient dû s'assoupir. La chambre était plongée dans le silence, et Gil allongé sur le ventre, tout contre elle.

Sans le moindre bruit, elle se glissa hors du lit pour aller se rafraîchir dans la salle de bains. Et, soudain, elle eut une envie irrésistible de prendre une douche. Il fallait dire que la pièce, avec ses carreaux turquoise et ambre qui évoquaient l'exotisme et ses robinets high-tech, constituait une invitation au bien-être.

Elle céda à son impulsion, et bientôt la vapeur envahit la salle de bains, tandis que l'eau chaude coulait sur son corps. Que devait-elle faire, après cette douche ? se demanda-t-elle alors. Rentrer chez elle ? Ce qui avait semblé tout naturel sous l'effet hypnotique du clair de lune pourrait devenir une réalité gênante, à la froide lumière du jour. Elle ne voulait pas gâcher un souvenir parfait par un au revoir inconfortable qui lui aurait laissé au cœur une sensation de vide et de solitude bien plus grand encore qu'avant…

Soudain, la porte de verre dépoli de la douche s'ouvrit, et la silhouette imposante de Gil se matérialisa devant elle.

— Tu me fais une place sous la douche ?

- 9 -

Gil nota toutes les émotions qui dansèrent dans les yeux de Britt quand ils se posèrent sur lui. La surprise, le plaisir, mais aussi une certaine réserve.

— Oui, bien sûr, répondit-elle aussitôt.

Même si, manifestement, il n'y avait rien d'évident pour elle à ce qu'il s'invite sous la douche !

Lui donnant un peu de temps pour se ressaisir, il s'empara du savon, lui tourna le dos et se mit à se laver. Son sexe était déjà en érection, mais il ne voulait pas la brusquer.

Ce fut alors qu'elle posa les mains dans son dos, se mettant à frictionner sa peau savonneuse. Il ferma les yeux et sourit.

— Mmm, c'est bon, dit-il en appuyant le front contre le mur carrelé.

Quand elle le prit par la taille et pressa ses seins contre lui, elle sentit son souffle se faire plus haletant.

— Je me disais que j'allais rentrer chez moi, annonça-t-elle.

Il se retourna si brusquement qu'il manqua de perdre l'équilibre et l'entraîner dans sa chute. Il lui saisit vivement les bras pour la maintenir.

— Mais qu'est-ce que tu racontes ? s'exclama-t-il.

Elle haussa les épaules, impuissante, tout en le fixant de ses grands yeux.

— Tu as des employés et des obligations, dit-elle. Demain matin, tout te semblera différent.

— Différent ? Que veux-tu dire au juste ? demanda-t-il d'une voix tendue.

— Tu le sais bien… Bizarre, si tu préfères.

Il fit glisser son doigt sur le nez de Britt et poussa un soupir.

— Pourquoi faut-il que les femmes compliquent toujours tout ? demanda-t-il.

Fermant le robinet, il la prit dans ses bras et pressa délibérément son membre dur contre elle.

— C'est la vie qui est compliquée, rectifia-t-elle. Pas moi.

Il la sentit frissonner.

— Même si j'en ai envie, il n'est pas l'heure d'en débattre, déclara-t-il. Tu as froid, il faut que je te réchauffe. D'abord, tu vas enfiler un peignoir, et puis j'allumerai un feu.

Tandis qu'ils se séchaient, il la scrutait à la dérobée. Elle était si gracieuse. Il fut très déçu quand elle s'enveloppa dans le peignoir.

Il se servait rarement de la cheminée qui se trouvait dans sa chambre, mais aujourd'hui il était ravi de voir les flammes y crépiter, conférant une ambiance particulière à la pièce.

Britt s'était glissée à pas de loup sous les couvertures et admirait à présent le feu qui avait pris rapidement. Une chaleur bienvenue avait envahi la chambre.

Quand il se tourna vers elle et qu'il croisa son regard, il y perçut de l'excitation. Incapable de résister à la tentation, il la rejoignit dans le lit, tout en se disant que les hommes étaient bien moins stoïques que les femmes.

Elle poussa un petit cri quand ses jambes froides se mêlèrent aux siennes ; il attira alors son dos contre son torse et lui embrassa la nuque.

— Je ne te laisserai pas partir, Britt, oublie cette histoire ! déclara-t-il. Et si tu as peur des réveils difficiles, je te propose que nous ne dormions pas de la nuit, comme ça, le problème sera résolu.

Elle se mit à rire avant de se tourner vers lui.

— Tu ne manques pas d'assurance, toi ! s'exclama-t-elle.

Puis, du pouce, elle lui caressa les lèvres. Y voyant une

invitation, il aspira immédiatement son doigt, et sentit de nouveau un tiraillement dans son bas-ventre…

— Il ne s'agit pas d'assurance, mais de faits. Chaque fois que je m'approche de toi, j'ai une érection.

— Gil !

— Qu'y a-t-il, Britt ?

— Je ne t'imaginais pas ainsi.

— Tu pensais que j'étais coincé, c'est ça ?

Un large sourire éclaira alors le visage de Britt.

— Ce n'est pas moi qui l'ai dit…

— Je suis désolé de t'avoir compliqué la tâche, au début.

— Rassure-toi, tu n'es pas le premier ! Je n'exerce pas un métier très populaire.

— J'ai du mal à le croire. Je parierais que les suspects sont ravis de se retrouver dans une petite pièce avec toi pour un interrogatoire.

— Tu regardes trop de séries policières ! riposta-t-elle. Dans la réalité, on travaille surtout en coulisse, c'est moins glamour.

La couvant des yeux, il lui caressa les cheveux, puis les repoussa derrière ses oreilles.

— Je suis heureux que tu sois ici, cette nuit, déclara-t-il avec le plus grand sérieux.

— Moi aussi, répondit-elle en chuchotant.

Cette fois, il était lucide, mais tout aussi affamé.

Sans mot dire, il remit un préservatif. Elle ne protesta pas quand il écarta les pans de son peignoir et, bientôt, il se trouva de nouveau en elle. Les hanches de Britt chaloupaient au même rythme que les siennes, tandis que ses prunelles semblaient contenir mille mystères… Sentait-elle comme lui le monde chavirer ? Pensait-elle déjà à le quitter, au petit matin ?

Il ferma les paupières, se concentrant sur le plaisir qu'ils se donnaient, sur les gémissements de son amante… Non, cette nuit ne serait pas sans lendemain. Quelque chose avait changé. Inexorablement.

La femme qui ondoyait sous lui l'avait littéralement ensorcelé avec son corps souple et chaud. Il ne pourrait pas reprendre le cours ordinaire de sa vie. C'était impossible.

Seulement, Britt n'avait rien d'une femme au foyer. Qui plus est, elle était en poste à Dallas. Là-bas, de nombreuses possibilités de promotion l'attendaient. Sans compter qu'il devait aussi penser à son fils, à sa réputation…

Finalement, le corps reprit peu à peu ses droits, et ses questionnements s'estompèrent. Serrant les mâchoires, il accéléra le rythme, mû par un besoin furieux de tout oublier dans la jouissance… Il entendit les cris de Britt comme à travers un voile de brume, et soudain un véritable cyclone souleva tous ses sens, le catapultant dans un monde extatique où il aurait voulu rester à jamais…

Ils restèrent longtemps blottis l'un contre l'autre, haletants et épuisés. Elle avait posé la tête sur son épaule, et il flottait dans un océan de délices inconnu. En cet instant, il se disait que tout était possible.

— Tu veux bien m'en dire plus sur ta femme ?

La question le surprit légèrement, mais ne lui causa pas la moindre peine, tant il se trouvait dans un état de grâce.

— Je t'ai déjà tout dit. Nous nous sommes mariés très jeunes, elle avait de sérieux problèmes émotionnels, ses parents étaient des cinglés qui lui ont fait subir une adolescence atroce.

— Est-ce que Cade te questionne à son sujet ?

— Autrefois, oui, mais aujourd'hui il est surtout déterminé à trouver une deuxième mère.

— Est-ce qu'il voit de temps en temps ses grands-parents maternels ?

Gil se raidit.

— Certainement pas ! Avant de mourir, ma femme

m'a supplié de ne jamais laisser ses parents s'approcher de Cade. Le procès qu'ils m'ont intenté ayant attiré l'attention du gouvernement sur leur secte, ils se sont installés avec leur communauté à la frontière mexicaine.

— Je suis navrée, Gil. Tu as dû vivre un cauchemar.

— C'était il y a longtemps…

Quand elle se réveilla, le lendemain matin, la place à côté d'elle était vide. En un éclair, elle se rappela la nuit qu'elle venait de vivre… Un mélange d'exaltation et de panique s'empara d'elle. Se redressant sur les coudes, elle vit le mot que Gil avait laissé sur l'oreiller :

« Je ne voulais pas que le réveil soit « bizarre », aussi, je te laisse ton espace vital. »

Il avait signé par son prénom et dessiné un petit smiley avec un sourire en coin. Elle sourit, regrettant un peu son absence, mais au fond soulagée d'être seule. Alors, contrairement à tous ses principes, elle s'accorda quelques minutes au lit pour se remémorer les souvenirs de la nuit.

Jamais elle n'aurait imaginé qu'il puisse être un amant aussi accompli. Il l'avait réellement courtisée, amadouée, séduite. C'était du grand art.

L'oreiller était imprégné de son odeur, s'aperçut-elle soudain. Elle plongea le nez dedans pour la humer à pleins poumons. Lorsque son corps commença à s'enflammer sous l'effet des images que cette fragrance masculine déclenchait en elle, elle jugea qu'il était temps de se lever.

Après une rapide douche, elle se sécha les cheveux et enfila les vêtements de rechange qu'elle avait apportés. Puis elle fit rapidement le lit avant de descendre dans la cuisine.

Le face-à-face avec la gouvernante de Gil s'apparenta pour elle à un choc, alors que la vieille femme, de son côté, ne parut pas le moins du monde troublée. Elle lui sourit gentiment, puis lui offrit des œufs au bacon et du café.

Lui semblant plus raisonnable d'accepter que de fuir comme une voleuse, elle décida de s'installer sur la terrasse. Elle était nerveuse. Même habillée et maîtresse d'elle-même, elle redoutait de revoir Gil après cette nuit si magique.

La matinée était fraîche, mais la veste de son uniforme, que Gil semblait ne pas apprécier, était assez épaisse pour lui permettre de prendre le petit déjeuner à l'extérieur, pensa-t-elle en franchissant le seuil de la porte-fenêtre.

Quelle ne fut pas sa surprise de découvrir que son hôte avait eu la même idée qu'elle ! Il était assis sur un banc rembourré, son smartphone et son iPad à portée de main. Dès qu'il l'aperçut, il bondit sur ses pieds.

— Ravi que tu te joignes à moi, lui dit-il avec un large sourire.

L'estomac noué, elle prit place à côté de lui, tout contre cet amant qui l'avait réveillée par deux fois au cours de la nuit pour lui faire l'amour. A cette pensée, elle se sentit rougir.

Il posa la main sur le dossier du banc et, de ses doigts, effleura son épaule.

— Tu as bien dormi ? demanda-t-il d'une voix intime.

Elle plaça son assiette devant elle, sur la table, et porta sa tasse à ses lèvres. Elle avala alors une gorgée de café brûlant.

— Oui, dit-elle en feignant de s'absorber dans le paysage.

Il glissa la main dans son cou, juste au-dessous de son oreille.

— Tu es bien timide, ce matin, lui reprocha-t-il.

Non, elle n'était pas une faible femme, se dit-elle pour résister au trouble qui l'avait envahie. Et elle ne le laisserait pas lui briser le cœur.

— J'ai trente-trois ans, Gil, déclara-t-elle. Je ne suis pas « timide ».

— Dans ces conditions, qu'est-ce que tu as ? Regarde-moi, Britt.

Elle tourna le visage vers lui, vers cet homme qui était devenu si cher à son cœur. Il n'était pas seulement beau, il était également intègre, affable. Et si soucieux de l'éducation de son fils. Toutes ces qualités l'avaient touchée... et avaient éveillé son amour.

Ses yeux rivés aux siens, elle s'efforça de lui dissimuler cette découverte qui venait de la bouleverser... Quand avait-elle compris la nature des sentiments qu'elle éprouvait pour lui ? La nuit dernière, seulement ? Ou bien le regard qu'elle posait sur lui avait-il évolué de manière imperceptible durant les semaines où elle l'avait observé dans son élément ? Même pendant le premier interrogatoire alors qu'il était plutôt hostile et pas du tout coopératif, elle avait été attirée par l'aura d'autorité qui émanait de lui, par son arrogance aussi.

Certains hommes, bien conscients de leur pouvoir et de leur influence, faisaient peu de cas des femmes, ou de tous ceux qu'ils estimaient plus faibles qu'eux ou inférieurs. Mais Gil n'était pas de ceux-là.

Il ne lui avait pas échappé qu'il était particulièrement populaire, à Royal. Les femmes l'admiraient et les hommes le respectaient, comme elle avait pu le constater lors des interrogatoires : personne n'avait jamais émis la moindre critique envers lui...

En l'occurrence, il attendait patiemment sa réponse ! Mais elle ne voulait pas lui livrer ses pensées, il ne fallait surtout pas qu'il croie qu'elle recherchait une relation durable, qu'elle était gentille avec le fils pour marquer des points auprès du père.

— J'ai passé une nuit très agréable, finit-elle par admettre, la gorge nouée. Mais, à présent, mon travail m'attend. Il est temps que je parte.

Il fronça les sourcils.

— Comment cela ? Tu vas t'en aller comme s'il ne s'était rien passé cette nuit ?

Elle serra les poings.

— Mais que veux-tu que je te dise, Gil ? C'était merveilleux, seulement nous avons tous les deux des responsabilités.

— J'en ai assez d'être *responsable* ! s'écria-t-il sans ambages. Ce dont j'ai envie, c'est de remonter avec toi à l'étage et de fermer la porte à clé derrière nous.

Elle sentit les battements de son cœur s'accélérer... La proposition était tellement tentante !

— Moi aussi, reconnut-elle. Mais, hélas, ce n'est pas possible ! Et tu le sais bien. Laisse-moi partir, Gil.

De la fureur et du désir vibrèrent dans son regard, puis il bondit sur ses pieds, comme s'il ne pouvait plus tenir en place.

— Je préférerais que tu n'ailles pas au club pendant quelques jours, déclara-t-il sèchement. Jusqu'à ce que les commérages et les plaintes s'estompent.

Elle hocha la tête.

— Entendu. De toute façon, j'avais presque terminé.

Il croisa les bras, l'air combatif.

— Dans ces conditions, pourquoi dis-tu que tu dois travailler ?

— Ce que tu peux être têtu !

Il haussa les épaules.

— Je sais ce que je veux, c'est tout.

— Très bien, puisque tu veux tout savoir, sache que j'ai l'intention de m'entretenir de nouveau avec Alex. Je ne l'ai vu qu'une fois et les médecins ne m'avaient autorisé qu'une très courte visite. Il ne se rappelait rien, bien sûr.

— Et tu crois que, depuis, des souvenirs lui sont revenus ?

— Non, mais si je me rends chez lui, je trouverai peut-être des indices, des choses qui m'ont échappé jusque-là.

Soudain, le téléphone portable de Gil les interrompit.

Leurs regards convergèrent vers l'appareil qui se trouvait sur la table.

— C'est le shérif, annonça-t-elle en lisant le nom qui s'affichait sur l'écran.

— Et il vaut mieux que je décroche, compléta-t-il. En général, Nate n'appelle pas pour bavarder.

Elle ne s'éloigna pas et écouta sans complexe la conversation extrêmement brève, ou du moins les réponses de Gil.

— Quelque chose ne va pas ? s'enquit-elle dès qu'il raccrocha.

Il hocha la tête, l'air grave.

— Alex a été conduit aux urgences dans la nuit, car il souffrait de migraines insupportables. Et voici qu'à présent il y a… du chahut dans sa chambre. Nate m'a demandé de t'avertir.

— Du chahut ? Est-ce qu'Alex est dans un état critique ?

— Je ne crois pas… Nate était pressé, il a mentionné des visiteurs, mais il ne m'a pas fourni de détails. Tu crois qu'on doit se rendre à l'hôpital ?

— Moi, je vais y aller, bien sûr. D'autant que le shérif était bien mystérieux. Quand dois-tu récupérer Cade ?

— Dans l'après-midi. Je vais te conduire à l'hôpital.

— Merci, mais je préfère prendre ma voiture. Je ne sais pas combien de temps je resterai là-bas, et je n'ai pas envie de me retrouver sans véhicule si tu décides de repartir avant moi.

L'idée ne lui plaisait visiblement pas, mais il n'insista pas, et lui tendit alors la main pour l'aider à se lever. Puis il l'attira à lui et l'embrassa. Elle l'enlaça à son tour par la taille, s'enivrant de la chaleur de son corps, de sa puissance, de sa musculature…

Son baiser était passionné, sans être possessif. Sûrement parce qu'ils n'étaient plus au cœur de la nuit, enveloppés dans un doux clair-obscur, mais exposés à la lumière crue du jour.

Elle y perçut toutefois une tendresse qui la désarma.

Et tandis que leurs langues se mêlaient en une folle danse, elle sentit ses jambes vaciller.

— Nous n'en avons pas encore fini, toi et moi, la prévint-il tout essoufflé, en écartant son visage du sien. Ne te méprends pas sur nous !

- 10 -

Durant le trajet pour l'hôpital, Gil resta agrippé à son volant, crispé, ne cessant de ressasser. Il y avait peu encore, il s'était réveillé d'une humeur jubilatoire, comblé sexuellement : Britt dormait nue dans ses bras, une jambe en travers de ses cuisses, ses cheveux formant un halo cannelle foncée sur l'oreiller.

Cette nuit-là, il en avait appris un peu plus sur elle. Elle menait apparemment une vie solitaire : elle était plus ou moins brouillée avec son père et n'avait pas d'autre famille. Même s'il admirait son assurance, il aurait aimé qu'elle soit plus consciente des risques liés à son métier et du danger qu'elle encourait lors de son actuelle mission.

Il éprouvait le vif désir de la protéger, et l'envie aussi de faire savoir autour de lui que désormais elle lui appartenait et que personne ne devait s'aviser de l'approcher, ce qui n'avait pas grand sens, étant donné que Britt n'était pas du tout le genre de femme à entretenir plusieurs liaisons à la fois. Et elle avait beau loger chez Chance, il n'avait pas ce souci à se faire de ce côté-là.

Pourtant, ce sentiment de possession ne le lâchait pas.

Cette nuit, un pas avait été franchi, car ni lui ni elle ne recherchaient une liaison sans lendemain.

Plus jeune, avant qu'il mesure la gravité du traumatisme psychologique dont souffrait sa femme, il avait eu toutes les raisons de penser que Sherrie et lui passeraient toute leur vie ensemble, à Straight Arrow, entourés de leurs enfants.

Mais une fois que la vérité avait éclaté au sujet de son épouse, celle-ci s'était retranchée en elle-même et, malgré les efforts qu'il avait déployés, toute communication avait été impossible avec elle. La vie solitaire qu'il avait alors connue au sein du mariage l'avait durement touché, mais son intensité avait décuplé après la mort de Sherrie.

Pourtant, il lui semblait injuste de se plaindre, alors qu'il avait un fils formidable, une propriété familiale qui lui permettait de jouir d'un niveau de vie très confortable, ainsi que des amis prévenants.

Seulement, un homme avait besoin d'une femme. Une partenaire qui partageait non seulement son lit, mais aussi ses rêves, ses joies et ses peines. Britt semblait convaincue qu'elle n'était que de passage. Et, au début, lui aussi avait cru que leur relation ne pouvait pas s'inscrire sur la durée : ils menaient des vies si différentes !

Mais après la nuit magique qu'ils venaient de vivre, il était résolu à remuer ciel et terre pour lui prouver qu'elle avait tort. Il n'avait pas encore de plan précis, il ignorait les obstacles qu'il rencontrerait en cours de route, et néanmoins il possédait une certitude : il n'était pas prêt à renoncer à une femme qui l'avait poussé à remettre en question la vie monacale qui était la sienne jusque-là.

Un esprit cynique aurait pu souligner qu'une décision sérieuse ne se prenait pas sous le coup d'une euphorie liée à des ébats physiques. Et que ce n'était pas parce qu'ils avaient fait cinq fois l'amour en une nuit qu'ils étaient pour autant des âmes sœurs. En gros, qu'il pensait avec son anatomie masculine et non avec son cerveau.

L'histoire avait vu de grands hommes anéantis à cause de leurs pulsions sexuelles. Elles pouvaient rendre fous ceux qui avaient l'arrogance de se croire invincibles. Cela, il le savait. Mais il estimait que sa situation était différente. *Que lui et Britt étaient différents* et que ce qui les avait unis la nuit précédente relevait d'une fièvre et d'une intimité aussi rares que bien réelles.

Evidemment, il y avait encore des aspects à démêler…

Mais, en tout état de cause, l'avenir semblait plus brillant, ce matin, et pour l'instant cela lui suffisait.

Le Royal Memorial était un hôpital moderne, possédant les derniers équipements. Bien que Royal soit une petite bourgade, beaucoup d'argent y circulait, et les habitants offraient des dons généreux aux institutions.

Britt l'attendait dans le hall. Elle s'était déjà renseignée sur le numéro de chambre, et ils se dirigèrent immédiatement vers la rangée d'ascenseurs.

— Il est dans une chambre normale, ce qui est bon signe, précisa-t-elle.

Dans l'ascenseur, comme ils étaient seuls, Gil en profita pour l'attirer à lui et lui donner un baiser.

— Je suis très fier de toi, Britt, et Alex a de la chance de pouvoir compter sur une femme comme toi.

— Merci, dit-elle avec un petit sourire. Mais, tant que l'enquête ne sera pas terminée, je ne serai pas en mesure de me détendre.

Ils s'arrêtèrent au troisième étage. Une personne sortait de la chambre d'Alex quand ils y arrivèrent. Un médecin, comme l'indiquait son badge. Britt s'avança tout de suite vers lui et lui demanda des nouvelles du malade.

Le docteur secoua la tête.

— Il n'y a pas grand-chose à dire… Nous avons procédé à quelques examens, mais les migraines sont vraisemblablement dues à la commotion cérébrale. Sans compter que Santiago est constamment en train de fournir des efforts de mémoire. Je lui ai conseillé de relâcher la pression. De se reposer. De donner à son cerveau le temps de guérir. Mais la patience n'est visiblement pas son point fort.

Gil connaissait le médecin depuis des années : c'était un ami de longue date de ses parents.

— Nate prétend qu'il vient de subir un deuxième choc psychologique, ajouta-t-il. C'est pour cela que nous voulions vous prévenir, mademoiselle Collins. Il y a eu du nouveau dans l'affaire, mais malheureusement le shérif a été appelé par ailleurs pour une urgence.

— Du nouveau ? C'est-à-dire ? questionna Britt, tendue.

— Le père et la sœur de M. Santiago viennent d'arriver du Mexique. Le shérif a vérifié leur identité avant de les laisser entrer dans la chambre, et il a posté des gardes chargés de la sécurité à l'entrée, comme vous pouvez le constater. Pour l'instant, Alex est réveillé et se repose.

Gil s'effaça pour laisser Britt entrer dans la chambre, où il l'y suivit.

Près de la fenêtre se tenait un homme imposant, aux cheveux noir de jais, et qui présentait une ressemblance frappante avec le patient alité. Il avait environ cinquante-cinq ans, portait une superbe montre en or au poignet et était vêtu d'un costume taillé sur mesure. Ses yeux marron ne reflétaient aucune chaleur, mais évoquaient plutôt l'eau stagnante.

Une jeune femme plantureuse, à la longue chevelure noire, était assise sur une chaise, près du lit. Elle arborait un magnifique collier d'or et de rubis qui attirait l'œil sur le décolleté plongeant de sa robe portefeuille noire. La couleur feu de ses gemmes contrastait avec la pâleur de son visage. Elle paraissait épuisée.

— Qui êtes-vous ? demanda-t-elle avec un fort accent. Pourquoi venez-vous voir mon frère ?

Britt s'approcha d'elle et lui tendit la main.

— Je suis Britt Collins, l'inspectrice chargée de résoudre l'affaire liée à l'enlèvement de M. Santiago. Et voici Gil Addison, le président du Texas Cattleman's Club.

La beauté latine lui serra rapidement la main.

— Pardonnez ma franchise, mademoiselle Collins, renchérit la jeune femme, mais d'après ce que nous a dit Alex, vous n'avez pas avancé d'un iota dans cette affaire. *Nada*.

Gil trouva remarquable le sang-froid qu'afficha Britt devant cette critique peu amène.

— Je comprends votre frustration, lui assura-t-elle, mais je peux vous assurer que la liste de nos suspects se rétrécit chaque jour. Nous finirons par trouver l'auteur de l'enlèvement.

Elle marqua une pause, avant de reprendre :

— Je sais que le shérif a déjà vérifié vos papiers d'identité, mais je vais vous demander de me les montrer, à moi aussi. J'ai besoin de les scanner pour notre base de données. Vous comprenez, j'espère, les précautions que je suis obligée de prendre.

La femme jeta un long regard à l'homme qui se trouvait près de la fenêtre.

— Tout cela, c'est sa faute, décréta-t-elle d'un ton accusateur. C'est à lui que vous devez réclamer nos pièces d'identité.

L'intéressé ne répondit pas.

Ce fut alors qu'Alex intervint.

— Pourquoi mentiraient-ils ? demanda-t-il d'une voix faible.

Gil observa Britt en silence. Après une brève hésitation, elle tendit la main à l'hidalgo posté près de la fenêtre.

— Ravie de vous rencontrer, monsieur Santiago, lui dit-elle.

Ce dernier fronça les sourcils et ne prit pas la main tendue.

— Ça suffit, les mensonges ! trancha-t-il soudain. Les pièces d'identité que j'ai montrées au shérif sont fausses. Mon nom n'est pas Santiago. Je m'appelle Rodrigo del Toro.

Sa voix résonnait avec arrogance et orgueil, teintée d'un fort accent espagnol.

— Voici ma fille, Gabriella, et l'homme dans le lit est mon fils, Alejandro.

Gil se raidit.

— Alex, nous aurais-tu menti ? demanda-t-il spontanément.

Ce dernier n'avait jamais parlé de sa famille, ni mentionné non plus le fait qu'elle résidait au Mexique.

De son lit, il fit la grimace.

— Comment pourrais-je vous répondre, étant donné que je n'ai pas le moindre foutu souvenir ? riposta-t-il.

Gabriella lui donna alors une tape sur la main, bien que son bras soit relié à une perfusion.

— Surveille ton langage, *mi hermano.*

— Désolé, soupira-t-il avant de poursuivre : Je ne sais pas qui vous êtes, pas plus que je ne sais pourquoi tout le monde pense que je suis Alex Santiago.

Il devint soudain cramoisi.

— Je fais mon possible pour recouvrer la mémoire, mais rien ne me revient, nom d'un chien ! ajouta-t-il en hurlant.

A cet instant, le moniteur rattaché à Alex pour mesurer sa tension se mit à biper, et une infirmière se précipita dans la chambre.

— Désolée, mesdames et messieurs, mais je suis obligée de vous demander de sortir de la chambre, dit-elle. M. Santiago a besoin de se reposer. Il y a une petite salle de réunion, au bout du couloir. Je vous invite à y poursuivre votre conversation.

Le père et la sœur d'Alex l'embrassèrent sur le front en marmonnant des excuses et sortirent. Britt s'approcha à son tour du lit et lui toucha l'épaule.

— Ce n'est pas à vous de démêler cette affaire, lui dit-elle gentiment. D'autres y travaillent. Contentez-vous de vous reposer et concentrez-vous sur votre guérison.

Alex serra les mâchoires et agrippa le drap.

— J'ignore si cet homme et cette femme font partie de ma famille. Vous ne savez vraiment pas qui a fait le coup ?

— Non, mais je vous promets de le découvrir, lui assura-t-elle.

Britt gagna la salle de réunion, mue par un sentiment d'exaltation. Ces nouvelles informations allaient faire progresser l'enquête, elle en était convaincue. Gil marchait à côté d'elle, et sa présence la réconfortait.

Une fois assis à la petite table, ils se retrouvèrent face aux del Toro. Ils affichaient un air résolument hostile, mais ils leur remirent leurs véritables papiers d'identité.

Britt sortit alors un carnet et un stylo de son sac, en vue de l'interrogatoire. Mais, avant qu'elle ouvre la bouche, Gabriella prit la parole :

— C'est mon père qui est responsable de cette affreuse situation, déclara-t-elle. Il a envoyé Alex ici en tant qu'espion. Pas étonnant que mon frère ait été kidnappé !

Britt se tourna aussitôt vers Rodrigo.

— Est-ce vrai ? demanda-t-elle.

L'intimidant del Toro lui lança un regard glacé. Il était aisé de deviner qu'un homme de sa trempe se sentait outragé d'être interrogé par une femme.

Il s'adossa à sa chaise, affectant un calme que sa posture démentait.

— Je suppose que nous parlons sous le sceau de la confidentialité ? commença-t-il.

Elle secoua la tête.

— Non, pas du tout. Si vos déclarations présentent un intérêt pour l'enquête, je devrai en référer à mes collègues et à ma hiérarchie.

Le beau visage de Rodrigo se renfrogna.

— J'ai envoyé mon fils à Royal afin qu'il collecte des

informations sur la Windsor Energy. Ma société, Del Toro Oil, envisage en effet de la racheter.

Un long silence s'ensuivit.

Elle jeta un regard discret à Gil qui paraissait aussi choqué qu'elle par la révélation.

— C'est l'idée la plus pernicieuse que tu aies jamais eue, *madre de Dios*, père ! Alex aurait pu se faire tuer ! s'écria Gabriella d'une voix tremblante.

Bien qu'éprouvant de la sympathie pour la jeune femme au bord des larmes, Britt ne pouvait se permettre de manquer la chance d'en apprendre davantage.

— Commençons par le début, monsieur del Toro. Quand avez-vous parlé à votre fils pour la dernière fois, avant son enlèvement ?

— Deux jours avant. Nous étions convenus de ne pas nous appeler trop souvent, en raison de la nature secrète de l'opération.

— Que vous êtes-vous dit ce jour-là ?

— Nous nous sommes disputés, déclara-t-il, tendu. Il m'a dit qu'il avait *una novia*, et qu'il l'avait demandée en mariage.

— Et vous n'étiez pas d'accord ?

Il frappa du poing sur la table, ce qui fit sursauter sa fille.

— Je représente l'une des premières fortunes du Mexique, mademoiselle Collins ! Alejandro est mon unique fils. Il doit épouser une jeune femme de son rang. Pas la fille d'un homme dont j'ai l'intention de pulvériser la société.

— Charmant, murmura Britt avant de reprendre d'une voix plus affirmée : La femme dont vous parlez est bien Cara Windsor, n'est-ce pas ?

— Oui ! Elle a ensorcelé mon fils. Alejandro m'avait toujours respecté et obéi. Et, soudain, voilà qu'il se met à me tenir tête, à refuser de se conformer à nos plans pour prouver à cette Cara qu'il l'aime. On se serait cru dans un soap opera !

— Comment s'est terminée la conversation ? demanda-t-elle, refroidie par la morgue de son interlocuteur.

— Il a raccroché. Je n'ai appris son enlèvement qu'une semaine après.

— Et pourquoi ne vous êtes-vous pas tout de suite présenté aux autorités ?

— Mon fils a de la ressource. Je ne voulais pas me griller. Je pensais qu'il allait rapidement réapparaître.

— Mais ça n'a pas été le cas ?

— Non... J'étais prêt à sauter dans un avion quand on a annoncé aux infos qu'il avait été retrouvé.

— Mais il avait perdu la mémoire.

— Exact. Cela dit, j'avais bon espoir qu'elle lui revienne vite.

— Et quand vous avez compris que l'amnésie n'allait pas se dissiper en une nuit, qu'avez-vous fait ?

Il serra les dents.

— Je suis venu ici.

— Quand vous et votre fille êtes entrés dans sa chambre, vous a-t-il reconnus ?

Ce fut alors que Gabriella, qui leur tournait le dos, se retourna, les joues mouillées de larmes.

— Alex ne sait rien, mon frère adoré ne sait rien, articula-t-elle sur le ton de l'incantation.

Puis elle éclata en sanglots. Britt éprouva une vive compassion pour elle. Même si elle n'avait ni frère ni sœur, elle imaginait combien il devait être cruel qu'un être aimé vous regarde comme une étrangère.

Elle réprima un soupir.

— Est-ce que vous prévoyez de rester quelque temps à Royal ? demanda-t-elle.

— Je ne repartirai pas d'ici tant qu'Alex n'aura pas recouvré la mémoire ! s'exclama Gabriella d'un ton cinglant.

— Nous verrons, renchérit son père.

— Vous risquez d'être très impopulaires, les prévint Britt. Alex s'était fait beaucoup d'amis et, par ici, les gens n'aiment pas les taupes.

— Les taupes ? répéta del Toro.

Il parlait un anglais parfait, mais ne maîtrisait apparemment pas le vocabulaire plus relâché.

— Les informateurs, l'espionnage industriel.

Gabriella s'enveloppa de ses bras, les yeux brillant de larmes.

— Mon frère a besoin de gardes du corps supplémentaires, dit-elle. Maintenant que la vérité va être connue, il aura encore plus d'ennemis. Ses ravisseurs vont se rendre compte qu'il a bien plus de valeur qu'ils ne le pensaient et ils vont réitérer.

— Je doute que mon service puisse se permettre de lui accorder d'autres gardes du corps, répondit Britt.

Del Toro regarda sa fille.

— L'argent n'est pas un problème. Je louerai les services de gardes du corps privés pour Alejandro. Et il n'est pas exclu non plus que j'engage mes propres détectives pour qu'ils se chargent de l'affaire.

A cet instant, Gil se leva, le visage sombre.

Britt tressauta.

— Attention à ce que vous dites, del Toro ! l'avertit-il d'une voix sourde de colère. Mlle Collins a passé des heures à enquêter sur l'enlèvement de votre fils. Je vous prie de respecter son travail.

Del Toro lança un regard à Britt et leva les deux mains, en signe d'apaisement.

— Je ne voulais offenser personne. Si c'est le cas, je suis désolé.

Britt accepta ses excuses, étonnée que Gil ait défendu aussi vivement son travail. Touchée, aussi. Toutefois, elle n'avait pas besoin de lui pour mener ses propres batailles. Elle n'était pas une faible femme.

Se levant, elle rassembla ses affaires.

— Mon métier et ma réputation sont très importants pour moi, dit-elle. Et je me suis naturellement consacrée corps et âme à cette enquête, sans qu'il soit utile que M. Addison le souligne.

Elle adressa alors un regard furtif et sévère à Gil et poursuivit :

— J'apprécie votre coopération, monsieur del Toro, ainsi que la vôtre, mademoiselle. Vos papiers d'identité vous seront rapportés dans une heure ou deux. Je suppose que vous allez loger chez Alex ?

— S'il veut bien de nous, observa Gabriella avec un triste sourire.

Rodrigo del Toro se mit debout à son tour.

— Ma famille sera bientôt réunie, assura-t-il. Et tous mes moyens sont à vos dispositions, mademoiselle Collins. Plus vite les agresseurs seront derrière les barreaux, plus tôt nous pourrons rentrer chez nous.

- 11 -

Gil passa son bras sous celui de Britt, tandis qu'ils traversaient le parking de l'hôpital.

— Eh bien, quelle surprise ! s'exclama-t-il.

Elle hocha la tête, pensive.

— Les révélations jettent une lumière toute nouvelle sur l'affaire.

— Est-ce que cela signifie que Chance ne figure plus sur la liste des suspects ?

— Je sais que tu n'as pas envie de croire qu'il puisse être mêlé à l'enlèvement, mais tu serais surpris d'apprendre combien de personnes apparemment sympathiques et normales sont capables du pire, sous l'impulsion du moment. Je suis navrée, Gil, mais Chance avait un mobile.

— Parce que Cara lui aurait brisé le cœur ? Cela, Britt, tu n'en sais rien.

— C'est vrai, et d'ailleurs il ne donne pas l'image d'un homme malheureux. Mais il peut tout à fait masquer ses sentiments et sa culpabilité.

— Nous sommes donc d'accord sur le fait que nos avis divergent sur Chance McDaniel, trancha-t-il.

Puis il la plaqua contre son pick-up et l'embrassa avec passion.

— Ce matin, j'avais envie de rester au lit avec toi, lui confia-t-il, tout en sentant l'excitation le gagner.

Britt riva sur lui ses yeux marron liquide.

— Mais j'ai apprécié de pouvoir disposer de mon espace

vital et ton petit mot m'a touchée, renchérit-elle. Cela dit, je me demande ce qu'en a pensé ta gouvernante.

— A-t-elle été désagréable ? demanda-t-il tout de suite, se jurant de la congédier sur-le-champ si tel était le cas.

— Pas du tout ! Elle a été adorable. Mais comme tu m'as dit qu'aucune femme n'avait jamais passé la nuit sous ton toit, j'ai eu l'impression que ma présence chez toi, ce matin, était particulièrement incongrue.

— Je ne paie pas ma gouvernante pour qu'elle spécule sur ma vie privée, commenta-t-il durement.

— Les gens sont humains, Gil ! Elle a été discrète parce que tu es un bon employeur, mais j'ai éveillé sa curiosité. Tout le monde aurait réagi comme elle.

— Changeons de sujet, proposa-t-il alors. Et dis-moi plutôt quand nous pourrons nous revoir en tête à tête.

Elle grimaça.

— Avec ce nouveau rebondissement, il faut que je me concentre sur l'affaire. Je vais devoir interroger longuement le père et la sœur d'Alex, vérifier que leurs versions ne se contredisent pas. Et je dois revoir toutes mes informations à la lumière de leurs témoignages. Mon emploi du temps va être très chargé. Tu me comprends, n'est-ce pas ?

Elle le regardait d'un air si suppliant qu'il n'eut d'autre choix que de lui accorder le soutien qu'elle méritait.

— Tout à fait, concéda-t-il en lui donnant un baiser sur le front. Même si cela ne me plaît pas.

— Je ferai en sorte de me rattraper. Je te le promets.

Alors il se redressa et s'écarta d'elle, se rappelant qu'il était un adulte capable de maîtriser ses pulsions.

— Je ne manquerai pas de te le rappeler, souffla-t-il d'une voix étouffée.

Gil était un homme occupé, aux multiples responsabilités. Et, pourtant, la semaine et demie qui suivit lui parut s'écouler à une lenteur agonisante. Il parlait chaque jour au téléphone avec Britt, mais leur conversation était un pauvre substitut à son corps nu contre le sien. Britt était devenue un élément indispensable à son bonheur. Sans elle, sa vie manquait de saveur, et même la présence de son précieux fils ne suffisait pas à dissiper cet ennui.

Qui plus est, ce dernier demandait constamment de ses nouvelles. Il était obsédé lui aussi par l'idée de la revoir. Gil lui avait fait de vagues promesses, mais en réalité il ignorait les intentions de Britt.

Le matin du onzième jour, il décida de prendre le taureau par les cornes. Après avoir fait le tour de la ville, il repéra son véhicule devant le palais de justice et attendit qu'elle en sorte. Dès qu'elle l'aperçut, son expression changea, mais il ne put identifier précisément toutes les émotions qui passèrent alors sur son visage.

Quand elle fut en bas des marches du palais, il la prit par les épaules et l'entraîna vers une allée adjacente, où ils pouvaient disposer d'une relative intimité.

— A quand remonte ton dernier jour de congé ?

— Tu n'as rien trouvé de mieux à me demander ? riposta-t-elle, un sourire aux lèvres et les yeux rieurs.

— Réponds à ma question !

Il n'avait pas été certain qu'elle serait heureuse de le revoir, mais à présent le plaisir évident qu'il lisait sur ses traits compensait un peu les dix jours de traversée du désert qu'il venait d'endurer.

Machinalement, elle se mit à jouer avec les boutons de sa chemise, et il sentit la chaleur de ses doigts à travers le tissu.

— Je ne me souviens pas.

— C'est bien ce que je pensais. Tu as besoin de faire un break.

— Et qu'est-ce que je ferai durant ce jour de congé ?

demanda-t-elle, avant de regarder sa montre et d'ajouter d'un ton distrait : Tiens, c'est presque l'heure de déjeuner.

Comment pouvait-elle être aussi calme alors qu'il brûlait de lui faire l'amour ? Ces dix jours sans la voir n'avaient contribué qu'à renforcer la faim qu'il éprouvait d'elle…

Il s'éclaircit la voix.

— Cade a de nouveau passé la nuit chez des amis. Je dois aller le chercher à Midland, à 16 heures… Accompagne-moi.

Elle secoua vigoureusement la tête.

— Non, tu avais raison, tu dois protéger ton fils. Je ne veux rien faire qui soit susceptible de le perturber.

— Je me suis trompé, il vaut mieux que je sois honnête avec lui.

— Et que vas-tu lui dire ?

— Que tu me plais beaucoup. Que j'ai envie de passer du temps avec toi. Mais que ton travail et ta maison sont à Dallas.

— A quel jeu jouons-nous au juste, Gil ? demanda-t-elle alors.

Il vit passer un mélange de résignation et de tristesse dans ses yeux, et il en éprouva aussitôt de la culpabilité, car il en était la cause.

Repoussant les mèches qui lui barraient le front, il prit son doux visage dans ses mains.

— Ne cherchons pas à tout analyser, Britt. Je suis un homme, tu es une femme. Profitons de ce bel après-midi ensoleillé, et gardons nos questionnements pour plus tard.

— C'est une philosophie dangereuse…

— Je ne veux pas te forcer… J'espère juste que tu diras oui.

Elle ne répondit pas tout de suite, et il sentit son ventre se contracter.

Finalement, elle hocha la tête.

— Entendu, dit-elle d'un air songeur.

— Je te propose de passer te chercher chez Chance dans

une demi-heure. Mets une tenue confortable : nous allons pique-niquer.

Il ne faisait plus aussi chaud que la semaine précédente, mais les températures demeuraient fort clémentes pour un mois de janvier.

— Qui s'occupe de la nourriture ? demanda-t-elle.

— C'est moi qui t'invite, donc j'en prends la responsabilité.

Elle lui planta un baiser sur la bouche, puis s'écarta vivement de lui avant qu'il cherche à l'approfondir.

— Responsabilité ! Encore ce mot !

— Non, Britt, c'est un vrai plaisir pour moi de m'occuper de toi, lui assura-t-il.

Britt inspectait sa garde-robe, en quête d'une tenue à la fois « confortable », selon la recommandation de Gil, mais également élégante... Tiens ! Sa robe chemisier violette en maille serait parfaite avec des leggings marine, à la bordure en dentelle.

Elle s'habilla rapidement, puis enfila des espadrilles blanches, assorties au bandeau qui retenait ses cheveux. Elle se donna un dernier coup de brosse, sachant que Gil allait apprécier qu'elle n'ait pas attaché ses cheveux. Lorsqu'elle se regarda dans le miroir, elle se trouva l'air d'une femme résolue à faire l'école buissonnière.

Elle soupira. Ce serait sans doute leur dernière récréation, étant donné l'appel qu'elle avait reçu ce matin... *Carpe diem*, se dit-elle, et elle se dirigea vers la porte, sans oublier de prendre au passage un cardigan en cachemire blanc, au cas où le temps se rafraîchirait.

Gil était à l'heure, ce qui ne la surprit pas. Elle descendit rapidement le perron et s'efforça de ne pas courir jusqu'à lui comme une adolescente. La perspective de cette échappée de quelques heures en compagnie d'un homme avec qui elle avait partagé une intimité vertigineuse lui donnait des ailes.

Un large sourire éclaira le visage de Gil quand elle s'avança vers lui. Il lui ouvrit la portière côté passager.

— Tu peux t'installer sur le siège du milieu, dit-il. Il y a une ceinture.

— Je préfère être près de la portière, renchérit-elle avec un sourire.

Ils ne devaient pas brûler les étapes, tout de même ! Une fois sur la nationale, Gil lui lança un regard amusé.

— Tu es adorable, aujourd'hui, Britt, dit-il d'une voix lascive.

— Merci, répondit-elle avant d'ajouter d'un petit air narquois : J'espère que tu n'as pas oublié que tu m'avais promis un déjeuner.

— Patience ! Il y a tout ce qu'il faut sur la banquette arrière.

Elle jeta un regard par-dessus son épaule et découvrit un panier rempli de victuailles.

— Miam ! s'exclama-t-elle. Et combien de temps vais-je devoir attendre avant de me régaler ?

— A vingt kilomètres d'ici, il y a un endroit où Cade et moi aimons bien nous arrêter. En fait, la propriété m'appartient, mais je l'ai toujours laissée à l'abandon. Elle est parcourue par un petit ruisseau. J'ai pensé que cela te plairait sans doute de pique-niquer sous des peupliers de Virginie.

— Mais, Gil, nous sommes en janvier, les arbres n'ont pas de feuilles !

— Eh bien, tu feras appel à ton imagination. J'ai aussi apporté une couverture.

— Et de la crème solaire ?

— Ne t'inquiète pas pour ça ! Je recouvrirai ton corps avec le mien.

Cette promesse la troubla profondément, et pour garder une contenance elle alluma la radio, sans lui demander la permission. Elle trouva une station qui passait de la variété et se mit à fredonner sur la musique. De toute évidence, Gil avait une idée bien précise en tête.

Il finit par s'engager dans un chemin de traverse, signalé par aucun panneau. Il était étroit et cahoteux, mais le gros pick-up était tout à fait adapté à ce genre de terrain.

Enfin, Gil coupa le moteur.

— Nous y sommes, déclara-t-il.

Le paysage était idyllique, et personne ne viendrait les déranger ici ! Quelques petits nuages inoffensifs traversaient l'azur, tandis que la légère brise soulevait des feuilles mortes. Ils étaient en pleine nature.

— C'est très beau ! s'exclama-t-elle.

— Oui, c'est vrai, mais ta beauté dépasse toutes les autres, rétorqua-t-il en la prenant par les épaules. Tu es une femme si désirable, Britt.

Elle se sentit rougir : elle n'avait pas l'habitude des compliments si directs. Elle parvint pourtant à lui adresser un sourire ingénu.

— La nourriture d'abord. Tu flirteras ensuite.

— Je ne sais pas si tu connais vraiment tes priorités, marmonna-t-il.

Mais il lui sourit à son tour et, sortant du pick-up, s'empara du panier de pique-nique.

Elle l'imita et étendit la couverture sur l'herbe. Puis elle le regarda, médusée, y placer ce que sa gouvernante avait préparé pour eux. Une salade de crudités et de poulet mariné, une macédoine de fruits, du pain fait maison, des cookies aux raisins… Elle en avait l'eau à la bouche.

Encore plus stupéfaite, elle le vit sortir des assiettes en porcelaine, des flûtes en cristal et des couverts en argent.

— Ça alors ! s'exclama-t-elle. Moi qui m'attendais à manger dans des assiettes en carton.

Quelques instants plus tard, il lui servait du champagne.

— Tu vois, je ne lésine pas sur les moyens pour séduire une femme, répondit-il d'un ton pince-sans-rire.

Elle but une gorgée. C'était tout simplement divin.

— Il ne s'agit pas d'un rendez-vous galant, Gil, trancha-t-elle, mais j'apprécie tes efforts.

Comme elle devait lui faire part d'informations qui n'allaient pas lui plaire, autant ne pas jouer au chat et à la souris ! pensa-t-elle.

Il ne releva pas, mais remplit une assiette qu'il lui tendit.

— Mange ! dit-il. Tu semblais avoir faim.

Ils se restaurèrent d'abord en silence. Un silence confortable, qui leur permit d'apprécier la sérénité de la journée et la joie inexprimable de voler un moment au temps.

Elle mangeait assise, jambes croisées, tandis qu'il était allongé sur le côté, redressé sur un coude.

La nourriture était délicieuse, mais elle fut rapidement rassasiée. Sans doute parce que son côté réaliste lui rappelait que ces minutes de félicité se transformeraient en une terrible nostalgie, quand tout ceci prendrait brusquement fin.

Il était tout à fait ridicule de détruire ce merveilleux interlude par de telles pensées, elle le savait. La vie n'avait pas besoin d'être parfaite pour qu'on l'apprécie. Le bonheur venait par bribes, parfois sans même qu'on s'en rende compte.

Une fois le pique-nique terminé, elle l'aida à tout ranger. Ils n'avaient guère échangé durant le déjeuner. Assise, elle le regarda rapporter le panier dans le pick-up. Durant un bref instant, elle s'imagina être à lui de façon durable...

Il était déjà un amant extraordinaire. Elle ne doutait pas qu'il fasse un mari admirable. Fermant les yeux, elle se laissa aller à sa rêverie.

Gil vint soudain se glisser à côté d'elle.

— Pourquoi est-ce que tu fronces les sourcils ? Le pique-nique était censé te divertir.

— Mais c'était le cas ! protesta-t-elle en posant la tête

sur son épaule. Je suis si prise par mon travail que, parfois, j'oublie combien il est bon de ne rien faire.

— Tu fais beaucoup de sacrifices pour ta carrière, observa-t-il.

Etait-ce une critique voilée ? Ou était-elle trop susceptible ?

— Je suppose que mon métier est un substitut à la famille que je n'ai pas. J'ai beaucoup d'amis dans le milieu professionnel, de sorte que je n'en sors jamais véritablement. Et quand je rentre chez moi, je n'arrive pas à oublier les affaires sur lesquelles j'enquête.

— Tu es très consciencieuse, Britt, et c'est ce que j'aime chez toi.

Elle mêla ses doigts aux siens.

Aujourd'hui, il portait un jean noir et un polo bleu clair, en accord avec ses yeux. Encore une fois, son compliment l'avait mise mal à l'aise, sans doute parce qu'elle avait grandi sans le moindre encouragement, mais aussi en raison de la nouvelle qu'elle avait reçue de Dallas, dans la matinée.

— Est-ce que tu m'as conduite ici pour que nous puissions faire l'amour ? demanda-t-elle d'un ton détaché pour masquer son tumulte intérieur.

Il lui étreignit la main.

— Il n'est pas impossible que l'idée m'ait traversé l'esprit.

Ce serait leur dernière occasion, elle le savait, et Gil devait lui aussi en avoir l'intuition. Leurs vies respectives étaient bien trop compliquées pour qu'ils entretiennent une relation, clandestine ou non.

Elle tourna la tête vers lui.

— C'est la réponse que j'espérais entendre…

De toute évidence, sa repartie le troubla, un trouble tout de suite remplacé par de la convoitise et de la détermination, à en juger par les étincelles qui se mirent à briller dans ses yeux. Sans la lâcher du regard, il sortit quelques préservatifs de sa poche.

— Je ne préjugeais de rien, mais mieux vaut être préparé à toute éventualité.

— Ah oui, c'est vrai ! Tu étais scout, dans ton enfance.

— Je plaide coupable, dit-il en commençant à déboutonner sa robe chemisier. J'ai aussi appris à dégrafer d'une main le soutien-gorge des filles. Enfin, ça, c'était une activité hors programme.

— Au fond, tu n'es pas aussi convenable que tu en as l'air, monsieur Addison.

Avec sa pleine coopération, il la fit basculer sur la couverture. Le soleil l'éblouit, et elle ferma les yeux.

De ses lèvres, il lui effleura alors le lobe de l'oreille.

— Et tu n'as encore rien vu, chuchota-t-il d'une voix lascive.

- 12 -

Gil observa attentivement Britt, fasciné. Sa peau était d'un blanc crémeux, son nez adorablement féminin, et son menton résolument obstiné. A la lumière du soleil, des éclats de cuivre dansaient dans sa chevelure. Ses lèvres entrouvertes étaient rouge pâle. Sous sa robe, sa poitrine se soulevait et s'abaissait rapidement.

Et, dans sa propre tête, il entendait le tic-tac de l'horloge !

Etait-ce égoïste de vouloir encore une fois sentir son corps chaud se refermer sur lui ? L'entendre crier son prénom quand il lui donnerait du plaisir ? Rester étendu près d'elle après l'amour et regarder le ciel tout en écoutant les battements de leurs cœurs respectifs ?

Elle avait retiré ses espadrilles, et il remarqua que le vernis de ses orteils était assorti à son rouge à lèvres.

Sans ouvrir les yeux, elle murmura :

— Tu es bien silencieux.

— Ne bouge pas, je vais déplacer un peu la couverture car tu es au soleil.

Et il la tira jusqu'à l'ombre que projetait le pick-up.

— Voilà qui est mieux, car tu allais cuire.

Quand il se retourna vers elle, elle avait retiré sa robe et lui faisait face dans son soutien-gorge en dentelle noire et ses leggings moulants.

— Le temps nous est compté, non ? demanda-t-elle.

— Je pourrai toujours appeler pour prévenir que j'aurai une heure de retard.

Elle prit une expression scandalisée.

— Tu demanderas à tes amis de garder Cade une heure de plus pour que toi et moi puissions nous en donner à cœur joie au milieu de nulle part ?

— Oui, c'est bien ça, tu as tout compris, approuva-t-il sans éprouver le moindre scrupule.

Alors elle se jeta dans ses bras. Pris de court, il vacilla… mais parvint à garder l'équilibre.

Serrée tout contre lui, elle éclata de rire. Jamais il ne l'avait vue aussi insouciante, et cela le remplit de joie.

— Finalement, ton côté mauvais garçon me plaît énormément, lui dit-elle en posant les mains sur ses épaules.

Ne serait-ce que pour ces ultimes paroles elle méritait un baiser… Quelques secondes plus tard, ils s'étreignaient sur la couverture, haletants. Il voulut dégrafer son soutien-gorge, mais dut s'y reprendre à trois fois.

Encore une fois, son rire cristallin résonna dans l'air.

— Cela me rassure ! s'exclama-t-elle. Au moins, je n'ai pas l'impression de n'être qu'une conquête de plus sur ta longue liste.

— Ce ne sera jamais le cas, ma chérie, lui assura-t-il d'un ton sincère.

Mais l'heure n'était pas à la parole. C'était avec des actes qu'il devait la convaincre. Rapidement, il se déshabilla et se retrouva en caleçon.

— J'ai l'impression de commettre une folie, dit-elle.

— Pourquoi ?

— Je n'ai jamais fait l'amour en plein jour, dans les bois.

— Tu as peur du grand méchant loup ?

De nouveau, elle partit d'un grand éclat de rire.

— Attention, reprit-il. Tu ne sais pas de quoi je suis capable. Et il se trouve que j'ai envie de te dévorer.

Elle se mordit la lèvre, les yeux rieurs, tandis qu'il lui

retirait son legging, pour découvrir que sa culotte était assortie à son soutien-gorge qui gisait quelque part dans l'herbe.

Il secoua la tête, comme étourdi, sans doute parce que tout son sang avait afflué dans son bas-ventre…

Elle était étendue sur la couverture, un genou relevé, dans une position des plus suggestives.

— Tout va bien ? lui demanda-t-elle.

Il était agenouillé devant elle, mains sur les cuisses.

— Oui. Juste le temps de reprendre mes esprits. Te regarder me fait perdre la tête.

— Très drôle ! dit-elle.

— Je ne plaisante pas, Britt. Tu es vraiment sensationnelle.

— C'est le champagne qui parle ! Je pense que je vais devoir prendre le volant pour aller jusqu'à Midland.

Les yeux rivés aux siens, il se mit à califourchon sur elle.

— Ne me contredis pas. J'ai toujours raison, l'avertit-il.

— C'est ce que tu crois !

Alors, pour la faire taire, il l'embrassa.

Quand il releva la tête, il lut comme une sorte de réserve dans ses yeux. En dépit de sa bravade, elle restait vulnérable. Elle ferma les yeux quand il se mit à lui caresser les seins, tremblante malgré la douceur ambiante. Manifestement, elle nourrissait le même désir affolé que lui…

— Je veux te faire l'amour, Britt, murmura-t-il d'une voix rauque.

Sans prévenir, elle se redressa sur un coude et referma sa main sur son sexe.

— Eh bien, nous sommes sur la même longueur d'onde, Gil !

Elle lui adressa un sourire mutin.

D'un geste habile, elle retira sa culotte, tandis qu'il mettait un préservatif.

— Tu m'éblouis, Britt, déclara-t-il en posant la main sur son ventre.

Lorsqu'il était tombé amoureux de celle qui était devenue sa femme, il n'était encore qu'un gamin qui ne connaissait rien à la vie. Les difficultés qu'ils avaient connues durant leur mariage l'avaient durement éprouvé, et quand Sherrie s'était suicidée il avait été submergé par la douleur et la culpabilité. Heureusement, son fils lui avait permis de reprendre goût à la vie, mais au fond de lui il était persuadé qu'il ne retrouverait jamais un autre amour.

Et soudain, sans prévenir, Britt Collins avait déboulé dans sa vie… Britt qui le regardait à présent d'un air mélancolique, mystérieux, tout en caressant doucement son membre en érection.

— Je ne regretterai jamais d'être venue à Royal, dit-elle dans un souffle.

— Arrête ! J'ai l'impression d'entendre une épitaphe !

Les yeux de Britt se mirent à briller.

— L'heure avance, Gil. Fais-moi l'amour !

Alors il lui obéit aveuglément, car s'unir à elle était son vœu le plus cher. Lentement, il la pénétra, et sa moiteur lui confirma qu'elle était prête pour lui. Il ferma les yeux… Elle était la femme qu'il attendait depuis toujours. A lui désormais d'en tirer les conséquences.

Le soleil se déplaçait inexorablement dans le ciel, et l'ombre rétrécissait. La peau de Britt était douce et toute chaude. Leurs respirations se mêlaient et s'envolaient avec la brise, tout comme l'odeur de leurs corps se conjuguait à celle de la nature…

D'une main adroite, il se mit à titiller son clitoris, sans cesser d'aller et venir en elle. Soudain, elle se cambra contre lui et s'abandonna sensuellement au plaisir…

Alors, après quelques coups de reins plus violents, il se perdit lui aussi en elle. Un grognement sourd lui échappa, puis il enfouit la tête dans sa chevelure.

Lorsqu'elle entrouvrit les yeux, elle vit une buse tournoyer haut dans le ciel. S'étaient-ils assoupis ? se demanda-t-elle. Elle regarda sa montre. Il était presque 4 heures ! Ils n'avaient plus de temps à perdre.

— Gil !

— Hum ? marmonna-t-il sans bouger.

— Il faut partir tout de suite.

— J'ai demandé une heure supplémentaire.

— Nous l'avons utilisée. Allez, je suis sérieuse ! Lève-toi, Addison !

Il se souleva sur un coude et cilla.

— Autant te prévenir, Britt, je n'aime pas les femmes revêches, lui dit-il.

— C'est noté, rétorqua-t-elle, amusée par son ton pince-sans-rire.

Ils se levèrent.

— Je meurs d'envie de prendre une douche, se plaignit-il alors.

— C'est toi qui as opté pour ces… roulés-boulés en plein air.

— « Roulés-boulés » ? répéta-t-il en éclatant de rire. C'est ce qu'on vous apprend à l'école de police ?

Il prit une voix plus sourde et poursuivit :

— « Allô, allô, j'ai repéré un couple qui effectuait des roulés-boulés dans le parc du motel sans permission… »

Elle aussi était hilare.

— En attendant, habille-toi avant que le shérif vienne nous arrêter pour exhibitionnisme.

Il l'aida à se rhabiller. En dépit de leurs ébats précédents, elle était troublée dès que Gil lui effleurait la peau. La virilité qui émanait de lui était si excitante…

Ils finirent par retrouver une apparence convenable et montèrent dans le pick-up.

Quand ils eurent regagné la nationale, il lui lança un coup d'œil.

— J'ai une faveur à te demander, dit-il.

Elle abaissa le miroir de courtoisie et se mouilla le doigt pour effacer une trace de maquillage au coin de l'œil.

— Quoi ? Tu as laissé des empreintes sur une scène de crime ?

— Je suis sérieux, Britt.

— D'accord.

Elle releva la visière.

— Je t'écoute, ajouta-t-elle.

— Demain, je ne serai pas au ranch, je dois survoler la région en hélicoptère avec des amis pour repérer des taureaux reproducteurs que nous comptons acheter. Normalement, j'aurais fait appel à la baby-sitter qui s'occupe de Cade, mais j'ai pensé qu'il serait ravi de passer une partie de la journée avec toi.

— Ecoute, Gil, tu n'as pas besoin de me prouver que tu me fais confiance à propos de ton fils.

— Donc, tu ne veux pas passer la journée avec lui ?

— Bien sûr que si !

— Alors, quel est le problème ?

Le moment n'était-il pas opportun pour lui annoncer la nouvelle ? Elle prit une grande inspiration.

— Eh bien voilà, commença-t-elle. Mon chef m'a téléphoné tout à l'heure.

— Ah bon ? fit-il, tendu.

— Apparemment, Rodrigo del Toro a remonté la chaîne de ma hiérarchie et averti mon chef qu'il voulait prendre l'enquête en charge, dans la mesure où il disposait de fonds illimités et qu'Alex était de retour chez lui.

Gil en resta d'abord bouche bée.

— Qu'est-ce que ça veut dire ? Que l'Etat abandonne un cas non résolu ? reprit-il au bout de quelques secondes.

— Non, bien sûr que non ! Mais del Toro n'aime pas travailler avec une femme, et comme c'est lui qui va tenir les cordons de la bourse… C'est donc un de mes collègues masculins qui va prendre le relais à Royal. Moi, je suis rappelée à Dallas pour m'occuper d'une nouvelle affaire.

— Quand ?

Etait-ce l'effet de son imagination, ou Gil avait-il bel et bien pâli sous son bronzage ? Elle déglutit avec difficulté. Sans s'expliquer pourquoi, elle se sentait sur la défensive.

— Je dois partir mardi, le temps de rédiger un rapport final.

— Je vois.

Ils continuèrent le trajet en silence. Gil avait l'air très contrarié.

Elle se mordit la lèvre. Elle n'avait jamais supporté les conflits. Heureusement que, dans une dizaine de minutes, Cade le petit bavard les aurait rejoints ! Toutefois, elle avait envie d'éclaircir la situation.

— Tu sembles bouleversé, commença-t-elle.

Il lui lança un regard noir, qui la fit presque tressaillir.

— Pas toi ?

— Je ne comprends pas…

D'un vif coup de volant, il se déporta sur le bas-côté et freina tout aussi brutalement. Coupant le moteur, il se tourna vers elle.

— Faut-il que j'emploie un vocabulaire administratif propre à la police pour que tu saisisses ?

— Tu es injuste, Gil, murmura-t-elle, les larmes aux yeux.

— Ah bon, c'est moi qui suis injuste ?

Il était clairement furieux.

— Ton chef te rappelle, et toi tu accours, poursuivit-il. Cela ne te gêne pas du tout que toi et moi soyons en train de vivre une…

— Assez, Gil ! Je sais ce que nous sommes en train de

vivre, s'écria-t-elle. Mais tu connais comme moi les chances de survie d'une relation longue distance !

Il serra les mâchoires, le regard soudain glacial.

— Donc nous deux, c'était juste une partie de jambes en l'air ? demanda-t-il d'un ton dur.

— Ne sois pas grossier !

A présent, elle était toute tremblante. Elle prit plusieurs grandes inspirations et s'efforça de recouvrer son calme.

— Chez toi, et aujourd'hui, c'était merveilleux, Gil…

— Oui, c'est bien ce que je dis, ce n'était que le sexe qui t'intéressait, déclara-t-il d'un ton accusateur.

— Mais qu'attends-tu de moi, au juste ? demanda-t-elle en retenant ses pleurs.

Il la fixa en silence.

— Rien, Britt, rien du tout, marmonna-t-il.

- 13 -

Britt ne savait plus quoi faire. Elle aussi était déchirée à l'idée de le quitter, mais les récriminations ne servaient à rien.

Gil redémarra, avalant les kilomètres jusqu'à Midland. Le silence hostile qui régnait entre eux finit par lui taper sur les nerfs.

— Parle-moi de tes amis de Midland, dit-elle abruptement.

Elle souffrait d'une affreuse migraine et avait besoin de penser à autre chose qu'à la discussion qu'ils venaient d'avoir, qu'à son départ imminent, qu'à leur…

— Nous sommes allés à l'université ensemble, répondit-il contre toute attente et d'un ton un peu apaisé. Nous nous sommes pratiquement mariés en même temps. Ils m'ont apporté un soutien précieux après la mort de Sherrie. Ils m'ont écouté, conseillé, consolé, nourri…

— J'ai du mal à t'imaginer baisser la garde et admettre que tu as besoin de quelqu'un, déclara-t-elle sans réfléchir.

Elle regretta aussitôt ces paroles, car elles pouvaient paraître sarcastiques. Par chance, il ne s'en offusqua pas.

— J'étais dans un état lamentable, reconnut-il avec franchise. J'avais si peur que Cade soit traumatisé. Et puis, la culpabilité que j'éprouvais à l'idée de ne pas avoir été capable d'empêcher Sherrie de commettre l'irréparable m'étouffait.

— Ce n'était pas ta faute.

— Peut-être, mais quand une personne qu'on aime se

suicide, le poids de la responsabilité vous écrase. J'avais l'impression d'un échec total.

Il y avait encore une demi-heure, elle l'aurait pris par l'épaule. Mais, à présent, en avait-elle encore le droit ?

— Mes parents aussi m'ont beaucoup soutenu, poursuivit-il. Ils habitaient encore à Royal, à l'époque.

Elle regarda par la fenêtre. Elle ne nourrissait aucune illusion sur la façon dont son père aurait réagi si elle avait dû affronter une telle situation : il n'aurait pas levé le petit doigt. Le gouffre entre eux était trop grand.

D'ailleurs, peut-être était-ce pour cette raison qu'elle avait préféré masquer à Gil la profondeur du désespoir qu'elle ressentait à l'idée de quitter Royal. De le quitter… Elle avait appris dès son enfance à ne compter que sur elle-même et à gérer les épreuves seule. Si son père lui avait transmis une valeur, c'était bien l'autonomie. Ainsi que la certitude que, lorsqu'elle aurait un enfant, elle l'envelopperait d'un amour dont il ne pourrait jamais douter.

Alors qu'elle était en pleine réflexion, il arrêta le pick-up devant une fort jolie demeure à étage, dans un quartier plutôt huppé.

— Je reste ici pendant que tu vas chercher Cade, annonça-t-elle.

Il fronça les sourcils.

— Ne sois pas ridicule. Je veux te présenter mes amis.

Elle secoua la tête.

— Non, si je rentre, ils vont tirer des conclusions. Ne compliquons pas la situation.

— Bon sang, ce que tu peux être entêtée !

— Prends ton temps. Cela ne me gêne pas d'attendre.

Il descendit de son véhicule, l'air mécontent, mais elle campa sur sa position. Si elle l'avait accompagné, ses amis en auraient forcément déduit qu'ils formaient un couple.

Or, ils avaient simplement couché ensemble pour combler un vide dans leur vie.

Chercher au-delà était insensé.

Lorsque Gil ressortit de la maison, il ébouriffa les cheveux de son fils.

— J'ai une surprise pour toi, déclara-t-il.

— C'est quoi ?

Cade avait l'air fatigué et pas aussi dynamique que d'ordinaire. Apparemment, il n'avait pas assez dormi, avait veillé tard avec son camarade, alors que les parents les croyaient endormis.

— Je suis venu avec quelqu'un.

Il aida son fils à monter dans le pick-up, et le visage de Cade s'illumina en découvrant la passagère.

— Bonjour, mademoiselle Britt. J'aurais aimé m'asseoir devant avec toi.

Britt se tourna vers lui et posa la main sur son genou.

— Hélas, les enfants doivent monter derrière ! Sans quoi, le shérif Battle risquerait de nous arrêter.

Gil s'installa derrière le volant.

— Décidément, c'est une obsession chez toi, marmonna-t-elle d'une voix à peine audible.

Elle se rappela alors avoir prononcé les mêmes paroles à peu près une heure plus tôt, quand Gil et elle étaient nus sous le soleil de l'après-midi. L'espace d'une seconde, elle revit leurs corps emmêlés sur la couverture…

Mais elle préféra ignorer sa remarque et enchaîna :

— J'ai une idée. Je peux monter à l'arrière avec Cade. Ainsi, il se sentira moins seul.

— Oh oui ! s'exclama Cade avec un plaisir évident, insensible au regard frustré de son père.

— Si tu y tiens, dit ce dernier à Britt d'un air détaché.

Cade parla sans interruption pendant les trois quarts du trajet jusqu'à Royal, avant de s'endormir de façon soudaine sur l'épaule de Britt.

Elle croisa le regard de Gil dans le rétroviseur.

— Le pauvre ! Il est épuisé, dit-elle.

— Tu sais, je n'ai pas beaucoup dormi pendant les dix jours qui viennent de s'écouler, et tu ne sembles pas vraiment t'en soucier.

— Gil !

— Ne compte pas sur moi pour faire comme si rien ne s'était passé, Britt. Les choses ont changé, maintenant.

— En quoi ?

La question sembla le désarçonner. Ou peut-être n'avait-il tout simplement pas envie d'y répondre, alors que Cade se trouvait dans le pick-up avec eux. Toujours est-il qu'elle mit un terme à leur conversation.

Elle appuya la tête contre la vitre et ferma les yeux, ravie de sentir la présence de Cade contre elle.

La nuit tombait quand ils arrivèrent à McDaniel's Acres. Les lumières étaient déjà allumées dans le ranch, créant une atmosphère de bienvenue. Cade ne se réveilla pas quand Gil ouvrit la portière pour permettre à Britt de descendre du véhicule.

Il lui tendit la main et ne la lâcha plus.

— Il faut que nous reparlions de tout cela, lui dit-il. Hélas, ce soir, ce n'est pas le bon moment.

Malgré elle, son cœur se gonfla d'espoir. Allait-il lui dire quelque chose d'important, qui changerait leur vie à tout jamais ?

Evidemment, il avait raison, le moment n'était guère opportun pour se livrer à une conversation intime. Pourtant, quand il se pencha vers elle pour l'embrasser tendrement, elle eut vraiment envie de lui avouer la vérité. *De lui dire qu'elle l'aimait.*

Mais, là encore, ce n'était ni l'heure ni le lieu.

Elle se pressa contre lui et perçut toute la force de la passion qui l'animait. Y avait-il autre chose que du désir dans ce qu'il ressentait pour elle ? se demanda-t-elle en nouant les bras autour de son cou.

— Ne t'en fais pas, ma chérie. Tout va s'arranger. Je te le promets, lui dit-il, le souffle court, en la relâchant.

Quel était le sens de ces propos ? Qu'avait-il en tête ?

Mais elle n'eut pas le temps de lui poser la question, car il était déjà remonté dans son pick-up. Elle fixa ses feux arrière jusqu'à ce qu'ils disparaissent dans la nuit, tandis qu'il filait chez lui, avec son fils à l'arrière.

D'un pas lent, elle remonta le perron.

Et si elle demandait une semaine supplémentaire à son chef ? pensa-t-elle. A moins que cela ne serve qu'à rendre l'agonie plus longue…

Elle fut surprise de trouver Chance sur la balancelle de la véranda. Et plus encore de constater qu'il n'était pas seul… En la voyant, Cara Windsor se leva d'un bond. Elle remarqua tout de suite que la belle blonde avait pleuré.

Avant qu'elle ait le temps de la saluer, Cara dévala les marches, monta dans sa voiture et démarra en trombe.

Chance posa alors le bras sur le dossier de la balancelle et allongea les jambes.

— Je ne me trompe pas, c'est bien Gil qui vient de vous reconduire ?

Elle sentit ses joues s'empourprer. Gil et elle s'étaient embrassés… Chance les avait-il vus ?

— Oui. Je suis allée à Midland avec lui récupérer Cade chez des amis.

— C'est un enfant adorable.

— Tout à fait.

— J'espère que vous n'avez pas semé de doutes dans l'esprit de Gil à mon sujet.

— Gil est capable de se forger ses propres opinions. Par ailleurs, il est très loyal envers ses amis.

— Oui, c'est vrai. Mais les hommes sont capables de se conduire de façon irrationnelle quand une femme est en jeu.

Il venait de lui donner une occasion en or…

Laissant tomber son fourre-tout à ses pieds, elle s'appuya contre une colonne.

— C'est ce qui vous est arrivé, Chance ? Vous avez agi sans réfléchir pour conquérir Cara ?

Il se rembrunit.

— Les apparences sont parfois trompeuses, Britt, je ne vous apprends rien, rétorqua-t-il. Mais si je vous comprends bien, je figure bel et bien toujours sur la liste des suspects ?

— Si je ne m'abuse, Cara ne porte plus sa bague de fiançailles, riposta-t-elle. Je vous aime bien, Chance, mais que faisait-elle avec vous au lieu d'être auprès de son fiancé, et de l'aider à retrouver la mémoire ? Avez-vous des choses à me dire ?

D'un mouvement fluide, il se leva et vint se planter juste devant elle. Cherchait-il à l'impressionner ? Si tel était le cas, il la connaissait mal.

— Vous m'avez déjà interrogé, Britt, à deux reprises d'ailleurs, si je me rappelle bien. Et je vous ai alors dit tout ce que je sais au sujet de cette disparition, c'est-à-dire rien.

— N'auriez-vous pas omis quelques détails concernant Cara ?

— Non ! Je n'ai rien à ajouter.

— Désolée d'insister, mais le tête-à-tête que je viens d'interrompre ne m'a pas paru anodin. Pourquoi Cara pleurait-elle ? Etait-ce parce que l'homme qu'elle croyait aimer ne se souvient même plus d'elle ?

Il croisa les bras, la jaugeant d'un air sévère.

— Les affaires de Cara ne regardent qu'elle. Si vous voulez des réponses, allez l'interroger.

— Je n'ai pas l'impression qu'elle veuille me parler.

— Peut-être pas, effectivement.

— Ecoutez, Chance, vous n'avez rien à craindre de moi, sauf si vous êtes coupable, bien sûr. Mais sachez que je n'abandonne jamais, tant que je n'ai pas résolu une affaire.

Ce qui était faux, en l'occurrence, puisqu'on venait précisément de lui retirer le cas Santiago, et qu'elle n'aurait pas la satisfaction de finir son enquête.

— Au risque de paraître suspect à vouloir changer de sujet, j'aimerais vous donner un conseil, reprit Chance.

— Pas de problème. De quoi s'agit-il ?

— Gil Addison est un homme adorable, et il a connu de rudes épreuves. Plus que n'importe qui à Royal, il mérite d'être heureux.

— Et en quoi cela me concerne-t-il ?

— Je ne voudrais pas qu'il fasse les frais de votre passion pour la vérité. Si vous n'envisagez pas une relation sérieuse avec lui, alors ne jouez pas avec ses sentiments.

Britt médita sur les propos de Chance, en regagnant l'étage où se trouvait sa chambre. Renonçait-elle trop facilement ? Le lien qui l'unissait à Gil était-il plus profond qu'elle le pensait ?

Lorsqu'elle posa son gilet et son sac sur le lit, elle découvrit qu'elle avait reçu un texto de l'homme qui occupait toutes ses pensées.

Pourrait-on se voir au club demain midi, afin que je te confie mon petit agité de fils ?

Elle fronça les sourcils et se laissa tomber dans un fauteuil. En temps normal, elle aurait laissé passer quelques jours avant de revoir Gil, le temps d'analyser ses émotions. Mais elle avait fait une promesse, et elle ne voulait pas décevoir un enfant en raison d'un conflit entre adultes.

Pas de problème. J'y serai à midi. Où aime-t-il déjeuner, en général ?

La réponse de Gil ne tarda pas.

Là où l'on sert des glaces en dessert.

A son tour, elle tapa sur son clavier :

Donc le restaurant de Royal conviendra ?

Là encore, la réponse fut immédiate.

Absolument.

Résistant à l'envie de lui demander ce qu'il avait voulu dire plus tôt en affirmant que tout finirait par s'arranger, elle se contenta de conclure.

A demain alors.

Puis elle posa son téléphone portable sur sa table de nuit et commença à se déshabiller. Quelques instants plus tard, il vibra de nouveau. Elle regarda bien vite l'écran.

Mon lit est vide sans toi…

Déchirée entre la prudence et l'excitation, elle hésita à répondre. Peut-être penserait-il qu'elle était sous la douche, si elle ne se manifestait pas.

Mais un autre message arriva.

Je sais que tu viens de lire mon texto. Je comprends tes angoisses, mais arrête de t'inquiéter.

Facile à dire ! Sans bouger, elle continua à fixer l'écran .. La suite s'afficha alors.

Ce qui se passe entre nous, ce n'est pas simplement physique, et tu le sais bien.

Malgré elle, un sourire lui vint aux lèvres. Combien de temps allait-il soliloquer ?

La nuit va être longue... Quand je ferme les yeux et que je pense à toi, je suis à mille lieux de m'endormir!

Prenant finalement son courage à deux mains, elle répondit ce que lui dictait son cœur.

Tu me manques, Gil...

Cette fois, il laissa au moins deux minutes s'écouler avant de répondre.

Toi aussi tu me manques, mon cœur. Dors bien...

Gil mit son téléphone en charge, puis commença à arpenter sa chambre. Il avait dit la vérité. Britt le hantait. Des images d'elle nue, souriante, haletante, en train de jouir l'obsédaient.

Il n'avait couché que deux fois avec elle, mais son monde en avait été complètement renversé ! Il avait beau aborder le problème sous tous les angles, le génie était sorti de la bouteille, et il ne pourrait plus l'y remettre. Soudain, il s'immobilisa, frappé par la vérité qui venait de s'imposer à lui...

Il était amoureux de Britt Collins.

Et cela ne devait pas dater d'hier, étant donné l'intensité de ce qu'il ressentait pour elle.

Il avait tellement cherché à éluder ses questions, à la contrecarrer qu'il lui avait fallu tout ce temps pour comprendre qu'elle représentait exactement la femme qu'il attendait. Elle était forte, intègre, si douce avec son fils, et tellement passionnée avec lui.

Et puis le fait qu'elle portait des dessous affriolants sous son morne uniforme le séduisait particulièrement. Il l'admirait d'autant plus qu'elle était positive et joviale, en dépit de l'enfance bien peu joyeuse qu'elle avait eue.

Comme il était impatient de la revoir ! L'émotion qu'il avait lue dans ses yeux, l'après-midi même, relevait-elle plus que d'un simple appétit sexuel ? se demanda-t-il alors. Etait-il possible qu'il compte, pour elle ? Attendait-elle qu'il lui donne une raison de rester ?

A bien y réfléchir, il ne lui avait fourni aucune preuve de son désir de nouer une relation durable avec elle. Il se sentit soudain honteux qu'elle puisse imaginer qu'elle ne représentait rien de plus que du bon temps, pour lui...

Evidemment, le fait qu'elle habite et travaille dans une autre ville compliquait la situation. Car, de son côté, il ne pouvait pas quitter le ranch : c'était l'héritage de son fils, les racines de sa famille. Sans compter que Straight Arrow procurait un nombre considérable d'emplois aux gens de Royal.

Toutefois, était-il juste de demander à Britt de renoncer à tout, tandis que lui ne ferait aucun sacrifice ? Bon sang, arriverait-il jamais à trouver une solution d'ici à mardi, le jour de son départ ? Cela lui laissait à peine une semaine pour échafauder des plans d'avenir... Et puis, bien sûr, il devait tenir compte de Cade, même s'il se figurait aisément sa réaction.

Les imaginer soudain tous les trois comme une vraie famille lui mit du baume au cœur. Ce rêve lui avait été volé de façon tragique, des années auparavant. Et voilà que l'occasion de reconstruire un foyer se présentait...

Après sa douche, il se mit au lit, mais ne parvint pas à trouver le sommeil. Il était bien trop excité par ses projets. Demain, à la même heure, Britt et lui auraient trouvé un arrangement. Peut-être qu'il l'accompagnerait à Dallas pour lui offrir une bague de fiançailles.

Il ne reculerait devant rien pour la rendre heureuse. Tout serait parfait.

- 14 -

Britt arriva en ville avec un quart d'heure d'avance. Elle était sincèrement heureuse à l'idée de passer une journée avec Cade, mais elle se réjouissait aussi follement de revoir Gil. Sa promesse mystérieuse avait allumé une petite flamme d'espoir au fond de son cœur : peut-être avait-il envie, comme elle, de transformer leur relation en autre chose qu'une passade ?

Le pick-up familier de Gil se dessina bientôt sur le parking du club, et le père et le fils en descendirent. Tous deux étaient vêtus de façon similaire : jeans, boots et veste de pluie légère. Le ciel était en effet couvert, et la météo avait prévu des ondées.

Le petit garçon se précipita vers elle.

— Salut, mademoiselle Britt. Je vais passer la journée avec toi…

Elle lui sourit et s'agenouilla pour le prendre dans ses bras.

— Oui, et je suis bien contente ! On peut tout de suite aller déjeuner, si tu veux.

— D'acc, m'dame ! répondit Cade rayonnant.

Gil toucha l'épaule de son fils.

— Tiens, prends mon smartphone et joue avec le nouveau jeu que l'on a acheté hier. Je dois parler à Britt.

Cade obtempéra, laissant les deux adultes en tête à tête. Elle était gênée à l'idée que des membres du club puissent les voir, étant donné l'endroit où ils se trouvaient, mais quand Gil lui sourit elle oublia tout.

— J'ai envie de t'embrasser, seulement, je ne voudrais pas te placer dans une situation embarrassante, commença-t-il.

— Nous sommes effectivement dans un lieu *très* public. Plus tard, peut-être ?

— Retire le « peut-être », dit-il en la dévorant des yeux. J'ai très mal dormi, cette nuit.

— Moi aussi.

Ils restèrent quelques instants les yeux rivés l'un à l'autre, puis il se passa une main dans les cheveux.

— Il faut qu'on aborde des sujets sérieux, ce soir, déclara-t-il.

— Tu me fais peur, mais d'accord…

— Quand tu ramèneras Cade, en fin d'après-midi, reste dîner.

Une lueur malicieuse traversa son regard.

— Et tu es également conviée au petit déjeuner. Tu pourras dormir dans la chambre d'amis, si tu préfères. Mais sache que Cade a le sommeil profond.

Elle sentit la joie envahir son cœur… Elle ne pouvait se tromper sur ses paroles : elles s'apparentaient à une déclaration !

— Entendu, alors, lui dit-elle.

Il regarda sa montre.

— Je dois partir. Bon, j'espère que Cade va bien se comporter. S'il devient trop pénible, dis-lui d'aller se reposer, en général, ça marche.

— Ne t'inquiète pas, tout va bien se passer.

Britt tenait Cade par la main quand son père fit marche arrière pour sortir du parking. Puis celui-ci leur fit un signe de la main et s'éloigna.

Elle regarda son petit protégé.

— Tu as faim ?

Il hocha vigoureusement la tête.

— Je *meurs* de faim !

Cade était capable d'engloutir une quantité de nourriture impressionnante pour un enfant de son âge. Après avoir dévoré un énorme hamburger et une montagne de frites arrosées de ketchup, il se déclara prêt pour un dessert.

— Qu'est-ce que ton père te prend, en général ?

— Deux boules de glace, avec de la sauce au chocolat et une cerise.

— Eh bien, voilà un petit homme qui sait ce qu'il veut !

L'enfant inclina la tête.

— C'est un compliment ?

Elle lui sourit.

— Oui. Tu es décidément le fils de ton père.

Il avait plu durant le déjeuner, mais le ciel s'était éclairci à présent. A McDaniel's Acres, Cade était dans son élément, l'environnement d'un ranch lui était en effet familier. Et comme celui-ci était un endroit destiné aussi aux touristes, il offrait de nombreuses activités pour divertir les enfants : des promenades à poney, une aire de jeux sur le thème du rodéo et, cerise sur le gâteau, une nouvelle portée de chiots, qui ne demandaient qu'à jouer.

Cade était assis devant eux, émerveillé ; sur les six, il en tenait deux dans son giron. Ils étaient issus d'un croisement entre un chien de meute et un terrier.

Pour un enfant si jeune, il était remarquablement patient. Il leur caressait les oreilles et leur parlait avec une telle douceur que Britt en était tout émue et en avait presque la larme à l'œil. Enfant, elle n'avait jamais eu le droit d'avoir des animaux de compagnie, et vivre un tel moment aurait été un vrai bonheur, pour elle.

Cade leva les yeux vers elle.

— Lequel tu préfères ? lui demanda-t-il sur un ton très sérieux.

Elle examina attentivement les chiots.

— Celui-ci ! finit-elle par dire. Le plus petit, avec une tache noire derrière l'oreille.

— On dirait un pirate.

— Entièrement d'accord avec toi. S'il m'appartenait, je crois que je l'appellerais Capitaine Jack.

— Est-ce que tu as des animaux, mademoiselle Britt ?

Elle secoua la tête.

— Non, je voyage beaucoup à cause de mon travail, et les pauvres animaux seraient malheureux s'ils devaient rester tout seuls.

Cade lui adressa son sourire de charmeur.

— Quand tu viendras chez moi, tu pourras jouer avec mes animaux. J'ai deux chiens et un hamster.

— C'est très gentil de ta part.

— Papa m'a dit, avant de partir, que tu dînerais avec nous, ce soir.

— Oui, dit-elle promptement, peu désireuse qu'il poursuive cette conversation.

Et pourtant…

— Est-ce que tu l'aimes bien, mon père ?

C'était ridicule, car Cade n'était qu'un enfant, mais elle se sentit rougir.

— Bien sûr. Il est très gentil, et beaucoup de monde l'apprécie.

Cade roula des yeux, d'un air entendu.

— Mademoiselle Britt, tu sais bien ce que je veux dire ! Est-ce que tu voudrais qu'il soit ton petit ami ?

Elle s'assit alors en tailleur près de lui.

— Je pensais que nous en avions déjà parlé.

— Je ne demande pas une nouvelle maman, se défendit-il. Je veux juste savoir si tu l'aimes bien.

Cet enfant serait avocat, quand il serait grand, pensa Britt.

Elle étudia son petit visage innocent, ses traits si semblables à ceux de son père.

— Cade, ce que tu me demandes est très personnel. Cela regarde uniquement ton père et moi. Tu comprends ?

Il poussa un soupir exagéré.

— J'imagine.

Puis il frotta la tête du jeune chiot à la tache noire et ajouta :

— Moi, j'ai l'impression qu'il t'aime bien.

Elle s'immobilisa… Il n'était pas très correct d'arracher des informations à un enfant, elle en avait bien conscience, et pourtant la tentation était trop forte.

— Comment le sais-tu ? demanda-t-elle.

— Parce que je l'ai entendu chanter sous la douche, et que normalement il ne chante jamais sous la douche, déclara-t-il avec le plus grand naturel.

— Peut-être qu'il était juste de bonne humeur.

— Mais je viens de te dire que d'habitude il ne chante jamais sous la douche.

Cade était d'une logique implacable.

— Bon, je te crois, fit-elle, confuse.

… Avant de se rappeler qu'elle était une adulte responsable et qu'elle devait remettre la conversation sur de bons rails !

— Allons goûter, Cade, à présent ! ajouta-t-elle. Le cuisinier de Chance a promis de te préparer une collation.

L'enfant se leva, un petit brin de paille accroché à sa joue toute rose et potelée, puis il glissa sa main dans la sienne.

— Moi aussi je t'aime bien, mademoiselle Britt. Je suis heureux que tu me gardes aujourd'hui.

Une heure plus tard, Britt conduisit Cade dans sa chambre pour lui laver le visage et les mains et nettoyer aussi ses chaussures. Elle ne pouvait pas le rendre à Gil semblable à un va-nu-pieds.

— Bon, maintenant, il faut rentrer, dit-elle. Si je te ramène trop tard, ton père va me mettre sur sa liste des personnes infréquentables.

— Infréquentables, c'est quoi ?

— Des mauvaises personnes, si tu préfères.

Cade se mit à rire.

— Papa dit que les gens ne sont pas mauvais, mais que parfois ils font de mauvaises choses.

Elle saisit la veste de Cade et le petit chapeau de cow-boy que Chance lui avait donné.

— Ton papa est un homme très sage, observa-t-elle.

Et c'était aussi un sacré bon père ! La maturité de Cade et sa solide personnalité n'étaient pas le fruit du hasard, mais le résultat d'un amour inconditionnel et l'assurance que son père serait toujours là pour le protéger.

Il faisait chaud dans sa voiture, car elle était garée en plein soleil. Elle ouvrit les fenêtres, puis s'assura que Cade était correctement attaché dans son siège avant de mettre le contact. Il avait les paupières lourdes, et il y avait fort à parier qu'il s'assoupisse pendant le trajet. A vol d'oiseau, la propriété de Gil n'était pas très éloignée de celle de Chance, mais par la route il fallait compter presque une demi-heure.

Comme elle le prévoyait, le petit garçon s'endormit avant qu'elle ait atteint la nationale. Elle baissa la radio, tout en continuant à fredonner doucement. A la pensée de bientôt retrouver Gil, elle sentait les battements de son cœur s'accélérer.

Toutefois, elle devrait se montrer patiente, car à leur arrivée Cade se réveillerait, et n'irait pas au lit avant un bon moment. Il serait assez tard quand Gil et elle se retrouveraient en tête à tête. Feraient-ils l'amour alors que Cade était dans la maison, ou bien chacun regagnerait-il sagement sa chambre ?

Elle avait du mal à imaginer cette dernière éventualité. Gil l'avait regardée avec une telle intensité, ce matin, qu'elle était quasi certaine de l'issue de la soirée.

Comme il était excitant de penser qu'un homme aussi viril et sexy que lui la désirait à ce point ! Néanmoins, elle se sentait aussi nerveuse, car elle redoutait l'avenir… Ce soir représenterait un grand tournant dans sa vie. A moins qu'elle ne se berce d'illusions…

Soudain, comme surgie de nulle part, une voiture déboîta pour la doubler. Elle soupira : les conducteurs nerveux étaient les pires. Elle jeta un coup d'œil dans le rétroviseur pour s'assurer que Cade dormait toujours, et au même instant elle se rendit compte que l'automobiliste la dépassait en la serrant contre le bas-côté… et que ce n'était pas accidentel ! Aussitôt, ses réflexes professionnels se mirent en marche : elle devait distancer à tout prix l'importun pour s'en sortir. Elle appuya de toutes ses forces sur l'accélérateur… Hélas ! Une de ses roues se mit à tourner dans le vide. Mon Dieu ! Elle était bloquée dans le fossé où on l'avait poussée intentionnellement. Elle sortit bien vite son portable, écrivit : « Au secours », et envoya le texto à Gil, puis à Nate. Après quoi, elle composa le 17 et plaça son portable sur le siège passager.

Le cœur cognant à tout rompre, elle pria pour que Cade reste endormi. Regrettant amèrement de ne pas avoir caché une arme dans sa boîte à gants, elle réfléchit aux options qui se présentaient à elle ; son principal souci était la sécurité de Cade.

Elle ne percevait aucun mouvement dans l'autre véhicule, qui s'était arrêté lui aussi.

Elle jeta un coup d'œil à Cade. Toujours endormi, il avait le pouce dans la bouche et serrait contre son petit torse un poney en caoutchouc.

Soudain, une portière s'ouvrit, et un homme portant un masque de ski descendit de voiture. Elle sentit un flot d'adrénaline courir dans ses veines. L'homme s'avança rapidement vers eux, une arme à la main dirigée vers le sol.

— Sortez du véhicule ! ordonna-t-il de derrière la vitre.

— Que voulez-vous ? De l'argent ? Voici mon porte-monnaie et ma carte bancaire. Prenez-les, et laissez-moi tranquille.

— Levez les mains en l'air, lui dit-il alors.

Elle se mit à réfléchir à toute vitesse. Savait-il qu'elle appartenait aux forces de police ? Etait-ce le ravisseur d'Alex ? En priant pour qu'il ne remarque pas Cade, elle leva les bras avec lenteur.

L'homme avait une posture rigide.

— Descendez du véhicule, décréta-t-il.

Si elle obtempérait, Cade se retrouverait impuissant…

— Vite ! cria-t-il en s'approchant un peu plus près. Ou je tire sur l'enfant.

Et, sur cette menace, il plaqua le bout de son arme contre la vitre arrière.

Britt lança un regard désespéré au petit garçon dont elle avait la garde. Impossible de prendre le moindre risque et de miser sur une éventuelle esbroufe de la part de l'agresseur !

Elle descendit du véhicule. Aussitôt l'homme se jeta sur elle et la frappa à la tête. Alors le monde s'évanouit…

Gil fonçait chez le shérif. Il était encore dans l'hélicoptère quand il avait reçu le texto de Britt. Il avait immédiatement cherché à la rappeler, mais il était tombé sur sa messagerie.

Se garant à moitié sur le trottoir, à moitié sur la chaussée, il bondit hors de son pick-up, au moment où une voiture de police, sirène hurlante, s'immobilisa devant lui. Avant que Nate puisse ouvrir la bouche, Gil le saisit par le bras.

— Que se passe-t-il ? J'ai reçu un texto de Britt appelant au secours, déclara-t-il.

— Moi aussi.

— Bon sang !

Une peur inconnue s'empara de lui : c'était un moment bien étrange pour se rendre compte que l'amour qu'il éprouvait pour Britt n'était ni tiède ni théorique.

La porte du commissariat s'ouvrit, et le second de Nate s'avança vers eux.

— Nous avons reçu un appel de Mlle Collins, il y a une demi-heure. Elle n'a pas parlé, mais pas non plus coupé la communication de sorte que nous avons pu entendre tout ce qui se passait. Aussi fou que cela puisse paraître, il s'agirait d'un cas de carjacking. Nous avons localisé son téléphone et immédiatement envoyé nos hommes sur place.

Nate fronça les sourcils.

— Où ?

— Elle se trouvait entre McDaniel's Acres et le ranch de M. Addison.

— Mais, nom d'un chien, Nate, où étais-tu ? demanda Gil en s'étranglant de fureur.

— J'avais été appelé pour un cas de violence domestique dans le nord de la ville. Une femme menaçait son mari avec un couteau de boucher.

Le téléphone portable de l'adjoint de Nate vibra à sa ceinture, et il prit l'appel. Son sang parut se retirer de son visage…

— Je comprends. Merci.

Gil sentit un gouffre d'angoisse s'ouvrir en lui.

— Dites-moi ce qui se passe, ordonna-t-il d'une voix enrouée.

Le jeune homme, qui n'avait pas encore trente ans, déglutit avec difficulté.

— Ils ont retrouvé la voiture. Mlle Collins était allongée

sur la route, inconsciente. Elle a reçu un coup sur la tête. Une ambulance la transporte actuellement à l'hôpital.

— Et mon fils ?

Il devint plus livide encore.

— Il n'était plus là, monsieur Addison.

Gil se sentit vaciller. Toutefois, par la force de sa volonté, il parvint à demeurer debout. Tout lui parut alors s'éloigner, les bruits de la rue ne lui parvenaient plus que de manière étouffée.

Nate le prit par les épaules et le regarda bien en face.

— Pas de panique, mon vieux ! Nous allons le retrouver.

— Mais ce n'est qu'un bébé… Qu'est-ce qui va lui arriver ?

Un bébé qui avait été couvé par son père pendant presque cinq ans, qui avait baigné dans le bonheur et le bien-être et qui brusquement se retrouvait plongé dans… Il n'osait même pas imaginer quoi.

— Nos hommes se trouvent sur la scène de crime. Ils vont trouver des indices, ils sont très bien entraînés et équipés, déclara Nate d'une voix tremblante.

Il tenait toujours Gil par les épaules.

— Pourquoi est-ce que tu ne vas pas à l'hôpital voir Britt ? Je t'enverrai régulièrement des textos pour t'informer de l'évolution de la situation. Nous allons suivre le protocole, fais-moi confiance, Gil, je vais le rechercher comme si c'était mon propre fils.

Il aurait voulu monter dans sa voiture et passer la région au peigne fin, mais sans le moindre indice autant chercher une aiguille dans une botte de foin. Il était comme paralysé…

— Il faut que tu le retrouves, parvint-il à articuler. Je ne peux pas perdre mon fils. *Je ne peux pas perdre mon fils.* Je vais vous suivre.

Nate le relâcha, sourcils toujours froncés.

— Je ne suis pas certain que tu sois en état de conduire.

— Mais si, ça va aller, marmonna Gil d'un ton morne. Je tiens à vous accompagner.

Il était vraiment à l'agonie. La femme qu'il aimait était sérieusement blessée… Mais Cade avait besoin de lui ! L'impossibilité de les aider tous les deux à la fois le déchirait littéralement.

Nate hésita, se demandant manifestement s'il était raisonnable d'accéder à sa requête.

— C'est un travail vraiment rasoir, argua-t-il. Cela va prendre un bon bout de temps.

— Aucune importance, répondit Gil. Je pourrai peut-être vous aider.

— Bon, allons-y alors ! décréta Nate.

Gil ne vit pas le paysage familier défiler sous ses yeux, il était plongé dans un univers de ténèbres. Quand Nate s'arrêta près de trois autres voitures de police et la fourgonnette qui étaient déjà sur les lieux, il aperçut le véhicule de Britt. Une affreuse nausée le saisit… Dans un ultime effort, il parvint à la maîtriser.

A l'extérieur, il crut de nouveau défaillir en découvrant les traces de sang sur le sol.

— Dites-nous tout ce que vous savez, demanda Nate à l'inspectrice qui se trouvait sur place.

La femme prit la parole posément, mais son regard se voila quand elle le tourna vers Gil.

— Les dégâts causés à la voiture de la victime indiquent que quelqu'un l'a poussée dans le fossé, tout comme les traces sur le sol. Par ailleurs, les empreintes de pieds montrent que l'agresseur était de sexe masculin.

— Y a-t-il du sang à l'intérieur de la voiture ?

— Non.

Jambes tremblantes, Gil jeta un coup d'œil à la banquette arrière.

— Le siège auto n'est plus là, dit-il d'une voix hachée.

— C'est un bon signe, renchérit Nate en regardant à son tour dans l'habitacle. Cela signifie que le ravisseur de Cade ne lui veut pas de mal.

Un policier sortit alors de la fourgonnette qui comportait un laboratoire mobile et s'avança vers eux.

— Nous avons trouvé ceci, déclara-t-il. C'est un dispositif de pistage.

Il le tendit à Nate.

— Nous ne savons pas depuis combien de temps il se trouvait sur la voiture de la victime. Mais nous allons essayer de retrouver le fabricant.

- 15 -

Gil sentit son sang se glacer dans ses veines, et la peur monta encore d'un cran en lui.

— Je lui avais bien dit que sa mission la mettait en danger. Mais elle n'a pas voulu m'écouter.

Nate secoua la tête.

— Tout cela n'a peut-être rien à voir avec la disparition d'Alex, observa-t-il.

Le ton du shérif n'était guère convaincant, pensa Gil. *L'affaire était forcément liée à l'enlèvement d'Alex.* Le ravisseur savait peut-être qui était del Toro et avait imaginé que le milliardaire paierait forcément une rançon pour sauver la vie d'un enfant.

Gil s'éclaircit la voix.

— Un enlèvement contre rançon serait le meilleur scénario envisageable. Car, dans ce cas, ils ne feront rien à Cade.

Mais il n'empêchait que ce dernier serait effrayé, et seul… Quel épouvantable cauchemar !

Nate sortit alors son portable.

— Je vais appeler l'hôpital. A son réveil, Britt pourra peut-être nous livrer une description précise de la voiture de l'agresseur. Entre-temps, nous allons déclencher l'alerte AMBER.

— Sans description du véhicule et de la personne avec qui Cade se trouve, c'est complètement inutile, déclara Gil d'un ton énervé.

Evidemment, sa colère était déplacée, Nate œuvrait au

mieux, comme tous d'ailleurs, mais la folle inquiétude qui le dévorait le rendait irrationnel.

Il s'éloigna alors quelques instants de la scène de crime, de ce véhicule d'où son fils avait été enlevé, de la vision affreuse de Britt allongée sur la route poussiéreuse…

Puis il s'immobilisa. La douleur qui le traversait était si affreuse qu'il avait la sensation que son crâne allait exploser.

Nate s'avança vers lui.

— Il faut que tu me dises ce que Cade portait, aujourd'hui.

Gil débita à toute allure les informations demandées, s'efforçant de ne pas se rappeler la douceur du moment où il avait habillé son fils, celui-ci n'arrêtant pas de babiller, si excité à l'idée de passer la journée avec Britt.

Le téléphone de Nate sonna. Celui-ci prit l'appel et écouta son interlocuteur avec une grande attention. Après avoir raccroché, il toucha le bras de Gil, geste sans doute destiné à le rassurer.

— Britt va s'en sortir. Elle a eu une sérieuse commotion, et quelques points de suture ont été nécessaires, mais son état est stable. L'infirmière en chef m'appellera dès qu'elle aura de plus amples informations.

— Je ne sais pas quoi faire…

Et ces six mots lui éraflèrent la gorge comme du verre. Il avait toujours été capable de dominer toute situation, on se tournait vers lui en cas de crise. Quel genre de père était-il donc pour demeurer impuissant, alors que son fils était entre les mains d'il ne savait quel détraqué ?

— Gil, tu devrais te rendre à l'hôpital, insista Nate. Tu m'appelleras ensuite pour me dire ce que Britt sait, et moi je t'informerai de nos progrès.

Il comprenait la logique de ces propos, mais il avait la sensation étrange et terrible que sa place était ici, à l'endroit où son fils avait disparu. Comme si, par miracle, Cade allait être télétransporté dans la voiture de Britt, et que le mauvais rêve s'effacerait.

Il hocha pourtant la tête, poings serrés. Il avait l'impression de suffoquer. Il devait se rendre à l'évidence : il ne pouvait aider son fils à court terme, mieux valait donc se rendre auprès de Britt.

Il n'avait pas envisagé un seul instant qu'elle puisse mourir. Il lui avait été impossible de concevoir cette éventualité alors qu'il était plongé dans l'affreux brouillard lié à la disparition de son fils. Son cerveau ne pouvait se concentrer sur plusieurs traumatismes à la fois… Allons, inutile de culpabiliser ! Britt était hors de danger, et elle comprendrait qu'il n'ait pas tout de suite accouru à son chevet.

Laissant l'équipe travailler sur place, Gil et Nate regagnèrent le centre-ville. Quand il descendit de la voiture de police et se retrouva sur le trottoir, il eut le sentiment d'être complètement perdu. La soirée était douce, autour de lui les gens s'affairaient, souriaient… La vie continuait.

Mais, pour lui, le temps s'était arrêté.

Nate le serra alors dans ses bras, et ce geste inhabituel de compassion le choqua presque, tant il était inattendu. Puis le shérif le relâcha.

— On se tient mutuellement informés, dit ce dernier.

Il acquiesça d'un signe de tête.

— A l'hôpital, n'hésite pas à parler au personnel, ajouta Nate. Tu es sous le choc. Il ne faudrait pas que tu t'effondres.

— Ne t'inquiète pas, ça ira, répondit-il.

Ce qui était vrai. Il se sentait à présent comme emprisonné dans un bloc la glace. Plus rien ne pouvait l'atteindre. Il devait désormais remplir une mission : veiller sur Britt et établir ce qu'elle savait.

Sous le regard soucieux de Nate, il regagna son pick-up. Une fois le contact mis, il eut un blanc : quelle direction devait-il prendre pour regagner l'hôpital ? Se rendant compte que le shérif l'observait toujours, il respira profondément et s'engagea dans la circulation.

Cinq minutes plus tard, il s'arrêta dans une allée étroite, posa sa tête sur le volant et éclata en sanglots.

Gil avait du mal à croire qu'une seule semaine s'était écoulée depuis que Britt et lui avaient rendu visite à Alex à l'hôpital. Il se rappelait la façon dont il l'avait embrassée sur le parking. Désormais, tout cela semblait relever du rêve. Et dire que le soir même ils étaient censés franchir une étape, sauter le pas… A la place, il ne lui restait plus qu'une peur affreuse chevillée au cœur.

Il se dirigea vers le bâtiment principal, se demandant vaguement si Alex en était sorti. Mais penser à Santiago — ou del Toro — le mettait en rage. Bien sûr, Alex n'était pas responsable de l'enlèvement de Cade, affirmer le contraire aurait été déraisonnable. Et, pourtant, il était plus facile de canaliser sa colère contre Alex au lieu d'admettre que lui-même avait failli, concernant son fils.

La salle d'attente était vide. Gil s'approcha de la réceptionniste.

— Pouvez-vous me dire dans quelle chambre se trouve Britt Collins ? lui demanda-t-il.

— Vous êtes de la famille ?

Il serra les mâchoires.

— Elle n'a aucune famille dans la région. Je suis un ami.

— Je dois vérifier avec l'infirmière en…

Il s'agrippa au comptoir et ferma un instant les paupières, s'efforçant de rester calme.

— Mlle Collins et moi sortons ensemble, déclara-t-il. Vous comprenez ce que je vous dis, n'est-ce pas ? Je dois savoir comment elle va.

La réceptionniste écarquilla les yeux.

— Je me conforme simplement à la procédure habituelle, l'informa-t-elle. Mais je vous crois, bien sûr.

Elle passa alors un bref coup de téléphone, puis raccrocha, avant d'adresser un sourire hésitant à Gil.

— Mlle Collins n'est pas dans sa chambre, actuellement, car elle passe un scanner. On m'appellera dès qu'elle sera de retour.

Gil déglutit avec difficulté et ressentit un léger vertige.

— Merci, marmonna-t-il.

L'esprit complètement engourdi, et rongé par le désespoir, il se laissa tomber sur une chaise, en face d'un écran télévisé qui rediffusait *The Andy Griffith Show*, série populaire des années soixante, qui mettait justement en scène un petit garçon de l'âge de Cade, Opie. Soudain, celui-ci se mit à pleurer, et ces larmes de fiction eurent raison du calme apparent de Gil. Un torrent de rage et de terreur se déclencha en lui. Se penchant en avant, il se prit la tête entre les mains, et demeura prostré.

Une heure plus tard, Gil sentit une main se poser sur son épaule. Il bondit sur ses pieds et se retrouva face à face avec un médecin. Des étoiles dansèrent devant ses yeux… Il s'était contenté d'un repas très léger à midi, sachant que sa gouvernante préparait un repas de fête pour le soir.

Il était 20 heures, à présent.

Le médecin le regarda avec la même compassion que celle qu'il avait vue dans les yeux de Nate, tout à l'heure.

— Monsieur Addison ?

— Oui.

— Votre amie est revenue dans sa chambre.

— Est-ce que je peux la voir ?

— Oui, mais pas très longtemps. Nous lui avons administré des calmants pour l'aider à dormir, et nous surveillons de près l'évolution de son état.

— Vous connaissez la situation, n'est-ce pas ? demanda-t-il, la gorge serrée.

— Oui, répondit le médecin. Je sais que vous voulez l'interroger, mais elle a besoin de repos et de calme. Si elle reprend complètement conscience et revit tout ce qu'elle vient d'endurer, elle sera très agitée, et cela pourrait compromettre sa guérison. Je suis désolé, monsieur Addison. Si ses fonctions vitales sont bonnes demain, alors nous reconsidérerons la situation.

Une fois le docteur parti, Gil se précipita dans la chambre de Britt. Mais, sur le seuil, sa vision se brouilla. Alors il prit une large inspiration et s'approcha lentement du lit.

Elle y était allongée, immobile et pâle. Un large bandage recouvrait une partie de sa tête, et sa main était reliée à une perfusion. Son regard s'attarda sur cette main, et il se rappela la façon dont elle l'avait caressé…

Connaissant Britt, elle avait forcément fait l'impossible pour sauver Cade. Mais cela n'avait pas suffi. Elle n'avait pas pu le protéger. Pas plus que lui.

L'émotion le saisit à la gorge… Britt était la femme qu'il voulait demander en mariage, il aurait dû s'asseoir à son chevet, la veiller. Pourtant, même si toutes les parcelles de son corps le poussaient à lui tenir la main, à la réconforter, l'étau de la culpabilité l'en retenait : comment pouvait-il penser à son amour pour Britt alors que l'autre être qu'il chérissait avec une égale intensité se trouvait il ne savait où, seul, et terrifié ?

Un infirmier entra dans la chambre pour prendre la tension artérielle de Britt et vérifier sa perfusion.

— Elle va aussi bien que l'on peut l'espérer, l'informa-t-il. Elle a reçu un très mauvais coup.

Gil s'appuya contre le mur. Il venait de découvrir que

Britt avait été coupée au visage : elle avait des points sur le front. Sans doute avait-elle heurté une pierre tranchante en tombant.

— Est-ce que je peux vous laisser mon numéro de téléphone ? demanda-t-il, sentant que le sol se dérobait sous ses pieds.

Il avait la sensation de se trouver en dehors de son propre corps, comme un observateur extérieur.

— Ecrivez-le sur la feuille qui se trouve dans la chemise transparente accrochée au pied du lit, répondit l'infirmier tout en s'affairant autour de Britt. On vous contactera s'il y a du nouveau. Et si vous me permettez de vous donner un conseil, rentrez chez vous et dormez. Vous n'avez pas du tout l'air en forme. Revenez demain à partir de 10 heures. Vous ne pouvez rien faire pour elle, à présent.

Il ne se rappelait même plus comment il était parvenu à rentrer chez lui. Une fois arrivé, il téléphona aussitôt à Nate. L'enquête se poursuivait, mais ce dernier n'avait aucun élément nouveau à lui signaler. L'équipe mettait tout en œuvre pour retrouver Cade, lui assura-t-il.

Sa gouvernante, qui était rentrée chez elle, lui avait gardé son repas au chaud. Il avala péniblement six bouchées, avant de se précipiter dans la salle de bains pour vomir…

Il n'eut pas le courage de monter dormir à l'étage, là où se trouvait la chambre de Cade, là où il avait fait l'amour avec Britt. Le cœur en cendres, il s'allongea sur le sofa et se recouvrit les yeux avec son bras.

Britt ne voulait pas se réveiller, pressentant le cauchemar qui l'attendait. Elle s'accrochait au brouillard qui recouvrait son cerveau et qui avait été provoqué par les médicaments.

Les heures passaient. Les jours peut-être, elle avait perdu

la notion du temps. Elle s'en fichait. Dans son cocon artificiel, rien ne pouvait l'atteindre.

Toutefois, les voix des infirmières et des médecins, des voix sympathiques mais déterminées, finirent par venir à bout de sa lâcheté. Tous insistaient pour qu'elle accepte la réalité. Peu à peu, elle remonta à la surface, aussitôt assaillie par quantités de maux. Le pire était cet élancement dans son crâne.

Elle ouvrit les yeux avec précaution. La lumière était vive, trop vive. Elle tourna lentement la tête vers l'homme assis à son chevet, puis fronça les sourcils.

— Nate ?

Le shérif bondit sur ses pieds.

— Je vais chercher une infirmière.

— Non, attendez… Où est Gil ?

— Il va arriver.

La réponse avait fusé trop rapidement, elle sonnait faux.

Elle referma les paupières, se débattant avec ses souvenirs. Et, soudain, la vérité s'imposa à elle.

— Cade ! hurla-t-elle, le cœur battant. Qu'est-il arrivé à Cade ?

Elle vit Nate pâlir, et la chambre fut soudain remplie de blouses blanches. Elle fut de nouveau happée par le brouillard.

Gil et Nate se tenaient au pied du lit, ainsi que le médecin de Britt.

— Nous avons diminué la dose de sédatifs, les informa ce dernier. Vous devez faire vite. Ce matin, sa tension a atteint un pic quand elle a compris ce qui s'était passé.

— Et si elle ne peut pas nous aider ? articula Gil.

C'était sa pire angoisse. Il s'accrochait à l'espoir que Britt leur fournirait des indications quand elle se réveillerait.

— Nous tirerons parti de tout ce qu'elle pourra nous livrer, le tranquillisa Nate.

Lentement, de façon presque imperceptible, Britt reprit conscience, comme l'indiqua son froncement de sourcils.

Le docteur regarda le moniteur.

— Elle souffre, dit-il. Vous devez faire au plus vite pour que je puisse lui donner ses médicaments.

Gil sentit des sueurs froides lui couler dans le dos. Il avait l'impression de livrer Britt à une séance de torture.

— Vas-y, toi, dit-il à Nate. Je vais me mettre ici, pour qu'elle ne me voie pas. Je ne peux pas…

— Je comprends, répondit ce dernier.

Britt ouvrit les paupières, les referma aussitôt, puis réessaya de nouveau.

— Bonjour, Britt, dit Nate avec douceur, d'un ton rassurant. Ravi que vous reveniez parmi nous.

— Je suis désolée, articula-t-elle avec difficulté.

Nate lui toucha la main.

— Du calme… J'ai besoin de savoir si vous pouvez m'aider. Est-ce que vous vous souvenez de quelque chose ?

Son expression déchira le cœur de Gil.

— Oui, murmura-t-elle.

Nate hocha la tête, le visage calme, le regard bon.

— Quelqu'un vous a poussée dans le fossé, puis tapé sur la tête, n'est-ce pas ?

— Oui.

— Qui était-ce ?

— Je ne sais pas… Il portait un casque de ski.

— Y avait-il une autre personne, dans la voiture ?

— Je crois, mais je n'en suis pas sûre.

— Et le véhicule ?

— C'était une Honda, de couleur beige. Un des derniers modèles. La plaque d'immatriculation était sale, mais mexicaine. Elle commençait par 367.

— Autre chose ?

— Tout s'est passé si vite. Ils ne voulaient pas d'argent. Cade était endormi à l'arrière. Il fallait que je fasse quelque chose…

Des larmes lui coulèrent alors des yeux.

— Oh ! mon Dieu ! ajouta-t-elle.

Et elle éclata en gros sanglots, ce qui provoqua des mouvements involontaires de son corps et devait être fort douloureux pour elle.

Nate lui étreignit la main.

— Du calme, Britt. Tout va bien. D'autres souvenirs vous reviendront plus tard. La situation va s'arranger, je vous le promets.

Le docteur ajouta alors une dose de médicament à la perfusion, et le corps de Britt se détendit immédiatement.

Nate poussa un soupir.

— Au moins, nous avons quelques informations. C'est un début, dit-il une fois qu'ils furent dans le couloir.

Gil secoua la tête, la nausée chevillée au corps.

— C'est vraiment pas grand-chose !

— Il faut garder espoir, Gil. C'est primordial !

- 16 -

Cette fois, quand Britt se réveilla, elle savait exactement où elle était et pourquoi. Gil était assis à son chevet, paupières closes, l'air épuisé.

Elle humecta ses lèvres sèches et gercées.

— Est-ce que je peux avoir de l'eau ? demanda-t-elle.

Instantanément, il se leva et remplit un verre dans lequel il plaça une paille. Puis il l'approcha de sa bouche, et elle aspira un peu d'eau.

— Tu as l'air mieux, dit-il.

— Gil, ne te sens pas obligé de rester avec moi. Tu as autre chose à faire, tu dois aider Nate à retrouver…

Sa voix se brisa : elle était incapable de prononcer le nom de Cade.

Il haussa les épaules.

— Les policiers me disent de ne pas rester avec eux, que je les gêne plus que je ne les aide.

Elle ferma les paupières.

— Je sais que tu es en colère contre moi, Gil.

— Non, pas du tout… Mais je t'avais prévenue que l'enquête était dangereuse.

Le stoïcisme de Gil était insupportable, sachant qu'il devait être anéanti. Et tout cela parce qu'il lui avait confié son enfant et qu'elle n'avait pas été capable d'empêcher son enlèvement !

— Pas de nouvelles ? parvint-elle à demander.

Il fit la grimace.

— Pas encore. Mais l'équipe de Nate travaille d'arrache-pied, de nombreuses personnes ont été mobilisées. Elles vont retrouver Cade.

— Tu sembles bien sûr de toi.

Il croisa son regard, et pour la première fois elle prit la mesure de son désarroi.

— Je ne peux pas me permettre de douter. C'est impossible, dit-il d'une voix rauque.

Des larmes lui brûlèrent les yeux, mais elle parvint à les refouler.

— Je n'aurais jamais dû devenir si intime avec toi, avec lui… Nous payons tous les conséquences de mon égoïsme.

Il fronça les sourcils.

— Nous avons tous les deux commis des erreurs. Nous avons perdu nos objectifs de vue… Tu avais une mission à accomplir, et moi un fils à protéger…

Soudain, elle perçut une voix masculine dans le couloir et crut reconnaître celle du shérif. Gil se leva.

— Je vais chercher un café, annonça-t-il.

Elle entendit alors des bribes de leur conversation, même s'ils s'entretenaient à voix basse. De toute évidence, ils envisageaient plusieurs pistes. Nate attendait une demande de rançon. Elle se concentra pour mieux écouter, mais la voix de Gil était à peine audible.

Soudain, le silence se fit.

Elle s'affaissa de nouveau dans son lit, les larmes roulant sur ses joues. Gil ne lui pardonnerait jamais, même si Cade était retrouvé, car tout était sa faute. Et dire qu'elle avait frôlé le bonheur… Mais son rêve avait été broyé par la réalité.

Sa respiration se fit difficile. Elle aimait Gil Addison et son fils. Et, pourtant, elle les avait perdus tous les deux. Tremblante et glacée, elle appuya sur le bouton pour appeler l'infirmière.

Quelques instants plus tard, une femme entrait dans sa chambre.

— Vous souffrez ? Ce n'est pas encore l'heure de vos médicaments.

Oh oui, elle souffrait ! Ses rêves, son cœur étaient en miettes.

— Est-il possible de limiter le nombre de mes visiteurs ? demanda-t-elle d'une voix entrecoupée.

L'infirmière fronça les sourcils.

— Tout à fait. Il y a un problème ?

— Je veux bien voir le shérif, mais personne d'autre. S'il vous plaît.

Elle préférait une rupture brutale avec Gil. Elle ne supporterait pas de lire de la colère, de la déception et de la peur dans ses yeux.

— Très bien, je vais en informer le bureau des infirmières. Vos souhaits seront respectés.

Une fois l'infirmière sortie, Britt tourna le visage vers la fenêtre. Le soleil brillait de tous ses feux, aux antipodes de ce qu'elle ressentait. Elle voulait rentrer au plus vite à Dallas et ne plus jamais revenir à Royal.

Pourtant, elle savait aussi qu'elle ne pourrait s'en aller que lorsque Cade aurait été retrouvé et qu'il serait en sécurité dans les bras de son père. Elle ne pouvait envisager une autre issue. Une demande de rançon arriverait bientôt, sans quoi…

Soudain, elle sentit de nouveau qu'elle s'enfonçait dans le sommeil, où d'affreux rêves l'attendaient… Elle se retrouva bientôt sur la route entre le ranch de Chance et celui de Gil…

Elle se réveilla en hurlant et constata qu'elle était dans sa chambre d'hôpital, ce qui la rasséréna quelque peu. Elle venait de revivre, pendant sa somnolence, le tragique événement et une évidence s'était imposée à elle. Mains tremblantes, elle appuya sur le bouton pour appeler l'infirmière.

— Je ne comprends pas, déclara Gil, assis à côté de Nate dans la voiture de police, tandis qu'ils parcouraient la ville en direction de l'hôpital. Pourquoi n'est-ce pas moi qu'elle a appelé ?

— Moi non plus, je ne comprends pas, marmonna-t-il.

Arrivés à l'hôpital, ils se garèrent tout près de l'entrée et coururent vers la chambre. Mais une infirmière aux cheveux poivre et sel les héla quand ils passèrent devant son bureau.

— Bonjour, shérif. Bonjour, monsieur Addison.

— Nous sommes venus voir Britt, déclara tout de suite Gil d'un ton agité.

Il était impatient de savoir ce qu'elle avait à dire, de voir si elle allait mieux. Et il avait du mal à admettre que cette femme se place en travers de leur chemin !

— Je suis désolée, monsieur, mais Mlle Collins a restreint le nombre de ses visiteurs.

Gil pâlit.

— Que voulez-vous dire, nom de Dieu ?

L'infirmière fronça les sourcils, choquée par le juron.

— Calme-toi, Gil, lui conseilla Nate avant de s'adresser d'un ton aimable à la femme : J'ai reçu un message m'indiquant que Mlle Collins souhaitait me voir.

— C'est exact, répondit-elle. En revanche, je suis désolée pour M. Addison, mais il devra patienter dans la salle d'attente.

Entre l'inquiétude et l'absence de sommeil, il se sentit sur le point d'exploser.

— Il doit y avoir une erreur, déclara-t-il d'un ton glacé.

— Non, Mlle Collins a été très claire. Elle ne veut parler qu'au shérif.

— Mais, enfin, je suis passé il y a quelques heures. Qu'est-ce que cela signifie ?

Nate lui jeta un coup d'œil.

— Ne gaspille pas ton énergie, mon vieux. Je vais aller voir ce qu'elle a à dire.

Britt éprouva un gros soulagement en voyant Nate entrer seul dans la chambre.

— Vous vouliez me parler ? demanda-t-il.

Elle hocha la tête.

— Asseyez-vous, lui dit-elle en s'efforçant de lui sourire. Je me suis rappelé quelque chose qui pourra peut-être vous mettre sur une piste.

— Je vous écoute.

— Je suis certaine à présent qu'il y avait une autre personne dans la voiture. C'était une femme… Et, tout à l'heure, j'ai eu une sorte de déclic : cet enlèvement n'a peut-être rien à voir avec Alex. Si les auteurs en étaient les beaux-parents de Gil ? Vous êtes au courant du procès qu'ils lui avaient fait, n'est-ce pas ?

Nate plissa les yeux.

— Oui, bien sûr… Nous n'avions effectivement pas envisagé l'affaire sous cet angle… Ecoutez, nous allons vérifier.

Et, aussitôt, il se leva et ajouta :

— Merci, Britt. A présent, concentrez-vous sur votre rétablissement. C'est un ordre.

— Compris ! répondit-elle.

Cependant, une fois devant la porte, il se retourna.

— Pourquoi ne voulez-vous plus voir Gil ? demanda-t-il à brûle-pourpoint.

— Pour des raisons privées.

— Il faut être indulgente avec lui. Il est à bout… Il s'inquiète pour vous, il est malade pour Cade.

— Je comprends ce qui est en jeu, trancha-t-elle. Mais je ne relève pas de sa responsabilité, il doit se concentrer sur son fils.

Nate haussa les épaules.

— J'ai vu la façon dont il vous regardait. Que peut faire un homme quand les deux personnes qui lui sont le plus chères sont en danger en même temps ?

— C'est Cade qui doit passer en premier, c'est ainsi ! Et maintenant, shérif, vous avez une nouvelle piste à explorer. Ne perdez pas de temps.

— Accordez au moins cinq minutes à Gil.

— Non, je veux faire une sieste ! déclara-t-elle, le cœur serré. Informez-moi des résultats de vos recherches.

Et, quand Nate sortit de sa chambre, elle put enfin laisser libre cours à ses larmes.

Rester inactif s'apparentait à une véritable torture pour Gil. Un homme dans sa situation avait besoin de se bouger pour avoir l'impression que les choses progressaient !

Un policier lui apporta une tasse de café.

— Vous pouvez vous allonger dans la pièce voisine, monsieur Addison, lui dit-il. Il y a un lit de camp.

— Merci, ça va aller, répondit-il.

Il avait perdu la notion du temps. Depuis l'accident, son sommeil s'était résumé à des pertes de conscience, de temps à autre. Ses yeux le piquaient, son corps était tout endolori, et surtout il avait la sensation d'avoir un immense vide à la place du cœur.

Il avait vraiment cru que Britt ferait partie de sa vie, mais voilà qu'elle lui refusait l'accès à sa chambre d'hôpital… Etait-ce parce qu'elle se sentait coupable de l'enlèvement de Cade ? Ou bien lui tenait-elle rigueur de ne pas s'être rendu plus tôt à son chevet ? Bon sang ! Il avait l'impression de subir le supplice du chevalet. Dans les moments les plus sombres, lorsque la peur qu'il nourrissait pour son fils menaçait de le rendre fou, il s'était échappé dans les souvenirs, revoyant des images de Britt dans son lit…

Mais, maintenant, il l'avait perdue, elle aussi. Il aurait donné sa vie pour son fils ou son amoureuse… Et s'il se retrouvait finalement tout seul ? Il ne s'en remettrait jamais.

Tout à coup, le téléphone sonna, et Nate y répondit. Il semblait aussi épuisé que lui. Pourtant, un sourire éclairait son visage quand il raccrocha.

— Ils ont trouvé le numéro complet d'immatriculation ! La voiture appartient à tes beaux-parents. L'information a été transmise à l'échelle nationale, et notamment aux autorités placées le long de la frontière mexicaine. Ce ne devrait plus être très long maintenant…

C'était une sacrée bonne nouvelle, mais il était sans doute trop las pour l'apprécier. Et puis, il redoutait les faux espoirs…

— Ils doivent te surveiller depuis un bon moment, poursuivit Nate. Quand ils se sont rendu compte que tu fréquentais Britt, ils ont dû se mettre à la suivre, elle aussi. Une route déserte était une opportunité en or, pour eux.

Gil s'appuya contre le mur, soudain incapable de tenir debout.

— Dis-moi qu'on va le retrouver, Nate.

— Bien sûr qu'on va le retrouver ! On va le retrouver, répéta-t-il.

Quand Britt se réveilla, la nuit était tombée, et Nate était revenu. Elle le fixa avec intensité.

— Des nouvelles ?

— Votre théorie était la bonne, bravo ! Les ravisseurs sont bien les grands-parents ! Nous ne savons pas encore s'ils ont passé la frontière mexicaine ou s'ils se cachent aux Etats-Unis, mais nous devrions rapidement les retrouver. La police mexicaine travaille activement sur l'affaire, elle aussi.

— Très bien…

Elle était un peu réconfortée d'avoir été utile à l'enquête, mais le problème demeurait entier : Cade était-il en danger ?

— Je vais rentrer, à présent, déclara Nate, en retenant un bâillement, mais je vous promets de vous tenir au courant.

— Merci pour tout ce que vous faites.

Il lui adressa un sourire en coin.

— Gil est mon ami, et vous êtes une femme formidable. A Royal, nous sommes solidaires.

Une fois qu'il fut parti, elle repensa à ces paroles. Il était vrai que la petite communauté de Royal était très soudée. Evidemment, à Dallas, elle avait des amis, mais ils étaient comme aspirés par la grande ville. Ici, on sentait réellement la chaleur des habitants. Comme elle regretterait cette bourgade !

L'infirmière entra dans la chambre afin de lui donner ses médicaments. Elle avait insisté pour qu'on réduise les doses. Elle en avait assez d'être sous narcotique ! De toute façon, elle était épuisée et pouvait dormir sans aide artificielle.

Ce soir-là, juste avant de sombrer dans le sommeil, elle eut l'impression d'être seule au monde.

- 17 -

Gil patientait dans l'ombre, au bout du couloir… Quand il fut certain que personne ne le remarquerait, il se glissa jusqu'à la chambre de Britt. Toujours sans bruit, il se coula à son chevet et lui toucha doucement le front.

Puis il lui murmura les mots qui lui brûlaient les lèvres depuis longtemps :

— Je t'aime, Britt.

Elle ouvrit les yeux.

— Gil ? Comment es-tu entré ?

Une veilleuse au-dessus de son lit éclairait très faiblement la chambre, mais il put distinguer la méfiance sur ses traits.

Il lui prit la main.

— Je me suis introduit dans ta chambre sans que l'on me voie. Comment te sens-tu ?

— Bien mieux. Normalement, je devrais sortir demain.

— Pourquoi as-tu donné des instructions pour qu'on m'interdise l'accès à ta chambre ?

A cet instant, elle retira sa main de la sienne.

— Je veux que tu sortes, Gil, dit-elle d'une voix tremblante.

— Je t'en prie, ma chérie. Que se passe-t-il ? Dis-moi la vérité.

Elle ouvrit de grands yeux qui reflétaient un immense désarroi.

— Je sais que tu m'en veux, Gil, et je te comprends tout à fait.

Ces paroles l'atteignirent durement : il se rendit alors

compte qu'il n'avait pas pris le temps de la rassurer, de lui certifier qu'il ne la tenait en rien pour responsable du drame.

— Oh ! Britt, je ne suis pas digne de toi ! s'exclama-t-il. Mon amour, je suis au-dessous de tout. Te connaissant, j'aurais dû me douter que tu te croyais fautive. Je ne t'en veux pas, absolument pas. Je sais que tu aurais donné ta vie pour sauver Cade.

— Tu es certain que tu n'essaies pas juste de m'aider à aller mieux ?

— L'enlèvement aurait tout à fait pu se produire si Cade avait été avec moi. Arrête de te ronger les sangs.

— J'arrêterai quand nous aurons de bonnes nouvelles.

— Ce n'est pas une bonne nouvelle d'entendre que je t'aime ?

Il la vit pâlir.

— Tu délires, Gil. Tu es épuisé.

— Oui, je suis fatigué, mais j'ai la pleine possession de mes facultés intellectuelles ! J'allais te demander en mariage quand l'enlèvement s'est produit.

Elle le fixa, muette de stupéfaction.

— Je ne pensais pas que mes propos te surprendraient à ce point, poursuivit-il. Tu t'en doutais tout de même un peu, non ?

Elle secoua la tête.

— Non. Je pensais que nous allions rompre, chuchota-t-elle.

Il soupira.

— Britt, je veux que tu fasses partie de ma vie. Je veux que nous vivions tous les trois ensemble : Cade, toi et moi.

— Gil, je ne pense pas que le moment soit opportun pour parler de cela.

Il aspira une longue bouffée d'air.

— Peut-être, convint-il, mais laisse-moi te voir, je t'en prie. N'aggrave pas mon supplice.

Ses lèvres tremblèrent, et elle lui prit la main.

— Cade va revenir, dit-elle. Il faut y croire.

Le téléphone de Gil vibra alors dans sa poche. Il répondit promptement, la gorge nouée… Quand la communication prit fin, il avait les larmes aux yeux.

— Oh ! Britt, c'est merveilleux… ! Ils ont retrouvé Cade, dit-il d'une voix rauque.

Puis il se pencha vers elle et lui donna un baiser fougueux.

Quand il s'écarta, il vit des larmes étinceler dans ses beaux yeux.

— Il va bien ? parvint-elle à demander.

— Oui, il va bien…

Et il frissonna, submergé par un soulagement si fort qu'il lui donnait le vertige.

— Mes beaux-parents se cachaient avec lui à Del Rio, attendant que les choses se tassent pour passer la frontière.

— Le pauvre petit. Il doit être traumatisé.

— Nous l'emmènerons chez un psychologue, et nous le couvrirons d'amour. Viens par ici, ma belle.

S'approchant un peu plus d'elle, il l'enlaça par la taille et la serra prudemment contre lui.

— Nate rentrera avec Cade à Royal demain, dans la matinée. Je veux que tu sois toi aussi à Straight Arrow pour l'accueillir. Si le médecin t'y autorise, bien sûr.

Elle se blottit dans ses bras.

— Oh oui ! Je ne manquerai ce retour pour rien au monde.

Huit heures plus tard, Britt était assise sur la terrasse, chez Gil. Enveloppée dans une couverture, elle attendait que la voiture de police conduite par Nate arrive enfin. Dès qu'elle l'aperçut, elle se leva et, malgré elle, les larmes lui montèrent aux yeux. Son soulagement et sa joie étaient immenses.

Gil lui posa la main sur l'épaule.

— Epargne tes forces. C'est lui qui viendra jusqu'à toi.

La voiture s'arrêta juste au bas des marches, et Cade en bondit.

— Papa ! s'écria-t-il en se jetant dans ses bras.

Le spectacle du père et du fils réunis referma la grande fêlure qui serpentait son cœur. Elle n'avait peut-être pas résolu le mystère de l'enlèvement d'Alex, mais cela pesait bien peu, comparé à l'actuelle victoire qu'elle était en train de vivre.

Quelques instants plus tard, elle vit Gil murmurer quelque chose à l'oreille de Cade. L'enfant tourna alors la tête vers la terrasse et afficha la plus grande surprise, en la découvrant.

— Mademoiselle Britt ! s'écria-t-il.

Egal à lui-même, il s'élança vers elle. Elle le serra très fort contre elle, en dépit des douleurs que lui valurent ces effusions, puis posa la joue sur sa petite tête brune pour mieux savourer leurs retrouvailles. Qu'il était doux de constater que Cade ne paraissait pas traumatisé par ce qu'il venait de vivre !

— Tu es un petit garçon très courageux, murmura-t-elle.

Tous remercièrent ensuite chaleureusement Nate et, une fois le shérif reparti, Cade insista pour voir tous les bandages de Britt.

Une heure plus tard, Gil et elle se retrouvèrent seuls, Cade ayant filé dans sa chambre pour s'amuser avec ses jouets, impatient de retrouver son univers de petit garçon. Gil la prit alors dans ses bras et l'emmena dans sa chambre. Elle entendait le battement régulier de son cœur contre sa joue.

— Tu sens bon, lui dit-elle en enfouissant le visage dans sa chemise.

Avec précaution, il la posa sur le lit.

— Arrête de flirter avec moi, dit-il. Tu n'as pas idée des efforts que je dois fournir pour me rappeler que tu es convalescente.

— Allonge-toi à côté de moi, s'il te plaît, lui dit-elle.

Retirant ses boots, il obtempéra. Puis il ferma les yeux et reprit profondément sa respiration.

— Je me sens si bien que j'ai l'impression que je pourrais léviter, déclara-t-il.

Elle mêla ses doigts aux siens.

— Tu m'as tant manqué, Gil.

— C'est tout ce que tu as à me dire, Britt ?

— Que me demandes-tu, au juste ? Si je t'aime ?

— Oui.

Elle n'avait pas peur d'affronter un délinquant armé… Aussi, pourquoi était-elle pétrifiée à l'idée de lui avouer qu'elle l'aimait ? Sans doute parce qu'elle avait vécu seule trop longtemps et que son insensible de père lui avait appris à ne dépendre de personne.

Mais Gil Addison n'avait rien de commun avec son père. C'était un homme aimant, qui ne craignait pas de montrer ses sentiments. Oui, mais voilà : saurait-elle être à la hauteur ?

— Je tiens beaucoup à toi, Gil, finit-elle par dire.

— Ouf ! Cela me rassure. Je pensais que seul mon corps t'intéressait, répliqua-t-il avec un sourire en coin.

Ce genre de sourire qui lui enlevait toute volonté…

— Je t'aime, ma chérie, reprit-il. Nous avons des problèmes de logistique à résoudre, mais nous y parviendrons. Je veux former une famille avec toi. Je sais que ce n'est pas évident de se retrouver avec un beau-fils, mais Cade t'adore, tu sais.

— Moi aussi, je l'adore. Mais tu es sûr que tu veux m'épouser, comme tu me l'as dit à l'hôpital ?

— Absolument ! Et, d'ailleurs, peut-être que Nate pourrait te prendre dans son équipe ? C'est grâce à toi que nous avons retrouvé Cade. J'ai conscience d'exiger un gros sacrifice de toi, en te demandant de t'installer à Royal. Seulement, je ne peux pas arracher Cade à Straight Arrow.

Sa tête l'élançait, mais son cœur était rempli de liesse.

— Je veux bien apprendre à devenir mère. Cela va m'occuper à plein temps, au début, tu sais, déclara-t-elle alors.

— Alors, c'est oui ? demanda-t-il en caressant doucement un de ses seins à travers l'étoffe de son chemisier.

Elle ressentit comme un vertige…

— Toutes les femmes de Royal vont vouloir ma tête, si j'épouse le plus beau parti de la ville.

— Tu pourras leur faire face, je te fais confiance !

Elle le fixa attentivement, voulant être certaine qu'elle pouvait croire à son bonheur.

— Tu ne changeras pas d'avis, Gil ? Tu es bien sûr ?

Il la regarda alors avec tant de douceur qu'elle en fut tout émue.

— Je n'ai jamais été aussi sûr de toute ma vie. Et toi, Britt ?

Elle lui adressa un sourire radieux.

— Je t'aime, Gil Addison. Maintenant et pour toujours. Donne-moi un baiser.

Ils s'embrassèrent à pleine bouche, jusqu'à ce que tous deux ne puissent plus respirer… et qu'une certaine partie de l'anatomie de Gil soit dure comme du bois.

— Dans combien de temps te retire-t-on ces points ?

— Sept jours.

— Tu crois qu'il est possible d'organiser un mariage en sept jours ?

— Les gens vont croire que nous devons nous marier de toute urgence parce que je suis enceinte, le taquina-t-elle.

— Mais nous devons nous marier de toute urgence parce que je ne peux pas vivre une minute de plus sans toi.

Elle cilla, complètement désarmée par la vue de ce cow-boy qui se mettait à nu devant elle.

— Alors oui, marions-nous dans sept jours ! déclara-t-elle d'un ton joyeux. Moi non plus, je ne peux plus me passer de toi. J'ai juste une petite faveur à te demander…

Il leva un sourcil amusé.

— Laquelle ?

— Pendant notre nuit de noces, je veux que tu portes ton Stetson.

Et c'est ce qu'il fit !

Retrouvez prochainement,
dans votre collection

PASSIONS

Passion dans la neige, de Jessica Lemmon - N°1037

SÉRIE : LES FRÈRES DUNN 1/2

Agent de stars passionnée, Kendall a absolument besoin de l'ancien acteur Max Dunn pour tourner une publicité. Afin de le convaincre de reprendre du métier, elle se rend dans son chalet perdu dans les montagnes de Virginie, et reste un moment interdite devant le charme que dégage cet homme mystérieux... Coincés ensemble par le blizzard, Kendall et Max se rapprochent dangereusement...

Une ardente liaison, de Jessica Lemmon

SÉRIE : LES FRÈRES DUNN 2/2

Meghan est aux anges : elle a décroché une interview avec l'acteur Isaac Dunn ! Et elle n'est pas au bout de ses surprises quand il lui demande de jouer le rôle de sa petite amie ! Cet arrangement ne doit durer que le temps de détourner l'attention des médias. Du moins le croit-elle, car leur relation devient vite réelle : non seulement Meghan succombe à une brûlante passion entre les bras d'Isaac, mais bientôt elle se découvre enceinte...

Arrogant ennemi, de Kira Sinclair - N°1038

Luca est bien la dernière personne qu'Annalise ait envie de voir dans son casino ! Comment cet homme, qui était un tricheur professionnel huit ans plus tôt, est-il parvenu à se faire embaucher pour résoudre un problème de fraude dans la salle des jeux ? Si Annalise ne lui fait aucunement confiance, elle n'a d'autre choix que de tolérer la présence de son arrogant ennemi...

Une idylle de vacances, de Yahrah St. John

Après avoir avoué ses sentiments pour Jonathan à son insu, Natalie veut se faire oublier en s'offrant une semaine de vacances loin de Royal. Mais quand celui qui tourmente son cœur débarque dans son hôtel, elle n'a nulle part où se cacher... Tous deux finissent par se rapprocher et entament une liaison torride, ce qui ajoute au trouble de Natalie. Une fois leur escapade terminée, saura-t-elle convaincre Jonathan qu'elle peut être pour lui bien plus qu'une amante de passage ?

Troublants baisers, de Katherine Garbera - N°1039

SÉRIE : UN MARIAGE À NANTUCKET 1/3

Alors qu'elle assiste au mariage de sa meilleure amie, Quinn tombe nez à nez avec Logan, l'homme qu'elle aimait dix ans plus tôt. Si elle l'a quitté à cause de son esprit de compétition, il suffit d'un baiser troublant pour que la passion entre eux ressurgisse... Ces retrouvailles brûlantes seraient-elles l'occasion pour eux de s'offrir une seconde chance ?

D'amie à amante, de Melissa Senate

Lors d'un rendez-vous organisé, la cheffe cuisinière Lily tombe immédiatement sous le charme de Xander Crawford. Malheureusement, le coup de foudre ne semble pas réciproque... Qu'à cela ne tienne, Lily fera tout pour convaincre Xander qu'elle est la femme de sa vie !

Ce playboy interdit, de Karen Booth - N°1040

SÉRIE : SCANDALEUSES RÉVÉLATIONS 1/3

Consultante en relations publiques, Chloe ne mélange jamais travail et vie privée. Mais ses résolutions vacillent quand Parker, un agent sportif, la recrute. Cet homme beau comme un dieu est victime de « Petit Carnet Noir », un compte colportant des rumeurs sur Internet. Or, si Chloe veut gagner la bataille sur les réseaux sociaux, elle ne doit en aucun cas se laisser distraire par son irrésistible client...

Des jumeaux pour Ellie, de Carrie Nichols

Ellie a un faible pour Liam depuis l'adolescence et, dès son retour à Loon Lake, son cœur bat plus vite pour lui... Son rêve devient réalité quand tous deux entament une liaison. Mais lorsque Ellie se découvre enceinte de jumeaux, elle prend peur. Un avenir est-il seulement possible entre Liam et elle ou finira-t-elle le cœur brisé ?

L'enfant de Wes Jackson, de Maureen Child - N°1041

Père absent... Wesley ne décolère pas. Comment ce simple tweet – l'œuvre de cette maudite Isabelle Graystone – a-t-il pu faire basculer sa vie à ce point ? Lui qui avait tout pour réussir, le voilà qui assiste désormais à la chute de son entreprise Texas Toy Goods Inc. Certes, il a licencié Isabelle à la suite de la nuit de passion qu'ils ont passée ensemble, cinq ans plus tôt. Pour autant, pense-t-elle pouvoir détruire sa vie sans conséquence ?

Prisonnier de son charme, de Silver James

Lorsqu'il se réveille blotti contre Roxanne – la fille de son ennemi –, Cash panique. Que lui a-t-il pris de passer la plus torride des nuits avec celle qu'il devait garder comme otage pour protéger l'empire Baron dont il est l'héritier ? Il vient de commettre une grave erreur, il ne le sait que trop bien. Et, surtout, il ne doit pas se laisser manipuler par Roxanne, qui ne cesse de lui murmurer qu'elle l'aime et qu'il doit la libérer...

Exquise tentation, de Lauren Canan - N°1042

Une nuit de tentation. Et voilà que Tallie se découvre enceinte d'un parfait inconnu. Mais, tandis qu'elle se résout à élever seule l'enfant qu'elle porte, elle retrouve son amant sur le site des fouilles archéologiques qu'elle doit mener. Hélas, loin de l'homme attentionné qui l'a séduite au premier regard, Cole Masters se révèle aussi riche qu'arrogant. Pis, alors qu'elle s'apprête à lui révéler qu'il sera bientôt père, il la somme de quitter ses terres au plus vite...

Le doute au cœur, de Sara Orwig

« Tu n'as pas su retenir ton mari ? Rien d'étonnant : d'autres femmes sont bien meilleures que toi. » Cet e-mail qu'Emily vient de recevoir l'a mise hors d'elle. Car il n'est que stricte vérité : Tom la trompe, elle en est certaine. Sans doute parce qu'elle ne supporte plus que son époux pose la main sur elle. Mais ce soir, Emily est prête à briser le silence. Quitte à perdre à tout jamais le mari qu'elle a tant aimé et qui lui semble désormais être un étranger...